Robert Jordan
Die Hexenschlacht

Zu diesem Buch

Der Wiedergeborene Drache, Rand al'Thor, treibt ein gefährliches Spiel. Um keiner Partei den Vorzug zu geben, stellt er sich zwischen zwei feindliche Gruppen der Aes Sedai. Doch der Konflikt weitet sich aus: Rand lehnt sich gegen die mächtigen Hexen auf und gerät unversehens in eine tödliche Falle. An unsichtbare Fesseln gekettet, muß er miterleben, wie ein unerbittlicher Kampf um ihn entbrennt und seine Verbündeten immer weiter in die Enge getrieben werden. Und der Dunkle König droht, zu triumphieren, während das Rad der Zeit sich erbarmungslos weiterdreht …

Robert Jordan, geboren 1948 in Charleston, US-Bundesstaat South Carolina, begeisterte sich seit seiner Jugend für die phantastische Literatur und schrieb zunächst erfolgreiche »Conan«-Romane. In den neunziger Jahren begann er seinen weltberühmten Zyklus »Das Rad der Zeit«, ein in der Fantasy einzigartiges Werk epischer Breite, das inzwischen knapp dreißig Bände umfaßt und Millionen Fans in der ganzen Welt gefunden hat.

Robert Jordan

Die Hexenschlacht

DAS RAD DER ZEIT 16

Aus dem Amerikanischen von
Karin König

Piper München Zürich

Von Robert Jordan liegen in der Serie Piper vor:
Drohende Schatten (8551)
Schattensaat (8557)
Der Sturm bricht los (8559)
Zwielicht (8560)
Die Hexenschlacht (8566)
Die Herrschaft der Seanchaner (8575)
Der neue Frühling (8579)

Als Hardcover-Broschur bei Piper:
Das Rad der Zeit 1. Das Original. Die Suche nach dem Auge der Welt
Das Rad der Zeit 2. Das Original. Die Jagd beginnt

Deutsche Erstausgabe
September 2004
Erstmals erschienen:
Wilhelm Heyne Verlag GmbH & Co. KG, München 1998

Titel der amerikanischen Originalausgabe:
»Lord of Chaos 4«, Tom Doherty Associates (TOR Books), New York 1994

Umschlagkonzept: Büro Hamburg
Umschlaggestaltung: Nele Schütz Design, München
Umschlagabbildung: Geoff Taylor, England
Innenillustrationen: Johann Peterka
Karte: Erhard Ringer
Autorenfoto: Agentur Luserke, Friolzheim
Satz: Schaber Satz- und Datentechnik, Wels
Druck und Bindung: Clausen und Bosse, Leck
Printed in Germany ISBN 3-492-28566-X

www.piper.de

Inhalt

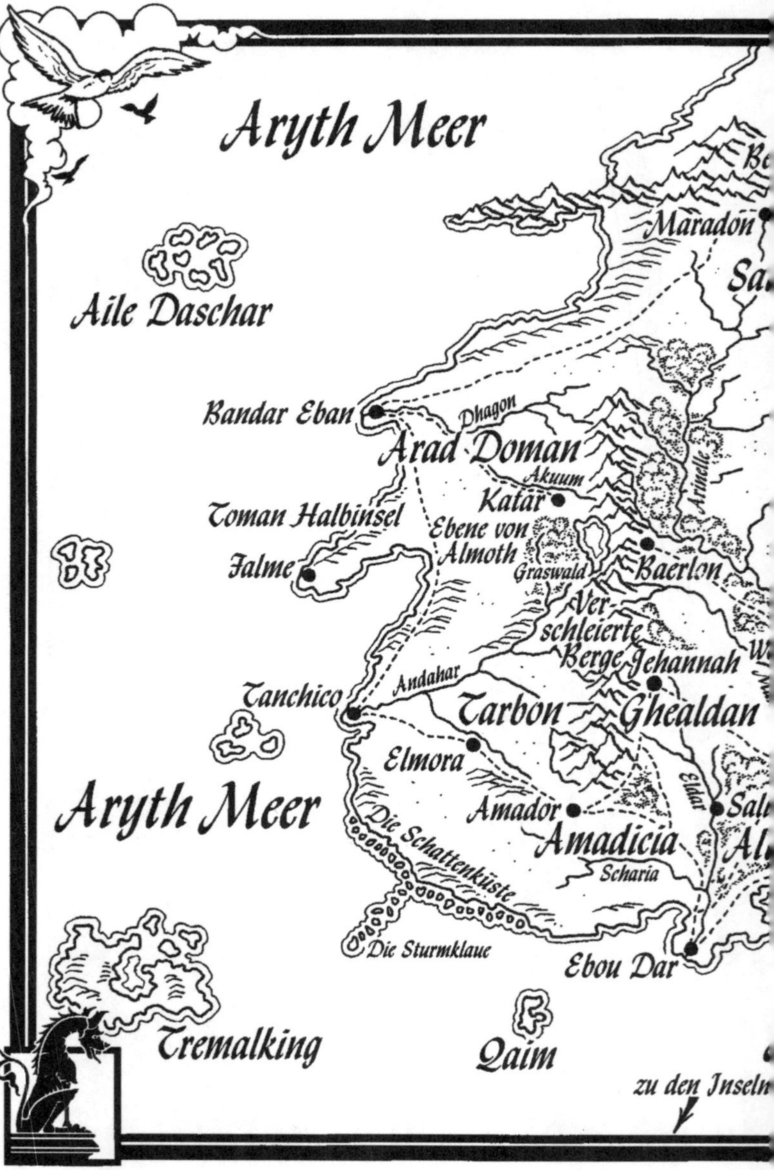
Aryth Meer
Aile Daschar
Maradon
Bandar Eban
Dhagon
Arad Doman
Akuum
Katar
Toman Halbinsel
Ebene von
Almoth
Graswald
Falme
Baerlon
Arinelle
Ver-
schleierte
Berge
Jehannah
Tanchico
Andahar
Tarbon
Ghealdan
Elmora
Eldar
Amador
Amadicia
Aryth Meer
Die Schattenküste
Scharia
Die Sturmklaue
Ebou Dar
Tremalking
Qaim
zu den Inseln

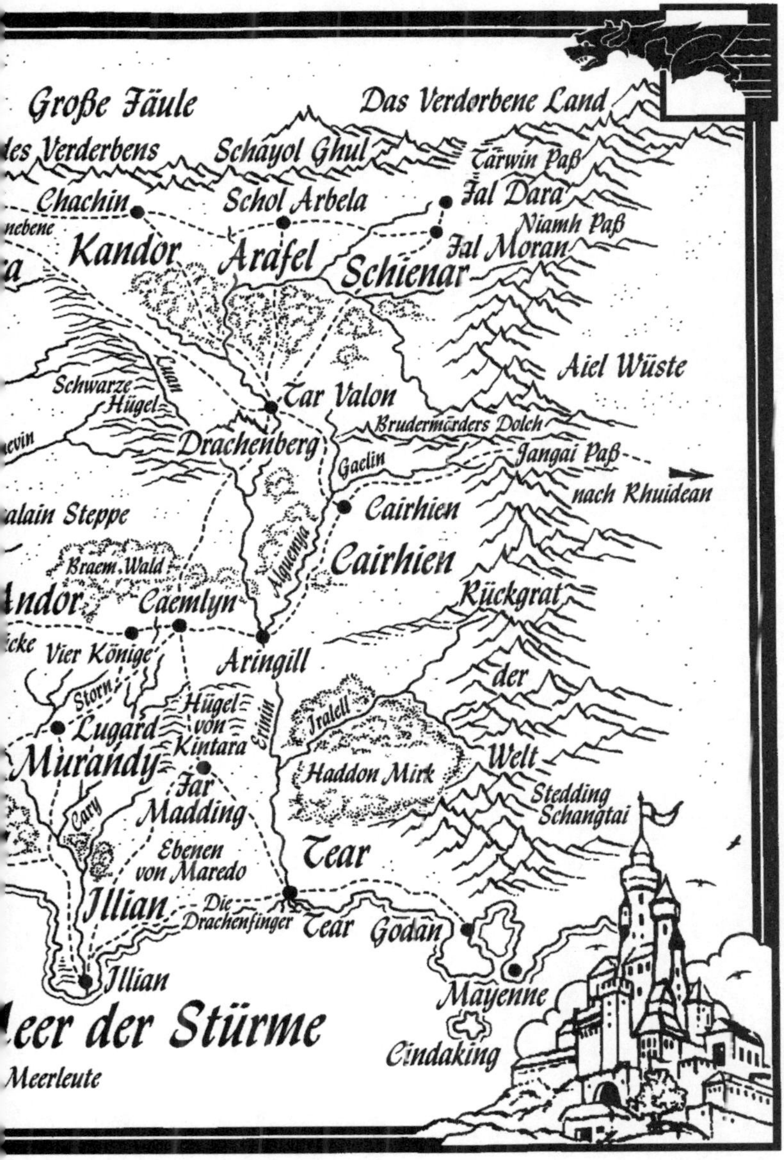

Große Fäule
Das Verdorbene Land
des Verderbens
Schayol Ghul
Tarwin Paß
Fal Dara
Niamh Paß
Chachin
Schol Arbela
Kandor
Arafel
Fal Moran
Schienar
Luan
Schwarze Hügel
Aiel Wüste
Tar Valon
Brudermörders Dolch
Drachenberg
Gaelin
Jangai Paß
nach Rhuidean
Cairhien
alain Steppe
Alguenya
Cairhien
Braem Wald
Andor
Caemlyn
Rückgrat
Vier Könige
Aringill
der
Storn
Hügel von Kintara
Erinin
Iralell
Lugard
Murandy
Haddon Mirk
Welt
Far Madding
Stedding Schangtai
Cary
Ebenen von Maredo
Tear
Illian
Die Drachenfinger
Tear
Godan
Illian
Mayenne
eer der Stürme
Cindaking
Meerleute

KAPITEL 1

Die Rosenkrone

Meranas Mietkutsche fuhr gemächlich durch die dicht bevölkerten Straßen auf die *Rosenkrone* zu. Sie wirkte äußerlich ruhig, eine dunkelhaarige Frau mit kühlen, haselnußbraunen Augen und friedlich auf ihren hellgrauen Seidenröcken verschränkten Händen. Innerlich war sie nicht so friedlich gestimmt. Vor achtunddreißig Jahren war sie durch Zufall an diesem Ort gewesen, um über einen Vertrag zwischen Arad Doman und Tarabon zu verhandeln, der dem Streit um die Ebene von Almoth ein Ende setzen sollte, wo Domani und Taraboner hinter jeder Ecke lauerten und bereits drei Mal während der Verhandlungen beinahe einen Krieg begonnen hätten, während sie unentwegt lächelte und scheinbar guten Willen zeigten. Als die Unterschriften getrocknet waren, hatte sie sich gefühlt, als wäre sie in einem Faß voller Splitter über rauhe Hügel gerollt worden. Und nach alledem war der Vertrag nicht das Papier wert, auf dem er stand. Sie hoffte, daß das, was sie heute nachmittag im Königlichen Palast begonnen hatte, besser enden würde – es mußte besser enden –, aber sie fühlte sich tief innerlich, als wäre sie gerade einem weiteren Faß entstiegen.

Min setzte sich mit geschlossenen Augen zurück. Die junge Frau machte anscheinend jedesmal, wenn gerade keine Aes Sedai mit ihr sprach, ein Nickerchen. Die anderen beiden Schwestern in der Kutsche warfen dem Mädchen gelegentlich hastige Blicke zu. Seonid wirkte in ihrer Brokatkleidung kühl und verschlossen. Masuri, schlank und mit lustigen Augen, trug Braun, das um den Saum mit blühenden Ranken bestickt war. Sie waren mit ihren Stolen und Ajah-Farben alle förmlich gekleidet.

Merana war sich sicher, daß die anderen dasselbe dachten wie sie, als sie Min ansahen. Seonid sollte sicherlich begreifen, obwohl … Wer konnte schon sicher sein? Seonid war ihren Behütern gegenüber sehr sachlich eingestellt, fast wie eine Frau mit zwei hochgelobten Wolfshunden, für die sie eine gewisse Vorliebe empfand. Masuri verstand vielleicht. Sie tanzte und schäkerte gerne, obwohl sie jeden armen Mann schnell wieder vergaß, wenn sie ein Gerücht über eine alte, verborgene Urschrift hörte. Merana selbst war seit einiger Zeit vor diesem Fünften Vertrag von Falme nicht mehr verliebt gewesen, aber sie erinnerte sich an dieses Gefühl, und nur ein Blick auf Min, wie sie al'Thor ansah, hatte genügt, um eine Frau zu erkennen, die bar jeder Vernunft ihrem Herzen die Zügel schießen ließ.

Es gab keine Beweise dafür, daß Min die zahlreichen Vorsichtsmaßnahmen mißachtet, ihr Versprechen gebrochen und al'Thor alles erzählt hatte, aber er wußte von Salidar. Er wußte, daß Elayne dort war, und war über ihr Entkommen belustigt – belustigt! Abgesehen von der Ungewißheit, ob Min das Vertrauen mißbraucht hatte – Sorgfalt wäre bei allem vonnöten, was von nun an in ihrer Gegenwart gesagt wurde –, war sie äußerst beunruhigt. Merana war es nicht gewohnt, sich zu fürchten. In dem Jahr nach Basans Tod hatte sie oft Furcht empfunden und hatte sich danach, weil sie dies nie wieder durchmachen wollte und auch weil sie einfach zu beschäftigt war, um den richtigen Mann zu erwählen, niemals wieder mit einem anderen Behüter verbunden. Die Sache mit Basan war vor dem Aiel-Krieg die letzte Begebenheit gewesen, bei der sie mehr als Besorgnis empfunden hatte. Jetzt hatte sie Angst, und das gefiel ihr nicht. Noch konnte alles gut ausgehen, nichts wirklich Verheerendes war geschehen, aber der Gedanke an al'Thor ließ ihre Knie weich werden.

Die Mietkutsche kam im Stallhof der *Rosenkrone* ruckartig zum Stehen, und Stallburschen mit bestickten Westen eilten heran, um die Türen der Kutsche zu öffnen und die Pferde anzuschirren.

Der Schankraum des dreistöckigen weißen Gebäudes war mit dunkel glänzendem Holz vertäfelt und besaß zwei gegenüberliegende hohe Marmorkamine. Auf einem Kaminsims stand eine große Uhr mit Stundenschlag und einigen wenigen Goldverzierungen. Die Schankmädchen trugen blaue Gewänder und weiße, mit einem Kranz aus Rosen bestickte Schürzen. Sie lächelten und waren höflich und tüchtig, und diejenigen, die nicht hübsch waren, waren zumindest ansehnlich. Die *Rosenkrone* war das bevorzugte Gasthaus der Adligen im ganzen Land, die in Caemlyn keine eigenen Herrenhäuser besaßen, aber jetzt waren die Tische nur von Behütern besetzt. Alanna und Verin saßen an der Rückseite des Raumes. Hätte Merana Wünsche äußern können, hätte sie lieber bei den Dienern in der Küche gewartet. Die übrigen Schwestern befanden sich alle draußen. Es durfte keine Zeit verschwendet werden.

»Wenn es Euch nichts ausmacht«, sagte Min, »würde ich gerne ein wenig umherwandern und mir Caemlyn ansehen, bevor es dunkel wird.«

Merana gab ihr Einverständnis, wechselte, als die junge Frau nach draußen eilte, Blicke mit Seonid und Masuri, und fragte sich, wie lange Min brauchen würde, um zum Palast zurückzukehren.

Herrin Cinchonine erschien sofort. Sie war genauso rundlich wie jede andere Wirtin, die Merana jemals gesehen hatte, verbeugte sich tief und knetete ihre rötlichen Hände. »Kann ich etwas für Euch tun, Aes Sedai? Darf ich Euch etwas bringen?« Sie hatte Merana schon häufig und gut bewirtet und das nicht erst, nachdem sie erfahren hatte, daß Merana eine Aes Sedai war.

»Hagebuttentee«, antwortete Merana lächelnd. »Oben im Privatraum.« Das Lächeln verging, als die Wirtin davoneilte und eines der Schankmädchen rief. Merana bedeutete Alanna und Verin unmißverständlich, ihr zur Treppe zu folgen, und die fünf Frauen stiegen schweigend hinauf.

Die Fenster des Privatraums boten demjenigen, der es wünschte, einen guten Blick auf die Straße, was Merana eigentlich nicht im Sinn hatte. Sie schloß die Fenster, um den Straßenlärm zu dämpfen. Sie wandte den anderen den Rücken zu. Seonid und Masuri hatten sich hingesetzt. Alanna und Verin blieben zwischen den beiden anderen stehen. Verins dunkles Gewand wirkte ein wenig zerknittert, und sie hatte einen Tintenfleck auf der Nase, aber ihre Augen blickten wie die eines Vogels scharf und aufmerksam. Auch Alannas Augen glänzten, aber höchstwahrscheinlich nur vor Verärgerung, und ihre Hände zitterten hin und wieder leicht, wenn sie die Röcke ihres blauen Seidengewandes mit dem gelben Leibchen umfaßte. Ihr Gewand wirkte ebenfalls, als hätte sie darin geschlafen, was aber nur zum Teil entschuldbar war.

»Ich kann noch nicht absehen, Alanna«, sagte Merana bestimmt, »ob deine Handlungsweise Schaden angerichtet hat. Er hat nicht erwähnt, daß du ihn – gegen seinen Willen – an dich gebunden hast, aber er war wachsam, sehr wachsam, und …«

»Hat er uns weitere Beschränkungen auferlegt?« unterbrach Verin sie und neigte leicht den Kopf. »Mir scheint alles gut zu verlaufen. Er ist nicht geflohen, als er von Eurer Anwesenheit erfuhr. Er hat drei von uns empfangen – zumindest annähernd höflich, denn sonst wärt Ihr zornig. Er fürchtet uns ein wenig, was nur von Vorteil ist, sonst hätte er keine Grenzen errichtet, aber wir haben noch immer genauso viel Freiraum wie zuvor. Wir dürfen ihn vor allem nicht zu sehr ängstigen.«

Es erschwerte ihre Aufgabe, daß Verin und Alanna nicht zu Meranas Abordnung gehörten. Sie besaß ihnen gegenüber keinerlei Autorität. Sie hatten die Neuigkeiten von Logain und den Roten Ajah gehört und zugestimmt, daß Elaida den Amyrlin-Sitz nicht weiterhin innehaben durfte, aber das bedeutete nichts. Alanna bot allerdings nur möglicherweise Anlaß zur Sorge. Sie und Merana waren sich, was ihre Kräfte anbetraf, so ähnlich, daß nur ein Wettkampf hätte erweisen können, wer stärker war – aber dies taten nur Novizinnen, bis sie ertappt wurden. Alanna war sechs Jahre lang Novizin gewesen, Merana nur fünf, aber wichtiger war, daß Merana bereits seit zehn Jahren Aes Sedai war, als die Hebamme Alanna erst an die Brust ihrer Mutter gelegt hatte. Das war wirklich wesentlich. Merana hatte Vorrechte. Zunächst dachte niemand so, bis dann eine von ihnen darauf kam, aber sie wußten es beide und paßten sich dem ganz selbstverständlich an. Alanna würde keine Befehle annehmen, aber die instinktive Achtung würde sie sicherlich bis zu einem gewissen Grad im Zaum halten – und das Wissen um das, was sie getan hatte.

Das eigentliche Problem stellte Verin dar. Sie hatte Merana auf diesen Gedanken gebracht. Merana ließ sich mit der Macht erneut auf die Kraft der anderen Frau ein, obwohl sie natürlich wußte, was sie vorfinden würde. Es war nicht festzustellen, welche von beiden stärker war. Beide waren fünf Jahre lang Novizinnen und sechs Jahre lang Aufgenommene gewesen. Das wußte jede Aes Sedai über jede andere Aes Sedai, auch wenn sie sonst nichts wußte. Der Unterschied lag darin, daß Verin älter war, vielleicht fast genauso viel, wie Merana älter war als Alanna. Die Spur Grau in Verins Haar unterstrich es. Wäre Verin Teil der Abordnung gewesen, hätte es überhaupt keine Schwierigkeiten gegeben, aber das war sie nicht, und Merana merkte, daß Verin aufmerksam zuhörte und ohne nachzudenken abwartete. Merana hatte sich am Vormittag zweimal in Erinnerung rufen müssen, daß Verin nicht ihrem Befehl unterstand. Das einzige, was die Situation erträglich machte, war der Umstand, daß Verin offensichtlich das Gefühl hatte, Anteil an Alannas Schuld zu haben. Andernfalls hätte sie sich zweifellos genauso bald wie jede andere hingesetzt und stünde jetzt nicht neben Alanna. Wenn man sie nur irgendwie dazu bringen könnte, Tag und Nacht im Gasthof *Culains Jagdhund* zu bleiben, um über diese wunderbaren Mädchen aus den Zwei Flüssen zu wachen.

Sie setzte sich so hin, daß sie mit Seonid und Masuri das Paar einrahmte, und richtete sorgfältig ihre Röcke und ihre Stola. Es bedeutete eine gewisse moralische Überlegenheit, daß sie saßen, während die anderen stehen blieben. In ihren Augen war das, was Alanna getan hatte, fast ein Vergehen. »Tatsächlich hat er uns eine weitere Beschränkung auferlegt. Es ist schön und gut, daß Ihr beide seine *Schule* ausfindig gemacht habt, aber jetzt rate ich Euch nachdrücklich, aller Gedanken zu entsagen, die Ihr vielleicht in dieser Richtung hegt. Er hat ... von uns gefordert, daß wir seinen Männern ... fernbleiben.« Sie konnte ihn noch immer vor sich sehen, wie er sich auf diesem eindrucksvollen Thron vorgebeugt hatte mit dem Drachenszepter in der Faust.

»Hört mich an, Merana Sedai«, sagte er freundlich, aber bestimmt. »Ich will keinen Streit zwischen Aes Sedai und Asha'man. Ich habe den Soldaten gesagt, sie sollen sich von Euch fernhalten, aber ich will auch nicht, daß sie von Aes Sedai herausgefordert werden. Wenn Ihr an der Schwarzen Burg auf die Jagd geht, könntet Ihr selbst zur Beute werden. Das wollen wir doch beide vermeiden.«

Merana war schon lange genug Aes Sedai, um nicht jedesmal zu erschaudern, wenn solche Andeutungen gemacht wurden, aber diesmal war sie nahe daran gewesen. Asha'man. Die Schwarze Burg. Mazrim Taim! Wie hatte es so weit kommen können? Aber Alanna war sich sicher, daß sie über mehr als hundert Mann verfügten, obwohl sie natürlich keine Einzelheiten darüber preisgab, woher sie es wußte. Keine Schwester gab freiwillig ihre Augen-und-Ohren preis. Es war nicht wichtig. »Wenn du zwei Hasen gleichzeitig verfolgst, werden dir beide entkommen«, besagte ein altes Sprichwort, und al'Thor war wichtiger als alle anderen.

»Ist er noch immer hier, oder ist er schon wieder fort?« Verin und Alanna schienen es sehr ruhig aufzunehmen, daß al'Thor offensichtlich das Schnelle Reisen beherrschte. Das machte Merana ein wenig mißmutig. Was hatte er sich noch beigebracht, was die Aes Sedai vergessen hatten? »Alanna? Alanna!«

Die Grüne Schwester schrak zusammen und faßte sich rasch wieder. Sie schien recht häufig abzuschweifen. »Er ist in der Stadt. Im Palast, glaube ich.« Sie klang noch immer ein wenig verträumt. »Es war ... Er hat eine Wunde an der Seite. Eine alte Wunde, die aber erst halbwegs verheilt ist. Ich könnte jedesmal weinen, wenn ich nur daran denke. Wie kann er damit leben?«

Seonid sah sie aufmerksam an. Jede Frau, die einen Behüter hatte, spürte seine Verletzungen. Und sie wußte, was Alanna durchmachte, da sie Owein verloren hatte. Daher klang ihre Stimme, als sie sprach, fast sanft. »Nun, Teryl und Furen haben Verletzungen erlitten, die mich fast in eine Ohnmacht getrieben haben, auch wenn wir diese Verletzungen nur leicht spüren. Aber es wurde niemals weniger. Niemals.«

»Ich glaube«, sagte Masuri ruhig, »wir schweifen ab.« Sie sprach stets ruhig, aber auch immer, im Gegensatz zu vielen anderen Braunen, sehr überlegt.

Merana nickte. »Ja. Ich habe erwogen, Moraines Platz bei ihm einzunehmen ...«

Es klopfte an der Tür, und eine Frau mit einem Teetablett trat ein. Darauf standen eine silberne Teekanne und Porzellantassen. Die *Rosenkrone* war an Adel gewöhnt. Als die Frau das Tablett abgestellt hatte und wieder gegangen war, träumte Alanna nicht mehr. Ihre dunklen Augen blitzten mit einer Leidenschaft, die Merana niemals zuvor darin gesehen hatte. Grüne waren besonders eifersüchtig auf ihre Behüter, und al'Thor gehörte jetzt ihr, wie auch immer sie sich ihm zugeschworen hatte. Die Achtung verlor sich, wenn es darum ging. Merana wartete noch, bis der Hagebuttentee eingegossen war und jedermann wieder saß. Sie befahl sogar Verin und Alanna, sich hinzusetzen. Vielleicht kam ihre Handlungsweise einem Vergehen doch nicht so nahe.

»Ich habe es erwogen«, fuhr sie schließlich fort, »und wieder verworfen. Ich hätte es vielleicht getan, wenn Ihr nicht nach Eurem Gutdünken gehandelt hättet, Alanna, aber er ist den Aes Sedai gegenüber jetzt so mißtrauisch, daß er mir vielleicht sehr wohl ins Gesicht lachen könnte, wenn ich es ihm vorschlüge.«

»Er ist genauso hochmütig wie jeder andere König«, sagte Seonid verächtlich.

»Er ist alles, was Elayne und Nynaeve gesagt haben, und mehr«, fügte Masuri kopfschüttelnd hinzu. »Er behauptet zu wissen, wann eine Frau die Macht lenkt. Ich hätte *Saidar* fast umarmt, um ihm zu zeigen, daß er sich irrt, aber natürlich hätte ich ihn zu sehr beunruhigen können.«

»Alle diese Aiel.« Seonids Stimme klang angespannt. Sie war *wahrhaftig* Cairhienerin. »Männer *und* Frauen. Ich denke, sie hätten uns aufzuspießen versucht, wenn wir auch nur zu schnell geblinzelt hätten. Eine blonde Frau, die zumindest Röcke trug, gab sich keine Mühe, ihre Abneigung zu verbergen.«

Manchmal, dachte Merana, erkannte Seonid gar nicht, daß al'Thor selbst in Gefahr sein könnte.

Alanna kaute unbewußt wie ein Kind auf der Unterlippe. Es war gut, daß Verin sich um sie kümmerte. Sie war in ihrem Zustand noch nicht fähig, allein zurechtzukommen. Verin trank nur ihren Tee und beobachtete. Verins Blicke konnten höchst beunruhigend sein.

Merana merkte, daß sie nachgiebiger wurde. Sie erinnerte sich zu gut an das zerbrechliche Nervenbündel, das sie nach Barans Tod gewesen war. »Glücklicherweise scheint sein Mißtrauen auch etwas Gutes zu haben. Er hat in Cairhien eine Abordnung Elaidas empfangen. Er hat recht offen darüber gesprochen. Das Mißtrauen wird ihn gewiß dazu veranlassen, sie auf Abstand zu halten.«

Seonid stellte ihre Tasse ab. »Er will uns gegeneinander ausspielen.«

»Und das könnte er noch immer tun«, sagte Masuri trocken, »aber wahrscheinlich wissen wir mehr über ihn als Elaida. Ich denke, sie hat ihre Gesandten zu einem Schafhirten geschickt, wenn auch zu einem Schafhirten im Seidengewand. Was auch immer er ist – ein Schafhirte ist er jedenfalls nicht mehr. Moiraine hat ihn anscheinend gut unterrichtet.«

»Wir waren vorgewarnt«, sagte Merana. »Ich halte es für unwahrscheinlich, daß sie es auch waren.«

Alanna blinzelte sie an. »Dann habe ich nicht alles verdorben?« Alle drei Frauen nickten, und sie atmete tief durch und glättete dann stirnrunzelnd ihre Röcke, als hätte sie die Falten gerade erst bemerkt. »Ich könnte ihn immer noch dazu bringen, mich anzunehmen.« Alannas Stimme wurde mit jedem Wort ruhiger und zuversichtlicher. »Was seinen Straferlaß betrifft, so sollten wir jegliche Pläne im Moment ruhen lassen, aber das bedeutet nicht, daß wir uns nicht vorbereiten sollten.«

Merana bedauerte bereits ihre Nachgiebigkeit. Die Frau hatte einem Mann *das* angetan, und das einzige, was sie kümmerte, war, ob es ihren Erfolg gefährdete. Sie mußte jedoch auch widerwillig zugeben, daß sie ebenfalls alles außer acht gelassen hätte, wenn es al'Thor fügsam gemacht hätte. »Zuerst müssen wir uns al'Thor gefügig machen. Die Pläne werden so lange wie nötig ruhen, Alanna.« Alanna biß die Zähne zusammen, aber kurz darauf nickte sie ergeben. Oder zumindest zustimmend.

»Und wie machen wir ihn uns gefügig?« fragte Verin. »Er muß vorsichtig behandelt werden. Er ist wie ein Wolf an einer dünnen Leine.«

Merana zögerte. Sie hatte nicht ihr ganzes Wissen mit diesen beiden teilen wollen, die dem Saal in Salidar nur eine äußerst dürftige Treue entgegenbrachten. Sie fürchtete, was geschehen würde, und wenn Verin die Macht zu übernehmen versuchte, wenn es ihr tatsächlich gelänge. Sie wußte, wie man damit umgehen mußte. Sie war auserwählt worden, weil sie ihr ganzes Leben damit verbracht hatte, bei Streitigkeiten zu vermitteln und Verträge auszuhandeln, wenn der Haß unversöhnlich schien. Solche Vereinbarungen wurden gelegentlich gebrochen, und nicht eingehaltene Verträge lagen in der Natur des Menschen, und doch war der Fünfte Vertrag von Falme in sechsundvierzig Jahren ihr einziger wirklicher Fehlschlag gewesen. Sie wußte das, aber alle jene Jahre hatten auch ein gewisses Gespür tief in ihr verwurzelt. »Wir treten an einige Adlige heran, die sich mit etwas Glück jetzt in Caemlyn aufhalten ...«

»Meine Sorge gilt Elayne«, sagte Dyelin bestimmt. Und um so bestimmter, da sie mit einer Aes Sedai allein in dem Privatraum war. Eine Aes Sedai konnte eine andere Frau hart bedrängen, wenn sie Schwäche zeigte oder allein war. Besonders wenn niemand sonst wußte, daß diejenige mit ihr allein war.

Kairen Sedai lächelte, aber weder das Lächeln noch die kühlen blauen Augen gaben etwas preis. »Es ist durchaus möglich, daß die Tochter-Erbin noch immer den Löwenthron einnehmen könnte, auch wenn manchen die Widerstände vielleicht unüberwindlich erscheinen.«

»Der Wiedergeborene Drache sagt ...«

»Männer sagen vieles, Lady Dyelin, aber Ihr wißt, daß ich nicht lüge.«

Luan tätschelte den grauen Hals des tairenischen Hengstes, blickte in beide Richtungen, ob einer der Pferdeknechte in den Stall käme, und konnte nur knapp einem heimtückischen Biß ausweichen. Rafelas Behüter würde sie warnen, aber Luan hegte in letzter Zeit seine Zweifel, ob er noch jemandem vertrauen konnte. Gewiß nicht einem Besucher dieser Art. »Ich bin nicht sicher, ob ich das verstehe«, sagte er kurz angebunden.

»Einigkeit ist besser als Aufspaltung«, sagte Rafela, »Frieden besser als Krieg und Geduld besser als der Tod.« Luan hob bei dieser seltsamen letzten Bemerkung ruckartig den Kopf, und die rundgesichtige Aes Sedai lächelte. »Wäre Andor nicht besser dran, wenn Rand al'Thor das Land in Frieden vereint ließe, Lord Luan?«

Ellorien hielt ihr Gewand geschlossen und sah die Aes Sedai an, die es geschafft hatte, sie in ihrem Bad anzutreffen, ohne angekündigt worden zu sein. Womöglich war sie nicht einmal gesehen worden. Die Frau mit der kupferfarbenen Haut erwiderte ihren Blick von dem Stuhl auf der anderen Seite der mit Wasser gefüllten Marmorbadewanne, als sei dies ganz selbstverständlich. »Wer sollte den Löwenthron dann innehaben, Demira Sedai?« fragte Ellorien schließlich.

»Das Rad webt, wie das Rad es wünscht«, lautete die Erwiderung, und Ellorien wußte, daß sie keine andere Antwort bekommen würde.

KAPITEL 2

Die Eigenschaft Vertrauen

Als Vanin gegangen war, um die Horde anzuweisen, sich ruhig zu verhalten, stellte Mat fest, daß es in Salidar kein Gasthaus mehr gab, das nicht von Aes Sedai übernommen worden war, und auch die fünf Ställe waren alle brechend voll. Und doch räumte der schmalgesichtige Stallknecht die Hafersäcke und Strohballen aus einem ummauerten Hof, der für sechs Pferde ausreichte, als er ihm eine kleine Silbermünze zusteckte. Er wies Mat und den übrigen vier Männern der Horde Schlafplätze auf dem Heuboden zu, wo es kaum kühler war als anderswo.

»Bittet um nichts«, belehrte Mat seine Männer, während er seine restlichen Münzen unter ihnen aufteilte. »Bezahlt für alles, und nehmt keine Geschenke an. Die Horde wird hier niemandem etwas schuldig sein.«

Seine vorgetäuschte Zuversicht übertrug sich auf sie, und sie zögerten keine Sekunde, als er ihnen befahl, die Banner außen an der Tür des Heubodens zu befestigen, so daß sie für jedermann gut sichtbar vor dem Stall herabhingen – das karmesinrot-weiße Banner, die schwarz-weiße Scheibe und der Drache. Aber die Augen des Stallknechts traten hervor, und er verlangte sehr erregt zu wissen, was Mat da tat.

Mat grinste nur und warf dem Burschen eine Goldmünze zu. »Ich will nur jedermann deutlich machen, wer hier Quartier genommen hat.« Er wollte Egwene unmißverständlich zeigen, daß er sich nicht herumschubsen lassen würde, und manchmal mußte man sich wie ein Narr verhalten, wenn man Menschen dies verdeutlichen wollte.

Leider zeitigten die Banner aber kaum Wirkung. Oh, jedermann, der vorüberging, sperrte den Mund auf und deutete darauf, und eine Anzahl Aes Sedai kamen nur, um sie mit kühlem und ausdruckslosem Blick anzuschauen. Mat erwartete die empörte Aufforderung, die Banner abzunehmen, aber nichts dergleichen geschah. Als er zur Kleinen Burg zurückkehrte, rückte eine Aes Sedai, die trotz glatter, altersloser Wangen verhärmt wirkte, ihre braun gesäumte Stola zurecht und belehrte ihn mit äußerster Deutlichkeit, der Amyrlin-Sitz sei beschäftigt, und sie könne ihn vielleicht in ein oder zwei Tagen empfangen. Vielleicht. Elayne schien verschwunden zu sein und Aviendha ebenso, aber noch schrie niemand Mord. Er vermutete, daß die Aiel ihr irgendwo ein weißes Gewand über den Kopf gezogen hatten. Das machte für ihn keinen Unterschied, wenn der Frieden gewahrt wurde. Er wollte nicht derjenige sein, der Rand sagen mußte, daß einer den anderen getötet hätte. Er erblickte Nynaeve kurz, aber sie verschwand um eine Ecke und war fort, als er dort ankam.

Er verbrachte den größten Teil des Nachmittags mit der Suche nach Thom und Juilin. Einer der beiden konnte ihm sicherlich mehr über das erzählen, was vor sich ging, und außerdem mußte er sich bei Thom für seine Bemerkungen über diesen Brief entschuldigen. Leider schien auch über ihren Aufenthaltsort niemand etwas zu wissen. Er beschloß bereits lange vor Einbruch der Nacht, daß man sie von ihm fernhielt. Egwene wollte ihn hinhalten, aber er beabsichtigte, sie erkennen zu lassen, daß er nicht einmal ungehalten war. Um diesem Eindruck nachzuhelfen, ging er tanzen.

Anscheinend dauerten die Feiern zu Ehren einer neuen Amyrlin einen Monat lang, und obwohl jedermann in Salidar den ganzen Tag zu arbeiten schien, wurden an jeder Straßenecke bei Anbruch der Dunkelheit Freudenfeuer entzündet, und Fiedeln und Flöten und sogar eine oder zwei Zimbeln wurden hervorgeholt. Musik und Lachen erfüllten die Luft, und bis zur Schlafenszeit herrschte Ausgelassenheit. Er sah Aes Sedai auf den Straßen mit Kutschern und Stallknechten tanzen, die noch ihre Arbeitskleidung trugen, und Behüter mit Schankmädchen und Köchinnen, die ihre Schürzen abgelegt hatten. Aber Egwene war nicht zu sehen. Der verdammte Amyrlin-Sitz würde nicht auf den Straßen tanzen. Und auch Elayne und Nynaeve waren nirgends zu sehen und ebensowenig Thom und Juilin. Thom hätte selbst mit zwei gebrochenen Beinen keinen Tanz versäumt, es sei denn, man hinderte ihn daran. Mat stürzte sich ins Vergnügen, um jedermann zu zeigen, daß ihn nichts auf der Welt bekümmerte. Es verlief nicht ganz so, wie er es sich gewünscht hätte.

Er tanzte kurze Zeit mit der wunderschönsten Frau, die er je gesehen hatte und die alles über Mat Cauthon wissen wollte. Das war sehr schmeichelhaft, besonders als sie ihn fragte, ob sie den Tanzboden verlassen wollten. Aber nach einer Weile merkte er, daß Halima ihn ständig auf gewisse Art streifte, sich auf gewisse Art vorbeugte, um etwas zu betrachten, so daß er nicht umhin konnte, ihr in den Ausschnitt zu blicken. Er hätte es vielleicht genossen, wenn sie ihm nicht jedesmal mit aufmerksamem Blick und belustigtem Lächeln ins Gesicht gesehen hätte. Sie war auch keine sehr gute Tänzerin – sie versuchte, ihn zu führen –, so daß er sich schließlich entschuldigte.

Es hätte keine große Sache sein sollen, aber bevor er nur zehn Schritte gegangen war, wurde der Fuchskopf auf seiner Brust eiskalt. Er fuhr wild herum und suchte nach einer Ursache. Aber dort war nur Halima, die ihn im Feuerschein ansah. Es dauerte nur einen Moment, bis sie den Arm eines großen Behüters ergriff und auf die Tanzfläche zurückwirbelte, aber er war sich sicher, auf diesem wunderschönen Gesicht Entsetzen gesehen zu haben.

Die Fiedeln spielten eine klagende Melodie, die er erkannte. Zumindest galt dies für eine seiner alten Erinnerungen, die sich nicht sehr verändert hatten, wenn man das Verstreichen eines Zeitraums von über eintausend Jahren in Betracht zog. Die gesungene Weise mußte sich jedoch vollkommen verändert haben, denn diese alten Worte, die in seinem Kopf widerhallten, hätten hier niemals Gehör gefunden.

Vertrau mir, sagte die Aes Sedai.
Ich trage den Himmel auf meinen Schultern.
Vertrau mir, daß ich weiß und tue, was das beste ist,
und ich werde mich um den Rest kümmern.
Aber Vertrauen ist die Eigenschaft dunklen, wachsenden Korns
Vertrauen ist die Eigenschaft von Herzblut.
Vertrauen ist die Eigenschaft des letzten Atemzugs einer Seele.
Vertrauen ist die Eigenschaft des Todes.

»Aes Sedai?« erwiderte eine unförmige junge Frau verächtlich auf seine Frage. Sie war hübsch, und unter anderen Umständen hätte er vielleicht versucht, sie zu küssen und zu umarmen. »Halima ist nur Delanas Schreiberin. Sie neckt die Männer stets. Wie ein Kind mit einem neuen Spielzeug. Sie neckt, nur um auszuprobieren, ob sie es kann. Sie hätte schon häufig in Schwierigkeiten gesteckt, wenn Delana sie nicht schützen würde.«

Vertrau mir, sagte die Königin auf ihrem Thron,
denn ich muß die Bürde ganz allein tragen.
Vertrau mir die Führung und Beurteilung und Regentschaft an,
und niemand wird dich für einen Narren halten.

Aber Vertrauen ist der Klang des am Grab heulenden Hundes.
Vertrauen ist der Klang des geheimen Treubruchs.
Vertrauen ist der Klang des letzten Atemzugs einer Seele.
Vertrauen ist der Klang des Todes.

Vielleicht hatte er sich geirrt. Vielleicht war sie nur darüber entsetzt gewesen, daß er fortging. Nicht viele Männer würden eine Frau verlassen, die so hübsch war, egal ob sie ihn geneckt oder schlecht getanzt hatte. Das mußte es sein. Aber damit blieb seine Frage noch immer unbeantwortet. Wer und Warum? Er sah sich um, betrachtete die Tänzer und die Menschen, die am Rande der Schatten zusahen und warteten, bis sie an der Reihe waren. Der blonde Jäger des Horns, der ihm vertraut erschienen war, wirbelte mit einer besonders grobknochigen Frau vorbei, deren Zopf fast senkrecht hinter ihr abstand. Mat konnte Aes Sedai an ihren Gesichtern erkennen – die meisten jedenfalls –, aber er konnte nicht feststellen, welche versucht hatte … was auch immer sie versucht hatte.

Er schlenderte die Straße zum nächsten Freudenfeuer hinab, nicht nur um von diesem Lied fortzukommen, bevor es mit ›Der König von der Höhe‹ und ›Die Lady und der Lord‹ bis zu ›Die Liebe deines Lebens‹ in seinem Kopf weiterging. Bei dieser alten Erinnerung kam ihm wieder in den Sinn, daß er dieses Lied für die Liebe seines Lebens geschrieben hatte. *Vertrauen ist der Geschmack des Todes.* An der nächsten Straßenecke spielten ein Mann mit einer Fiedel und eine Frau mit einer Flöte etwas, was wie ›Plustere dich auf‹ klang – ein passendes Lied für einen Volkstanz.

Wie weit konnte er Egwene trauen? Sie war jetzt eine Aes Sedai. Sie mußte eine sein, wenn sie die Amyrlin war, wenn auch eine Amyrlin aus dem einfachen Volk. Nun, was auch immer sie war, sie war Egwene. Er konnte nicht glauben, daß sie ihn so unvorbereitet angreifen würde. Nynaeve könnte es natürlich tun, aber nicht, um ihn wirklich zu verletzen, obwohl seine Hüfte noch immer schmerzte. Und nur das Licht wußte, wozu eine Frau wie Elayne fähig war. Er entschied, daß sie ihn noch immer vertreiben wollten. Er mußte wahrscheinlich mit weiteren Versuchen rechnen. Er sollte am besten nicht darauf achten. Er hoffte fast, daß sie es erneut versuchen würden. Sie konnten ihn nicht mit der Macht berühren, und je stärker sie sich bemühten und es mißlang – nun, desto klarer würde ihnen, daß er nicht zu vertreiben war.

Myrelle trat hinter ihn und beobachtete die Tänzer. Er erinnerte sich vage an sie. Er glaubte nicht, daß sie etwas Gefährliches über ihn wußte. Er glaubte es nicht. Sie war natürlich nicht so schön wie Halima, aber immer noch ausgesprochen hübsch. Flackernde Schatten huschten über ihr Gesicht, so daß er fast vergaß, daß sie eine Aes Sedai war.

»Eine warme Nacht«, sagte sie lächelnd und sprach dann so beiläufig weiter, während er ihren Anblick genoß, daß er einige Zeit brauchte, bis er erkannte, was sie vorhatte.

»Das finde ich nicht«, erwiderte er höflich, als sie ihn schließlich zu Wort kommen ließ. Das hatte man davon, wenn man vergaß. Aes Sedai waren Aes Sedai.

Sie lächelte nur. »Es hätte viele Vorteile, und ich würde Euch nicht zu stark einschränken. Es hätte sehr viele Vorteile. Ihr habt ein gefährliches Leben erwählt, oder es wurde für Euch erwählt. Ein Behüter hätte vielleicht bessere Aussichten zu überleben.«

»Das glaube ich wirklich nicht. Nein, aber danke für das Angebot.«

»Denkt darüber nach, Mat. Es sei denn ... Hat die Amyrlin sich Euch zugeschworen?«

»Nein.« Das würde Egwene nicht tun. Oder doch? Sie konnte es nicht tun, solange er das Medaillon trug, aber würde sie es tun, wenn er es nicht mehr besässe? »Wenn Ihr mich entschuldigen würdet?« Er verbeugte sich knapp und ging schnell davon, zu einer hübschen, blauäugigen jungen Frau, die im Takt der Musik mit dem Fuß wippte. Sie hatte einen hübschen Mund, genau richtig zum Küssen, und er wollte sich amüsieren. »Ich habe Eure Augen gesehen und konnte nicht umhin, hierher zu eilen. Möchtet Ihr tanzen?«

Er sah den Großen Schlangenring an ihrer rechten Hand zu spät, und dann öffnete sich der hübsche Mund, und eine ihm bekannte Stimme sagte trocken: »Ich habe Euch einmal gefragt, ob Ihr dasein würdet, wenn das Haus brennt, mein Junge, aber anscheinend macht Ihr es Euch zur Gewohnheit, ins Feuer hineinzuspringen. Jetzt geht und sucht Euch eine andere zum Tanzen.«

Siuan Sanche! Sie war gedämpft und tot! Sie sah ihn mit dem Gesicht einer jungen Frau an, das sie gestohlen hatte, und trug einen Aes-Sedai-Ring! Er hatte *Siuan Sanche* um einen Tanz gebeten!

Während er sich umschaute, wirbelte eine geschmeidige junge Domani-Frau in einem hellgrünen Gewand vorbei, das so dünn war, daß ihre Gestalt vom Freudenfeuer durch den Stoff abgezeichnet wurde. Sie gewährte Siuan einen frostigen Blick, den diese mit Interesse erwiderte, und riß ihn fast aus den Reihen der Tänzer heraus. Sie war so groß wie eine Aiel. Ihre dunklen Augen lagen ein wenig höher als seine eigenen. »Ich bin übrigens Leane«, sagte sie mit einer honigsüßen Stimme, »falls Ihr mich nicht erkannt habt.« Ihr tiefes Lachen war fast eine Liebkosung.

Er zuckte zusammen und verdarb fast die erste Drehung. Auch sie trug den Ring. Er bewegte sich rein mechanisch. Sie lag trotz ihrer Größe wie eine Feder in seinen Armen, wie ein dahinschwebender Schwan, aber das konnte sicherlich die Frage nicht verdrängen, die wie ein Feuerwerk in seinem Kopf dröhnte: Wie? Wie, unter dem Licht? Um das alles noch zu überbieten, sagte sie, als der Tanz vorüber war, mit dieser streichelnden Stimme: »Ihr seid ein sehr guter Tänzer.« Und dann küßte sie ihn fast vollendeter, als er jemals zuvor geküßt worden war. Er war so erschrocken, daß er sich ihr nicht einmal zu entziehen versuchte. Sie tätschelte ihm seufzend die Wange. »Ein sehr guter Tänzer. Denkt daran, wenn Ihr es das nächste Mal versucht, und Ihr werdet besser sein.« Lachend ging sie davon und tanzte erneut mit irgendeinem Burschen aus der Zuschauermenge.

Mat beschloß, daß er so viel erlebt hatte, wie ein Mann in einer Nacht ertragen konnte. Er ging zum Stall zurück und legte sich schlafen, wobei er seinen Sattel als Kissen benutzte. Seine Träume wären erfreulicher gewesen, wenn sie nicht Myrelle und Siuan und Leane und Halima mit einbezogen hätten. Ein Mann konnte Träume von Natur aus nicht deuten.

Der nächste Tag mußte besser werden, dachte er, als sich in der Dämmerung Vanins Gestalt auf dem Heuboden abzeichnete, der ebenfalls auf seinem Sattel schlief. Talmanes verstand und würde die Stellung halten. Behüter hatten die Vorbereitungen der Horde verfolgt, wollten zweifellos gesehen werden, aber niemand hatte sich der Horde genähert. Eine weniger erfreuliche Überraschung war die Entdeckung von Olvers Grauem im Hof hinter dem Stall, während Olver selbst in seine Decken gerollt in einer Ecke lag.

»Ihr braucht jemanden, der Euch den Rücken freihält«, belehrte er Mat düster. »Man kann ihr nicht trauen.« Er brauchte Aviendhas Namen nicht zu erwähnen.

Olver hatte kein Interesse daran, mit den Kindern im Dorf zu spielen, so daß Mat den Jungen ertragen mußte, während er ihm in Salidar überallhin nachging, sein Bestes tat, den schwebenden Gang eines Behüters nachzuahmen und ständig nach Aviendha Ausschau hielt, die noch immer nirgends zu sehen war, genauso wenig wie Elayne und Nynaeve. Und die Amyrlin war noch immer beschäftigt. Thom und Juilin waren ebenfalls beschäftigt. Vanin gelang es, einiges aufzuschnappen, aber es war nichts dabei, was Mat glücklich gemacht hätte. Wenn Nynaeve sowohl Siuan als auch Leane wirklich geheilt hatte, wäre sie jetzt unerträglicher denn je. Sie hatte schon immer viel von sich gehalten, und wenn sie vollbracht hatte, was nicht vollbracht werden konnte, wäre ihr Kopf wohl größer als eine Wassermelone. Aber das war noch das wenigste. Die Erwähnung Logains und der Roten Ajah machte Mat Sorgen. Das klang wie etwas, was keine Aes Sedai verzeihen würde. Wenn Gareth Bryne ihr Heer anführte, ging es nicht um Bauernpöbel und das Leerfegen der Straßen mit wenigen Behütern zur Verstärkung. Wenn man dazu noch bedachte, daß Vanin gesehen hatte, wie Lebensmittel eingewickelt und für unterwegs in Fässer verpackt wurden, dann klang das nach Schwierigkeiten. Die schlimmsten Schwierigkeiten, die er sich vorstellen konnte, fast so schlimm, wie einen der Verlorenen gegenüber am Tisch sitzen zu haben, wenn ein Dutzend Trollocs zur Tür hereinkommt. Nichts von alledem machte sie zu geringeren Narren. Es machte sie zu sehr gefährlichen Narren. Wenn Thom jemals aus seinem Versteck käme, könnte er einer seiner Geschichten vielleicht auch einmal ein ›Wie‹ entnehmen.

Abends sprach Myrelle ihn erneut an, ob er ein Behüter werden wolle, und wurde ein wenig ärgerlich, als er ihr sagte, ihres sei bereits das fünfte Angebot, das er seit Sonnenaufgang abgelehnt habe. Er war sich nicht sicher, ob sie ihm glaubte. Sie stürmte so beleidigt davon, wie er es noch nie zuvor bei einer Aes Sedai erlebt hatte. Aber es stimmte. Das allererste Angebot war, als er noch zu frühstücken versucht hatte, von jener Delana gekommen, für die Halima arbeitete, eine stämmige, hellhaarige Frau mit wässerigen blauen Augen, die ihn heftig bedrängte. An diesem Abend hielt er sich vom Tanzboden fern und legte sich mit Musik und Lachen in den Ohren schlafen. Aber beides klang jetzt bitter.

Es war spät am Nachmittag seines zweiten Tages in Salidar, als ein Mädchen in einem weißen Gewand erschien, hübsch, mit Sommersprossen und sehr um frostige Würde bemüht, was ihr beinahe gelang. »Ihr werdet sofort vor der Amyrlin erscheinen.« Punktum, und kein Wort mehr. Mat bedeutete ihr, sie solle vorausgehen. Es schien angemessen, und offenbar gefiel es ihr.

Alle waren sie in dem Raum in der Kleinen Burg: Egwene und Nynaeve und Elayne und Aviendha, obwohl er zweimal hinsehen mußte, um die Aielfrau in einem Blauen Gewand aus edlem Stoff mit Spitzenkragen und Manschetten zu erkennen. Zumindest versuchten weder Aviendha noch Elayne einander zu erwürgen, aber sie zeigten beide versteinerte Gesichter, worin sie sich von Egwene und Nynaeve nicht unterschieden. Alle vier Gesichter waren vollkommen ausdruckslos, und aller Augen waren auf ihn gerichtet. Es gelang ihm, den Mund zu halten, während Egwene seine Möglichkeiten aufzählte, wie sie diese sah, während sie mit einer gestreiften Stola um die Schultern hinter dem Tisch saß.

»Solltest du glauben, daß du nichts von alledem zustande bringen kannst«, beendete sie ihre Rede, »dann erinnere dich, daß ich dich jederzeit auf dein Pferd binden und zur Horde zurückbringen lassen kann. In Salidar ist kein Platz für Faulpelze und Drückeberger. Das werde ich nicht dulden. Du hast die Wahl: Entweder gehst du mit Elayne und Nynaeve nach Ebou Dar, oder du gehst fort und siehst zu, wen du mit deinen Flaggen und Bannern beeindrucken kannst.«

Wodurch ihm tatsächlich überhaupt keine Wahlmöglichkeit blieb. Als er dies sagte, veränderte sich niemandes Gesichtsausdruck. Wenn überhaupt eine Regung zu erkennen war, nahm Nynaeves Gesicht allenfalls noch einen versteinerteren Ausdruck an. Und Egwene sagte nur: »Ich bin froh, daß dies geklärt ist, Mat. Und jetzt habe ich tausend Dinge zu erledigen. Ich werde versuchen, dich noch einmal zu sehen, bevor du gehst.« Er wurde wie ein Stallbursche entlassen. Die Amyrlin war beschäftigt. Sie hätte ihm wenigstens eine Kupfermünze zuwerfen können.

An seinem dritten Morgen in Salidar fand sich Mat unmittelbar außerhalb davon wieder, auf freiem Feld zwischen dem Dorf und dem Wald. »Sie können hier warten, bis ich zurückkomme«, belehrte er Talmanes, während er über die Schulter zu den Pferden schaute. Sie würden bald kommen, und er wollte nicht, daß Egwene irgend etwas hiervon erfuhr, denn sie würde es nach Möglichkeit zu verhindern versuchen. »Ich hoffe es jedenfalls. Wenn sie sich regen, folgt ihnen, wohin auch immer sie gehen, aber niemals so nahe, daß sie sich ängstigen. Und wenn eine junge Frau namens Egwene auftaucht, stellt ihr keine Fragen, sondern nehmt sie einfach mit und reitet nach Caemlyn, und wenn ihr durch Gareth Bryne hindurchreiten müßt.« Sie könnten sehr wohl vorhaben, nach Caemlyn zu ziehen. Die Möglichkeit bestand durchaus. Er befürchtete jedoch, daß ihr Ziel Tar Valon sein könnte. Tar Valon und die Axt des Henkers. »Und nehmt Nerim mit Euch.«

Talmanes schüttelte den Kopf. »Wenn Ihr Nalesean mitnehmt, wird es als Beleidigung aufgefaßt werden, wenn Ihr mich nicht meinen Mann mitschicken laßt, damit er sich um Eure Belange kümmert.« Mat wünschte, Talmanes würde hin und wieder lächeln. Es wäre hilfreich zu erkennen, wann er etwas ernst meinte.

Nerim stand mit Pips ein Stück entfernt, und seine kleine, unförmige braune Stute sowie zwei Packpferde mit bis obenhin vollgestopften Weidenkörben ragten über ihm auf. Naleseans Mann, ein stämmiger Bursche namens Lopin, führte außer seinem Wallach und Naleseans großem schwarzen Hengst nur ein Packpferd mit sich.

Das war noch nicht die ganze Gruppe. Niemand schien bereit, ihm mehr zu sagen, als wo und wann er sich einfinden sollte, aber mitten in einem weiteren Gespräch über die Behüter hatte Myrelle ihn wissen lassen, es sei jetzt in Ordnung, wenn er sich mit der Horde in Verbindung setzte, solange er sie nicht näher an Salidar heranzubringen versuchte. Das wäre ihm als letztes in den Sinn gekommen. Vanin war heute morgen hier, weil er die Lage des Landes auskundschaften konnte, sowie ein Dutzend wegen ihrer breiten Schultern und ihrer in Maerone als Rotwaffen erwiesenen Disziplin aus der Horde auserwählte Reiter. Nalesean meinte, schnelle Fäuste und Keulen sollten jegliche Ungelegenheit abwehren können, in die Nynaeve und Elayne geraten mochten, zumindest ausreichend lange, um sie fortzubringen. Das letzte Mitglied der Gruppe war Olver auf seinem Grauen, den er ›Wind‹ genannt hatte, was das langbeinige Tier vielleicht sogar verdiente. Bei Olver hatte es Bedenken gegeben. Die Horde könnte sehr wohl auf Schwierigkeiten stoßen, wenn sie diesem Haufen verrückter Frauen tatsächlich folgen mußten. Vielleicht keine Schwierigkeiten mit Bryne, aber es würden sich genügend viele Adlige über zwei Heere erzürnen, die ihre Ländereien durchqueren, was nächtliche Angriffe auf die Pferde und aus jedem zweiten Dickicht hervorfliegende Pfeile bedeutete.

Noch immer war kein Anzeichen der Aes Sedai zu erkennen, als die Sonne bereits über die Baumwipfel stieg.

Mat riß sich verärgert den Hut vom Kopf. »Nalesean kennt Ebou Dar, Talmanes.« Der Tairener grinste und nickte. Talmanes' Gesichtsausdruck änderte sich nicht.

»Oh, das ist schon in Ordnung. Nerim kommt mit.« Talmanes neigte den Kopf. Vielleicht hatte er es ernst gemeint.

Schließlich regte sich im Dorf etwas – eine berittene Gruppe Frauen kam heran, die Packpferde mit sich führten. Es waren nicht nur Elayne und Nynaeve, obwohl er niemanden sonst erwartet hatte. Aviendha trug ein graues Reitgewand, aber sie wirkte auf ihrer hageren, grauen Stute äußerst unbeholfen. Die Jägerin mit dem blonden Zopf wirkte auf ihrem breitkruppigen, mausgrauen Wallach zuversichtlicher und schien Aviendha gerade von irgend etwas, das ihre Stute betraf, überzeugen zu wollen. Was wollten die beiden dort? Auch zwei Aes Sedai waren dabei – weitere Aes Sedai außer Nynaeve und Elayne, sollte er vermutlich sagen –, schlanke Frauen mit weißem Haar, was er bei einer Aes Sedai noch niemals zuvor gesehen hatte. Ein alter Bursche folgte ihnen zu Pferde und mit einem Packtier, ein sehniger Mann mit schütterem grauen Haar. Mat brauchte einen Moment, um zu erkennen, daß er ein Behüter war, da einer dieser die Farben verändernden Umhänge seinen Rücken herabhing. Das bedeutete es, ein Behüter zu sein: Aes Sedai bearbeiteten sie, bis ihnen das Haar ausfiel, und bearbeiteten dann wahrscheinlich auch noch ihre Knochen, wenn sie tot waren.

Thom und Juilin folgten dichtauf, und auch sie führten ein Packpferd mit sich. Die Frauen blieben mit ihrem betagten Behüter ungefähr fünfzig Schritte zur Linken stehen und sahen Mat und seine Männer kaum an. Der Gaukler betrachtete Nynaeve und die anderen und sprach dann mit Juilin, woraufhin sie ihre Pferde auf Mat zuführten, aber dann jäh stehenblieben, als wären sie nicht sicher, willkommen zu sein. Mat ging zu ihnen.

»Ich muß mich entschuldigen, Mat«, sagte Thom und zupfte an seinem Schnurrbart. »Elayne hatte bestimmt, daß ich nicht mehr mit dir sprechen durfte. Sie hat diesen Befehl erst heute morgen aufgehoben. Ich versprach ihr in einem schwachen Moment vor mehreren Monaten, ihren Befehlen zu folgen, und auf diesem Versprechen beharrt sie zu den ungelegensten Zeiten. Sie war nicht sehr erfreut darüber, daß ich soviel gesagt hatte.«

»Nynaeve hat mir gedroht, mir ein blaues Auge zu verpassen, wenn ich mich dir nähern würde«, sagte Juilin verdrießlich, während er sich auf seinen Bambusstock lehnte. Er trug die rote Kappe der Taraboner, die nicht viel Schutz vor der Sonne gewährte, und selbst sie wirkte verdrießlich.

Mat betrachtete die Frauen. Nynaeve spähte über den Sattel hinweg zu ihm, aber als sie bemerkte, daß er sie ansah, duckte sie sich hinter den Hals ihrer unförmigen braunen Stute. Er hätte geglaubt, daß nicht einmal Nynaeve Juilin überlegen wäre, aber der dunkle Diebefänger war nur noch ein Schatten des Mannes, den er in Tear kennengelernt hatte. Jener Juilin war zu allem bereit gewesen. Jetzt runzelte Juilin ständig die Stirn und schien niemals aufzuhören, sich zu sorgen. »Wir werden ihr auf dieser Reise Manieren beibringen, Juilin. Thom, ich bin derjenige, der sich entschuldigen muß – wegen dem, was ich über den Brief gesagt habe. Die Hitze und die Sorge um die törichten Frauen waren schuld. Ich hoffe, der Brief enthielt gute Nachrichten.« Er erinnerte sich zu spät an Thoms Worte. Er hatte die Frau, die diesen Brief geschrieben hatte, sterbend zurückgelassen.

Aber Thom zuckte nur die Achseln. Mat wußte nicht, wie er ihn ohne seinen Gauklerumhang nehmen sollte. »Gute Neuigkeiten? Das habe ich noch nicht in Erfahrung bringen können. Oft weiß man nicht, ob eine Frau eine Freundin, eine Feindin oder eine Geliebte ist, bis es zu spät ist. Manchmal ist sie alles zugleich.« Mat erwartete ein Lachen, aber Thom runzelte nur die Stirn und seufzte. »Frauen scheinen sich gern geheimnisvoll zu geben, Mat. Ich kann dir ein Beispiel nennen. Erinnerst du dich an Aludra?«

Mat dachte nach. »Die Feuerwerkerin, die wir in Aringill davor bewahrt haben, daß ihr die Kehle durchgeschnitten wurde?«

»Genau die. Juilin und ich trafen sie auf unseren Reisen, und sie kannte mich nicht… Nicht daß sie mich nicht *wiedererkannt* hätte. Man redet mit Fremden, mit denen man reist, um sie kennenzulernen. Aludra wollte nicht mit mir reden, und auch wenn ich nicht weiß warum, sah ich keinen Grund, Eindruck zu schinden. Ich traf sie als Fremde und verließ sie als Fremde. Würdest du sie als eine Freundin oder eine Feindin bezeichnen?«

»Vielleicht eine Geliebte«, antwortete Mat trocken. Er hätte nichts dagegen, Aludra wiederzubegegnen. Sie hatte ihm einige sehr nützliche Anregungen gegeben. »Wenn du etwas über Frauen wissen willst, dann frage Perrin, nicht mich. Ich weiß überhaupt nichts. Ich habe immer gedacht, Rand wüßte etwas darüber, aber bei Perrin bin ich mir dessen sicher.« Elayne sprach unter den wachsamen Blicken der Jägerin mit den beiden weißhaarigen Aes Sedai. Eine von ihnen schaute nachdenklich in Mats Richtung. Sie verhielten sich genau wie Elayne, kühl wie Königinnen auf ihrem verdammten Thron. »Nun, vielleicht brauche ich mich nicht lange mit ihnen aufzuhalten«, murmelte er zu sich selbst. »Mit etwas Glück wird ihr Vorhaben nicht allzu lange dauern, und wir können in fünf oder zehn Tagen zurücksein.« Mit etwas Glück wäre er vielleicht zurück, bevor die Horde die unvernünftigen Frauen unbemerkt zu beschatten begann. Zwei Heere zu verfolgen wäre natürlich genauso leicht, wie einen Kuchen zu stehlen, aber er wollte nicht mehr Zeit in Elaynes Gegenwart verbringen als nötig.

»Zehn Tage?« sagte Thom. »Mat, selbst mit diesem

Wegetor wird es schon fünf oder sechs Tage dauern, bis wir Ebou Dar erreichen. Das ist zwar besser als ein Ritt von zwanzig Tagen, aber …«

Mat hörte nicht mehr zu. Der ganze Ärger, der sich aufgebaut hatte, seit er Egwene zum ersten Mal gesehen hatte, brach sich jäh Bahn. Er riß sich den Hut vom Kopf und näherte sich Elayne und den anderen Frauen. Es war schon schlimm genug, ihn im ungewissen zu lassen – wie sollte er sie vor Gefahr schützen, wenn sie ihm nichts sagten? –, aber dies war lächerlich. Nynaeve sah ihn kommen und flüchtete hinter ihre Stute.

»Es wird ein Erlebnis sein, mit einem *Ta'veren* zu reisen«, bemerkte eine der weißhaarigen Aes Sedai. Mat konnte auch aus der Nähe ihr Alter nicht bestimmen, aber irgendwie vermittelte ihr Gesicht den Eindruck hohen Alters. Es mußte an ihrem Haar liegen. Die andere Aes Sedai hätte ihr Spiegelbild sein können. Vielleicht waren sie tatsächlich Schwestern. »Ich bin Vandene Namelle.«

Mat war nicht in der Stimmung, darüber zu sprechen, daß er ein *Ta'veren* war. Er war niemals in dieser Stimmung, aber jetzt ganz sicher nicht. »Was ist das für ein Unsinn, daß wir fünf oder sechs Tage bis Ebou Dar brauchen?« Der alte Behüter richtete sich auf und sah ihn scharf an, und Mat taxierte auch ihn neu. Er war zwar sehnig, aber auch hart wie alte Wurzeln, was man seiner Stimme nicht anmerkte. »Ihr könnt in Sichtweite Ebou Dars ein Wegetor eröffnen. Wir sind kein verdammtes Heer, das jemanden ängstigen will, und was das Erscheinen aus dem Nichts betrifft, so seid Ihr Aes Sedai. Die Menschen erwarten von Euch, daß Ihr aus dem Nichts erscheint und durch Mauern geht.«

»Ich fürchte, Ihr sprecht die Falsche an«, sagte Vandene. Er betrachtete die andere weißhaarige Frau, die den Kopf schüttelte, während Vandene hinzufügte: »Ich fürchte, Adeleas ist auch nicht die Richtige. Es scheint, daß wir einigen der neuen Dinge nicht gewachsen sind.«

Mat zögerte, zog dann seinen Hut in die Stirn und wandte sich Elayne zu.

Sie reckte das Kinn empor. »Anscheinend weißt du noch weniger, als du zu wissen glaubst, Mat Cauthon«, sagte sie kühl. Er sah, daß sie nicht schwitzte, nicht mehr als die beiden anderen Aes Sedai. Die Jägerin sah ihn herausfordernd an. »Es gibt in hundert Meilen Umkreis um Ebou Dar Dörfer und Bauernhöfe«, fuhr Elayne fort, einem Narren das Offensichtliche erklärend. »Ein Wegetor ist nicht ungefährlich. Ich möchte nicht die Schafe oder Kühe irgendeines armen Mannes töten, und noch viel weniger den armen Mann selbst.«

Er haßte ihren Tonfall. Sie hatte recht, aber er würde nicht zugeben, daß sie recht hatte, nicht ihr gegenüber, und während er nach einem Ausweg suchte, sah er Egwene mit zwei Dutzend oder mehr Aes Sedai aus dem Dorf herankommen, von denen die meisten mit Fransen besetzte Stolen trugen. Oder genauer gesagt: Egwene kam, und die anderen folgten ihr. Den Kopf hoch erhoben, schaute sie strikt geradeaus, die gestreifte Stola um den Hals gelegt. Die anderen schritten in kleinen Gruppen hinter ihr einher. Sheriam, welche die blaue Stola der Hüterin trug, sprach mit Myrelle und einer Aes Sedai mit gutmütigem Gesicht, die mütterlich wirkte. Mat erkannte als einzige Aes Sedai Delana. Alle sprachen miteinander, ohne auf die Frau zu achten, die sie zur Amyrlin ernannt hatten. Egwene hätte genausogut allein sein können. Und sie wirkte allein. Da er sie kannte, wußte er, daß sie sich sehr bemühte, ihrer Ernennung gerecht zu werden, und sie ließen sie, für jedermann sichtbar, allein gehen.

In den Krater des Verderbens mit ihnen, wenn sie glauben, sie könnten eine Frau aus den Zwei Flüssen so behandeln, dachte Mat grimmig.

Er trat auf Egwene zu, nahm den Hut vom Kopf und verbeugte sich so ehrerbietig wie möglich, und er konnte es gut, wenn es sein mußte. »Guten Morgen, Mutter, das Licht möge auf Euch scheinen«, sagte er laut genug, daß er auch im Dorf gehört wurde. Er kniete sich hin, ergriff ihre rechte Hand und küßte ihren Großen Schlangenring. Ein schneller Blick und eine Grimasse zu Talmanes und den anderen ließ sie alle eilig hinknien und rufen: »Das Licht bescheine Euch, Mutter.« Sogar Thom und Juilin.

Egwene wirkte zuerst bestürzt, obwohl sie es rasch verbarg. Dann lächelte sie und sagte weich: »Danke, Mat.«

Er sah einen Moment zu ihr hoch, räusperte sich dann, erhob sich und klopfte sich den Staub von den Knien. Sheriam und alle anderen hinter Egwene sahen ihn an. »Ich habe dich nicht hier erwartet«, sagte er leise, »aber andererseits scheint es hier vieles zu geben, was ich nicht erwartet habe. Ist es üblich, daß die Amyrlin Reisende verabschiedet? Du wirst mir doch jetzt nicht etwa erzählen wollen, worum es bei alledem geht, oder?«

Sie hätte es vielleicht im ersten Moment getan, aber dann biß sie die Zähne zusammen und schüttelte leicht den Kopf. »Ich werde Freunde immer verabschieden, Mat. Ich hätte schon früher mit dir gesprochen, wenn ich nicht so beschäftigt gewesen wäre. Mat, halte dich in Ebou Dar von Schwierigkeiten fern.«

Er sah sie entrüstet an. Hier kniete er sich hin und küßte Ringe, und sie sagte *ihm*, er solle sich von Schwierigkeiten fernhalten, wenn er doch nur das Ziel verfolgte, Elayne und Nynaeve mit heiler Haut davonkommen zu lassen. »Ich werde es versuchen, Mutter«, sagte er mit etwas verzerrter Stimme. Vielleicht waren Sheriam und einige der anderen nahe genug, ihn zu hören. »Wenn Ihr mich entschuldigen wollt – ich muß mich um meine Männer kümmern.«

Eine weitere Verbeugung, und er ging einige Schritte rückwärts, bevor er zu der Stelle trat, wo Talmanes und die anderen noch immer knieten. »Wollt ihr so verharren, bis ihr Wurzeln schlagt?« grollte er. »Steigt auf.« Alle außer Talmanes stiegen in die Sättel.

Egwene wechselte einige Worte mit Elayne und Nynaeve, während Vandene und Adeleas zu Sheriam traten, um mit ihr zu sprechen. Und dann war die Zeit, nach allem Trödeln, doch sehr schnell gekommen. Mat erwartete irgendeine Art von Zeremonie, da Egwene in ihrer Stola dabei war, aber sie und die anderen, die nicht mit fortgingen, zogen sich nur ein kleines Stück zurück. Elayne trat vor, und plötzlich erschien vor ihr ein Blitzstrahl, der sich zu einer Öffnung erweiterte. Was durch diese Öffnung zu sehen war – anscheinend ein niedriger, mit braunem Gras bedeckter Hügel – kam aus einer Drehbewegung heraus zum Stillstand. Genauso wie bei Rand. Fast zumindest.

»Steigt ab«, befahl Mat. Elayne wirkte sehr zufrieden mit sich, aber ob dem so war oder nicht, das Wegetor war nicht so groß wie dasjenige, das Rand für die Horde geschaffen hatte. Natürlich waren sie nicht annähernd so viele Personen wie die Horde, aber sie hätte es wenigstens so hoch gestalten können, daß man hätte hindurchreiten können.

Auf der anderen Seite erstreckten sich niedrige, wogende, mit braunem Gras bewachsene Hügel, so weit Mat sehen konnte, auch als er wieder auf Pips' Rücken stieg, obwohl eine dunkle Fläche im Süden Wald vermuten ließ. Sandfarbene Hügel.

»Wir dürfen die Pferde nicht zu hart vorantreiben«, sagte Adeleas, während sie ihre rundliche, graue Stute mühelos umwandte, sobald das Wegetor verschwunden war.

»Oh, natürlich nicht«, sagte Vandene. Ihr Pferd war ein großer, schlanker schwarzer Wallach. Vandene und

Adeleas brachen gen Süden auf und bedeuteten den anderen, ihnen zu folgen. Der alte Behüter ritt rechts hinter ihnen.

Nynaeve und Elayne wechselten verärgerte Blicke, gruben ihren Stuten aber dann die Fersen in die Seiten, um die älteren Frauen einzuholen, wobei die Pferdehufe Staub aufwirbelten, bis sie auf gleicher Höhe waren. Die blonde Jägerin blieb ihnen genauso beharrlich auf den Fersen wie der Behüter den anderen beiden.

Mat löste seufzend das schwarze Tuch um seinen Hals und band es sich über Nase und Mund. So sehr es ihm vielleicht auch gefiel, wenn die älteren Aes Sedai diesen beiden Vernunft beibrachten, so wünschte er sich doch nur einen ereignislosen Ritt, einen kurzen Aufenthalt in Ebou Dar und eine schnelle Rückkehr nach Salidar, bevor Egwene etwas Törichtes tat, das nicht wiedergutzumachen war. Frauen machten ihm stets Schwierigkeiten. Er verstand es nicht.

Als das Wegetor verblaßte, seufzte Egwene. Vielleicht konnten Elayne und Nynaeve gemeinsam verhindern, daß Mat in zu große Schwierigkeiten geriet. Ihn vollständig davon fernzuhalten, war wahrscheinlich zuviel verlangt. Sie empfand Bedauern darüber, daß sie ihn benutzte, aber er war dort, wo er sich jetzt befand, vielleicht von Nutzen, und er hatte von der Horde getrennt werden müssen. Außerdem verdiente er es. Vielleicht würde Elayne ihm *tatsächlich* ein paar Manieren beibringen.

Sie wandte sich zu den anderen um, zum Saal und Sheriam und ihrem Kreis. »Jetzt müssen wir unsere Aufgabe weiterführen.«

Aller Augen wandten sich dem Cairhiener im dunklen Umhang zu, der in der Nähe des Waldes gerade auf sein Pferd stieg. Talmanes, dachte Egwene, hatte Mat ihn genannt. Sie hatte es nicht gewagt, zu viele Fragen zu stellen. Er betrachtete sie alle einen Moment und schüttelte den Kopf, bevor er in den Wald hineinritt.

»Ein Mann, der nichts Gutes verheißt, wenn ich schon jemals einen solchen Mann gesehen habe«, sagte Romanda.

Lelaine nickte. »Es wird besser sein, Abstand zwischen uns und Männer wie ihn bringen.«

Egwene erlaubte sich kein Lächeln. Mats Horde hatte vorerst ihren Zweck erfüllt, aber vieles hing jetzt davon ab, welche Befehle Mat diesem Talmanes hinterlassen hatte. Sie glaubte, dabei auf Mat zählen zu können. Siuan sagte, daß dieser Vanin schon Dinge bereinigt hatte, bevor sie auch nur eine Gelegenheit gehabt hatte, sie ihm unter die Nase zu reiben. Und wenn sie schutzsuchend zur Horde laufen wollte, müßte die Horde ihr nahe sein. »Wollen wir zu unseren Pferden gehen?« fragte sie. »Wenn wir jetzt losreiten, sollten wir Lord Bryne noch vor Sonnenuntergang einholen.«

KAPITEL 3

Ein bitterer Gedanke

Als Vilnar seinen berittenen Spähtrupp durch die Straßen der Neustadt führte, nicht weit von der hohen äußeren Stadtmauer entfernt, deren graue Quader in der Mittagssonne wie von silbernen und weißen Streifen durchzogen wirkte, dachte er darüber nach, sich seinen Bart abzurasieren. Einige andere hatten dies bereits getan. Wenn jedermann sagte, diese Hitze sei unnatürlich, mußte es in Saldaea kühler gewesen sein.

Er fühlte sich ausreichend sicher, um seine Gedanken umherschweifen zu lassen. Er konnte sein Pferd im Schlaf führen, und nur der tollkühnste Taschendieb würde es wagen, in der Nähe von zehn Saldaeanern zu stehlen. Sie ritten fast ziellos voran, damit die Burschen nicht wußten, wo sie in Sicherheit waren. In Wahrheit sperrten sie häufiger einfach nur diejenigen ein, die zu ihnen kamen, als daß sie Diebe fangen mußten, denn auch der hartgesottenste Maulheld in Caemlyn würde zu den Saldaeanern gelaufen kommen, damit sie ihn festnähmen, bevor die Aiel es tun konnten. Also hielt Vilnar nur ein Auge auf die Straße gerichtet und ließ seine Gedanken schweifen. Er dachte über das Mädchen zu Hause in Mehar nach, die er gerne heiraten würde. Teryanes Vater war ein Händler und wünschte sich vielleicht mehr einen Krieger zum Schwiegersohn, als Teryane sich einen zum Ehemann wünschte. Er dachte über das Spiel nach, das diese Aielfrauen vorgeschlagen hatten: ›Der Kuß der Tochter des Speers‹ klang harmlos, aber da war ein Glitzern in ihren Augen gewesen, dem er nicht ganz traute. Aber hauptsächlich dachte er über die Aes Sedai nach.

Vilnar hatte sich stets gewünscht, einer Aes Sedai zu begegnen, und sicherlich konnte es in diesen Zeiten keinen geeigneteren Ort geben als Caemlyn, es sei denn, er ginge eines Tages nach Tar Valon. Offensichtlich waren überall in Caemlyn Aes Sedai. Er war zum *Culains Jagdhund* geritten, wo den Gerüchten nach hundert von ihnen sein sollten, aber er hatte sich im letzten Moment doch nicht überwinden können hineinzugehen. Ein Schwert in Händen, ein Pferd zwischen den Knien und Männer oder Trollocs vor sich gaben ihm Zuversicht, aber der Gedanke an Aes Sedai machte ihn befangen. Außerdem hätte das Gasthaus keine hundert Frauen bewirten können, und die Mädchen, die er sah, waren wahrscheinlich keine Aes Sedai. Er war auch zur *Rosenkrone* gegangen, hatte das Gasthaus von der anderen Straßenseite aus beobachtet, aber er war sich nicht sicher, daß auch nur eine der Frauen, die er gesehen hatte, eine Aes Sedai war, und das machte ihn sicher, daß sie es nicht waren.

Er blinzelte einer dünnen Frau mit breiter Nase zu, die aus einem großen, wohl einem Kaufmann gehörenden Haus trat. Sie blieb zunächst stirnrunzelnd auf der Straße stehen, bevor sie einen breitkrempigen Strohhut aufsetzte und davoneilte. Vilnar schüttelte den Kopf. Er hätte ihr Alter nicht benennen können, aber das allein genügte nicht. Er wußte, wie man eine Aes Sedai erkennt. Jidar hatte behauptet, sie seien so wunderschön, daß sie einen Mann mit einem Lächeln töten könnten, und Rissen beharrte darauf, daß sie einen Fuß größer wären als jeder Mann. Vilnar wußte, daß man sie am Gesicht erkennen konnte, an dem alterslosen Gesicht einer Unsterblichen. Man würde sich unmöglich täuschen können.

Als der Spähtrupp gegenüber dem mit Türmen versehenen, gewölbten Weißbrücken-Tor ankam, vergaß

Vilnar die Aes Sedai. Vor dem Tor erstreckte sich die Straße entlang einer der Bauernmärkte, lange, offene Marktstände, die mit roten oder purpurfarbenen Ziegeln gedeckt waren, Pferche voller Kälber und Schweine und Schafe, Hühner und Enten und Gänse und Stände, an denen von Bohnen bis Rüben alles verkauft wurde. Solche Märkte waren üblicherweise eine Kakophonie von Geschrei, aber jetzt herrschte bis auf die Geräusche der Tiere Stille, die die seltsamste Prozession begleitete, die Vilnar je gesehen hatte.

Es war eine lange Reihe Bauern, die jeweils zu viert auf Pferden nebeneinanderritten, anscheinend noch von Wagen gefolgt. Es waren mit Sicherheit Bauern, da sie grobe Umhänge trugen, aber jeder einzelne von ihnen hatte einen Langen Bogen über den Rücken geschlungen, einen gefüllten Köcher an einer Hüfte und ein Langmesser oder ein Kurzschwert an der anderen. Angeführt wurde die Prozession von einem weißen, rot geränderten und mit einem roten Wolfskopf versehenen Banner vor einer Ansammlung von Menschen, die genauso seltsam anmutete wie die ganze Prozession. Drei Aiel waren dort, natürlich zu Fuß, zwei davon Töchter des Speers, und ein Bursche, dessen hellgrün gestreifter Umhang und grell gelbe Hose ihn als Kesselflicker auswies, nur daß er ein Schwert auf dem Rücken trug. Er führte ein Pferd mit sich, das genauso groß wie ein Nashun-Zugpferd war, mit einem für einen Riesen bestimmten Sattel. Der Anführer schien ein breitschultriger Bursche mit struppigem Haar, einem kurz gestutzten Bart und einer eindrucksvollen Streitaxt am Gürtel zu sein, und neben ihm ritt eine Saldaeanerin mit dunklen, engen, geteilten Röcken, die unentwegt mit äußerst entzücktem Blick zu ihm aufsah …

Vilnar beugte sich im Sattel vor. Er erkannte jene Frau. Er dachte an Lord Bashere, der sich gerade im Königlichen Palast aufhielt. Und er dachte weiterhin an Lady Deira, und sein Herz sank. Sie befand sich ebenfalls im Palast. Wenn einige Aes Sedai diese Prozession mit einer Handbewegung in Trollocs verwandelt hätten, wäre Vilnar überglücklich gewesen. Vielleicht war dies der Preis für Tagträumerei. Hätte er sich auf seine Pflichten besonnen, wäre sein Spähtrupp hier schon längst vorbei gewesen. Aber er hatte seine Befehle.

Während er sich fragte, ob Lady Deira seinen Kopf als Ball benutzen würde, postierte er seine Männer im Tor.

Perrin ließ seinen grauen Hengst bis zehn Schritte hinter das Stadttor gehen, bevor er die Zügel anzog. Stepper war froh, anhalten zu können. Er mochte die Hitze nicht. Die berittenen Männer, die das Tor abschirmten, waren, den kühnen Nasen und schrägstehenden Augen nach zu urteilen, Saldaeaner. Einige trugen glänzende schwarze Bärte, einige dichte Schnurrbärte und einige waren glatt rasiert. Alle Männer außer einem hatten eine Hand am Schwertheft. Die Luft bewegte sich nur durch sie, da nicht einmal eine Brise wehte. Sie roch nicht nach Furcht. Perrin sah Faile an, aber sie hatte sich über den gewölbten Hals ihrer schwarzen Stute gebeugt und machte sich am Zaumzeug zu schaffen. Sie roch schwach nach Seife und Angst. Sie hatten während der letzten gut zweihundert Meilen ihrer Reise die Neuigkeit gehört, daß Saldaeaner in Caemlyn seien, vermutlich angeführt von Failes Vater. Das schien Faile nicht weiter zu beunruhigen, und sie war sicher, daß auch ihre Mutter in Caemlyn sein würde. Sie sagte, auch das mache sie nicht besorgt.

»Wir brauchen die Bogenschützen nicht einmal«, sagte Aram ruhig, während er über sein Schwertheft strich. Seine dunklen Augen funkelten begierig. »Sie sind nur zehn. Wir beide könnten sie allein überwältigen.« Gaul hatte sich verschleiert, und auch Bain und Chiad hatten dies, auf Failes anderer Seite, sicherlich getan.

»Keine Bogenschützen und kein Überwältigen«, sagte Perrin. »Und keine Speere, Gaul.« Er sagte nichts zu Bain oder Chiad. Sie hörten ohnehin nur auf Faile, die nicht bereit schien, allzu bald aufzuschauen oder etwas zu sagen. Gaul senkte nur achselzuckend seinen Schleier. Aram runzelte enttäuscht die Stirn.

Perrin behielt einen freundlichen Gesichtsausdruck bei, während er sich wieder den Saldaeanern zuwandte. Goldgelbe Augen machten einige Menschen nervös. »Mein Name ist Perrin Aybara. Ich denke, Rand al'Thor wird mich sehen wollen.«

Der bärtige Bursche, der sein Schwertheft nicht berührt hatte, verbeugte sich leicht im Sattel. »Ich bin Vilnar Barada, Lord Aybara, Unterleutnant und dem Schwert Lord Davram Basheres verschworen.« Er sagte dies sehr laut, und wenn er darüber nachdachte, hatte er es wohl bewußt vermieden, Faile anzusehen. Sie seufzte bei der Erwähnung ihres Vaters und sah Barada stirnrunzelnd an, um so mehr, als er sie weiterhin nicht beachtete. »Lord Basheres Befehle lauten«, fuhr der Mann fort, »daß kein Adliger Caemlyn mit mehr als zwanzig bewaffneten Männern oder fünfzig Dienern betreten darf.«

Aram regte sich auf seinem Pferd, aber, dank dem Licht, würde er sein Schwert erst ziehen, wenn Perrin es sagte.

Perrin sprach über die Schulter. »Dannil, bringt alle zu der Wiese zurück, an der wir vor ungefähr drei Meilen vorbeigekommen sind, und lagert dort. Wenn sich ein Bauer beschwert, gebt ihm etwas Gold und besänftigt ihn. Laßt ihn wissen, daß er für jeglichen Verlust entschädigt wird. Aram, Ihr geht mit ihnen.«

Dannil Lewin, eine Bohnenstange von einem Mann mit einem dichten Schnurrbart, der seinen Mund fast verbarg, klopfte sich gegen die Stirn, obwohl ihm Perrin wiederholt gesagt hatte, ein einfaches ›in Ordnung‹ würde genügen, und befahl sofort die Umkehr. Aran erstarrte natürlich – es gefiel ihm nie, weit von Perrin entfernt zu sein –, aber er schwieg. Manchmal dachte Perrin, er hätte sich in Gestalt des ehemaligen Kesselflickers einen Wolfshund eingehandelt. Diese Einstellung war nicht gut für einen Mann, aber er wußte nicht, was er dagegen tun sollte.

Er erwartete, daß Faile einiges dazu sagen würde, daß er alle zurückschickte – er erwartete von ihr eine Bemerkung über seinen sogenannten Rang und daß sie darauf beharren würde, die zwanzig von Barada erwähnten Männer mit hineinzunehmen, und soweit möglich auch noch fünfzig Diener –, aber sie beugte sich nur aus dem Sattel herab, um leise mit Bain und Chiad zu sprechen. Er gab vor, nicht zuzuhören, obwohl er doch einen Teil der Worte verstand. Sie sagte etwas über Männer, und es klang belustigt. Frauen schienen stets entweder belustigt oder verärgert, wenn sie über Männer sprachen. Faile war der Grund, warum er alle diese Leute bei sich hatte, und obendrein das Banner, obwohl er noch nicht herausgefunden hatte, wie sie das geschafft hatte. Hinten in den Wagen waren *Diener*, Männer und Frauen, die die *Livree* mit dem Wolfskopf auf der Schulter trugen. Selbst die Zwei-Flüsse-Leute hatten sich nicht beklagt. Sie schienen genauso stolz darauf wie jeder der Flüchtlinge.

»Zufrieden?« fragte er Barada. »Ihr könnt uns jetzt zu Rand begleiten, wenn Ihr uns nicht ungehindert herumlaufen lassen wollt.«

»Ich denke …« Baradas dunkle Augen schossen zu Faile und wieder fort. »Ich denke, das wäre das beste.«

Als Faile sich wieder aufrichtete, gingen Bain und Chiad zur Reihe der Reiter und drängten hindurch, als wären sie nicht da. Die Saldaeaner wirkten nicht einmal überrascht, aber andererseits mußten sie an Aiel gewöhnt sein. Alle Gerüchte besagten, Caemlyn sei bereits voller Aiel.

»Ich muß meine Speer-Brüder suchen«, sagte Gaul

plötzlich. »Möget Ihr stets Wasser und Schatten finden, Perrin Aybara.« Und damit eilte er hinter den Frauen her. Faile verbarg ihr belustigtes Lächeln hinter einer grau behandschuhten Hand.

Perrin schüttelte den Kopf. Gaul wollte, daß Chiad ihn heiratete, aber nach Aielbrauch mußte sie ihn fragen, und obwohl sie, wie Faile glaubte, bereit war, seine Geliebte zu werden, wollte sie den Speer nicht wegen einer Heirat aufgeben. Er schien genauso verletzt, wie es auch ein Zwei-Flüsse-Mädchen unter den gleichen Umständen gewesen wäre. Bain schien irgendwie auch Teil davon zu sein. Perrin verstand nicht, warum Faile beteuerte, es ebenfalls nicht zu wissen, wenn auch ein wenig zu schnell, und Gaul wurde mürrisch, wenn man ihn danach fragte. Ein seltsames Völkchen.

Die Saldaeaner bahnten sich ihren Weg durch die Menge, aber Perrin achtete kaum auf die Menschen oder die Stadt. Er hatte Caemlyn bereits schon einmal gesehen, zumindest einen Teil davon, und er mochte Städte nicht mehr sehr. Wölfe kamen selten nahe an eine Stadt heran. Er hatte seit ein oder zwei Tagen keinen mehr erspürt. Er beobachtete seine Frau mit Seitenblicken und versuchte, es sie nicht merken zu lassen, aber er hätte sie genausogut anstarren können. Sie ritt stets aufrecht, aber jetzt saß sie starr im Sattel und blickte auf Baradas Rücken. Die Schultern des Mannes waren gebeugt, als könne er ihren Blick spüren. Ein Falke blickte weniger durchdringend wie Faile.

Perrin nahm an, daß sie dasselbe dachte wie er, obwohl vielleicht nicht auf die gleiche Art. Ihr Vater. Sie hätte vielleicht einige Erklärungen abzugeben – sie war immerhin davongelaufen, um eine Jägerin des Horns zu werden –, aber Perrin war derjenige, der dem Herrn von Bashere, Tyr und Sidona gegenübertreten und ihm sagen mußte, daß ein Schmied seine Tochter und Erbin geheiratet hatte. Darauf freute Perrin sich nicht. Er hielt sich nicht für ausgesprochen tapfer – zu tun, was man tun mußte, war nicht tapfer –, aber er hatte bisher niemals geglaubt, er könnte ein Feigling sein. Der Gedanke an Failes Vater ließ seinen Mund austrocknen. Vielleicht sollte er sich um das Lager kümmern. Ein an Lord Bashere gesandter Brief könnte alles erklären. Ein sorgfältig aufgesetztes Schreiben könnte zwei oder drei Tage Zeit erfordern. Vielleicht auch mehr. Er war nicht wortgewandt.

Ein Blick auf das träge über dem Königlichen Palast wehende karmesinrote Banner brachte ihn schlagartig in die Gegenwart zurück. Er hatte bereits davon gehört. Perrin wußte, daß es nicht das Drachenbanner war, was auch immer die Gerüchte behaupteten – einige Leute sagten, es bedeute, daß die Aes Sedai Rand dienten; andere meinten, daß er ihnen diente –, und er fragte sich, warum Rand nicht das Drachenbanner hißte. Rand. Er konnte Rand noch immer an ihm zerren spüren, ein höherer *Ta'veren,* der an einem niedriger gestellten *Ta'veren* zog. Er wußte aber nicht, wo Rand sich aufhielt. Es war nicht diese Art von Ziehen. Er hatte die Zwei Flüsse in der Erwartung verlassen, nach Tear oder nur das Licht wußte wohin auch immer zu reiten, und nur ein Gerüchtestrom und Geschichten, die westlich durch Andor zogen, hatten ihn hierhergebracht. Einige sehr beunruhigende Gerüchte und Geschichten. Nein, was er verspürte, war eher das Bedürfnis, Rand nahe zu sein, oder vielleicht Rands Wunsch, ihn zu sehen, wie ein Jucken an einer Stelle zwischen den Schulterblättern, an der er sich nicht kratzen konnte. Jetzt würde sie bald gekratzt, und er wünschte fast, es wäre nicht so. Er hatte einen Traum gehabt, einen, über den Faile mit ihrer Abenteuerlust lachen würde. Er hatte davon geträumt, mit ihr in einem kleinen Haus zu leben, irgendwo auf dem Lande, weit von Städten und allem Zwist entfernt. Es gab in Rands Nähe stets Auseinandersetzungen. Aber Rand brauchte ihn, und er würde tun, was er tun mußte.

In einem großen, von Säulen umgebenen Hof, der von Giebeln überragt wurde, schwang Perrin seinen Gürtel mit dem schweren Gewicht der Streitaxt auf den Sattel – es war eine Erleichterung, dieses Gewicht eine Weile ablegen zu können –, und ein Mann in einem weißen Gewand und eine Frau übernahmen die Pferde. Mit nur wenigen Worten verwies Barada ihn und Faile an Aielmänner mit kaltem Blick, die scharlachrote Stirnbänder mit der schwarz-weißen Scheibe trugen und sie in den Palast geleiteten, und mit noch weniger Worten wurden sie Töchtern des Speers übergeben, die sich genauso kühl verhielten. Perrin kannte keine von ihnen vom Stein her, und seinen Bemühungen, eine Unterhaltung zu beginnen, ernteten nur ausdruckslose Blicke. Ihre Hände flogen in der Zeichensprache der Töchter, und eine von ihnen wurde auserwählt, ihn und Faile tiefer in den Palast hineinzuführen, eine hagere, blonde Frau, die ungefähr in Failes Alter sein mußte. Sie stellte sich als Lerian vor und ermahnte sie, nicht umherzuwandern. Er wünschte, Bain oder Chiad wären hier. Ein vertrautes Gesicht wäre erfreulich gewesen. Faile schritt die Gänge erhobenen Hauptes entlang, und doch schaute sie an jedem Quergang schnell in beide Richtungen. Sie wollte offensichtlich nicht von ihrem Vater überrascht werden.

Schließlich erreichten sie eine Doppeltür, deren jede einen geschnitzten Löwen aufwies, und vor der sich zwei weitere Töchter aus ihrer hockenden Haltung erhoben. Weitere Worte wurden in der Zeichensprache ausgetauscht, bevor die blonde Tochter des Speers ohne anzuklopfen hineinging.

Perrin fragte sich, ob es in Rands Nähe jetzt immer so zuging, als plötzlich die Türen aufflogen und Rand in Hemdsärmeln dastand.

»Perrin! Faile! Möge das Licht an eurem Hochzeitstag geschienen haben«, sagte er lachend und küßte Faile flüchtig. »Ich wünschte, ich hätte dabeisein können.« Sie wirkte genauso verwirrt, wie Perrin sich fühlte.

»Woher weißt du es?« rief er aus, und Rand lachte erneut und schlug ihm auf die Schulter.

»Bode ist hier, Perrin. Bode und Janacy und all die anderen. In Caemlyn ohnehin. So weit haben Verin und Alanna sie gebracht, bevor sie von der Burg hörten.« Er wirkte müde, seine Augen überanstrengt, obwohl sein Lachen nicht so klang. »Licht, Perrin, was sie mir alles über dich erzählt haben! Lord Perrin von den Zwei Flüssen. Was sagt Herrin Luhhan zu alledem?«

»Sie nennt mich auch Lord Perrin«, murmelte Perrin verzerrt. Elsbet Luhhan hatte ihm in seiner Kindheit häufiger eine Tracht Prügel verabreicht als seine Mutter. »Sie vollführt tatsächlich einen Hofknicks vor mir, Rand.« Faile sah ihn fragend an. Sie behauptete stets, er bringe Menschen in Verlegenheit, wenn er all die Verbeugungen und das Knicksen beenden wollte. Und zu seinem Unbehagen darüber, wenn sie dies taten, bemerkte sie, das sei ein Teil des Preises, den er bezahlen müßte.

Die Töchter des Speers, die hineingegangen waren, drängten sich jetzt an Rand vorbei wieder hinaus, und er zuckte zusammen. »Licht, ich lasse euch hier in der Tür stehen. Kommt herein, kommt herein. Lerian, sagt Sulin, daß ich noch gewürzten Wein brauche. Und sagt ihr, sie solle sich beeilen.« Aus irgendeinem Grund lachten die drei Töchter, als hätte Rand etwas Lustiges gesagt.

Nach einem Schritt in den Raum hinein verriet ein Blumenduft Perrin, daß noch eine Frau da war. Als er sie dann erblickte, war er überrascht. »Min?« Das Haar war zu kurzen Locken gestutzt. Das gesäumte Gewand und die Hose schienen falsch, aber das Gesicht stimmte. »Min, du bist es!« Er umarmte sie lachend. »Wir sind fast alle versammelt, stimmt's? Faile, dies ist Min. Ich habe dir von ihr erzählt.«

In diesem Moment erkannte er, was er an seiner Frau wahrnahm, und er wandte sich von Min ab, während sie ihn noch angrinste. Er war sich plötzlich der Tatsache bewußt, daß Mins Hose die Form ihrer Beine sehr gut nachzeichnete. Faile hatte nur sehr wenige Fehler, aber sie neigte ein wenig zu Eifersucht. Er sollte eigentlich nicht wissen, daß sie Calle Coplin eine halbe Meile weit mit einem Strick gejagt hatte – als würde er jemals einen zweiten Blick auf eine andere Frau werfen, wenn er doch sie besaß.

»Faile?« sagte Min und streckte beide Hände aus. »Jede Frau, die es lange genug mit diesem nichtsnutzigen Tolpatsch aushalten kann, um ihn zu heiraten, verdient meine volle Bewunderung. Vermutlich gibt er einen guten Ehemann ab, wenn man ihn erst gezähmt hat.«

Faile ergriff lächelnd Mins Hände, verströmte aber diesen beißenden, rauhen Geruch. »Ich hatte mit dem Zähmen noch keinen Erfolg, Min, aber ich beabsichtige ihn zumindest solange zu behalten, bis es gelingt.«

»Herrin Luhhan vollführt den Hofknicks?« Rand schüttelte ungläubig den Kopf. »Das muß ich sehen, bevor ich es glaube. Wo ist Loial? Ist er mitgekommen? Ihr habt ihn doch nicht draußen gelassen?«

»Er ist mitgekommen«, sagte Perrin und versuchte, Faile im Auge zu behalten, ohne daß es zu offensichtlich wurde, »aber nicht den ganzen Weg. Er sagte, er sei müde und brauche ein *Stedding*, also erzählte ich ihm von einem, das verlassenen nördlich des Weges von Weißbrücke liegt, und er ist zu Fuß dorthin aufgebrochen. Er sagte, er würde es spüren können, wenn er auf ungefähr zehn Meilen herangekommen wäre.«

»Du kennst Rand und Perrin vermutlich sehr gut?« fragte Faile, und Min schaute zu Rand.

»Schon eine ganze Weile. Ich bin ihnen unmittelbar nach ihrem Aufbruch von den Zwei Flüssen begegnet. Sie hielten Baerlon für eine große Stadt.«

»Zu Fuß?« echote Rand.

»Ja«, sagte Perrin zögernd. Failes Duft veränderte sich, die stechende Eifersucht schwand dahin. Warum? »Er benutzt lieber seine Füße. Er hat mit mir um ein Goldstück gewettet, daß er nicht später als zehn Tage nach uns hier in Caemlyn eintreffen würde.« Die beiden Frauen sahen einander an, Faile lächelnd und Min leicht errötend. Min roch ein wenig verlegen, Faile erfreut. Und überrascht, obwohl der Ausdruck auf ihrem Gesicht nur schwach zu erkennen war. »Ich wollte ihm nicht sein Geld abnehmen – er hatte noch fünfzig Meilen oder mehr vor sich –, aber er beharrte darauf. Er wollte die Strecke in fünf Tagen schaffen.«

»Loial hat schon immer behauptet, er könnte bei einem Rennen gegen ein Pferd gewinnen«, sagte Rand lachend, aber dann entstand Schweigen. Das Lachen erstarb. »Ich hoffe, er kommt heil an«, sagte er ernster. Er *war* müde und irgendwie beeinträchtigt. Der Rand, den Perrin zuletzt in Tear gesehen hatte, war weit davon entfernt gewesen, weich zu sein, aber dieser Rand hier ließ jenen wie einen unschuldigen Bauernjungen wirken. Er blinzelte nicht häufig genug, als könnte ein Blinzeln verbergen, was er sehen mußte. Perrin kannte diesen Ausdruck. Er hatte ihn nach den Trolloc-Angriffen, nach dem fünften, nach dem zehnten, auf den Gesichtern von Zwei-Flüsse-Menschen bemerkt, wenn scheinbar alle Hoffnung geschwunden war, man aber weiterkämpfte, weil der Preis für die Aufgabe zu hoch war.

»Mein Lord Drache«, sagte Faile, womit sie Perrin aufschreckte. Sie hatte ihn zuvor stets Rand genannt, obwohl sie den Titel schon seit Weißbrücke hörten, »bitte vergebt mir, aber ich muß ein Wort mit meinem Ehemann wechseln, bevor ich Euch beide verlasse, damit Ihr miteinander reden könnt.«

Sie wartete kaum Rands überraschte Zustimmung ab, bevor sie nahe an Perrin herantrat und ihn umwandte, so daß sie mit dem Rücken zu Rand standen. »Ich werde nicht weit fortgehen, mein liebes Herz. Min und ich werden uns ebenfalls unterhalten, über Dinge, die dich sehr wahrscheinlich langweilen würden.« Sie machte sich an seinen Rockaufschlägen zu schaffen, während sie eilig leise weitersprach, so leise, daß jedermann sich hätte anstrengen müssen, um sie zu verstehen. Manchmal erinnerte sie sich seines guten Hörvermögens. »Denk daran, daß er nicht mehr dein Freund aus Kindertagen ist, Perrin. Er ist der Wiedergeborene Drache, der Lord Drache. Aber du bist der Herr der Zwei Flüsse. Ich weiß, daß du für dich selbst und für die Zwei Flüsse eintreten wirst.« Sie lächelte ihn liebevoll und aufmunternd an. Er hätte sie am liebsten auf der Stelle geküßt. »So«, sagte sie mit lauter Stimme. »Jetzt bist du wieder ordentlich.« Sie gab keinerlei eifersüchtige Duftstoffe mehr ab.

Sie vollführte einen anmutigen Hofknicks vor Rand, murmelte »Mein Lord Drache« und streckte Min dann eine Hand hin. »Komm mit, Min.« Mins Hofknicks fiel erheblich ungeschickter aus und ließ Rand aufschrekken.

Bevor sie die Tür erreichten, wurde ein Türflügel schwungvoll geöffnet, und eine Frau in Livree trat mit einem Silbertablett mit Bechern und einem Krug ein, der den Geruch von Wein und Honigmelonensaft verströmte. Perrin starrte die Frau fast an. Sie hätte trotz des rot-weißen Gewandes Chiads Mutter sein können oder mit diesem kurzgeschnittenen, lockigen weißen Haar seine Großmutter. Sie sah den enteilenden Frauen stirnrunzelnd nach und trat dann zum nächststehenden Tisch, um das Tablett abzustellen, wobei ihr Gesicht eine erstarrte Maske der Demut war. »Man sagte mir, Ihr brauchtet vier Becher, mein Lord Drache«, bemerkte sie in seltsamem Tonfall. Perrin dachte, sie versuche sich vielleicht respektvoll zu geben, habe aber ein Kratzen im Hals. »Also brachte ich vier.« Ihr Hof-

knicks ließ Mins im nachhinein anmutig wirken, und sie schlug die Tür beim Hinausgehen zu.

Perrin sah Rand an. »Hast du Frauen schon jemals für … seltsam gehalten?«

»Warum fragst du mich das? Du bist doch derjenige, der verheiratet ist.« Rand füllte einen Silberbecher mit gewürztem Wein und reichte ihn Perrin. »Wenn du es nicht weißt, wirst du Mat fragen müssen. Ich weiß jeden Tag weniger.«

»Ich ebenso«, seufzte Perrin. Der gewürzte Wein war erfrischend, obwohl Rand überhaupt nicht zu schwitzen schien. »Wo ist Mat überhaupt? Wenn ich raten sollte, würde ich sagen, in der nächstgelegenen Schenke, und ich könnte wetten, daß er einen Würfelbecher in Händen oder ein Mädchen auf den Knien hat.«

»Er sollte besser nicht im Wirtshaus sein«, sagte Rand grimmig, während er seinen unberührten Becher Wein abstellte. »Er hat den Auftrag, Elayne hierherzubringen, damit sie gekrönt werden kann. Und hoffentlich auch Egwene und Nynaeve. Licht, es gibt noch so vieles zu tun, bevor sie hier eintrifft.« Er wandte den Kopf wie ein in die Enge getriebenes wildes Tier und sah dann Perrin an. »Würdest du für mich nach Tear gehen?«

»Nach Tear! Rand, ich bin seit über zwei Monaten im Sattel.«

»Ich kann dich heute nacht dorthin bringen. Du kannst im Zelt eines Feldherrn schlafen und Sätteln so lange fernbleiben, wie du willst.«

Perrin sah ihn an. Der Mann schien es ernst zu meinen. Plötzlich merkte er, daß er sich fragte, wie Rand sich seine geistige Gesundheit bewahrte. Licht, er mußte sie sich bewahren, zumindest bis Tarmon Gai'don. Er trank einen großen Schluck gewürzten Wein, um den bitteren Geschmack in seinem Mund fortzuspülen. Wie konnte er so über einen Freund denken. »Rand, auch wenn du mich jetzt sofort im Stein von Tear absetzen könntest, würde ich dennoch ablehnen. Ich muß hier in Caemlyn mit jemandem reden. Und ich würde gern Bode und die anderen treffen.«

Rand schien nicht zuzuhören. Er warf sich in einen der vergoldeten Sessel und sah Perrin ausdruckslos an. »Erinnerst du dich, wie Thom immer mit all diesen Bällen jonglierte und es so leicht aussehen ließ? Nun, ich jongliere jetzt mit allem, wofür ich stehe, und es ist *nicht* leicht. Sammael in Illian, und nur das Licht weiß, wo die restlichen Verlorenen sind. Manchmal glaube ich nicht einmal mehr, daß sie die schlimmste Bedrohung sind. Aufrührer, die glauben, ich sei ein falscher Drache. Drachenverschworene, die glauben, Dörfer in meinem Namen anzünden zu können. Hast du von dem Propheten gehört, Perrin? Egal, er ist auch nicht schlimmer als alle anderen. Ich habe Verbündete, die einander hassen, und der beste Feldherr, den ich gegen die Illianer finden kann, hat nichts Besseres zu tun, als einen Angriff zu unternehmen und sich töten zu lassen. Elayne sollte mit etwas Glück in ungefähr eineinhalb Monaten hier sein, aber ich muß mich hier unmittelbar davor vielleicht um einen Aufstand kümmern. Licht, ich will ihr Andor vollständig übergeben. Ich dachte daran, sie selbst herzuholen, aber das wäre das Schlimmste, was ich tun könnte.« Er rieb sich mit beiden Händen übers Gesicht. »Das Allerschlimmste.«

»Was sagt Moiraine?«

Rands Hände senkten sich weit genug, daß er darüber hinwegblicken konnte. »Moiraine ist tot, Perrin. Sie hat Lanfear getötet und ist gestorben, und das ist das Ende der Geschichte.«

Perrin setzte sich hin. Moiraine? Es schien nicht möglich. »Wenn Alanna und Verin hier sind …« Er drehte seinen Becher in den Händen. Er konnte sich nicht dazu überwinden, einer der beiden Frauen zu trauen. »Hast du sie um Rat gefragt?«

»Nein!« Rand machte eine heftige Handbewegung. »Sie bleiben mir fern, Perrin. Das habe ich verlangt.«

Perrin beschloß, Faile zu bitten herauszufinden, was von Alanna oder Verin zu erwarten war. Die beiden Aes Sedai verursachten ihm häufig Unbehagen, aber Faile schien gut mit ihnen zurechtzukommen. »Rand, du weißt genauso gut wie ich, daß es gefährlich ist, Aes Sedai zu verärgern. Moiraine hat sich um uns gekümmert – um dich ohnehin –, aber manchmal dachte ich, sie wäre bereit, Mat, mich *und* dich zu töten.« Rand schwieg, aber er schien zumindest zuzuhören. »Wenn auch nur ein Zehntel der Geschichten halbwegs stimmt, die ich seit Baerlon gehört habe, könnte dies der ungünstigste Zeitpunkt sein, den Zorn der Aes Sedai auf sich zu ziehen. Ich behaupte nicht zu wissen, was in der Burg vor sich geht, aber ...«

Rand schüttelte den Kopf und beugte sich dann vor. »Die Burg ist bis ins Innerste gespalten, Perrin. Die eine Hälfte glaubt, ich sei ein auf dem Markt käufliches Schwein, und die andere Hälfte ... Ich weiß nicht, was sie genau denken. Ich habe drei Tage hintereinander Mitglieder ihrer Abordnung getroffen. Ich soll heute nachmittag wieder welche treffen, und ich kann sie noch immer nicht einschätzen. Sie stellen weitaus mehr Fragen, als sie beantworten, und scheinen nicht sehr erfreut darüber, daß ich ihnen auch nicht mehr Antworten geben will. Zumindest Elaida – sie ist die neue Amyrlin, falls du es noch nicht gehört hast – zumindest sagen ihre Leute etwas, auch wenn sie anscheinend glauben, ich wäre von den Hofknickse vollführenden Aes Sedai so beeindruckt, daß ich nicht zu tief graben würde.«

»Licht!« keuchte Perrin. »Willst du damit sagen, daß sich ein Teil der Aes Sedai aufgelehnt hat und du dich zwischen die Burg und die Aufrührer gestellt hast? Zwei kampfbereite Bären, und du pflückst zwischen ihnen Beeren! Hattest du niemals das Gefühl, bereits genug Ärger mit den Aes Sedai zu haben? Bei Siuan Sanche haben sich meine Zehen in den Stiefeln gebogen. Du hast wenigstens gewußt, wie du zu ihr standest, aber mir gab sie das Gefühl, ein Pferd zu sein, bei dem sie zu entscheiden versuchte, ob es für einen langen, harten Ritt geeignet wäre, aber sie hat zumindest klargemacht, daß sie mich nicht selbst satteln wollte.«

Rands Lachen klang zu rauh, um fröhlich zu wirken. »Glaubst du wirklich, Aes Sedai würden mich in Ruhe lassen, nur weil ich sie in Ruhe gelassen habe? Mich? Wenn sich die Burg aufspaltet, ist es das beste, was mir passieren kann. Sie sind zu sehr damit beschäftigt, einander zu beobachten, als daß sie mir ihre volle Aufmerksamkeit zuwenden könnten. Andernfalls würden sich zwanzig Aes Sedai stets in meiner Nähe aufhalten. Oder fünfzig. Ich habe Tear und Cairhien hinter mir, auf gewisse Weise, und hier einen Halt. Ohne die Aufspaltung würde immer jemand sagen, wenn ich den Mund aufmachte: ›Ja, aber die Aes Sedai …‹ Perrin, Moiraine hat ihr Bestes getan, mich festzubinden, bis ich sie zwang, damit aufzuhören. Und um die Wahrheit zu sagen, bin ich nicht sicher, daß sie wirklich aufgehört hat. Wenn eine Aes Sedai sagt, daß sie dich beraten, aber dich entscheiden lassen will, meint sie, daß sie weiß, was du tun solltest, und dich nach allen Kräften dazu bringen wird.« Er hob seinen Becher und trank einen großen Schluck. Als er den Becher wieder senkte, schien er ruhiger. »Wenn die Burg sich einig wäre, würde ich inzwischen von so vielen Strängen gebunden, daß ich ohne die Erlaubnis von sechs Aes Sedai keinen Finger mehr rühren könnte.«

Perrin mußte fast selbst lachen, und es klang nicht fröhlicher als bei Rand. »Also denkst du, es sei besser, die aufrührerischen Aes Sedai gegen die Burg auszuspielen? ›Spende dem Bullen Beifall, oder spende dem Bären Beifall. Spende beiden Beifall, und du wirst zertreten und gefressen werden.‹«

»So einfach ist es nicht, Perrin, obwohl sie das nicht wissen«, sagte Rand selbstgefällig und schüttelte den Kopf. »Es gilt noch eine dritte Seite zu bedenken, die mich in die Knie zwingen will. Wenn sie erneut Kontakt aufnehmen. Licht! Wir sollten unsere erste gemeinsame Stunde nach so langer Zeit nicht damit verbringen, über Aes Sedai zu reden. Emondsfeld, Perrin.« Sein Gesichtsausdruck wurde fast wieder so weich wie früher, und er lächelte freudig. »Ich habe nur kurze Zeit mit Bode und den anderen verbracht, aber sie erwähnten alle möglichen Veränderungen. Sage mir, was sich verändert hat, Perrin, und sage mir, was gleich geblieben ist.«

Sie sprachen einige Zeit über die Flüchtlinge und all die neuen Dinge, die sie mit sich gebracht hatten, neue Bohnensorten und Kürbisse, neue Sorten Birnen und Äpfel, das Weben edler Stoffe und auch Teppiche, das Herstellen von Mauer- und Dachziegeln und verspielte Steinmetzarbeiten und Möbel, wie man sie noch nie zuvor gesehen hatte. Perrin hatte sich an die vielen Menschen gewöhnt, die über die Verschleierten Berge gekommen waren, aber Rand schien betroffen zu sein. Die Mauer, die einige Leute um Emondsfeld und die anderen Dörfer ziehen wollten, war heftig umstritten, wie auch die Frage, ob es eine Steinmauer oder eine Holzpalisade sein sollte. Manchmal schien Rand wieder er selbst zu sein, lachte darüber, daß alle Frauen anfangs auf die Gewänder der Taraboner oder Domani geschimpft hatten und jetzt aufgespalten waren in jene, die nichts anderes als gute, feste Zwei-Flüsse-Kleidung trugen, und jene, die ihre ganze bisherige Kleidung zu Teppichen zerschnitten hatten. Oder darüber, daß sich eine Anzahl junger Männer Schnurrbärte wie Taraboner oder Domani wachsen ließen, was den törichten Bartträger aussehen ließ, als hätte sich ein kleines Tier unter seiner Nase festgesetzt. Perrin machte sich nicht die Mühe hinzuzufügen, daß Bärte wie seiner noch beliebter waren.

Aber es erschreckte ihn, als Rand verdeutlichte, er beabsichtige das Lager nicht zu besuchen, obwohl dort viele Männer waren, die er kannte. »Ich kann dich oder Mat nicht beschützen«, sagte er leise, »aber sie.«

Danach versiegte die Unterhaltung natürlich, bis sogar Rand erkannte, daß er sie erstickt hatte. Schließlich stand er seufzend auf, fuhr sich mit den Händen durchs Haar und sah sich verdrießlich um. »Du wirst dich sicher ausruhen wollen, Perrin. Ich sollte dich nicht davon abhalten. Ich werde Räume für dich vorbereiten lassen.« Er führte Perrin zur Tür und fügte dann plötzlich hinzu: »Du wirst doch über Tear nachdenken, Perrin? Ich brauche dich dort. Es ist keine Gefahr damit verbunden. Ich werde dir alles erklären, wenn du dich dazu entschließt. Du wirst erst der vierte sein, der von dem wahren Plan erfährt.« Rands Gesicht nahm wieder einen härteren Ausdruck an. »Du mußt das für dich behalten, Perrin. Erzähle es nicht einmal Faile.«

»Ich kann schweigen«, sagte Perrin steif und ein wenig traurig. Der neue Rand war zurückgekehrt. »Und ich werde über Tear nachdenken.«

KAPITEL 4

Jenseits des Wegetors

Perrin hörte kaum zu, als Rand einer Tochter des Speers Anweisungen erteilte. »Sagt Sulin, sie soll Räume für Perrin und Faile vorbereiten und ihnen gehorchen, wie sie mir gehorchen würde.« Die beiden Aielfrauen faßten dies wohl als einen großartigen Scherz auf, denn sie lachten und schlugen sich auf die Oberschenkel. Perrin betrachtete einen schlanken Mann, der ein Stück den mit Wandteppichen versehenen Gang hinab stand. Er bezweifelte keinen Moment, daß dieser Mann Davram Bashere war. Nicht nur, daß er Saldaeaner war und Faile mit seinem von Grau durchsetzten und fast bis über den Mund reichenden Schnurrbart sicherlich überhaupt nicht ähnlich sah. Er war auch nicht größer als Faile, vielleicht sogar ein wenig kleiner, aber die Art, wie er dastand, mit gekreuzten Armen, das Gesicht einem Falken ähnlich, der in einen Hühnerhof hinabspäht, machte Perrin sicher. Der Mann wußte. Das war ebenfalls gewiß.

Perrin verabschiedete sich noch einmal von Rand, atmete tief durch und ging den Gang entlang. Er merkte, daß er sich seine Streitaxt herbeiwünschte. Bashere trug sein Schwert. »Lord Bashere?« Perrin verbeugte sich, was nicht erwidert wurde. Der Mann roch nach kalter Wut. »Ich bin Perrin Aybara.«

»Wir werden reden«, sagte Bashere knapp und wandte sich auf dem Absatz um. Perrin hatte keine andere Wahl, als ihm zu folgen und trotz seiner längeren Beine schneller auszuschreiten.

Nach zwei Biegungen betrat Bashere einen kleinen

Wohnraum und schloß die Tür hinter ihnen. Hohe Fenster ließen viel Licht herein. Zwei gepolsterte Stühle mit Schneckenornamenten verzierten Lehnen standen einander gegenüber. Ein Silberkrug mit hohem Hals und zwei Silberbecher standen auf einem Tablett mit Einlegearbeiten. Es war diesmal kein gewürzter Wein. Es war, dem Geruch nach, starker Wein.

Bashere füllte die Becher und reichte Perrin einen davon. Er lächelte hinter seinem Schnurrbart, aber die kalten Augen und das Lächeln hätten zwei verschiedenen Männern gehören können. »Zarine hat dir vermutlich von meinen Ländereien erzählt, bevor du … sie geheiratet hast. Alles über die Zerbrochene Krone. Sie war schon immer schwatzhaft wie ein Kind.«

Der Mann blieb stehen. Die Zerbrochene Krone? Faile hatte niemals irgendeine Zerbrochene Krone erwähnt. »Zunächst hat sie mir erzählt, Ihr wärt ein Fellhändler. Oder vielleicht war es zuerst ein Holzkaufmann und dann der Fellhändler. Und Ihr habt auch Pfefferschoten verkauft.« Bashere zuckte zusammen und wiederholte ungläubig: »Ein Fellhändler?« »Ihre Geschichte wandelte sich«, fuhr Perrin fort, »aber sie wiederholte einmal zu oft etwas, was Ihr über das Verhalten eines Feldherrn gesagt habt, so daß ich sie geradeheraus fragte …« Er spähte in seinen Weinbecher und zwang sich dann, den Blick des anderen Mannes zu erwidern. »Als ich herausfand, wer Ihr seid, hätte ich meine Meinung über unsere Heirat fast geändert, nur daß Faile bereits entschlossen war, und wenn Faile sich einmal etwas in den Kopf gesetzt hat, kann man sie genauso wenig umstimmen wie eine Herde Maultiere, die alle auf einmal beschlossen haben, sich hinzusetzen. Außerdem liebe ich sie.«

»Faile?« bellte Bashere. »Wer, im Krater des Verderbens, ist Faile? Wir sprechen über meine Tochter Zarine und was du ihr angetan hast!«

»Sie hat den Namen Faile angenommen, als sie eine

Jägerin des Horns wurde«, erklärte Perrin geduldig. Er mußte einen guten Eindruck auf diesen Mann machen. Mit seinem Schwiegervater im Streit zu liegen, war fast genauso schlimm, wie mit seiner Schwiegermutter im Streit zu liegen. »Das war, bevor sie mir begegnet ist.«

»Eine Jägerin?« Stolz schwang in der Stimme des Mannes mit, und dann grinste er plötzlich. Der Geruch der Wut schwand fast augenblicklich. »Die kleine Range hat mir niemals ein Wort davon erzählt. Ich muß sagen, Faile paßt besser zu ihr als Zarine. Das war die Idee ihrer Mutter, und ich ...« Er schüttelte sich plötzlich und warf Perrin einen mißtrauischen Blick zu. Die Wut war erneut zu riechen. »Versuch nicht, das Thema zu wechseln, Junge. Wir reden über dich und meine Tochter und diese geplante Hochzeit.«

»Geplant?« Perrin war stets gut darin gewesen, sein Temperament zu zügeln. Herrin Luhhan hatte sogar behauptet, er hätte niemals eines besessen. Wenn man größer und stärker war als die anderen heranwachsenden Jungen und jedermann versehentlich verletzen konnte, lernte man, sein Temperament zu zügeln. Im Moment fiel es ihm jedoch nicht leicht. »Die Seherin hat die Zeremonie durchgeführt – genauso wie jedermann in den Zwei Flüssen seit Menschengedenken verheiratet wurde.«

»Junge, und wenn du die Worte von einem Ogier-Ältesten und sechs Aes Sedai als Zeugen sprechen lassen würdest – Zarine ist *dennoch* nicht alt genug, ohne die Erlaubnis ihrer Mutter zu heiraten, um die sie niemals gebeten und die sie noch viel weniger erhalten hat. Sie ist jetzt bei Deira, und wenn sie ihre Mutter nicht davon überzeugt, daß sie alt genug ist, verheiratet zu werden, kehrt sie zum Lager zurück und wird wahrscheinlich Pflichten für ihre Mutter erfüllen müssen. Und dich ...« Bashere strich mit dem Finger über sein Schwertheft, obwohl er sich dessen nicht bewußt zu sein schien. »Dich«, sagte er in fast vergnügtem Tonfall, »werde ich töten lassen.«

»Faile gehört mir«, grollte Perrin. Wein schwappte über sein Handgelenk, und er betrachtete überrascht den Becher, den er in seiner Faust zerdrückt hatte. Er legte das verbogene Silber vorsichtig neben den Krug auf den Tisch, aber seine Stimme war ungezügelt. »Niemand kann sie mir nehmen. Niemand! Bringt Sie in Euer Lager zurück – oder sonstwohin! –, und ich werde sie zurückholen.«

»Ich habe neuntausend Männer bei mir«, sagte der andere Mann in überraschend sanftem Tonfall.

»Sind sie schwerer zu töten als Trollocs? Versucht sie mir zu nehmen – versucht es! –, und wir werden es herausfinden!« Perrin erkannte, daß er zitterte, die Hände so fest zu Fäusten geballt, daß sie schmerzten. Das erschreckte ihn. Er war schon so lange nicht mehr zornig, wirklich zornig, gewesen, daß er sich nicht mehr daran erinnern konnte, wie es war.

Bashere betrachtete ihn von oben bis unten und schüttelte dann den Kopf. »Vielleicht wäre es schade, dich zu töten. Wir brauchen frisches Blut. Es wird in diesem Hause allmählich dünn. Mein Großvater pflegte zu sagen, wir verweichlichten alle, und er hatte recht. Ich bin nur halbwegs von seinem Schlag, und auch wenn ich mich schämen muß, das zu sagen – Zarine ist schrecklich weich. Nicht schwach, keinesfalls …« Er runzelte die Stirn und nickte, als er erkannte, daß Perrin nicht behaupten wollte, Faile sei schwach. »… aber sie ist weich, was fast dasselbe ist.«

Perrin war derart erschüttert, daß er sich hinsetzte, bevor er merkte, daß er zu einem Stuhl getreten war. Er vergaß beinahe seinen Zorn. War dieser Mann verrückt, daß er so jäh das Thema wechselte? Und war Faile? Sie konnte manchmal entzückend weich sein, das stimmte, aber jeder Mann, der sie für weich hielt, würde wahrscheinlich geköpft werden. Er selbst eingeschlossen.

Bashere ergriff den zerdrückten Weinbecher, betrachtete ihn, legte ihn dann zurück und setzte sich auf den anderen Stuhl. »Zarine hat mir einiges über dich erzählt, bevor sie mit ihrer Mutter ging, alles über Lord Perrin von den Zwei Flüssen, Töter von Trollocs. Das ist eine gute Sache. Ich mag Männer, die einem Trolloc gegenübertreten können, ohne zurückzuweichen. Jetzt möchte ich wissen, was für ein Mann du bist.« Er wartete angespannt, während er seinen Wein trank.

Perrin wünschte, daß sein Becher unbeschädigt wäre. Seine Kehle war ausgetrocknet. Er wollte einen guten Eindruck erwecken, aber er mußte mit der Wahrheit beginnen. »Tatsache ist, daß ich kein vornehmer Herr bin. Ich bin ein Schmied. Seht Ihr, als die Trollocs kamen …« Er brach ab, weil Bashere so heftig lachte, daß ihm Tränen in den Augen standen.

»Junge, der Schöpfer hat die Häuser niemals erschaffen. Einige vergessen es gern, aber geh in der Geschichte jedes einzelnen Hauses ausreichend weit zurück, und du wirst einen einfachen Mann finden, der ungewohnten Mut gezeigt oder kühlen Kopf bewahrt und angegriffen hat, wenn alle anderen wie gerupfte Gänse kopflos umherliefen. Und eine andere Tatsache, die viele gern vergessen, ist, daß der Abstieg genauso schnell erfolgen kann wie der Aufstieg. In Tyr gibt es zwei unverheiratete Frauen, die Ladies wären, wenn ihre Vorfahren vor zweihundert Jahren nicht Toren gewesen wären, denen nicht einmal ein Narr gefolgt wäre. Und es gibt in Sidona einen Holzfäller, der behauptet, seine Vorfahren seien vor Artur Falkenflügel Könige und Königinnen gewesen. Vielleicht sagt er die Wahrheit. Er ist ein guter Holzfäller. Es führen genauso viele Wege nach unten wie nach oben, und die hinabführenden Wege sind genauso glatt wie die anderen.« Bashere schnaubte so heftig, daß sein Schnurrbart zitterte. »Ein Narr stöhnt, wenn das Schicksal ihn niederwirft, und nur ein wahrer Narr stöhnt, wenn das

Schicksal ihn erhebt. Ich will von dir wissen, was du warst, aber auch, wie du innerlich bist. Wenn meine Frau Zarine unversehrt läßt und ich dich nicht töten lasse … Weißt du, wie man eine Frau behandelt? Wie man sie gut behandelt?«

Da Perrin sich der Tatsache bewußt war, einen guten Eindruck erwecken zu müssen, beschloß er, nicht zu erwähnen, daß er viel lieber wieder ein Schmied wäre. »Ich behandle Faile so gut ich es vermag«, sagte er vorsichtig.

Bashere schnaubte erneut. »So gut du es vermagst!« Seine Stimme wurde zu einem Grollen. »Du solltest es lieber ausreichend gut können, Junge, oder ich werde … Du hast meine Worte gehört. Eine Frau ist kein Soldat, der läuft, wenn du brüllst. Eine Frau ist in gewisser Weise wie eine Taube. Du hältst sie halb so fest, wie du es für nötig hältst, um sie nicht zu verletzen. Du willst Zarine nicht verletzen. Hast du mich verstanden?« Er grinste plötzlich beunruhigt, und seine Stimme wurde fast freundlich. »Du bist vielleicht ein sehr guter Schwiegersohn, Aybara, aber wenn du sie unglücklich machst …«

»Ich werde alles tun, um sie glücklich zu machen«, sagte Perrin ernst. »Ich will sie keinesfalls unterdrücken.«

»Gut. Denn es wäre das letzte, was du tun würdest, Junge.« Auch das wurde mit einem Grinsen geäußert, aber Perrin bezweifelte nicht, daß Bashere jedes Wort ernst meinte. »Ich denke, es ist an der Zeit, dich zu Deira zu bringen. Wenn sie und Zarine ihre Unterhaltung inzwischen noch nicht beendet haben, schreiten wir besser ein, bevor eine von ihnen die andere tötet. Sie haben sich bei Streitigkeiten schon immer ein wenig vergessen, und Zarine ist inzwischen zu groß, als daß Deira die Auseinandersetzung noch mit einer Ohrfeige beenden könnte.« Bashere stellte seinen Becher auf den Tisch und sprach weiter, während sie zur Tür gingen.

»Einer Sache mußt du dir bewußt sein: Nur weil eine Frau sagt, daß sie etwas glaubt, muß es noch nicht stimmen. Oh, sie wird es glauben, aber etwas muß nicht unbedingt stimmen, nur weil eine Frau es für wahr hält. Erinnere dich daran.«

»Das werde ich.« Perrin glaubte zu verstehen, was der Mann meinte. Manchmal war sich Faile der Wahrheit nur vorübergehend bewußt. Es ging niemals um etwas Wichtiges, aber wenn sie etwas zu tun versprach, was sie nicht tun wollte, schaffte sie es stets, sich ein Hintertürchen offenzulassen, um ihr Versprechen umgehen zu können, ließ das Versprechen sozusagen bestehen, während sie genau das tat, was sie wollte. Aber er verstand nicht, was das mit Failes Mutter zu tun haben sollte.

Es war ein langer Weg durch den Palast, Säulengänge entlang und Treppen hinauf und hinunter. Es waren nicht viele Saldaeaner zu sehen, aber viele Aielmänner und Töchter des Speers, ganz zu schweigen von rot-weiß livrierten Dienern, die sich verbeugten oder Knickse vollführten, und weißgewandeten Männern und Frauen wie jene, welche die Pferde übernommen hatten. Sie eilten mit Tabletts oder Armen voller Handtücher umher, die Augen gesenkt, und schienen niemanden zu bemerken. Perrin erkannte bestürzt, daß einige von ihnen dasselbe scharlachrote Stoffband um die Stirn gebunden hatten, das viele Aielmänner trugen. Sie mußten also auch Aiel sein. Und er bemerkte noch eine Kleinigkeit. Genauso viele Frauen wie Männer in weißen Gewändern trugen das Stirnband, und auch Männer in den graubraunen Umhängen und Hosen, aber keine Töchter des Speers. Gaul hatte ihm ein wenig über die Aiel erzählt, aber die Stirnbänder hatte er nie erwähnt.

Als er und Bashere einen Vorraum mit reichverzierten Stühlen und kleinen Tischen auf einem rot und gold und grün gemusterten Teppich betraten, fingen

Perrins Ohren den gedämpften Klang von Frauenstimmen auf. Er konnte die Worte durch die dicke Tür nicht verstehen, aber zweifellos war eine der Frauen Faile. Plötzlich dröhnte ein Schlag, gefolgt von einem weiteren, und er zuckte zusammen. Nur ein vollkommener Wollkopf stellte sich zwischen seine Frau und deren Mutter, wenn sie miteinander stritten – nach seinen bisherigen Erfahrungen gingen sie beide auf den armen Tor los, der zu vermitteln versuchte, und er wußte sehr wohl, daß Faile sich unter normalen Umständen behaupten konnte. Aber andererseits hatte er auch schon starke Frauen erlebt, selbst Mütter und sogar Großmütter, die sich von ihren eigenen Müttern wie Kinder behandeln ließen.

Er straffte die Schultern und schritt auf die innere Tür zu, aber Bashere war vor ihm da und klopfte seelenruhig an die Tür, als hätten sie alle Zeit der Welt. Bashere konnte natürlich nicht hören, was für Perrin wie zwei Katzen in einem Sack klang. Nasse Katzen.

Basheres Klopfen unterbrach den Streit jäh. »Herein«, rief eine gelassene Stimme.

Perrin mußte sich beherrschen, um sich nicht an Bashere vorbeizudrängen, und als er den Raum betrat, suchte sein Blick hastig Faile, die in einem breiten Sessel saß, den das Licht von den Fenstern weniger erhellte. Der Teppich war überwiegend von einem dunklen Rot, das Perrin an Blut denken ließ, und einer der kleinen Wandbehänge zeigte eine Frau auf einem Pferd, die mit dem Speer einen Leoparden tötete. Ein zweiter Wandbehang zeigte einen heftigen Kampf, der um ein Weißes Löwenbanner herum tobte. Faile roch nach einer Mischung aus Empfindungen, die er nicht entwirren konnte, und ihre linke Wange zeigte einen roten Handabdruck, aber sie lächelte ihm zu, wenn auch schwach.

Beim Anblick von Failes Mutter mußte Perrin blinzeln. Nach Basheres Bemerkung über die Tauben hatte er eine zarte Frau erwartet, aber Lady Deira war deutlich größer als ihr Mann und wirkte … statuenhaft. Sie wirkte nicht so wuchtig wie Herrin Luhhan, die rundlich war, oder wie Daise Congar, von der man glauben könnte, sie würde einem Schmied den Hammer aus der Hand nehmen. Sie war kräftig gebaut, was ein Mann bei seiner Schwiegermutter sicher nicht erwartete, und er konnte erkennen, von wem Faile ihre Schönheit geerbt hatte. Failes Gesicht war das Abbild des Gesichts ihrer Mutter, aber ohne den Streifen Weiß im dunklen Schläfenhaar. Wenn Faile so aussah, wenn sie älter würde, durfte er sich sehr glücklich schätzen. Andererseits verlieh die kühne Nase Lady Deira das Aussehen eines Adlers, als sich jene dunklen, schrägstehenden Augen auf Perrin hefteten – ein glutäugiger Adler, der seine Krallen tief in einen besonders unverschämten Hasen versenken wollte. Sie roch nach Zorn und Verachtung. Die wahre Überraschung war jedoch der dunkelrote Handabdruck auf ihrer Wange.

»Vater, wir haben gerade von dir gesprochen«, sagte Faile mit liebevollem Lächeln, während sie zu ihm trat und seine Hände nahm. Sie küßte seine Wangen, und Perrin ärgerte sich plötzlich. Ein Vater verdiente das nicht, wenn der Ehemann dabei war und nur mit einem kurzen Lächeln abgespeist wurde.

»Sollte ich davonreiten und mich verstecken, Zarine?« fragte Bashere leise lachend. Oh, es war ein sehr herzliches Lachen. Der Mann schien nicht einmal zu sehen, daß seine Frau und seine Tochter einander geschlagen hatten!

»Sie wird lieber Faile genannt, Davram«, sagte Lady Deira verächtlich. Die Arme unter ihrem stattlichen Busen verschränkt, begutachtete sie Perrin von Kopf bis Fuß, ohne sich die Mühe zu machen, es zu verbergen.

Er hörte Faile ihrem Vater zuflüstern: »Es hängt jetzt von ihm ab.«

Das hatte Perrin bereits vermutet, da sie und ihre Mutter sich geschlagen hatten. Er straffte die Schultern und bereitete sich darauf vor, Lady Deira zu erklären, er werde Faile so liebevoll wie ein Kätzchen behandeln und selbst so sanft wie ein Lamm sein. Letzteres wäre natürlich eine Lüge – Faile würde einen sanften Mann anspeien und zum Abendessen rösten –, aber der Frieden mußte gewahrt werden. Außerdem wollte er wirklich versuchen, liebevoll mit ihr umzugehen. Vielleicht war Lady Deira der Grund, weshalb Bashere über Sanftheit gesprochen hatte. Niemand hätte den Mut, diese Frau anders zu behandeln.

Bevor er jedoch den Mund öffnen konnte, ergriff Failes Mutter das Wort: »Gelbe Augen machen noch keinen Wolf aus. Bist du stark genug für meine Tochter, junger Mann? Nach dem, was sie mir erzählt, bist du ein Weichling, der ihr jede Laune nachsieht und sich von ihr um den Finger wickeln läßt, wann immer sie das Fingerfadenspiel spielen will.«

Perrin sah sie an. Bashere hatte den Platz eingenommen, auf dem Faile gesessen hatte, und betrachtete selbstzufrieden seine Stiefel, deren einer auf die Spitze des anderen aufgesetzt war. Faile, die auf der breiten Armlehne des Sessels ihres Vaters saß, sah ihre Mutter ungehalten die Stirn runzelnd an und blickte dann mit all der Zuversicht zu Perrin, die sie auch gezeigt hatte, als sie ihm gesagt hatte, er solle zu Rand stehen.

»Ich glaube nicht, daß sie mich um den Finger wickelt«, bemerkte er vorsichtig. Sie versuchte es zwar, aber er glaubte nicht, daß er es jemals zugelassen hatte. Außer hin und wieder, um ihr eine Freude zu machen.

Lady Deiras Schnauben sprach Bände. »Schwächlinge glauben das nie. Eine Frau will einen Mann, der stärker ist als sie.« Sie stieß ihm mit dem Finger so fest vor die Brust, daß er stöhnte. »Ich werde niemals vergessen, wie Davram mich das erste Mal am Genick packte und mir zeigte, daß er der Stärkere von uns beiden war. Es war großartig!« Perrin blinzelte. Das war für ihn ein unvorstellbares Bild. »Wenn eine Frau stärker ist als ihr Mann, wird sie ihn irgendwann verachten. Sie hat die Wahl, ihm entweder auf der Nase herumzutanzen oder sich selbst zu erniedrigen, um ihn nicht zu erniedrigen. Ist der Mann jedoch stark genug ...« Sie stieß ihn erneut mit dem Finger an, diesmal sogar noch fester. »... darf sie so stark sein, wie sie ist, so stark, wie sie werden kann. Du wirst Faile beweisen müssen, daß du stark bist.« Ein weiterer Stoß, noch ein wenig fester. »Die Frauen in meiner Familie sind Leoparden. Wenn du ihnen nicht beibringen kannst, auf deinen Befehl zu jagen, wird Faile dich so biegen, wie du es verdienst. Bist du ausreichend stark?« Dieses Mal drängte ihr Finger Perrin einen Schritt zurück.

»Wollt Ihr wohl damit aufhören?« grollte er. Er versagte es sich, über seine Brust zu reiben. Faile half ihm nicht, sondern lächelte ihm nur ermutigend zu. Bashere beobachtete ihn mit geschürzten Lippen und einer hochgezogenen Augenbraue. »Wenn ich ihr manchmal etwas nachsehe, dann nur, weil ich es will. Ich sehe sie gerne lächeln. Wenn Ihr von mir erwartet, daß ich sie mit Füßen trete, könnt Ihr es vergessen.« Vielleicht hatte er mit diesen Worten verloren. Failes Mutter sah ihn auf höchst eigenartige Weise an, und sie roch nach einer Mischung, die er nicht bestimmen konnte, obwohl noch immer Zorn dabei war und auch eiskalte Verachtung. Aber ob er nun einen guten Eindruck machte oder nicht – er würde nicht mehr versuchen, das zu sagen, was Bashere und seine Frau hören wollten. »Ich liebe sie, und sie liebt mich, und das ist, soweit es mich betrifft, alles.«

»Er sagte«, berichtete Bashere langsam, »daß er unsere Tochter zurückholen wird, wenn du sie fortbringst. Er scheint zu glauben, daß neuntausend saldaeanische Reiter wenigen hundert Bogenschützen von den Zwei Flüssen nicht standhalten können.«

Seine Frau sah Perrin nachdenklich an, riß sich dann sichtbar zusammen und reckte den Kopf empor. »Das ist alles schön und gut, aber jeder Mann kann ein Schwert führen. Ich will wissen, ob er sie zähmen kann, diese eigenwillige, sture, ungehorsame …«

»Genug, Deira«, unterbrach Bashere sie sanft. »Da du offensichtlich beschlossen hast, daß unsere Tochter kein Kind mehr ist, denke ich, daß Perrin für sie genügen wird.«

Zu Perrins Überraschung beugte Basheres Frau sanftmütig den Kopf. »Wie du willst, mein Herz.« Dann sah sie Perrin wenig sanftmütig an, als wollte sie sagen, daß ein Mann seine Frau genau so behandeln sollte.

Bashere murmelte leise etwas über Enkelkinder und die neuerliche Stärkung des Blutes. Und Faile? Sie lächelte Perrin mit einem Ausdruck zu, den er niemals zuvor auf ihrem Gesicht gesehen hatte, ein Ausdruck, bei dem er sich entschieden unbehaglich fühlte. Mit den gefalteten Händen, den verschränkten Fußknöcheln und dem zu einer Seite geneigten Kopf gelang es ihr irgendwie … unterwürfig auszusehen. Faile! Vielleicht hatte er in eine Familie eingeheiratet, in der *alle* verrückt waren.

Rand schloß die Tür hinter Perrin, trank seinen Becher gewürzten Wein leer und ließ sich dann nachdenklich in einen Sessel sinken. Er hoffte, daß Perrin mit Bashere gut zurechtkam. Aber andererseits wäre Perrin Tear vielleicht zugeneigter, wenn sie sich stritten. Er brauchte entweder Perrin oder Mat in Tear, um Sammael davon zu überzeugen, daß dies der wahre Angriff war. Der Gedanke ließ ihn leise und verbittert lachen. Licht, welch eine Art, über einen Freund zu denken. Lews Therin kicherte und murmelte etwas Undeutliches über Freunde und Verrat. Rand wünschte sich, er könnte ein Jahr lang schlafen.

Min trat ein, natürlich ohne anzuklopfen. Die Töchter des Speers beobachteten sie manchmal auf eigentümliche Art, aber was auch immer Sulin oder vielleicht auch Melaine gesagt hatten – Min war eine derjenigen, die ungeachtet dessen, was auch immer er gerade tat, am häufigsten hereingeschickt wurden. Aber sie zog auch ihren Vorteil daraus. Sie hatte sogar schon einmal darauf bestanden, sich einen Stuhl neben seine Badewanne zu stellen und dort mit ihm zu reden, als sei daran überhaupt nichts Ungewöhnliches. Jetzt hielt sie nur kurz inne, um sich einen Becher gewürzten Wein einzugießen, und setzte sich dann schwungvoll auf seinen Schoß. Ein leichter Schweißfilm glänzte auf ihrem Gesicht. Es war ihr gleichgültig, wie man die Hitze unbeachtet ließ, sie lachte nur und sagte, sie sei keine Aes Sedai und habe auch nicht vor, eine zu werden. Er war bei diesen Besuchen anscheinend zu ihrem Lieblingssessel geworden, aber er war sich sicher, daß sie ihr Spiel früher oder später aufgeben würde, wenn er einfach vorgab, es nicht zu bemerken. Darum hatte er sich auch so gut wie möglich in seinem Badewasser verborgen, anstatt sie mit Luft zu verblenden. Wenn sie erst wußte, daß sie ihn berührte, würde sie niemals mit diesem Schabernack aufhören. Außerdem fühlte es sich gut an, ein Mädchen auf den Knien zu haben, so sehr er sich auch schämte, das Min gegenüber zuzugeben. Er war nicht aus Holz gemacht.

»Hattest du ein erfreuliches Gespräch mit Faile?« erkundigte sich Rand.

»Es hat nicht lange gedauert. Ihr Vater kam sie holen, und sie war zu stark damit beschäftigt, ihm die Arme um den Hals zu werfen, um mich noch zu bemerken. Anschließend bin ich ein wenig spazierengegangen.«

»Du magst sie nicht?« fragte Rand, und Mins Augen weiteten sich, wobei die langen Wimpern sie noch größer scheinen ließen. Frauen erwarteten nie, daß ein Mann etwas erkannte oder verstand, daß er nicht erkennen oder verstehen sollte.

»Es ist nicht so, daß ich sie nicht mag«, sagte sie zögernd. »Es ist nur so … Nun, sie will, was sie will, wenn sie es will, und sie akzeptiert kein Nein. Der arme Perrin tut mir leid, weil er mit ihr verheiratet ist. Weißt du, was sie von mir wollte? Sie wollte sich versichern, daß ich kein Auge auf ihren kostbaren Mann geworfen habe. Du hast es vielleicht nicht bemerkt … Männer sehen solche Dinge nie …« Sie brach ab und schaute durch lange Wimpern mißtrauisch zu ihm hoch. Er hatte bewiesen, daß er immerhin doch einiges bemerkte. Als sie zufrieden feststellte, daß er nicht lachen würde, fuhr sie fort. »Ich konnte auf den ersten Blick erkennen, daß er in sie vernarrt ist, der arme Tor. Und sie in ihn, was auch immer ihm das nützen wird. Ich glaube nicht, daß er eine andere Frau auch nur ein zweites Mal ansehen würde, aber sie glaubt es, zumal wenn die andere Frau den ersten Blick riskiert. Er hat seinen Falken gefunden, und ich wäre nicht überrascht, wenn sie ihn töten würde, wenn der Jagdfalke durchbricht.« Sie hielt inne, schaute erneut zu ihm hoch und trank dann von ihrem gewürzten Wein.

Sie würde ihm sagen, was sie meinte, wenn er sie danach fragte. Er erinnerte sich, daß sie nichts von ihren Visionen erzählte, wenn sie ihn nicht betrafen, aber wenn es so war, hatte sie sich aus irgendeinem Grund geändert. Sie würde jedermann prüfen, wenn er sie jetzt darum bäte, und ihm alles sagen, was sie sah. Aber sie fühlte sich unbehaglich dabei.

Halt den Mund! schrie er Lews Therin an. *Geh weg! Du bist tot!* Es wirkte nicht. Das war jetzt häufig der Fall. Diese Stimme murmelte weiter, vielleicht darüber, von Freunden verraten zu werden, vielleicht darüber, sie selbst zu verraten.

»Hast du irgend etwas gesehen, was mich betrifft?« fragte er.

Min lehnte sich mit einem dankbaren Lächeln bequem an seine Brust – nun, wahrscheinlich wollte sie es sich bequem machen, aber andererseits auch wieder nicht – und begann zwischen Schlucken gewürztem Wein zu sprechen. »Als ihr beide zusammen wart, sah ich jene Glühwürmchen und eine dichtere Dunkelheit denn je. Hm, ich mag gewürzten Melonenwein. Aber als ihr beide im gleichen Raum wart, hielten sich die Glühwürmchen für sich, anstatt schneller gefressen zu werden, als sie ausschwärmen konnten, so wie sie es auch tun, wenn du allein bist. Und ich sah noch etwas, als ihr zusammen wart. Er wird zweimal dortsein müssen, oder du …« Sie schaute in ihren Becher, so daß er ihr Gesicht nicht sehen konnte. »Wenn nicht, wird dir etwas Schlimmes zustoßen.« Ihre Stimme klang verzagt und verängstigt. »Etwas sehr Schlimmes.«

So gern er auch mehr erfahren hätte – zum Beispiel über das Wann und Wo und Wie –, sie hätte es ihm bereits gesagt, wenn sie es gewußt hätte. »Dann werde ich ihn einfach in der Nähe behalten müssen«, sagte er so heiter wie möglich. Er mochte es nicht, wenn Min verängstigt war.

»Ich glaube nicht, daß das genügen wird«, murmelte sie in ihren Becher. »Es *wird* geschehen, wenn er nicht da ist, aber nichts, was ich gesehen habe, besagt, daß es nicht geschehen wird, weil er da ist. Es wird sehr schlimm werden, Rand. Allein an diese Vision zu denken, macht mich …«

Er hob ihr Gesicht an und war überrascht, Tränen in ihren Augen zu sehen. »Min, ich wußte nicht, daß diese Visionen dich verletzen können«, sagte er sanft. »Es tut mir leid.«

»Du weißt gar nichts, Schafhirte.« Murrend zog sie ein spitzenbesetztes Taschentuch aus dem Ärmel und tupfte sich die Augen ab. »Es war nur Staub. Du läßt Sulin hier drinnen nicht oft genug staubwischen.« Das Taschentuch wurde schwungvoll wieder eingesteckt. »Ich sollte zur *Rosenkrone* zurückgehen. Ich mußte dir einfach sagen, was ich über Perrin gesehen habe.«

»Min, sei vorsichtig. Vielleicht solltest du nicht so oft kommen. Ich glaube nicht, daß Merana gut auf dich zu sprechen wäre, wenn sie entdeckt, was du tust.«

Sie lächelte wieder wie früher, und ihr Blick wirkte belustigt, auch wenn die Augen noch immer vor Tränen glänzten. »Überlaß sie mir, Schafhirte. Sie denken, daß mich der Anblick Caemlyns wie jeden anderen Dummkopf vom Lande überwältigt. Wenn ich nicht jeden Tag käme – wüßtest du dann, daß sie sich mit den Adligen treffen?« Sie hatte das gestern auf ihrem Weg zum Palast zufällig beobachtet. Merana war einen Moment an einem Fenster eines Palastes erschienen, der Lord Pelivar gehörte. Es bestand ebenso die Möglichkeit, daß Pelivar und seine Gäste die einzigen waren, wie auch die Möglichkeit, daß Merana dorthin gegangen war, um Pelivar zu helfen.

»Sei vorsichtig«, beharrte er. »Ich will nicht, daß du verletzt wirst, Min.«

Sie betrachtete ihn einen Moment schweigend und richtete sich dann ausreichend weit auf, um ihn leicht auf die Lippen zu küssen. Zumindest … Nun, es war wirklich nur ein leichter Kuß, aber dies war ein tägliches Ritual, wenn sie ging, und er hatte das Gefühl, daß diese Küsse jeden Tag etwas weniger leicht wurden.

»Ich wünschte, du würdest das nicht tun.« Sie auf seinen Knien sitzen zu lassen, war eine Sache, aber Küsse trieben den Scherz zu weit.

»Keine Tränen mehr, Bauernjunge«, sagte sie lächelnd. »Kein Gestammel.« Sie zauste ihm das Haar, als wäre er ein zehnjähriger Junge, und ging dann zur Tür, aber sie bewegte sich auf anmutig schwingende Art, die vielleicht keine Tränen und Gestammel bewirken würde, ihn aber sicherlich dazu brachte, sie anzusehen, wie sehr er sich auch dagegen wehrte. Sein Blick zuckte zu ihrem Gesicht, als sie sich umwandte. »Deine Wangen sind gerötet, Schafhirte. Ich dachte, die Hitze könnte dir nichts mehr anhaben. Aber mach dir nichts draus. Ich wollte dir nur noch sagen, daß ich vorsichtig sein werde. Ich sehe dich morgen. Denk daran, frische Socken anzuziehen.«

Rand atmete tief aus, nachdem sich die Tür fest hinter ihr geschlossen hatte. Frische Socken? Er zog jeden Tag welche an! Es gab nur zwei Möglichkeiten. Er konnte weiterhin so tun, als hätte sie keinerlei Wirkung auf ihn, bis sie aufgab, oder er konnte sich dem Gestammel hingeben. Oder vielleicht dem Bitten. Sie würde vielleicht aufhören, wenn er sie darum bat, aber dann konnte sie ihn damit necken, und Min neckte gerne. Die einzige andere Möglichkeit – ihre gemeinsame Zeit zu beschränken und sich kalt und abweisend zu verhalten – stand außer Frage. Sie war eine Freundin. Er könnte sich genauso gut kalt verhalten gegenüber … Aviendha und Elayne kamen ihm in den Sinn, aber das paßte nicht. Gegenüber Mat oder Perrin. Das einzige, was er nicht verstand, war, warum er sich in ihrer Nähe immer noch so behaglich fühlte. Es hätte nicht so sein sollen, da sie ihn auf diese Art verspottete, aber er tat es.

Lews Therins Gefasel war von dem Moment an, in dem die Aes Sedai erwähnt wurden, lauter geworden, und jetzt sagte er ganz deutlich: *Wenn sie mit den Adligen zusammen Pläne schmieden, muß ich etwas gegen sie unternehmen.*

Geh weg, befahl Rand ihm.

Neun sind zu gefährlich, selbst wenn sie nicht ausgebildet sind. Zu gefährlich. Kann sie nicht gewähren lassen. Nein. O nein.

Geh weg, Lews Therin!

Ich bin nicht tot! heulte die Stimme. *Ich verdiene den Tod, aber ich lebe! Ich lebe! Ich lebe!*

Du bist tot! schrie Rand in seinem Kopf zurück. *Du bist tot, Lews Therin!*

Die Stimme verklang, und das heulend ausgestoßene *Ich lebe!* verblaßte.

Rand stand zitternd auf, füllte seinen leeren Becher und trank den gewürzten Wein in einem Zug aus. Schweiß tropfte von seinem Gesicht, und sein Hemd klebte an ihm. Es kostete ihn Mühe, sich wieder zu konzentrieren. Lews Therin wurde beharrlicher. Eines war sicher: Wenn Merana mit den Adligen Ränke schmiedete, besonders mit den Adligen, die zum Aufstand bereit waren, und wenn er Elayne nicht bald heranschaffte, um sie zufriedenzustellen, dann mußte er etwas unternehmen. Leider hatte er keine Ahnung, was dies sein könnte.

Ich töte sie, flüsterte Lews Therin. *Neun sind zu gefährlich, aber wenn ich einige töte, wenn ich sie verjage … sie töte … sie dazu bringe, mich zu fürchten … Ich will nicht wieder sterben … Ich verdiene den Tod, aber ich will leben …* Er begann zu weinen, aber das leise Flüstern erklang weiterhin.

Rand füllte seinen Becher erneut und versuchte, nicht zuzuhören.

Als das Origan-Tor in die Innere Stadt in Sicht kam, verlangsamte Demira Eriff ihr Tempo. Einige Männer auf der bevölkerten Straße betrachteten sie bewundernd, während sie sich an ihr vorbeidrängten, und sie merkte sich ungefähr zum tausendsten Mal im Geiste vor, daß sie aufhören sollte, die freizügigen Gewänder ihrer Heimat Arad Doman zu tragen, vergaß es aber auch zum tausendsten Mal sofort wieder. Kleidung war wohl kaum wichtig – sie ließ sich seit Jahren dieselben sechs Gewänder nachfertigen –, und wenn ein Mann, der sie nicht als Aes Sedai erkannte, unverschämt wurde, war es nicht schwer, ihm deutlich zu machen, wem gegenüber er sich unverschämt verhielt. Das schaffte ihr die Männer zumeist schnell vom Hals, normalerweise so schnell sie laufen konnten.

Im Moment interessierte sie nur das Origan-Tor, ein großer weißer Marmorbogen in der schimmernden weißen Mauer, und der Strom der Menschen, Karren und Wagen, die unter den Augen von einem Dutzend Aielmännern hindurchgelangten und die Demira für nicht so abgelenkt hielt, wie sie auf den ersten Blick schienen. Sie erkannten eine Aes Sedai vielleicht, wenn sie eine sahen. Erstaunliche Menschen taten dies zuweilen. Außerdem war sie seit der *Rosenkrone* verfolgt worden. Jene Umhänge und Hosen, die mit Felsen und Büschen verschmelzen konnten, fielen auf einer belebten Straße auf. Selbst dann hätte sie nicht die Innere Stadt betreten und Meranas Zorn riskiert, indem sie die Stadt betreten hätte, ohne zuerst um al'Thors Erlaubnis zu bitten, wenn sie es gewollt hätte. Wie sehr es sie verbitterte, daß eine Aes Sedai die *Erlaubnis* eines Mannes erbitten mußte. Sie wollte nur kurz einen gewissen Milam Harnder sehen, den Zweiten Bibliothekar der Bibliothek im Königlichen Palast und seit fast dreißig Jahren ihr Vermittler.

Die Bibliothek im hiesigen Palast konnte sich sicher nicht mit derjenigen in der Weißen Burg oder mit der Königlichen Bibliothek in Cairhien oder der Terhana-Bibliothek in Bandar Eban messen, aber der Wunsch, fliegen zu können, war genauso unsinnig wie der Wunsch, zu einer von diesen Einlaß zu bekommen. Dennoch – wenn ihre Nachricht Milam erreicht hatte, würde er nach den Büchern suchen, die sie haben wollte. Die Palast-Bibliothek konnte sehr wohl Hinweise über die Siegel am Gefängnis des Dunklen Königs enthalten und vielleicht sogar Quellen auflisten, obwohl das vielleicht eine zu große Hoffnung war. In den meisten Bibliotheken fanden sich in den Ecken herumliegende Bände, die schon vor langer Zeit hätten katalogisiert werden sollen, aber irgendwie hundert oder fünfhundert oder noch mehr Jahre lang unbeachtet geblieben waren. Die meisten Bibliotheken enthielten Schätze, die sogar die Bibliothekare selbst nicht dort vermuteten.

Sie wartete geduldig, ließ die Menge an sich vorüberfließen und achtete nur auf die Menschen, die aus dem Tor herauskamen, aber sie sah Milams kahlen Kopf und rundes Gesicht nicht. Schließlich seufzte sie. Er hatte ihre Nachricht offensichtlich nicht erhalten. Andernfalls hätte er jede nur mögliche Ausrede benutzt, die notwendig gewesen wäre, um zur angegebenen Zeit hier zu sein. Sie würde jetzt warten müssen, bis sie Merana zum Palast begleiten konnte, und hoffen müssen, daß der junge al'Thor ihr die Erlaubnis gewährte – wieder die Erlaubnis! –, selbst in der Bibliothek zu suchen.

Als sie sich vom Tor abwandte, begegnete ihr Blick zufällig dem eines großen Burschen mit hagerem Gesicht, der die Weste eines Fuhrmannes trug und sie viel zu bewundernd ansah. Er blinzelte sogar, als sich ihre Blicke begegneten!

Sie würde sich das nicht den ganzen Weg zum Gasthaus zurück gefallen lassen. *Ich muß wirklich daran denken, mir einige einfache Gewänder anfertigen zu lassen*, grübelte sie und fragte sich, warum sie es nicht längst getan hatte. Glücklicherweise war sie vor einigen Jahren schon einmal in Caemlyn gewesen. Stevan würde in der *Rosenkrone* warten, ein Führer, dessen Dienste sie in Anspruch nehmen konnte, wenn es soweit war. Sie glitt in die schmale, schattige Gasse zwischen dem Geschäft eines Scherenschleifers und einer Schenke.

Die engen Straßen von Caemlyn waren bei ihrem letzten Besuch schlammig gewesen, aber selbst jetzt, da sie trocken waren, wurde der Geruch immer unerträglicher, je tiefer sie in das Gewirr eindrang. Die fensterlosen Mauern wirkten abweisend, und nur selten gab es eine schmale Tür, die schon lange nicht mehr geöffnet worden zu sein schien. Magere Katzen beobachteten sie von Fässern und Hinterhofmauern, und streunende Hunde mit hervorstehenden Rippen legten die Ohren an und knurrten manchmal, bevor sie einen

Querlauf hinabschlichen, wie Gassen hier genannt wurden. Sie hatte keine Angst, gekratzt oder gebissen zu werden. Katzen schienen die Aura der Aes Sedai zu spüren. Sie hatte noch nie gehört, daß eine Aes Sedai auch von der wildesten Katze nur gekratzt worden wäre. Hunde waren ihnen feindlich gesinnt, das stimmte, fast als glaubten sie, *sie* seien Katzen, aber Hunde schlichen fast immer davon, nachdem sie sich ein wenig aufgespielt hatten.

Es waren weitaus mehr Hunde und Katzen in den Querläufen, als sie in Erinnerung hatte, und sie waren magerer als früher, aber es waren weitaus weniger Menschen zu sehen. Sie hatte überhaupt niemanden gesehen, bis sie eine Ecke umrundete und fünf oder sechs Aielmänner auf sich zukommen sah, die lachten und miteinander sprachen. Sie schienen erschreckt, sie zu sehen.

»Verzeihung, Aes Sedai«, murmelte einer von ihnen, und sie drängten sich an die Seite des Querlaufs, obwohl genügend Platz war.

Während sie sich fragte, ob dies dieselben Männer waren, die ihr gefolgt waren – eines der Gesichter schien ihr bekannt, ein untersetzter Bursche mit boshaften Augen –, nickte sie und murmelte im Vorübergehen ihren Dank.

Der Speer, der sie in die Seite traf, war solch ein Schock, daß sie nicht einmal aufschrie. Sie griff panisch nach *Saidar*, aber noch etwas bohrte sich in ihre Seite, und sie sank zu Boden. Das ihr bekannt erschienene Gesicht näherte sich dem ihren, die schwarzen Augen spöttisch, und der Mann stieß grollend etwas hervor, worauf sie nicht achtete, während sie *Saidar* anzurühren versuchte, während sie versuchte … Dunkelheit umhüllte sie.

Als die endlose Unterhaltung Perrins und Failes mit deren Eltern vorüber war, wartete diese seltsame Dienerin, Sulin, im Gang auf sie. Perrin war schweißgebadet, was sich an dunklen Flecken auf seinem Umhang zeigte, und er fühlte sich, als wäre er zehn Meilen weit gelaufen, während er bei jedem Schritt geschlagen wurde. Faile lächelte und hüpfte. Sie wirkte überglücklich, wunderschön und so stolz auf sich, als hätte sie die Wachhügel-Männer gerade in dem Moment herangebracht, als die Trollocs Emondsfeld überrennen wollten. Sulin vollführte jedesmal einen Hofknicks, wenn einer von ihnen sie ansah, und fiel fast immer dabei um. Das ledrige Gesicht mit der Narbe über der Wange trug ein unterwürfiges Lächeln, das in einem Atemzug vergehen zu können schien. Vorbeigehende Töchter unterhielten sich in der Zeichensprache, und Sulin vollführte auch vor ihnen einen Hofknicks, obwohl sie laut genug mit den Zähnen knirschte, daß Perrin es deutlich hören konnte. Sogar Faile beobachtete sie jetzt wachsam.

Als die Frau sie zu ihren Räumen geführt hatte – ein Wohnzimmer und ein Schlafzimmer mit einem Himmelbett, das zehn Menschen hätte beherbergen können, sowie ein langer Marmorbalkon auf einen Hof mit Springbrunnen –, beharrte sie darauf, ihnen alles zu erklären oder zu zeigen, selbst das, was sie selbst sehen konnten. Ihre Pferde waren in den Stall geführt und abgerieben worden. Ihre Satteltaschen waren ausgepackt und hingen zusammen mit Perrins Streitaxtgürtel im Schrank, und der spärliche Inhalt lag in den Schubladen einer Doppelkommode. Perrins Streitaxt stand neben dem grauen Marmorkamin, als sollte Feuerholz damit gehackt werden. Einer der beiden Silberkrüge, die durch feine Wassertropfen glitzerten, enthielt kühlen, mit Minze gewürzten Tee und der andere gewürzten Pflaumenwein. Zwei goldgerahmte Spiegel hingen an der Wand, einer über einem Tisch, auf dem Failes Elfenbeinkamm und ihre Bürste lagen, der andere war ein großer Standspiegel mit geschnitzten Stützen, den nicht einmal ein Blinder hätte übersehen können.

Während Sulin noch immer Erklärungen über das zu bringende Badewasser und Kupferwannen abgab, drückte Perrin ihr eine Goldmünze in die Hand. »Danke«, sagte er, »aber wenn Ihr uns jetzt allein lassen würdet …« Er dachte einen Moment, sie würde ihm das Goldstück ins Gesicht werfen, aber statt dessen wurde ihm ein weiterer schwankender Hofknicks gewährt, woraufhin sie den Raum geräuschvoll verließ.

»Vermutlich beherrscht derjenige, der die Diener ausbildet, seine Aufgabe nicht besonders gut«, sagte Faile. »Das war übrigens hervorragend. Höflich, aber bestimmt. Wenn du so nur auch mit *unseren* Dienern umgehen würdest.« Als sie ihm ihren schlanken Rücken zuwandte, verklang ihre Stimme zu einem Murmeln. »Würdest du mir die Knöpfe öffnen?«

Er fühlte sich stets unbeholfen, wenn er die kleinen Knöpfe öffnen sollte, weil er halbwegs befürchtete, sie abzureißen oder ihr Gewand zu beschädigen. Andererseits gefiel es ihm, seine Frau auszuziehen. Für gewöhnlich half ihr eine Dienerin dabei, seiner Meinung nach sicherlich wegen der verlorengegangenen Knöpfe. »Hast du irgend etwas von dem Unsinn ernst gemeint, den du deiner Mutter erzählt hast?«

»Hast du mich nicht gezähmt, mein Ehemann«, fragte sie, ohne ihn anzusehen, »und mich gelehrt, dir zur Verfügung zu stehen, wenn du mich rufst? Bemühe ich mich nicht, dich zu erfreuen? Gehorche ich nicht deiner kleinsten Geste?« Sie roch belustigt. Und sicherlich klang sie belustigt. Nur klang es auch, als wollte sie es so, genauso wie es auch geklungen hatte, als sie ihrer Mutter mit hocherhobenem Kopf und so stolz sie nur konnte fast dasselbe gesagt hatte. Frauen waren schlichtweg seltsam, das war alles. Und ihre Mutter …! Und ihr Vater!

Vielleicht sollte er das Thema wechseln. Was hatte

Bashere noch erwähnt? »Faile, was ist eine Zerbrochene Krone?« Er war sicher, daß es das gewesen war.

Sie verzog das Gesicht und roch plötzlich aufgebracht. »Rand hat den Palast verlassen, Perrin.«

»Und wenn schon?« Er beugte sich herab, um einen winzigen Perlmuttknopf besser sehen zu können, und runzelte hinter ihrem Rücken die Stirn. »Woher weißt du das?«

»Von den Töchtern des Speers. Bain und Chiad haben mir ein wenig von der Zeichensprache beigebracht. Du darfst mich nicht verraten, Perrin. So wie sie sich aufführten, als sie hörten, daß Aiel hier sind, glaube ich, daß sie es lieber nicht getan hätten. Aber es könnte nützlich sein zu verstehen, was die Töchter des Speers sagen, ohne daß sie etwas davon wissen. Sie scheinen sich mit Rand gut zu vertragen.« Sie drehte sich um, sah ihn schelmisch an und streichelte seinen Bart. »Diesen Töchtern, die wir trafen, gefielen deine Schultern, aber sie machen sich nicht viel daraus. Aielfrauen erkennen keinen schönen Bart, wenn sie einen sehen.«

Er schüttelte den Kopf, wartete, daß sie sich wieder umdrehen würde, und steckte dann hastig den Knopf in die Tasche, der bei ihrer Drehung abgerissen war. Vielleicht würde sie es nicht merken. Er war eine Woche lang mit einem an seinem Umhang fehlenden Knopf herumgelaufen und hatte es nicht gemerkt, bis sie ihn darauf hinwies. Und was Bärte betraf, so waren Aiel, nach dem, was Gaul erzählte, stets glattrasiert. Bain und Chiad hatten sich über seinen Bart mehr als einmal lustig gemacht. Er hatte bei dieser Hitze schon oft daran gedacht, ihn abzurasieren. Aber Faile mochte ihn. »Was ist mit Rand? Warum sollte es von Bedeutung sein, daß er den Palast verlassen hat?«

»Nur insofern, als du wissen solltest, was er hinter deinem Rücken tut. Du hast offensichtlich nicht gewußt, daß er fortgegangen ist. Denk daran, daß er der

Wiedergeborene Drache *ist*. Damit steht er fast einem König gleich, einem König der Könige, und Könige verletzen manchmal sogar Freunde, aus Versehen und absichtlich.«

»Das würde Rand niemals tun. Worauf willst du überhaupt hinaus? Daß ich ihn ausspionieren soll?«

Er hatte dies als Scherz gemeint, aber sie erwiderte: »Nicht du, mein Lieber. Das ist die Aufgabe einer Frau.«

»Faile!« Er richtete sich so jäh auf, daß er fast einen weiteren Knopf abgerissen hätte, ergriff ihre Schultern und wandte sie zu sich um. »Du wirst Rand nicht ausspionieren, hast du mich verstanden?« Sie nahm einen widerspenstigen Gesichtsausdruck an, die Mundwinkel herabgezogen, die Augen verengt – sie strahlte geradezu Hartnäckigkeit aus –, aber er konnte auch hartnäckig sein. »Faile, ich möchte etwas von dem Gehorsam sehen, dessen du dich gerühmt hast.« Soweit er bisher erkennen konnte, tat sie, was er sagte, wenn sie ihm gut gesonnen und zufrieden war, und sonst nicht, gleichgültig, ob er im Recht war oder nicht. »Ich meine es ernst, Faile. Ich will dein Versprechen. Ich werde nicht teilhaben an jemandes ...«

»Ich verspreche es dir, mein Herz«, sagte sie und legte ihre Finger über seinen Mund. »Ich verspreche, daß ich Rand nicht ausspionieren werde. Du siehst, ich gehorche meinem Herrn Gemahl. Erinnerst du dich, wie viele Enkelkinder meine Mutter erwartet?«

Der plötzliche Richtungswechsel überraschte ihn. Aber sie hatte es versprochen. Das war das wichtigste. »Sechs, glaube ich. Ich habe aufgehört mitzuzählen, als sie erklärte, welches Jungen und welches Mädchen werden sollten.« Lady Deira hatte einige bestürzend unverblümte Ratschläge parat gehabt, wie dies zu erreichen sei. Dankenswerterweise hatte er das meiste davon verpaßt, weil er sich ständig gefragt hatte, ob er den Raum verlassen sollte, bis sie fertig wäre. Faile hatte zu den Worten ihrer Mutter nur genickt, als sei es das Natürlichste von der Welt, daß ihr Vater und ihr Ehemann dabei waren.

»Mindestens sechs«, sagte sie mit wahrhaft verruchtem Lächeln. »Perrin, sie wird uns über die Schulter sehen, bis ich ihr sagen kann, daß sie bald das erste Enkelkind erwarten darf, und ich dachte, wenn es dir jemals gelänge, meine restlichen Knöpfe zu öffnen...« Sie errötete nach Monaten der Ehe noch immer, aber dieses Lächeln schwand nicht. »Ein richtiges Bett nach so vielen Wochen erfüllt mich mit einer Vorfreude wie ein Bauernmädchen zur Ernte.«

Manchmal wunderte er sich über ihre ständige Erwähnung dieser saldaeanischen Bauernmädchen. Ob mit oder ohne Erröten – wenn sie nur halb so direkt wie Faile waren, wenn er mit ihr allein war, würde in Saldaea niemals eine Ernte eingebracht. Er riß beim Versuch, sie auszukleiden, zwei weitere Knöpfe ab, und es kümmerte sie nicht im geringsten. Tatsächlich zerriß sie ihm sogar das Hemd.

Demira war überrascht, daß sie die Augen öffnen konnte, überrascht, daß sie auf dem Bett in ihrem Zimmer in der *Rosenkrone* lag. Sie hatte erwartet, tot zu sein und nicht entkleidet unter einem Leinenlaken zu liegen. Stevan saß auf einem Stuhl am Fußende des Bettes, und es gelang ihm, gleichzeitig erleichtert, besorgt und streng dreinzublicken. Ihr schlanker cairhienischer Behüter war einen Kopf kleiner als sie und fast zwanzig Jahre jünger, auch wenn Grau sein Schläfenhaar durchzog, aber manchmal führte er sich wie ein Vater auf, der behauptete, sie könne nicht selbst auf sich aufpassen, wenn er nicht ihre Hand hielte. Sie fürchtete sehr, daß dieser Zwischenfall ihm in diesem Kampf auf Monate hinaus Oberwasser verschaffen würde. Merana stand mit ernstem Gesicht auf der einen und Berenicia auf der anderen Seite des Bettes. Die rundliche Gelbe

Schwester war ohnehin stets ernst, aber jetzt wirkte sie vollkommen finster.

»Wie?« gelang es Demira zu fragen. Licht, sie fühlte sich schwach. Das kam vom Heilen, aber es war schon eine Anstrengung, die Arme unter dem Laken hervorzunehmen. Sie mußte dem Tode sehr nahe gewesen sein. Das Heilen hinterließ keine Narben, aber die Erinnerungen und die Schwäche genügten vollkommen.

»Ein Mann kam in den Schankraum«, erzählte Stevan, »und verlangte ein Bier. Er sagte, er hätte gesehen, wie Aiel einer Aes Sedai gefolgt seien – er beschrieb Euch genau – und meinte, sie wollten sie töten. Sobald er das erzählt hatte, spürte ich …« Er verzog vielsagend das Gesicht.

»Stevan bat mich mitzukommen«, sagte Berenicia. »Er hat mich sozusagen mitgezerrt – und wir rannten den ganzen Weg. Ich war ehrlich gesagt nicht sicher, daß wir rechtzeitig gekommen waren, bis Ihr gerade eben die Augen öffnetet.«

»Natürlich«, sagte Merana mit tonloser Stimme, »hatten beide Anteil an der Falle – und an der Warnung. Die Aiel und der Mann. Es ist eine Schande, daß wir ihn entkommen ließen, aber wir waren so um Euch besorgt, daß er entwischen konnte, bevor jemand daran dachte, ihn aufzuhalten.«

Demira hatte an Milam gedacht und daran, wie dies die Suche in der Bibliothek beeinflussen würde, daran, wie lange es dauern würde, Stevan zu beruhigen, und Meranas Worte drangen nur langsam zu ihr vor. »Ihn festhalten? Eine Warnung? Wovon sprecht Ihr, Merana?« Berenicia murmelte etwas darüber, daß sie es vielleicht verstehen würde, wenn sie es ihr schwarz auf weiß zeigten. Berenicia konnte manchmal sehr bissig sein.

»Habt Ihr jemanden den Schankraum betreten sehen, um etwas zu trinken, seit wir eingetroffen sind, Demira?« fragte Merana geduldig.

Es stimmte – sie hatte niemanden gesehen. Eine oder

auch zwei Aes Sedai fielen unter den Gästen einer Schenke in Caemlyn kaum auf, aber bei neun Aes Sedai war es schon etwas anderes. Herrin Cinchonine hatte kürzlich offen darüber gesprochen. »Dann wollte man Euch absichtlich wissen lassen, daß Aiel mich getötet hätten. Vielleicht, damit ich gefunden würde, bevor ich tot wäre.« Sie hatte sich gerade an das gräßliche Gesicht des Burschen erinnert, der sie drohend angesprochen hatte. »Ich sollte Euch alle auffordern, Euch von al'Thor fernzuhalten. Jemand sagte wörtlich: ›Richtet den anderen Hexen aus, sie sollen sich vom Wiedergeborenen Drachen fernhalten.‹ Diese Nachricht hätte ich wohl kaum tot überbringen können ... Wo war ich verletzt?«

Stevan regte sich auf seinem Stuhl und warf ihr einen gequälten Blick zu. »Es wurde in beiden Fällen keines der Organe getroffen, deren Verletzung tödlich gewesen wäre, aber Euer immenser Blutverlust ...«

»Was sollen wir jetzt tun?« unterbrach Demira ihn, die Frage an Merana gerichtet, bevor Stevan damit fortfahren konnte, ihr vorzuwerfen, wie töricht sie gewesen war, sich auf diese Art erwischen zu lassen.

»Ich denke, wir sollten die verantwortlichen Aiel suchen«, sagte Berenicia bestimmt, »und an ihnen ein Exempel statuieren.« Sie kam aus den Grenzgebieten Shienars, und Überfälle der Aiel waren in ihrer Kindheit üblich gewesen. »Seonid ist meiner Meinung.«

»O nein!« widersprach Demira. »Ich werde mir die erste Gelegenheit, Aiel zu beobachten, nicht entgehen lassen. Es war immerhin mein Blut. Außerdem scheint mir offensichtlich, daß sie auf Befehl gehandelt haben, wenn der Mann, der Euch gewarnt hat, nicht auch ein Aiel war. Und ich glaube, es gibt nur einen Mann in Caemlyn, der Aiel befehligt.«

»Wir anderen«, sagte Merana, während sie Berenicia fest ansah, »stimmen mit Euch überein, Demira. Ich möchte nichts mehr davon hören, Zeit und Kräfte zu verschwenden, um unter Hunderten ein Rudel Jagdhunde ausfindig zu machen, während sich der Mann, der sie zur Jagd aufgefordert hat, ins Fäustchen lacht.« Berenicia murrte ein wenig, bevor sie den Kopf beugte, aber das tat sie stets.

»Wir müssen al'Thor zumindest zeigen, daß er Aes Sedai nicht auf diese Art behandeln kann«, bemerkte Berenicia scharf. Ein Blick von Merana mäßigte sie, obwohl sie nicht glücklich darüber klang. »Aber natürlich auch nicht so deutlich, daß es alle unsere Pläne gefährden würde.«

Demira tippte sich mit den Fingern an die Lippen und seufzte. Sie fühlte sich schwach. »Mir fällt gerade etwas ein. Wenn wir ihm offen vorhalten, was er getan hat, wird er alles abstreiten, und wir können ihm nichts beweisen. Nicht nur das – er wäre vielleicht sogar so klug zu verkünden, daß er sich berechtigt fühlt, Aes Sedai wie Hasen zu jagen.« Merana und Berenicia wechselten Blicke und nickten verständig. Der arme Stevan runzelte zornig die Stirn. Er hatte niemals jemanden ungestraft gelassen, der sie verletzt hatte. »Wäre es nicht besser stillzuhalten? Das würde ihn sicherlich zum Nachdenken bringen. Warum haben wir nichts gesagt? Was werden wir unternehmen? Ich weiß nicht, wieviel wir tun können, aber wir können ihm zumindest Angst einjagen.«

»Ein stichhaltiges Argument«, sagte Verin vom Eingang her. »Al'Thor muß die Aes Sedai respektieren, sonst wird es keine Zusammenarbeit geben.« Sie bedeutete Stevan zu gehen – er wartete natürlich, bis Demira ihr Einverständnis gab – und nahm dann seinen Platz ein. »Ich dachte, daß Ihr das Ziel wart …« Sie sah Merana und Berenicia stirnrunzelnd an. »Wollt Ihr Euch nicht setzen? Ich möchte keine Genickstarre bekommen, weil ich ständig zu Euch aufschauen muß.« Verin fuhr bereits fort, während sie noch Stühle neben das Bett stellten. »Da Ihr das Ziel wart, Demira, solltet Ihr bei der Entscheidung mitreden, wie Meister al'Thor seine Lektion lernen soll. Und anscheinend habt Ihr bereits damit begonnen.«

»Ich denke …«, setzte Merana an, aber Verin unterbrach sie.

»Gleich, Merana. Demira hat das Recht, zuerst Vorschläge zu machen.«

Demira hielt den Atem an, während sie auf den Ausbruch wartete. Merana schien ihre Entscheidungen stets von Verin billigen lassen zu wollen, was unter den gegebenen Umständen nur allzu verständlich, wenn auch ungeschickt war, aber dies war das erste Mal, daß Verin die Sache in die Hand nahm. Zumindest das erste Mal vor anderen. Und doch sah Merana Verin einen Moment nur mit zusammengepreßten Lippen an und beugte dann den Kopf. Demira fragte sich, ob das bedeutete, daß Merana die Abordnung Verin überlassen würde. Sie schien jetzt keine andere Wahl mehr zu haben. Aller Augen wandten sich abwartend Demira zu. Verins Blick war besonders eindringlich.

»Wenn wir wollen, daß er sich wegen unserer nächsten Unternehmungen sorgt, schlage ich vor, daß heute niemand zum Palast geht. Vielleicht ohne jegliche Erklärung, und wenn das zu hart ist, dann mit einer Erklärung, die er durchschaut.« Merana nickte. Und was nach der neuesten Entwicklung noch wichtiger war – Verin nickte ebenfalls. Demira beschloß, ein wenig mehr zu wagen. »Vielleicht sollten wir sogar mehrere Tage lang niemanden hinschicken, um ihn schmoren zu lassen. Ich bin sicher, daß wir es erfahren werden, sollte er hübsch aufgebracht sein, wenn wir Min beobachten …« Was auch immer sie zu unternehmen beschlossen – sie wollte Anteil daran haben. Es *war* immerhin ihr Blut gewesen, und nur das Licht wußte, wie lange sie jetzt ihre Nachforschungen in der Bibliothek unterbrechen mußte. Letzteres war fast ein genauso triftiger Grund, al'Thor eine Lektion zu erteilen, wie sein Vergessen, wer die Aes Sedai waren.

KAPITEL 5

Die Wanderin

Mat wünschte sich einen ruhigen Ritt nach Ebou Dar, und in gewisser Weise wurde sein Wunsch erfüllt. Aber es ärgerte ihn dennoch sehr, mit sechs Frauen zu reisen, von denen vier noch dazu Aes Sedai waren.

Sie erreichten den fernen Wald am ersten Tag, als die Sonne noch hoch am Himmel stand, und ritten mehrere Stunden unter einem hohen Baldachin überwiegend kahler Äste dahin, während totes Laub und trockene Zweige unter den Pferdehufen knirschten, bis sie unmittelbar vor Sonnenuntergang in der Nähe eines Stromes, der nur wenig Wasser führte, ihr Lager errichteten. Harnan, der Anführer der Rotte mit dem tätowierten Falken auf der Wange, sorgte dafür, daß die Reiter der Horde versorgt, die Pferde gestriegelt und angepflockt, Wachen aufgestellt und Feuer entzündet wurden. Nerim und Lopin liefen umher und jammerten darüber, daß sie keine Zelte mitgenommen hatten. Woher sollte ein Mann wissen, daß sie nächtelang auf dem Boden schlafen würden, wenn sein Herr nichts sagte. Und wenn sein Herr sich bei irgend etwas den Tod holte, wäre es nicht seine Schuld. Hager und kräftig, klangen sie wie Echos. Vanin kümmerte sich natürlich um sich selbst, obwohl er auch auf Olver achtete und Winds Hals striegelte, den der Junge nicht erreichen konnte, selbst wenn er den Sattel als Hocker benutzte. Jedermann kümmerte sich um Olver.

Die Frauen teilten das Lager in einer Weise auf, daß ihr Bereich so abgeschieden war, als wäre er fünfzig

Fuß entfernt. Eine unsichtbare Linie schien das Lager in zwei Hälften zu spalten, mit unsichtbaren Zeichen, die den Reitern bedeuteten, daß sie diese Linie nicht übertreten durften. Nynaeve und Elayne und die beiden weißhaarigen Frauen hatten sich mit Aviendha und der blonden Jägerin um ihr eigenes Feuer versammelt und schauten selten dorthin, wo Mat und seine Männer ihre Decken ausbreiteten. Bei der leisen Unterhaltung ging es, soweit Mat sie verstehen konnte, um Vandenes und Adeleas' Sorge, daß Aviendha ihr Pferd den ganzen Weg nach Ebou Dar führen wollte, anstatt zu reiten. Thom versuchte, ein Wort mit Elayne zu wechseln, und erhielt einen flüchtigen Schlag auf die Wange, bevor er zu Juilin und Jaem, dem sehnigen alten Behüter, zurückgeschickt wurde, der zu Vandene gehörte und seine ganze Zeit mit dem Schärfen seines Schwertes zu verbringen schien.

Mat hatte keine Einwände dagegen, daß die Frauen sich abseits hielten. Sie waren von einer Anspannung umgeben, die ihm unverständlich war. Zumindest Nynaeve und Elayne, aber auch die Jägerin schien davon beeinflußt. Sie sahen die Aes Sedai manchmal ein wenig zu unverwandt an – die anderen Aes Sedai; er war sich nicht sicher, ob er sich jemals daran gewöhnen würde, Nynaeve und Elayne als Aes Sedai zu betrachten –, obwohl Vandene und Adeleas dies genauso wenig zu bemerken schienen wie Aviendha. Was auch immer der Grund dafür war – Mat wollte nichts damit zu tun haben. Es roch nach einem unterschwelligen Streit, der jeden Moment ausbrechen konnte, und egal ob er ausbrach oder weiterhin nur schwelte, sollte sich ein kluger Mann von Frauengezänk fernhalten. Und ein kluger Mann sollte sich sehr weit entfernen, wenn diese Frauen noch dazu Aes Sedai waren.

Dies war ein wenig ärgerlich, wie auch eine weitere Sache, an der er selbst die Schuld trug. Das Essen. Der Duft von Lamm und Suppe schwebte vom Feuer der

Aes Sedai heran. Da er schnell in Ebou Dar anzukommen erwartet hatte, hatte er Vanin und den anderen gegenüber nichts von Essen erwähnt, was bedeutete, daß sie nur ein wenig getrocknetes Fleisch und hartes Fladenbrot in ihren Satteltaschen hatten. Mat hatte kaum einen Vogel oder ein Eichhörnchen gesehen, ganz zu schweigen von Wild, so daß eine Jagd außer Frage stand. Als Nerim einen kleinen Falttisch und einen Stuhl für Mat aufstellte – Lopin stellte derweil einen weiteren Tisch und Stuhl für Nalesean auf –, befahl Mat ihm auszuteilen, was er in den Körben der Packpferde verstaut hatte. Das Ergebnis war nicht so erfreulich, wie er gehofft hatte.

Nerim stand an Mats Tisch und goß Wasser aus einem Silberkrug, als wäre es Wein, während er düster beobachtete, wie die feineren Sachen in die Kehlen der Reiter wanderten. »Eingelegte Wachteleier, Mylord«, verkündete er mit Grabesstimme. »Sie wären sehr gut für Mylords Frühstück in Ebou Dar geeignet gewesen.« Und: »Die allerfeinste geräucherte Zunge, Mylord. Wenn Mylord nur wüßte, was ich durchgemacht habe, um in diesem armseligen Dorf in Honig geräucherte Zunge zu bekommen, ohne die Zeit zu haben, etwas anderes zu suchen, wobei uns das beste bereits von den Aes Sedai weggeschnappt wurde.« Größten Kummer schien ihm aber zu bereiten, daß Lopin für Nalesean gekochte Lerchen gefunden hatte. Jedesmal, wenn Nalesean eine davon zwischen seinen Zähnen zermahlte, wurde Lopins selbstgefälliges Lächeln noch breiter und Nerims Gesicht noch länger. Was das Essen betraf, war unübersehbar, daß die Männer lieber ein Stück Lammfleisch und eine Schale Suppe bekommen hätten als noch so viel in Honig geräucherte Zunge oder Gänseleberpastete. Olver sah sehnsuchtsvoll zum Feuer der Frauen.

»Möchtest du mit ihnen essen?« fragte Mat ihn. »Es ist in Ordnung, wenn du das möchtest.«

»Ich mag geräucherten Aal«, antwortete Olver tapfer. Und dann fügte er in düsterem Tonfall hinzu: »Sie könnte vielleicht etwas hineintun.« Sein Blick folgte Aviendha bei jeder Bewegung, und er schien auch gegen die Jägerin eingenommen, vielleicht weil sie viel Zeit mit freundlichem Geplauder mit den Aielfrauen verbrachte. Aviendha mußte den Blick des Jungen gespürt haben, weil sie ihn schließlich ansah und die Stirn runzelte.

Mat wischte sich übers Kinn, schaute zum Feuer der Aes Sedai und bemerkte, daß Jaem nicht da war. Vanin murrte, weil er noch einmal hinausgeschickt wurde, aber Mat tat dies aus demselben Grund, weshalb er den Mann den Tag über, obwohl Jaem das gleiche tat, hatte vorausgehen und die Gegend erkunden lassen. Er wollte sich nicht auf das verlassen, was die Aes Sedai ihm mitzuteilen beliebten. Er hätte Nynaeve vielleicht vertraut – er glaubte nicht, daß sie ihn tatsächlich belügen würde; Nynaeve war als Seherin auf Lügner stets schlecht zu sprechen gewesen –, aber sie spähte ständig auf sehr mißtrauische Art über Adeleas' Schulter zu ihm hinüber.

Zu seiner Überraschung erhob sich Elayne, sobald sie ihre Mahlzeit beendet hatte, und glitt über die unsichtbare Linie. Einige Frauen schienen einfach über den Boden zu schweben. »Wollt Ihr mich begleiten, Meister Cauthon?« fragte sie kühl. Nicht wirklich höflich, aber auch nicht grob.

Er bedeutete ihr vorauszugehen, und sie schwebte in den mondbeschienenen Wald jenseits der Wachen. Das goldene Haar fiel um ihre Schultern, umrahmte ein Gesicht, das jeden Mann anzog, und das Mondlicht dämpfte ihre Anmaßung. Wenn sie etwas anderes gewesen wäre, als sie war … Und er meinte damit nicht, daß sie eine Aes Sedai war oder daß sie zu Rand gehörte. Dann begann Elayne zu sprechen, und er vergaß alles andere.

»Ihr besitzt ein *Ter'angreal*«, sagte sie ohne lange Vorrede und ohne ihn anzusehen. Sie schwebte einfach dahin, ließ die Blätter auf dem Boden rascheln, als erwarte sie von ihm, daß er ihr wie ein Jagdhund folgte. »Einige glauben, daß *Ter'angreals* rechtmäßig den Aes Sedai gehören, aber ich verlange nicht von Euch, es mir auszuhändigen. Niemand wird es Euch nehmen. Diese Dinge müssen jedoch überprüft werden. Daher möchte ich, daß Ihr mir das *Ter'angreal* jeden Abend überlaßt, wenn wir rasten. Ich werde es Euch jeden Morgen wiedergeben, bevor wir aufbrechen.«

Mat sah sie von der Seite an. Sie meinte es zweifellos ernst. »Es ist sehr freundlich von Euch, daß Ihr mir lassen wollt, was mir gehört. Aber was führt Euch zu dem Glauben, daß ich eines besitze, eines dieser … wie habt Ihr es genannt? Ein Ter-sowieso?«

Oh, sie erstarrte bei diesen Worten tatsächlich und sah ihn argwöhnisch an. Er war überrascht, keine Funken aus ihren Augen sprühen zu sehen, die die Nacht erleuchteten. Aber ihre Stimme war reinstes, kristallklares Eis. »Ihr wißt sehr *wohl*, was ein *Ter'angreal* ist, Meister Cauthon. Ich hörte Moiraine im Stein von Tear mit Euch darüber sprechen.«

»Im Stein?« fragte er sanft. »Ja, ich erinnere mich an den Stein. Wir hatten dort alle eine schöne Zeit. Erinnert Ihr Euch an etwas, das Euch ein Recht gibt, Forderungen an mich zu stellen? Ich nicht. Ich bin nur hier, um Euch und Nynaeve davor zu bewahren, in Ebou Dar Schaden zu erleiden. Ihr könnt Rand nach dem *Ter'angreal* fragen, wenn ich Euch seiner Obhut übergebe.«

Sie sah ihn einen langen Moment an, als wollte sie ihn mit Willenskraft niederstrecken, wandte sich dann aber wortlos auf dem Absatz um. Er folgte ihr zum Lager zurück und war überrascht, sie die Reihe der angepflockten Pferde entlanggehen zu sehen. Sie begutachtete die Feuer und die ausgelegten Decken und schüttelte beim Anblick der Essensreste der Reiter den Kopf. Er hatte keine Ahnung, was sie vorhatte, bis sie mit hocherhobenem Kinn zu ihm zurückkam.

»Eure Männer haben ihre Sache sehr gut gemacht, Meister Cauthon«, sagte sie so laut, daß jedermann sie hören konnte. »Ich bin ganz allgemein überaus zufrieden. Aber wenn Ihr richtig vorausgeplant hättet, müßten die Männer keine Nahrung herunterschlingen, die sie heute nacht wachhalten wird. Dennoch – Ihr habt Eure Aufgabe insgesamt gut erfüllt. Und sicherlich werdet Ihr in Zukunft vorausdenken.« Sie kehrte so kühl, wie man es sich nur vorstellen konnte, zu ihrem Feuer zurück, bevor er ein Wort sagen konnte, so daß er ihr nur hinterherstarrte.

Aber wäre das alles gewesen – daß die verdammte Tochter-Erbin ihn für einen ihrer Untergebenen hielt und Nynaeve und sie selbst Vandene und Adeleas gegenüber verschlossen waren –, dann hätte er einen Freudentanz aufgeführt. Aber unmittelbar nach Elaynes Weggang wurde der Fuchskopf, noch bevor Mat überhaupt seine Decken erreichen konnte, kalt.

Er war so erschrocken, daß er am Fleck stehenblieb und auf seine Brust hinabstarrte, bevor er auch nur daran dachte, zum Feuer der Aes Sedai zu schauen. Sie standen, einschließlich Aviendha, an der unsichtbaren Linie aufgereiht. Elayne murmelte etwas Unverständliches, und die beiden weißhaarigen Aes Sedai nickten, während Adeleas unaufhörlich einen Federhalter in ein Tintenfaß an ihrem Gürtel tauchte und in einem kleinen Buch Notizen machte. Nynaeve zog an ihrem Zopf und murmelte vor sich hin.

Es dauerte nur wenige Augenblicke. Dann verging die Kälte, und die Frauen kehrten, leise miteinander sprechend, zu ihrem Feuer zurück. Hin und wieder schaute eine von ihnen in seine Richtung, bis er sich schließlich hinlegte.

Am zweiten Tag gelangten sie auf eine Straße, und

Jaem legte seinen die Farbe verändernden Umhang ab. Die Straße bestand aus festgetretener Erde, durch die manchmal alte Pflastersteine hindurchschimmerten, aber sie kamen auch hier nicht wesentlich schneller voran, da sich die Straße durch eine zunehmend hügeligere Waldlandschaft schlängelte. Einige jener Hügel verdienten es, zumindest als kleine Berge bezeichnet zu werden, gezackte Erhebungen mit kahlen Klippen und aus dem Wald herausragenden felsigen Spitzen. Ein schmaler, aber beständiger Strom von Menschen eilte in beide Richtungen, hauptsächlich Gruppen verwahrloster Gestalten mit ausdruckslosen Gesichtern, die kaum genug Verstand zu haben schienen, dem hochrädrigen Ochsenkarren eines Bauern aus dem Weg zu gehen, und noch viel weniger einem Händlerzug mit seinen Planwagen, die, von sechs oder acht Pferden gezogen, eilig dahinfuhren. Bauernhöfe und Scheunen aus hellem Stein klebten an den Hängen der Hügel, und am Mittag des dritten Tages sahen sie das erste Dorf mit weiß verputzten Häusern, deren flache Dächer mit rötlichen Ziegeln gedeckt waren.

Aber die Nadelstiche blieben. Elayne behielt ihre abendlichen Besichtigungen bei. Als er sarkastisch bemerkte, er sei froh, daß sie zufrieden sei – es war in der zweiten Nacht, in der sie seitlich der Straße lagerten –, lächelte sie eines dieser bewußt erhabenen Lächeln und sagte: »Das solltet Ihr auch sein, Meister Cauthon«, wodurch der Eindruck erweckt wurde, er habe jedes Wort ernst gemeint!

Als sie in Gasthöfen rasteten, besichtigte sie die Pferde in den Ställen *und* die Schlafplätze der Reiter auf den Heuböden. Die Bitte an sie, dies nicht mehr zu tun, brachte ihm nur eine kühl gewölbte Augenbraue, aber keine Antwort ein. Der Befehl, es nicht mehr zu tun, brachte ihm nicht einmal die gewölbte Augenbraue ein. Sie ignorierte ihn einfach vollkommen. Sie forderte ihn auf, Dinge zu tun, die er bereits selbst zu tun beschlossen hatte – wie, zum Beispiel, beim ersten Gasthof, wo es einen Hufschmied gab, alle Pferdehufe überprüfen zu lassen. Noch schmerzlicher war, daß sie ihn auch aufforderte, Dinge zu tun, um die er sich gekümmert hätte, wenn er vor ihr davon gewußt hätte. Mat konnte sich nicht vorstellen, wie sie herausbekommen hatte, daß Tad Kandel einen Furunkel an seinem Gesäß zu verbergen versuchte, oder daß Lawdrin Mendair nicht weniger als fünf Flaschen Brandy in seinen Satteltaschen versteckte. Er war mehr als verärgert, Dinge tun zu müssen, nachdem sie ihn dazu aufgefordert hatte, aber Kandels Furunkel mußte herausgeschnitten und Mendairs Brandy ausgegossen werden, und noch ein Dutzend andere Dinge mußten erledigt werden.

Mat betete inständig, daß sie ihm einmal etwas auftrug, was nicht getan werden mußte, nur einmal, damit er es ihr verweigern konnte. Nachdrücklich, vollkommen verweigern konnte! Die Herausgabe des *Ter'angreals* abermals zu fordern, wäre der krönende Höhepunkt gewesen, aber sie erwähnte es niemals wieder. Er erklärte den Reitern, daß sie nicht verpflichtet seien, ihr zu gehorchen, aber sie begannen erfreut zu lächeln, wenn sie ihnen Komplimente darüber machte, wie gut sie sich um ihre Pferde kümmerten, und streckten die Brust heraus, wenn sie ihnen sagte, sie machten einen guten Eindruck auf sie. An jenem Tag, an dem er Vanin vor ihr die Hand an die Stirn legen sah und ihn ohne die leiseste Spur von Ironie »Vielen Dank, Mylady« murmeln hörte –, an diesem Tag verschluckte Mat sich fast an seiner Zunge.

Er versuchte, freundlich zu sein, aber keine der Frauen reagierte darauf. Aviendha belehrte ihn, daß er keine Ehre besäße, und wenn er Elayne nicht mehr Respekt erweisen könne, würde sie es selbst übernehmen, ihn Respekt zu lehren. Aviendha! Die Frau, der er noch immer unterstellte, daß sie nur auf eine Gelegenheit wartete, Elayne die Kehle durchzuschneiden! Sie nannte Elayne ihre Nächst-Schwester! Vandene und Adeleas starrten ihn an, als wäre er ein seltener, auf ein Brett aufgespießter Käfer. Er erbot sich, mit der Jägerin Schießübungen zu veranstalten – der Bogen, den sie trug, mußte ihre Phantasie angeregt haben; ihr Name als Jägerin war Birgitte –, aber sie sah ihn nur sehr eigenartig an und lehnte höflich ab. Danach mied sie ihn. Sie hing wie ein Mühlstein an Elayne, außer wenn diese in seine Nähe kam. Und Nynaeve …

Sie mied ihn schon den ganzen Weg seit Salidar, als würde er schlecht riechen. Am dritten Abend ihrer Reise, der ersten in einem Gasthaus, einem kleinen Haus namens *Der Hochzeitsdolch,* sah Mat sie im Stall eine verschrumpelte Möhre an ihre gedrungene Stute verfüttern, und er beschloß, daß er mit ihr zumindest über Bode sprechen könnte. Nicht jeden Tag ging die Schwester eines Mannes davon, um eine Aes Sedai zu werden, und Nynaeve würde wissen, was Bode zu bewältigen hatte. »Nynaeve«, sagte er, während er auf sie zuging, »ich möchte mit Euch reden …« Aber weiter kam er nicht.

Sie sprang nahezu senkrecht in die Luft und kam mit geballter Faust wieder zum Stehen, obwohl sie sie sofort in den Falten ihrer Röcke verbarg. »Laßt mich in Ruhe, Mat Cauthon«, sagte sie deutlich hörbar. »Hört Ihr mich? Laßt mich in Ruhe!« Und sie floh, zwängte sich an ihm vorbei und bewegte sich dermaßen starr, daß er erwartete, ihr Zopf würde wie ein Katzenschwanz senkrecht in die Luft ragen. Ihrem Verhalten nach roch er nicht nur schlecht, sondern hatte bestimmt irgendeine Krankheit, die sowohl ekelerregend als auch ansteckend war. Wenn er auch nur in ihre Nähe zu kommen versuchte, versteckte sie sich hinter Elayne und starrte ihn über die Schulter hinweg an, beinahe so, als wollte sie ihm die Zunge herausstrecken. Frauen waren schlichtweg verrückt.

Zumindest waren Thom und Juilin bereit, den Tag über neben ihm zu reiten, wann immer Elayne nicht ihre Aufmerksamkeit forderte. Manchmal tat sie es, einfach um sie von ihm fernzuhalten, dessen war Mat sich sicher, obwohl er nicht ergründen konnte warum. Wenn sie ein Gasthaus gefunden hatten, teilten die beiden am Abend sehr gerne einen oder zwei Krüge Bier oder gewürzten Wein mit ihm und Nalesean. Es waren ländliche, ruhige Schankräume mit Ziegelsteinwänden, wo das einzige Vergnügen darin bestand, eine Tigerkatze zu beobachten, und die Wirtin selbst am Tisch bediente – unvermeidlicherweise eine Frau mit Hüften, die den Eindruck erweckten, als würde sich ein Mann bei dem Versuch hineinzukneifen die Finger brechen. Sie sprachen hauptsächlich über Ebou Dar, wovon Thom einiges wußte, obwohl er niemals dortgewesen war. Nalesean war jederzeit bereit, so oft von seinem dortigen Besuch zu erzählen, wie es gewünscht wurde, obwohl er sich lieber auf die Duelle und Pferdewetten beschränkt hätte, die er dort erlebt hatte. Juilin wußte Geschichten von Männern zu erzählen, die wiederum Männer kannten, die dort gewesen waren, Geschichten, die unglaublich klangen, bis Thom oder Nalesean sie bestätigten. Männer fochten in Ebou Dar Duelle um Frauen aus, und *Frauen* um *Männer*, und in beiden Fällen wurde der Preis – dieser Begriff wurde genannt – dem Sieger zugesprochen. Männer schenkten Frauen einen Dolch, wenn sie heirateten, und baten diese, sie damit zu töten, wenn sie ihnen mißfielen – ih*nen mißfielen!* –, und eine Frau, die einen Mann tötete, wurde als dazu berechtigt angesehen, es sei denn, es erwies sich etwas anderes. In Ebou Dar behandelten die Männer die Frauen mit Vorsicht und zwangen sich, über Dinge zu lächeln, derentwegen sie einen anderen Mann getötet hätten. Elayne würde es gefallen. Und Nynaeve ebenfalls.

Noch etwas anderes erwies sich bei diesen Gesprächen. Mat hatte sich Nynaeves und Elaynes Mißfallen über Vandene und Adeleas nicht eingebildet, wie sehr sie es auch zu verbergen versuchten. Nynaeve begnügte sich anscheinend damit, zu schauen und leise zu murmeln. Elayne runzelte auch nicht die Stirn und murrte nicht, aber sie versuchte ständig, die Führung zu übernehmen. Sie schien zu glauben, sie sei bereits Königin von Andor. Wie viele Jahre die Gesichter der Aes Sedai auch verbergen mochten – Vandene und Adeleas waren gewiß alt genug, um die Mütter, wenn nicht die Großmütter der jüngeren Frauen sein zu können. Mat wäre nicht überrascht gewesen zu erfahren, daß sie bereits Aes Sedai waren, als Nynaeve und Elayne geboren wurden. Selbst Thom konnte die Anspannung nicht ergründen, obwohl er für einen einfachen Gaukler viele Dinge verstand. Elayne war Thom über den Mund gefahren und hatte ihm *gesagt*, daß er nichts verstünde, als er versuchte, ihr sanft zu widersprechen. Anscheinend waren die beiden älteren Aes Sedai bemerkenswert duldsam. Adeleas schien häufig nicht zu bemerken, wenn Elayne Befehle gab, und Vandene schien überrascht, wenn sie es bemerkte.

»Vandene sagte: ›Nun, wenn Ihr wirklich wollt, Kind, werden wir es natürlich tun‹«, murmelte Juilin in sein Bier, als er einen Zwischenfall schilderte. »Man könnte glauben, ein Mädchen, das noch vor wenigen Tagen nur eine Aufgenommene war, wäre darüber erfreut. Aber Elaynes Augen erinnerten mich an einen Wintersturm. Und Nynaeve biß so fest die Zähne zusammen, daß ich dachte, sie würden zerbrechen.«

Sie saßen im Schankraum des *Hochzeitsdolchs*. Vanin und Harnan und andere besetzten die Bänke anderer Tische, zusammen mit einer Anzahl Einheimischer. Die Männer trugen lange Westen – oft ohne Hemd –, von denen einige so prachtvoll wie die eines Kesselflickers waren. Die Frauen trugen helle, tief ausgeschnittene Gewänder und hatten ihre Röcke bis über die Knie gerafft, um ausreichend bunte Unterröcke zu zeigen, daß die Westen dagegen verblaßten. Viele der Männer und alle Frauen trugen große Ohrringe und an den Händen gewöhnlich drei oder vier vor gefärbtem Glas schillernde Ringe. Männer und Frauen tasteten gleichermaßen hin und wieder nach langen, gebogenen Dolchen, die in ihren Gürteln steckten, und betrachteten finster die Fremden. Zwei Händlerzüge aus Amadicia hatten im *Hochzeitsdolch* haltgemacht, aber die Händler aßen in ihren Zimmern, und ihre Kutscher blieben bei den Wagen. Elayne und Nynaeve und die übrigen Frauen hielten sich ebenfalls oben auf.

»Frauen sind … anders«, bemerkte Nalesean lachend und als Antwort auf Juilin, obwohl er an Mat gewandt sprach, während er an seinem Bart zupfte. Er war Fremden gegenüber sonst nicht so zurückhaltend, aber Juilin war ein tairenischer Bürgerlicher, und das schien einen Unterschied zu machen. »In Tear sagt ein Bauer: ›Eine Aes Sedai sind zehn Frauen in einer Haut.‹ Bauern sind manchmal sehr weise. Ich will verdammt sein, wenn sie es nicht sind.«

»Zumindest hat niemand etwas, sagen wir, Ungebührliches unternommen«, sagte Thom, »obwohl ich dachte, daß es nahe daran war, als Elayne damit herausplatzte, sie habe Birgitte zu ihrer ersten Behüterin gemacht.«

»Die Jägerin?« rief Mat aus. Mehrere der Einheimischen sahen ihn strafend an, und er senkte seine Stimme wieder. »Sie ist auch eine Behüterin? Elaynes Behüterin?« Das erklärte sicherlich einiges.

Thom und Juilin wechselten über den Rand ihrer Becher hinweg Blicke.

»Sie wird erfreut sein zu erfahren, daß du herausgefunden hast, daß sie eine Jägerin des Horns ist«, sagte Thom, während er sich Bier aus dem Schnurrbart wischte. »Ja, das ist sie, und das hätte beinahe einen richtigen Wettstreit ausgelöst. Jaem mochte sie sofort wie eine jüngere Schwester, aber Vandene und Adeleas …« Er seufzte tief. »Sie waren beide nicht sehr erfreut darüber, daß sie bereits einen Behüter erwählt hatte – offensichtlich brauchen die meisten Jahre, bis sie einen geeigneten Behüter finden –, und sie waren besonders betroffen darüber, daß sie eine Frau erwählt hat. Und ihr Mißfallen ärgert Elayne noch mehr.«

»Sie mögen anscheinend nicht gerne Dinge, die niemals zuvor getan wurden«, fügte Juilin hinzu.

»Ein weiblicher Behüter«, murrte Nalesean. »Ich wußte, daß sich mit dem Wiedergeborenen Drachen alles ändern würde, aber ein weiblicher Behüter?«

Mat zuckte die Achseln. »Sie wird ihre Aufgabe vermutlich zur Genüge erfüllen, solange sie diesen Bogen handhaben kann … Verschluckt?« fragte er Juilin, der nach einem Schluck Bier zu würgen begonnen hatte. »Ich ziehe einen guten Bogen einem Schwert jederzeit vor. Noch besser ist ein langer, dicker Stock, aber ein Bogen ist genauso gut. Ich hoffe nur, daß sie mir nicht in die Quere zu kommen versucht, wenn es soweit ist, Elayne zu Rand zu bringen.«

»Ich glaube, sie kann damit umgehen.« Thom beugte sich über den Tisch, um Juilin auf den Rücken zu schlagen. »Ich glaube, sie kann es, Mat.«

Aber wenn Nynaeve und die anderen daran dachten, sich zu prügeln – und Mat wollte, ob mit oder ohne Fuchskopf, mindestens zehn Meilen davon entfernt sein –, zeigten sie es ihm gegenüber nicht. Er sah nur eine einheitliche Front und weitere Versuche, ihm gegenüber die Macht zu lenken, die begannen, als er am Morgen nach dem ersten Versuch Pips sattelte. Glücklicherweise war er gerade damit beschäftigt, sich Nerims zu erwehren, der glaubte, es sei seine Aufgabe, Mats Pferd zu satteln, und andeutete, er könnte es besser. Der Kälteblitz dauerte nur einen Moment, so daß Mat äußerlich nicht zeigte, überhaupt etwas bemerkt zu haben. Das, so beschloß er, wäre seine Antwort. Keine

Blicke, keine Vorwürfe. Er würde sie ignorieren und in ihrem eigenen Saft schmoren lassen.

Er hatte reichlich Gelegenheit, sie zu ignorieren. Das Silbermedaillon wurde zwei weitere Male kalt, bevor sie die Straße fanden, dann mehrere weitere Male während des Tages, am Abend, und jeden Tag und Abend danach. Manchmal kam und ging es während zwei Lidschlägen, und manchmal war er sicher, daß es eine Stunde lang anhielt. Er konnte natürlich niemals sagen, welche von ihnen dafür verantwortlich war. Einmal jedoch, als die Hitze ihm am Rücken einen Ausschlag beschert hatte und das Tuch um seinen Hals ihm die Kehle abzuschnüren schien, ertappte er Nynaeve, wie sie ihn ansah, als das Medaillon kalt wurde. Sie betrachtete ihn mit dermaßen stark gerunzelter Stirn, daß ein vorbeigehender Bauer, der seinen Ochsen mit einem Stock antrieb, sie über die Schulter ansah, als fürchte er, dieser Blick könne sich jeden Moment auf ihn richten oder vielleicht seinen Ochsen in der Karrendeichsel töten. Erst als Mat ihr Stirnrunzeln erwiderte, zuckte sie zusammen und fiel fast aus dem Sattel, und die Kälte schwand. Ansonsten konnte er es einfach nicht sagen. Manchmal sah er vielleicht, wie zwei oder drei von ihnen beisammen standen und ihn beobachteten, einschließlich Aviendha, die noch immer zu Fuß ging und ihr Pferd nur mit sich führte. Andere sprachen miteinander, wenn er sie ertappte, oder betrachteten einen am wolkenlosen Himmel schwebenden Adler oder einen großen Schwarzbär, eineinhalb mal so groß wie ein Mensch, der in Sichtweite der Straße an einem steilen Hang zwischen den Bäumen stand. Das einzig wahrhaft Gute an alledem war, daß er den Eindruck gewann, Elayne sei nicht froh. Er wußte nicht warum, und es kümmerte ihn auch nicht. Seine Männer besichtigen. Ihm den Kopf tätscheln und Komplimente machen. Wenn er zu Jähzorn geneigt hätte, hätte er sie getreten.

In Wahrheit begann er jedoch in nicht geringem Maße selbstgefällig zu werden. Was immer sie taten – es hatte keine Wirkung auf ihn, die durch eine von Nerims auf seine Brust geriebenen Salben nicht geheilt werden konnte. Die Selbstgefälligkeit hielt bis zum vierten Nachmittag an. Er kam gerade aus dem Stall, wo er Pips untergebracht hatte, ein schmuddeliges Gebäude aus weiß verputzten Ziegelsteinen in einem schmuddeligen Dorf mit weiß verputzten Ziegelsteinen und So Tehar genannten Einspännern, als ihn etwas Weiches genau zwischen die Schulterblätter traf. Er fuhr herum, bereit, einen Stallburschen oder einen der mürrisch dreinblickenden Tolpatsche der So Tehars niederzumachen, egal ob sie einen Dolch besaßen oder nicht. Aber es war kein Stallbursche und kein Tolpatsch zu sehen. Nur Adeleas, die eifrig etwas in ihr kleines Buch kritzelte und vor sich hin nickte. Ihre Hände waren vollkommen sauber.

Mat betrat das Gasthaus und bestellte gewürzten Wein, änderte seine Meinung dann aber und ließ sich statt dessen einen Brandy bringen, eine trübe Flüssigkeit, von der die Wirtin beharrlich behauptete, sie sei aus Zwetschgen gemacht, die aber wie Essig schmeckte. Juilin begnügte sich damit, daran zu schnuppern, und Thom wollte nicht einmal das tun. Sogar Nalesean nahm nur einen Schluck, bevor er gewürzten Wein bestellte, und Nalesean trank sonst alles. Mat verlor den Überblick, wie viele der kleinen Zinnbecher er leerte, aber wie viele auch immer es waren – Nerim und Lopin mußten ihn ins Bett bringen. Er hatte sich niemals erlaubt, darüber nachzudenken, ob der Fuchskopf Beschränkungen unterlag. Er hatte genügend Beweise dafür erhalten, daß er *Saidar* aufhalten konnte, aber wenn sie nur mit Hilfe ihrer Macht etwas aufheben und auf ihn werfen konnten ... *Besser als nichts*, sagte er sich immerzu, während er auf seiner schweren Matratze lag und die Mondschatten über die Decke kriechen sah. *Erheblich besser als nichts.* Aber wenn er in der Lage gewesen wäre, auf eigenen Füßen zu stehen, wäre er hinuntergegangen, um noch mehr Brandy zu trinken.

Am nächsten Tag fühlte er sich wie gerädert. Seine Zunge schien mit Federn belegt zu sein, in seinem Kopf spielten Trommler, und durch die über ihm stehende Sonne lief ihm der Schweiß das Gesicht herab, als die Straße am fünften Tag auf einen Hügelkamm führte und den Blick auf das sich darunter ausbreitende, sich am Ufer des breiten Flusses Eldar mit seinem jenseitigen großen Hafen erstreckende Ebou Dar freigab.

Sein erster Eindruck der Stadt war Weiß. Weiße Gebäude, weiße Paläste, weiße Türme und Giebel. Kuppeln wie spitze weiße Rüben oder Birnen trugen karmesinrote, blaue oder goldene Bänder, aber die Stadt war hauptsächlich weiß und reflektierte das Sonnenlicht, bis es ihn fast in den Augen schmerzte. Das Tor, auf das die Straße zuführte, war ein breiter, hoher Spitzbogen in einer weiß verputzten Mauer, die so dick war, daß er zwanzig Schritte im Schatten ritt, bevor er wieder in den Sonnenschein eintauchte. Ebou Dar schien eine Stadt der Plätze und Kanäle und Brücken zu sein, große bevölkerte Plätze mit Springbrunnen oder Statuen in der Mitte, breite und schmale Kanäle mit flachen Lastschiffen darauf, Brücken in allen Größen, einige niedrig, einige hoch gebogen und einige ausreichend groß, daß Läden sie säumten. Paläste mit breiten Säulengängen standen neben Geschäften, in denen Teppiche und Stoffe ausgestellt waren, und vierstöckige Häuser mit großen Bogenfenstern hinter schräggestellten Fensterläden standen neben Läden von Scherenschleifern und Fischhändlern.

In einem jener Viertel verhielt Vandene ihr Pferd, um sich mit Adeleas zu beraten, während Nynaeve sie stirnrunzelnd beobachtete und Elayne sie anstarrte, als hingen ihr Eiszapfen von Nase und Kinn herab. Auf

Elaynes Drängen hin war Aviendha zum Einzug in die Stadt auf ihr Pferd geklettert, aber jetzt stieg sie genauso unbeholfen wieder ab, wie sie aufgestiegen war. Sie sah sich fast ebenso neugierig wie Olver um, der schon mit weit geöffneten Augen einherritt, seit sie der Stadt ansichtig geworden waren. Birgitte versuchte, Elayne dichtauf zu folgen.

Mat ergriff die Gelegenheit, sich mit seinem Hut Luft zuzufächeln und sich umzusehen.

Der größte Palast, den er je gesehen hatte, nahm eine ganze Seite des Platzes ein und bestand drei bis vier Stockwerke hoch ganz aus Balkonen, Erkern und Säulengängen. Die anderen drei Seiten des Platzes boten eine Mischung aus großen Häusern mit Gasthöfen und Läden dar, deren jedes genauso weiß wie das nächste war. Die Statue einer Frau in fließenden Gewändern, größer als ein Ogier, stand auf einem noch größeren Sockel inmitten des Platzes, einen Arm erhoben und südlich zum Meer weisend. Nur wenige Menschen schlenderten über die hellen Pflastersteine, was bei der Hitze nicht verwunderlich war. Einige wenige nahmen auf der untersten Stufe des Statuensockels ihre Mittagsmahlzeit ein, und Tauben und Möwen hatten sich um sie versammelt und kämpften um Krumen. Es war ein Bild der Ruhe. Mat verstand nicht, warum er plötzlich den Würfel in seinem Kopf rollen spürte.

Er kannte dieses Gefühl gut. Manchmal empfand er es, wenn er eine Glückssträhne beim Spiel hatte. Es war immer da, wenn ein Kampf zu erwarten war. Und es schien sich anzukündigen, wenn eine lebenswichtige Entscheidung zu treffen war, die Art Entscheidung, bei der die falsche Wahl ihn sehr wohl den Kopf kosten konnte.

»Wir werden jetzt hineingehen, durch eines der kleineren Tore«, verkündete Vandene. Adeleas nickte zustimmend. »Merilille wird uns Zimmer besorgen, damit wir uns ausruhen können.«

Das mußte bedeuten, daß dies der Tarasin-Palast war, wo Tylin Quintara vom Hause Mitsobar auf dem Thron der Winde saß, in Wahrheit aber nur vielleicht hundert Meilen um Ebou Dar herum regierte. Eines der wenigen Dinge, die er über diese Reise hatte in Erfahrung bringen können, war, daß die Aes Sedai in dem Palast eine der ihren treffen sollten, und natürlich Tylin. Aes Sedai würden die Königin treffen. Mat betrachtete die gewaltige Masse schimmernden Marmors und weißer Pflastersteine, und er dachte, wie es wohl wäre, dort drinnen zu wohnen. Er mochte Paläste normalerweise. Zumindest mochte er Örtlichkeiten mit Dienern und Gold, und Federbetten waren auch nicht schlecht. Aber ein königlicher Palast verhieß Adlige, wo immer man hinschaute. Mat zog die Anwesenheit nur weniger Adliger auf einem Haufen vor. Nalesean allein konnte ihn schon verärgern. Ein Palast dieser Größe bedeutete, daß er sich entweder ständig fragen müßte, wo sich Nynaeve und Elayne aufhielten, oder Posten beziehen und sie ständig im Auge behalten müßte. Er war sich nicht sicher, was schlimmer wäre: wenn sie ihn dort drinnen als Leibwächter duldeten oder wenn sie es ablehnten. Er konnte Elayne schon mit dieser kühlen Stimme sagen hören: *Bitte findet irgendeine Unterkunft für Meister Cauthon und meine Männer. Sorgt dafür, daß sie zu essen und zu trinken bekommen.* Das würde sie gewiß tun. Sie würde zu ihren Besichtigungen hereinplatzen und ihm sagen, daß er tun sollte, was er schon längst vorgehabt hatte. Und doch könnten sie und Nynaeve vor Schwierigkeiten nirgends sicherer sein als im Palast einer Königin. Außerdem wollte er nur irgendwo die Füße hochlegen und mit einem Mädchen auf den Knien gewürzten Wein trinken, um das Pochen in seinen Schläfen zu besänftigen. Feuchte Handtücher wären auch gut. Sein Kopf schmerzte. Die bereitwillige Lektion, die Elayne heute morgen über das Übel des Trinkens erteilt hatte, klang ihm noch in den Ohren. Das war ein weiterer Grund dafür, warum er wieder Halt finden mußte. Er war zu schwach gewesen, um etwas zu erwidern. Er war einfach nur aus dem Bett geschlichen und hatte sich gefragt, ob er sich auf Pips hieven könnte.

All das ging ihm in der Zeit durch den Sinn, die Vandene brauchte, um ihr Pferd zum Palast umzuwenden. »Ich werde für meine Männer in einem der Gasthäuser Zimmer besorgen«, sagte er laut. »Wenn Ihr oder Elayne ausgehen wollt, Nynaeve, könnt Ihr eine Nachricht schicken, und ich werde Euch einige Männer zur Begleitung mitgeben.« Sie würden es wahrscheinlich nicht tun – niemand vermochte eine Frau zu bevormunden, die sich in einer Bärengrube mit bloßen Händen verteidigen zu können glaubte –, aber er hätte darauf gewettet, daß Vanin eine Möglichkeit wüßte herauszufinden, wann sie ausgingen. Und wenn nicht er, dann Juilin. Ein Diebefänger sollte wissen, wie man das anstellte. »Das dort wird genügen.« Er deutete zufällig auf ein großes Gebäude jenseits des Platzes. Über dem Bogeneingang schwang ein Schild, das er nicht erkennen konnte.

Vandene schaute zu Adeleas. Elayne schaute zu Nynaeve. Und Aviendha sah ihn stirnrunzelnd an.

Er gab jedoch keiner von ihnen die Gelegenheit zu einer Erwiderung. »Thom, Juilin, was haltet ihr von einigen Bechern gewürztem Wein?« Vielleicht wäre Wasser besser. Er hatte niemals zuvor in seinem Leben soviel getrunken.

Thom schüttelte den Kopf. »Vielleicht später, Mat. Ich möchte in der Nähe bleiben, falls Elayne mich braucht.« Das fast väterliche Lächeln, das er ihr zugedachte, schwand, als er sah, daß sie Mat verdutzt ansah. Juilin lächelte nicht – er lächelte nur noch selten –, aber auch er meinte, er wolle in der Nähe bleiben und würde vielleicht später mitkommen.

»Wie ihr wollt«, sagte Mat und setzte sich seinen Hut

wieder auf. »Vanin. Vanin!« Der dicke Mann schrak zusammen und unterbrach seine Anbetung Elaynes. Tatsächlich errötete er! Licht, die Frau übte einen schlechten Einfluß auf ihn aus.

Als Mat Pips umwandte, erklang Elaynes Stimme in seinem Rücken, die noch bereitwilliger klang als am Morgen. »Ihr werdet sie nicht zuviel trinken lassen, Meister Cauthon. Einige Männer wissen nicht, wann sie aufhören müssen. Und Ihr solltet sicherlich nicht zulassen, daß ein kleiner Junge betrunkene Männer sieht.«

Er knirschte mit den Zähnen und ritt weiter über den Platz, ohne zurückzuschauen. Olver sah ihn an. Er würde die Männer warnen müssen, sich nicht vor dem Jungen zu betrinken, besonders Mendair. Licht, wie er es haßte, wenn sie ihm sagte, was er tun sollte!

Das Gasthaus hieß Die *Wanderin*, aber das Schild über der Tür und der Schankraum versprachen alles, wonach es Mat verlangte. In dem Raum mit der hohen Decke und den breiten Bogenfenstern war es sicherlich kühler als draußen. Die Läden wiesen anscheinend mehr Löcher als Holz auf, aber sie spendeten dem Raum dennoch Schatten. Fremde saßen zwischen Einheimischen, ein schlaksiger Murandianer mit gedrehtem Schnurrbart, ein gedrungener Kandori mit zwei Silberketten über der Vorderseite seines Umhangs und andere, die Mat nicht sofort erkannte. Schwacher Pfeifendunst erfüllte die Luft, und zwei Frauen, die auf schrillen Flöten spielten und ein Bursche mit einer Trommel zwischen den Knien boten eine seltsame Musik dar. Das beste war aber, daß die Schankmädchen hübsch waren und an vier Tischen Männer würfelten. Der Kandori-Händler spielte Karten.

Die stattliche Wirtin stellte sich als Setalle Anan vor, obwohl sie mit ihren haselnußbraunen Augen niemals in Ebou Dar geboren sein konnte. »Mylords.« Große goldene Ringe in ihren Ohren schwangen mit, als sie vor Mat und Nalesean den Kopf beugte. »Darf Die *Wanderin* Euch bescheidene Unterkunft bieten?«

Sie war trotz einer Spur Grau im Haar hübsch, aber Mat beobachtete ihre Augen. An einer engen Halskette trug sie einen Hochzeitsdolch, dessen Heft mit roten und weißen Steinen sich zwischen ihre üppigen Brüste schmiegte, und auch an ihrem Gürtel steckte einer jener gebogenen Dolche. Er konnte dennoch nicht umhin zu grinsen. »Herrin Anan, ich habe das Gefühl, nach Hause gekommen zu sein.«

Das Seltsame war, daß der Würfel in seinem Kopf aufgehört hatte umherzurollen.

KAPITEL 6

Auf dem Dolch ausruhen

Nynaeve kletterte aus der großen Kupferwanne, ein weißes Handtuch um den Kopf geschlungen, und trocknete sich langsam ab. Die rundliche, grauhaarige Dienerin wollte ihr beim Anziehen helfen, aber Nynaeve schickte sie fort, achtete nicht auf bestürzte Blicke und Einwände, sondern zog sich selbst mit großer Sorgfalt an und betrachtete sich in dem dunkelgrünen Gewand mit dem breiten Kragen aus heller Merada-Spitze in dem hohen, schmalen Standspiegel. Lans schwerer goldener Ring ruhte in ihrer Tasche – sie sollte besser nicht daran denken – zusammen mit dem gewundenen Ring-*Ter'angreal*, und die Große Schlange schimmerte golden um den dritten Finger ihrer rechten Hand. Ihre rechte Hand. Sie sollte auch daran besser nicht denken.

Die hohe Decke war mit einem blauen Himmel und weißen Wolken hübsch bemalt, und auch wenn die Möbel auf beunruhigend großen vergoldeten Löwenfüßen standen und die schmalen Bettpfosten und Stuhlbeine für ihren Geschmack zu viele Verzierungen und Gold aufwiesen, war dies dennoch ein behaglicherer Raum, als sie ihn seit langer Zeit bewohnt hatte. Ein freundlicher Raum. Angenehm kühl. Sie versuchte, sich zu beruhigen.

Es gelang ihr natürlich nicht. Sie hatte die Gewebe *Saidars* gespürt, und sobald sie aus ihrem Schlafzimmer trat, bemerkte sie den unsichtbaren Schutzschirm erneut, den Elayne geschaffen und um das Wohnzimmer gelegt hatte. Birgitte und Aviendha waren ebenfalls bereits dort, alle frisch gebadet und mit sauberer Kleidung.

In einer, wie Birgitte behauptete, eher zufälligen Anordnung flankierten vier Schlafräume den Wohnraum, der ebenfalls eine mit Himmel und Wolken bemalte Decke aufwies. Vier hohe Bogenfenster führten auf einen breiten Balkon mit einem weiß gestrichenen schmiedeeisernen Gitter, das so verschlungen gearbeitet war, daß sie ungesehen vom Balkon auf den Mol Hara-Platz vor dem Palast hinabspähen konnten. Eine schwache Brise wehte durch die Fenster herein, die den salzigen Geruch des Meeres und verwunderlicherweise auch ein wenig Kühle mit sich brachte. Verärgerung störte Nynaeves Konzentration. Sie hatte die Hitze schon kurz nach ihrer Ankunft im Tarasin-Palast gespürt.

Thom und Juilin war ein Raum irgendwo bei den Quartieren der Diener zugewiesen worden, was Elayne tatsächlich mehr zu verärgern schien als einen der Männer. Thom hatte wahrhaftig darüber gelacht. Aber er konnte es sich auch leisten.

»Probiere einmal diesen ausgezeichneten Tee, Nynaeve«, sagte Elayne und legte eine weiße Serviette über blau schimmernde Seidenröcke. Wie alles andere in dem Wohnraum wies auch ihr breiter Sessel vergoldete Füße sowie weitere Vergoldungen an der über ihrem Kopf aufragenden Rückenlehne auf. Aviendha saß neben ihr auf dem Boden, die Beine unter einem hochgeschlossenen Gewand eingeschlagen, das fast zu den hellgrünen Fliesen paßte. Ihre verschlungene silberne Halskette paßte sehr gut zu dem Gewand. Nynaeve glaubte nicht, daß sie die Aielfrau auch nur einmal in einem Sessel sitzen gesehen hatte. Sie war in den beiden Gasthäusern sicherlich angestarrt worden.

»Minze und Schellbeeren«, fügte Birgitte Elaynes Aufforderung hinzu, während sie eine weitere zart vergoldete Porzellantasse füllte. Birgitte trug eine weite graue Hose und eine kurze blaue Jacke. Sie trug gelegentlich auch Kleider, aber bei ihrem Geschmack war Nynaeve froh, daß sie es nur selten tat. Alle drei hatten sich sorgfältig zurechtgemacht, aber niemand wollte sie.

Der Silberkrug schimmerte matt, und der Tee war angenehm kalt und erfrischend. Nynaeve bewunderte Elaynes kühles und trockenes Gesicht. Sie selbst fühlte sich trotz der leichten Brise schon wieder verschwitzt. »Ich muß sagen«, murmelte sie, »daß ich einen anderen Empfang erwartet hatte.«

»Tatsächlich?« fragte Elayne. »Nach der Behandlung durch Vandene und Adeleas?«

Nynaeve seufzte. »Also gut, ich hatte es gehofft. Ich bin endlich eine wahre Aes Sedai, aber niemand scheint es zu glauben. Ich hatte wirklich gehofft, daß es anders würde, wenn wir Salidar erst einmal verlassen hätten.«

Ihr Treffen mit Merilille Ceandevin war nicht gut verlaufen – vor allem, wie man sie ihr vorgestellt hatte. Vandene hatte sich dieser Aufgabe äußerst oberflächlich entledigt, und dann wurden sie entlassen, fortgeschickt, damit sich die wahren Aes Sedai unterhalten konnten. Merilille hatte gemeint, sie würden sich sicherlich erfrischen wollen, aber es war eine Entlassung, die ihnen die Wahl gelassen hatte, entweder wie gehorsame Aufgenommene zu gehen oder sich wie launische Kinder zu weigern. Schon die Erinnerung nahm Nynaeve jegliche Ruhe. Schweiß begann ihr Gesicht herabzulaufen.

In der Tat war es nicht das Schlimmste gewesen, fortgeschickt worden zu sein. Merilille war eine schlanke, durchscheinend zarte Cairhienerin mit glänzendem schwarzen Haar und großen klaren Augen, eine Graue, die den Anschein erweckte, als habe nichts sie jemals überrascht und als würde sie auch in Zukunft niemals etwas aus der Ruhe bringen. Nur hatten sich jene dunklen Augen geweitet, als sie erfuhr, daß Nynaeve und Elayne Aes Sedai waren, und sie hatten sich noch stärker geweitet, als sie hörte, daß Egwene der Amyrlin-Sitz war. Birgitte als Behüterin verblüffte sie eindeutig auch, obwohl es ihr zu dem Zeitpunkt schon wieder gelang, den Ausdruck ihrer Überraschung auf einen Blick und ein kurzes Zusammenpressen der Lippen zu beschränken. Aviendha kam am leichtesten davon. Merilille gewährte ihr nur eine kaum hörbare Bemerkung darüber, wie sehr es ihr gefallen würde, eine Novizin zu sein. Dann kam die Entlassung und der Vorschlag – der eher wie ein Befehl klang –, daß sie sich einige Tage lang von den *Härten* ihrer Reise *erholen* sollten.

Nynaeve zog ihr Taschentuch aus dem Ärmel und fächelte sich mit dem spitzenbesetzten Tuch vergeblich Luft zu. »Ich glaube noch immer, daß sie etwas verbergen.«

»Also wirklich, Nynaeve«, meinte Elayne kopfschüttelnd. »Mir gefällt es auch nicht besser als dir, wie wir behandelt werden, aber du machst aus einer Mücke einen Elefanten. Wenn Vandene und Adeleas Flüchtlinge suchen wollen, dann laß sie doch. Wäre es dir lieber, sie würden die Schale suchen?« Sie hatten das *Ter'angreal*, das sie suchten, während der ganzen Reise kaum erwähnt, aus Angst, daß die beiden anderen genau das tun würden, was Elayne gerade heraufbeschworen hatte.

Ob sie es getan hätten oder nicht – Nynaeve glaubte noch immer, daß sie etwas verbargen. Elayne wollte es einfach nicht zugeben. Adeleas hatte nicht gemerkt, daß Nynaeve diese Bemerkung über die Suche nach Flüchtlingen belauscht hatte, und als Nynaeve fragte, ob sie wirklich welche zu finden erwarteten, erwiderte Vandene ein wenig zu schnell, daß sie stets mit einem Auge Ausschau nach jungen Frauen hielten, die aus der Burg davongelaufen waren. Das ergab keinen Sinn. Niemand war aus Salidar geflohen, aber Novizinnen liefen mitunter davon – das Leben war hart, besonders wenn einem Jahre des Gehorsams bevorstanden, ehe man auch nur daran denken konnte, allein zu entscheiden – und gelegentlich stahl sich auch eine Aufgenommene davon, die daran zu zweifeln begonnen hatte, die Stola jemals zu erlangen, aber dennoch wußte sogar Nynaeve, daß es nur wenigen gelang, von der Insel Tar Valon zu fliehen, und fast alle zurückgeholt wurden. Man konnte jederzeit fortgeschickt werden, weil man nicht stark genug war weiterzumachen, weil man die Prüfung zur Aufgenommenen oder die Prüfung zur Aes Sedai, die sie und Elayne umgangen hatten, verweigerte oder dabei versagte, aber niemand konnte selbst entscheiden zu gehen, es sei denn, man trug die Stola.

Wenn also nur so wenigen die Flucht gelang – warum glaubten Vandene und Adeleas in Ebou Dar Flüchtlinge zu finden, und warum hatten sie sich wie Muscheln verschlossen, als Nynaeve sie gefragt hatte? Sie fürchtete die Antwort auf letzteres ohnehin zu wissen. Sie mußte sich zusammenreißen, um nicht an ihrem Zopf zu ziehen. Sie glaubte sich in dieser Hinsicht zu bessern.

»Zumindest hat Mat letztendlich begriffen, daß wir Aes Sedai sind«, grollte sie. Nynaeve konnte zumindest mit ihm jetzt zurechtkommen. Sollte er irgend etwas versuchen, würde er erkennen, wie es ist, mit allem geschlagen zu werden, worum sie einen Strang wickeln konnte. »Er sollte es besser begriffen haben.«

»Seid Ihr ihm deshalb aus dem Weg gegangen wie ein Cheltaner dem Steuereintreiber?« fragte Birgitte grinsend, und Nynaeve spürte, wie sie errötete. Sie dachte, sie hätte ihre Gefühle besser verborgen.

»Er ist selbst für einen Mann sehr lästig«, murmelte Aviendha. »Ihr müßt weit gereist sein, Birgitte. Ihr sprecht häufig von Orten, von denen ich noch niemals gehört habe. Ich würde gerne eines Tages die Feuchtlande bereisen und alle diese fernen Orte besuchen. Wo liegt dieses Cheltan? Oder Chelta?«

Birgittes Grinsen verschwand augenblicklich. Wo immer es lag, es mochte schon seit tausend Jahren oder sogar seit einem früheren Zeitalter verschwunden sein. Sie und ihre entgleitenden uralten Stätten und Dinge, die sie stets ins Gespräch brachte ... Nynaeve wünschte, sie hätte miterlebt, wie sie Egwene gegenüber zugegeben hatte, was Egwene bereits wußte. Egwene war während ihrer Zeit mit den Aiel beeindruckend stark geworden und nahm nur weniges hin, was sie für Unsinn hielt. Birgitte hatte tatsächlich gedemütigt gewirkt, als sie zurückkam.

Dennoch mochte Nynaeve Birgitte lieber als Aviendha, deren starrer Blick und blutrünstiges Gerede ihr manchmal ein sehr unbehagliches Gefühl vermittelte. Aber wie lästig Birgitte auch sein mochte – Nynaeve hatte versprochen, ihr zu helfen, ihr Geheimnis zu bewahren.

»Mat ... hat mich bedroht«, sagte sie hastig. Es war die erste Möglichkeit, die ihr in den Sinn kam, um Aviendha abzulenken, und das letzte, was sie jedermann wissen lassen wollte. Ihre Wangen röteten sich erneut. Elayne lächelte wahrhaftig, obwohl sie genügend Takt besaß, dieses Lächeln hinter ihrer Teetasse zu verbergen. »Nicht so«, fügte Nynaeve hinzu, als Aviendha die Stirn runzelte und nach ihrem Gürtelmesser tastete. Die Aielfrau glaubte anscheinend, eine drohende Haltung sei die richtige Antwort auf alles. »Es war nur ...« Aviendha und Birgitte sahen sie an und hörten ihr aufmerksam zu. »Er hat nur gesagt ...« So wie sie Birgitte gerettet hatte, rettete Elayne jetzt sie.

»Ich glaube wirklich, daß wir jetzt genug über Meister Cauthon gesprochen haben«, erklärte Elayne nachdrücklich. »Er ist nur hier, damit er Egwene nicht in die Quere kommt. Und ich kann später herausfinden, was wegen des *Ter'angreals* geschehen soll.« Sie preßte einen Moment die Lippen zusammen. Sie war nicht glücklich gewesen, als Vandene und Adeleas begonnen hatten, Mat gegenüber ganz nebenbei die Macht zu lenken, und sie war es noch weniger darüber, daß er in dieses Gasthaus entkommen war. Aber sie hatte nichts dagegen tun können. Sie behauptete, daß sie ihn an Befehle gewöhnen könnte, indem sie ihm nur das auftrug, was er ohnehin tun mußte. »Er ist der unwichtigste Teil dieser Reise«, sagte sie noch bestimmter.

»Ja.« Nynaeve bemühte sich, ihre Erleichterung nicht offen zu zeigen. »Ja, die Schale ist wichtiger.«

»Ich schlage vor, daß ich zunächst die Stadt auskundschafte«, sagte Birgitte. »Ebou Dar scheint rauher, als ich es in Erinnerung hatte, und die Gegend, die Ihr beschrieben habt, könnte noch rauher sein als ...« Sie sah Aviendha kaum an. »... als die restliche Stadt«, beendete sie ihren Satz seufzend.

»Wenn es etwas auszukundschaften gibt«, wandte Aviendha eifrig ein, »möchte ich daran teilhaben. Ich habe einen *Cadin'sor*.«

»Ein Kundschafter muß sich einfügen«, sagte Elayne sanft. »Ich denke, wir sollten hiesige Kleidung für uns *alle* besorgen. Dann können wir von Anfang an alle zusammen suchen, und keine von uns wird ausgeschlossen ... Obwohl Nynaeve es am leichtesten von uns haben wird«, fügte sie mit einem Birgitte und Aviendha zugewandten Lächeln hinzu. Die Ebou Dari, die sie bisher gesehen hatten, hatten alle dunkles Haar, und die meisten schienen fast schwarze Augen zu haben.

Aviendha stieß verdrießlich den Atem aus, und Nynaeve hätte es ihr am liebsten gleichgetan, als sie an jene tiefen Ausschnitte dachte, die sehr tief, wenn auch schmal waren. Birgitte grinste wahrhaftig. Die Frau besaß überhaupt kein Schamgefühl.

Bevor die Debatten noch weitergehen konnten, trat eine Frau mit kurzem schwarzen Haar in der Livree des Hauses Mitsobar ohne anzuklopfen ein, was Nynaeve als unhöflich empfand. Sie trug ein weißes Gewand, den Rock auf der linken Seite bis zum Knie umgenäht, so daß ein grüner Unterrock zu sehen war, sowie ein enganliegendes Leibchen, das über der linken Brust einen grünen Anker und ein Schwert aufwies. Rundlich und in mittlerem Alter, zögerte die Frau, vollführte dann einen Hofknicks und wandte sich schließlich an sie alle. »Königin Tylin wünscht die drei Aes Sedai zu sehen, wenn es ihnen beliebt.«

Nynaeve wechselte verwunderte Blicke mit Elayne und den anderen.

»Nur zwei von uns sind Aes Sedai«, erklärte Elayne zögernd. »Vielleicht wolltet Ihr Merilille aufsuchen?«

»Ich wurde angewiesen, diese Räume aufzusuchen ... Aes Sedai.« Die Pause war kaum zu bemerken gewesen, und die Frau vermied es nur knapp, die Anrede als Frage zu gestalten.

Elayne erhob sich und glättete ihre Röcke. Ein Fremder hätte nicht vermutet, daß dieses ausdruckslose Gesicht Zorn verbarg, aber an ihren Mundwinkeln war Anspannung zu erkennen. »Wollen wir gehen? Nynaeve? Aviendha? Birgitte?«

»Ich bin keine Aes Sedai, Elayne«, sagte Aviendha, und die Dienerin warf hastig ein: »Mir wurde gesagt, nur die Aes Sedai.«

»Aviendha und ich könnten uns in der Stadt umsehen, während Ihr die Königin aufsucht«, sagte Birgitte, bevor Elayne den Mund öffnen konnte. Aviendhas Gesicht erstrahlte.

Elayne sah sie beide scharf an und seufzte dann. »Nun, seid wenigstens vorsichtig. Nynaeve, kommst du mit, oder willst du dir auch die Stadt ansehen?« Letzteres hatte sie in trockenem Tonfall und mit einem weiteren Blick zu Birgitte geäußert.

»Oh, ich möchte den Besuch nicht verpassen«, belehrte Nynaeve sie. »Es wird guttun, endlich jemandem zu begegnen, der glaubt ...« Sie konnte ihren Satz nicht beenden, solange die Dienerin im Raum war. »Wir sollten die Königin nicht warten lassen.«

»O nein«, sagte die Dienerin. »Das würde mich die Ohren kosten.«

Wieviel auch immer ihre Ohren wert waren – es dauerte einige Zeit, durch die Palastgänge zu wandern. Als sollte die äußere Eintönigkeit aufgewogen werden, war der Palast innen voller Farben. In einem Gang waren die Decke grün und die Wände blau bemalt, in einem anderen die Wände gelb und die Decke blaßrosa. Die Bodenfliesen zeigten rot-schwarz-weiße oder blau-gelbe Rauten oder andere Zusammenstellungen in allen Schattierungen. Es gab nur sehr wenige Wandteppiche, üblicherweise Meer-Szenen, aber viele hohe Vasen aus vergoldetem Meervolk-Porzellan standen in Nischen und auch viele Arbeiten aus geschliffenem Kristall, Statuetten und Vasen und Schalen, die sowohl Elaynes als auch Nynaeves Blicke auf sich zogen.

Natürlich eilten überall Diener umher. Die Livree der Männer bestand aus einer weißen Hose und einer langen grünen Weste über einem weißen Hemd mit weiten Ärmeln, aber bevor sie allzu weit gegangen waren, sah Nynaeve jemanden auf sie zuschreiten, der sie veranlaßte, stehenzubleiben und Elaynes Arm zu ergreifen. Es war Jaichim Carridin. Sie wandten den Blick nicht von dem großen, bereits ergrauenden Mann ab, als er in seinem weißen Umhang an ihnen vorüberging, jene grausamen, tiefliegenden Augen beständig von ihnen abgewandt. Schweißperlen bedeckten sein Gesicht, aber das mißachtete er genauso, wie er sie mißachtet hatte.

»Was macht er hier?« fragte Nynaeve. Dieser Mann hatte in Tanchico ein Blutbad ausgelöst, und nur das Licht wußte, wo sonst noch.

Die Dienerin sah sie fragend an. »Auch die Kinder des Lichts haben schon vor Monaten eine Abordnung gesandt. Die Königin ... Aes Sedai?« Erneut dieses Zögern.

Elayne gelang es, huldvoll zu nicken, aber Nynaeve vermochte die Schroffheit nicht aus ihrer Stimme zu verbannen. »Dann sollten wir sie nicht warten lassen.«

Merilille hatte über diese Tylin unter anderem geäußert, daß sie eine kleinliche, sehr gewissenhafte Frau war. Aber wenn sie daran zu zweifeln begänne, daß sie Aes Sedai waren, war Nynaeve gerade in der richtigen Stimmung, es ihr zu beweisen.

Die Dienerin verließ sie in einem großen Raum mit einer hellblauen Decke und gelben Wänden, wo eine Reihe hoher Fenster den Blick auf einen breiten Balkon freigaben und eine angenehme, salzige Brise hereinließen. Elayne und Nynaeve vollführten ihre Hofknickse vor der Königin so, wie es von Aes Sedai gegenüber einem Herrscher angemessen war – ein leichtes Vornüberneigen und ein leichtes Beugen des Kopfes.

Tylin war eine äußerst beeindruckende Frau. Nicht größer als Nynaeve, stand sie in einer königlichen Haltung da, die Elayne sich sogar an ihrem besten Tag nur mühsam hätte zu eigen machen können. Sie hätte gleichermaßen auf ihre Ehrerbietung antworten müssen, aber sie tat es nicht. Statt dessen betrachteten ihre großen schwarzen Augen sie mit zwingender Eindringlichkeit.

Nynaeve hielt ihrem Blick so gut wie möglich stand. Wogen glänzenden schwarzen Haars, an den Schläfen leicht ergraut, reichten bis weit unterhalb Tylins Schultern und umrahmten ein Gesicht, das hübsch, wenn auch nicht mehr vollkommen glatt war. Erschreckenderweise befanden sich zwei Narben auf den Wangen der Frau, haarfein und so alt, daß sie fast verschwunden waren. Natürlich stak einer jener gebogenen Dolche in einem Gürtel aus gewobenem Gold, dessen Heft und Scheide mit Edelsteinen besetzt waren. Nynaeve war sicher, daß dies nur eine Prunkwaffe war, und auch Tylins blaues Seidengewand war sicherlich nicht für einen Kampf geeignet. Schneeweiße Spitzenfalten hätten fast ihre Finger verborgen, wenn sie die Arme gesenkt hätte, und die Röcke waren vorn bis über die Knie gerafft und gaben grün-weiße Seidenunterröcke frei, die einen Schritt oder mehr hinter ihr herschleiften. Das mit der gleichen Spitze geschmückte Leibchen lag so eng an, daß Nynaeve nicht wußte, ob es unbequemer wäre, darin zu sitzen oder zu stehen. Ein Kragen aus gewobenem Gold um den Hals der Frau stützte einen in einer weißen Scheide steckenden Hochzeitsdolch, der mit nach unten gerichtetem Heft in dem ovalen Ausschnitt hing.

»Ihr beide müßt Elayne und Nynaeve sein.« Tylin ließ sich auf einem goldüberzogenen Stuhl nieder und richtete sorgfältig ihre Röcke, ohne den Blick von ihnen abzuwenden. Ihre Stimme klang tief, melodisch und gebieterisch. »Ich hörte, es sei noch eine dritte dabei. Aviendha?«

Nynaeve und Elayne wechselten Blicke. Sie waren nicht aufgefordert worden, sich hinzusetzen. Nicht einmal eine Augenbewegung in Richtung eines Stuhles war erfolgt. »Sie ist keine Aes Sedai«, begann Elayne ruhig.

Tylin unterbrach sie, bevor sie mehr sagen konnte. »Und Ihr seid es? Ihr seid bestenfalls achtzehn Jahre alt, Elayne. Und Ihr, Nynaeve, die Ihr mich anseht wie eine Katze, die man am Schwanz festhält, wie alt seid Ihr? Zweiundzwanzig? Vielleicht dreiundzwanzig? Gütiger Himmel! Ich besuchte einst Tar Valon und die Weiße Burg. Ich bezweifle, daß jemals eine Frau Eures Alters diesen Ring an ihrer rechten Hand getragen hat.«

»Sechsundzwanzig!« fauchte Nynaeve. Da ein großer Teil der Frauen, die sie für zu jung hielten, um eine Seherin zu sein, in Emondsfeld zurückgeblieben waren, hatte sie sich angewöhnt, mit jedem Namensgebungstag zu prahlen, den sie beanspruchen konnte. »Ich bin sechsundzwanzig und eine Aes Sedai der Gelben Ajah.« Sie erschauerte bei diesen Worten noch immer vor Stolz. »Elayne mag vielleicht erst achtzehn sein, aber sie ist ebenfalls eine Aes Sedai, eine Aes

Sedai der Grünen Ajah. Glaubt Ihr, daß Merilille oder Vandene uns diese Ringe nur zum Vergnügen tragen ließen? Viele Dinge haben sich geändert, Tylin. Der Amyrlin-Sitz, Egwene al'Vere, ist nicht älter als Elayne.«

»Tatsächlich?« fragte Tylin mit tonloser Stimme. »Das hat man mir nicht gesagt. Die Aes Sedai, die mich seit dem Tag meiner Krönung berät und vor mir auch schon meinen Vater beraten hat, ist ohne Erklärung zur Burg aufgebrochen. Ich erfahre, daß die Gerüchte, die Burg würde sich spalten, der Wahrheit entsprechen. Drachenverschworene scheinen aus dem Boden zu wachsen scheinen. Eine Amyrlin wird gewählt, um sich Elaida und einem versammelten Heer unter einem der großartigsten Befehlshaber in Altara entgegenzustellen, bevor ich davon erfahre. Wenn all das geschieht, könnt Ihr nicht von mir erwarten, von Überraschungen begeistert zu sein.«

Nynaeve hoffte, daß ihr Gesichtsausdruck ihr Gefühl der Übelkeit nicht preisgab. Warum konnte sie nicht lernen, gelegentlich den Mund zu halten? Sie erkannte jäh, daß sie die Wahre Quelle nicht mehr spürte. Zorn und Verlegenheit paßten nicht gut zusammen. Aber es war vermutlich besser so. Wenn sie die Macht lenken könnte, würde sie vielleicht einen noch größeren Narren aus sich machen.

Elayne versuchte sogleich, die Dinge wieder geradezubiegen. »Ich weiß, daß Ihr dies schon zuvor gehört habt«, belehrte sie Tylin, »aber laßt mich nach Merilille und den anderen auch meine Entschuldigungen aussprechen. Ohne Erlaubnis ein Heer innerhalb Eurer Grenzen zu erheben, war unvernünftig. Ich kann nur sagen, daß die Ereignisse schnell voranschritten und wir in Salidar aufgehalten wurden, aber das ist keine wirkliche Entschuldigung. Ich schwöre Euch, Altara sollte kein Schaden zugefügt und der Thron der Winde nicht beleidigt werden. Noch während wir miteinander sprechen, führt Gareth Bryne das Heer im Norden aus Altara hinaus.«

Tylin sah sie unbewegt an. »Ich habe zuvor kein Wort der Entschuldigung gehört. Aber jeder Herrscher Altaras muß lernen, Beleidigungen von größeren Mächten ohne Murren hinzunehmen.« Sie atmete tief ein und vollführte mit schwingenden Spitzen eine Handbewegung. »Setzt Euch, setzt Euch. Ihr beide. Ruht Euch auf Eurem Dolch aus und laßt Eurer Zunge freien Lauf.« Ihr plötzliches Lächeln kam einem Grinsen sehr nahe. »Ich weiß nicht, wir Ihr es in Andor ausdrückt. Fühlt Euch wie zu Hause und sagt Eure Meinung frei heraus.«

Nynaeve war froh, daß Elaynes blaue Augen sich überrascht weiteten, da sie selbst laut nach Luft rang. Dies war die Frau, von der Merilille behauptet hatte, sie brauche in polierten Marmor gehauenes Zeremoniell? Nynaeve war überaus froh, sich hinsetzen zu dürfen. Wenn sie an alle die verborgenen Strömungen in Salidar dachte, fragte sie sich, ob Tylin versuchte, sie zu … zu was? Sie war zu der Auffassung gelangt, daß jedermann, der kein enger Freund war, sie zu benutzen versuchte. Elayne saß starr auf der Stuhlkante.

»Ich meine, was ich sage«, erklärte Tylin. »Was auch immer Ihr äußert, werde ich nicht als Beleidigung auffassen.« Die Art, wie ihre Finger auf das edelsteinbesetzte Heft an ihrer Taille tippten, hätte jedoch eher allgemeines Schweigen bewirken können.

»Ich bin nicht sicher, wie ich beginnen soll«, sagte Nynaeve vorsichtig. Sie wünschte, Elayne hätte bei diesen Worten nicht genickt. Elayne sollte wissen, wie man mit Königen und Königinnen umging. Weshalb sagte sie nichts?

»Mit dem Warum«, sagte die Königin ungeduldig. »Warum kommen vier weitere Aes Sedai aus Salidar nach Ebou Dar? Der Grund kann nicht sein, Elaidas Abordnung in den Schatten stellen zu wollen – Teslyn nennt sie nicht einmal eine Abordnung, und sie besteht auch nur aus ihr und Joline ... Das wußtet Ihr nicht?« Sie sank in ihren Sessel zurück, lachte und preßte die Finger einer Hand auf ihre Lippen. »Wißt ihr von den Weißmänteln? Ja?« Mit der freien Hand vollführte sie eine Schlagbewegung, und ihre Heiterkeit begann langsam abzuflauen. »Soviel zu den Weißmänteln! Aber ich muß allen zuhören, die um meine Gunst buhlen, dem Lord Inquisitor Carridin genauso wie allen anderen.«

»Aber warum?« fragte Nynaeve. »Ich bin froh, daß Ihr die Weißmäntel nicht mögt, aber warum müßt Ihr Euch dann auch nur ein Wort von dem anhören, was Carridin äußert? Der Mann ist ein Schlächter.« Sie wußte, daß sie einen weiteren Fehler begangen hatte. Die Art, wie Elayne plötzlich den großen weißen Kamin betrachtete, dessen breiter Sturz in hoch aufragenden Wogen gehauen war, zeigte es ihr, noch bevor der letzte Rest von Tylins Lachen erstarb.

»Ihr nehmt mich beim Wort«, sagte die Königin ruhig. »Ich sagte, laßt Eurer Zunge freien Lauf ...« Sie richtete die dunklen Augen auf die Fliesen und schien sich zu sammeln.

Nynaeve schaute in der Hoffnung auf irgendeinen Hinweis darauf, was sie falsch gemacht hatte, oder besser, wie sie es wiedergutmachen konnte, zu Elayne, aber Elayne sah sie nur einmal von der Seite an und schüttelte kaum merklich den Kopf, bevor sie ihre Betrachtung der Marmorwogen wieder aufnahm. Vielleicht sollte sie Tylin auch nicht ansehen. Und doch zog die Frau ihren Blick an. Tylin strich mit einer Hand über das Heft ihres gebogenen Dolches und betastete mit der anderen das kleinere Heft zwischen ihren Brüsten.

Der Hochzeitsdolch sagte eine ganze Menge über Tylin aus. Vandene und Adeleas hatten zu bereitwillig einiges über Ebou Dar erklärt, üblicherweise Dinge, welche die Stadt für jedermann unsicher erscheinen ließen, der nicht von einem Dutzend Bewaffneter umgeben war. Die weiße Scheide bedeutete, daß die Königin verwitwet war und nicht wieder heiraten wollte. Die vier Perlen und ein in das goldumwickelte Heft eingelassener Feuertropfen besagten, daß sie vier Söhne und eine Tochter geboren hatte. Die in weißem Emaille gehaltene Fassung des Feuertropfens und die in rotem Emaille gehaltenen Fassungen dreier Perlen besagten, daß nur ein Sohn überlebt hatte. Die anderen Kinder waren zum Zeitpunkt ihres Todes mindestens sechzehn Jahre alt gewesen, und sie waren in Kämpfen gestorben, sonst wären die Fassungen schwarz gewesen. Wie es wohl sein mußte, ständig eine solche Erinnerung mit sich herumzutragen? Nach Vandenes Frauen eine rote oder weiße Fassung als Quelle des Stolzes, egal ob die Steine Perlen oder Feuertropfen oder Buntglas waren. Viele Frauen in Ebou Dari entfernten angeblich die Steine ihrer Kinder über sechzehn, die einen Kampf verweigerten, und erkannten sie niemals wieder an.

Schließlich hob Tylin den Kopf. Ihr Gesicht zeigte einen freundlichen Ausdruck, und ihre linke Hand beließ den Dolch im Gürtel, aber sie betastete weiterhin wie in Gedanken den Hochzeitsdolch. »Ich möchte, daß mein Sohn mir auf den Thron der Winde folgt«, sagte sie sanft. »Beslan ist in Eurem Alter, Elayne. In Andor wäre das selbstverständlich, obwohl er dann eine Frau sein müßte …« Sie lächelte wahrhaftig und schien wirklich belustigt. »Und es wäre auch in jedem anderen Land außer Murandy selbstverständlich, wenn die Dinge genauso lägen wie hier in Altara. In den tausend Jahren seit Artur Falkenflügels Zeit hat nur ein Haus den Thron fünf Generationen lang innegehabt, und Anarinas Niedergang erfolgte so jäh, daß das Haus Todande bis zum heutigen Tage für jeden, der es will, leicht zu beeinflussen ist. Kein anderes Haus hat jemals wieder zwei Regenten in Folge gestellt.

Als mein Vater den Thron übernahm, besaßen andere Häuser einen größeren Anteil an der Stadt als Mitsobar selbst. Hätte er diesen Palast ohne Wächter verlassen, wäre er in einen Sack mit Steinen gesteckt und in den Fluß geworfen worden. Als er starb, hinterließ er mir, was ich jetzt besitze. Es ist, verglichen mit anderen Reichen, nicht viel. Ein Mann mit frischen Pferden könnte das andere Ende meines Hoheitsgebietes in einem harten Tagesritt erreichen. Ich war jedoch nicht untätig. Als die Nachricht des Wiedergeborenen Drachen kam, zweifelte ich nicht daran, daß ich Beslan zweimal soviel übergeben könnte, wie ich selbst besitze, und darüber hinaus einige Verbündete. Aber der Stein von Tear und *Callandor* haben alles geändert. Jetzt bin ich Pedron Niall dankbar, wenn er es bewerkstelligen kann, daß Illian ein hundert Meilen langes Band von Altara übernimmt, anstatt dort einzufallen. Ich höre Jaichim Carridin zu, und ich spucke ihm nicht ins Gesicht, wie viele Altaraner auch immer im Weißmäntel-Krieg gestorben sind. Ich höre Carridin und Teslyn und Merilille zu, und ich bete darum, daß ich meinem Sohn überhaupt noch etwas übergeben kann, anstatt an dem Tag, an dem Beslan einen Jagdunfall erleidet, ertränkt in meiner Badewanne gefunden zu werden.«

Tylin atmete tief ein. Der freundliche Gesichtsausdruck blieb, aber ihre Stimme nahm einen scharfen Unterton an. »Nun, ich habe mich Euch offenbart. Nun beantwortet meine Frage. Warum erweisen mir vier weitere Aes Sedai die Ehre?«

»Wir sind hier, um ein *Ter'angreal* zu suchen«, sagte Elayne, und während Nynaeve verwundert aufschaute, erzählte sie alles von *Tel'aran'rhiod* bis zum Staub in dem Raum, in dem sich die Schale befand.

»Es wäre ein wunderbarer Segen, das Wetter wieder berichtigen zu können«, sagte Tylin zögernd, »aber das Viertel, das Ihr beschreibt, scheint mir der Rahad jenseits des Flusses zu sein. Sogar der Büttel tritt dort nur leise auf. Verzeiht – ich weiß, daß Ihr Aes Sedai seid –, aber im Rahad könntet Ihr ein Messer im Rücken haben, bevor Ihr es merkt. Wenn man edle Kleidung trägt, benutzen sie eine sehr schmale Klinge, damit nur wenig Blut fließt. Vielleicht solltet Ihr diese Suche Vandene und Adeleas überlassen. Ich glaube, sie haben solche Orte schon häufiger gesehen als Ihr.«

»Sie haben Euch von der Schale erzählt?« fragte Nynaeve stirnrunzelnd, aber die Königin schüttelte den Kopf.

»Sie haben nur erzählt, daß sie hierhergekommen seien, um etwas zu suchen. Aes Sedai erzählen niemals mehr, als sie unbedingt erzählen müssen.« Erneut erstrahlte Tylins Lächeln. Es wirkte recht heiter, obwohl dadurch die Narben als dünne Linien auf den Wangen sichtbar wurden. »Bis auf Euch beide zumindest. Möge die Zeit Euch nicht allzu sehr verändern. Ich wünschte mir oft, Cavandra wäre nicht in die Burg zurückgekehrt. Mit ihr konnte ich ebenfalls so offen reden.« Sie erhob sich, bedeutete ihnen aber, sitzen zu bleiben, und schlug einen Silbergong an. »Ich werde nach kühlem Minztee schicken, und wir werden uns unterhalten. Ihr werdet mir erzählen, wie ich Euch helfen kann, und vielleicht könnt Ihr mir dann auch erklären, warum sich so viele Meervolk-Schiffe in der Bucht befinden, die weder anlegen noch Handel treiben …«

Bei Tee und Gesprächen verging die Zeit auf angenehme Weise. Dann wurde Beslan hereingeführt, ein leise sprechender Junge, der sich respektvoll verbeugte und sie mit wunderschönen schwarzen Augen ansah, die wohl Erleichterung zeigten, als seine Mutter ihn schließlich wieder entließ. Er hatte offensichtlich keinen Moment bezweifelt, daß sie Aes Sedai waren. Später kehrten Elayne und Nynaeve durch die leuchtend bemalten Gänge in ihre Räume zurück.

»Also wollen sie selbst die Suche übernehmen«, murmelte Nynaeve, während sie sich umsah, um sicherzugehen, daß keiner der livrierten Diener nahe genug war, sie hören zu können. Tylin hatte zu bald zu vieles über sie gewußt. Und auch wenn sie gelächelt hatte, war sie doch wegen der Aes Sedai in Salidar aufgebracht. »Elayne, glaubst du, es war klug, ihr alles zu erzählen? Sie könnte zu dem Schluß kommen, daß sie ihrem Sohn den Thron sichern könnte, wenn sie uns die Schale finden läßt und es dann Teslyn erzählt.« Sie erinnerte sich nur ungenau an Teslyn. Sie war eine Rote und eine unangenehme Frau.

»Ich weiß, wie meine Mutter über Aes Sedai dachte, die Andor bereisten und sie niemals wissen ließen, was sie taten. Ich weiß, wie ich mich an Tylins Stelle fühlen würde. Außerdem erinnerte ich mich jetzt daran, was dieses Sprichwort bedeutet – sich auf dem Dolch ausruhen und so weiter. Die einzige Möglichkeit, jemanden zu beleidigen, der dies zu dir sagt, besteht darin, ihn anzulügen.« Elayne hob leicht das Kinn an. »Was Vandene und Adeleas betrifft, so *glauben* sie nur, sie hätten die Suche übernommen. Dieser Rahad mag zwar gefährlich sein, aber ich kann mir nicht vorstellen, daß er schlimmer ist als Tanchico, und wir brauchen uns den Kopf nicht mehr über die Schwarze Ajah zu zerbrechen. Ich wette, daß wir die Schale in zehn Tagen haben werden. Und dann werde ich wissen, was es mit Mats *Ter'angreal* auf sich hat. Wir werden wieder zu Egwene unterwegs sein, während er sich vor die Stirn schlägt und Vandene und Adeleas mit Merilille *und* Teslyn herauszufinden versuchen, was geschehen ist.«

Nynaeve konnte nicht umhin, laut aufzulachen. Ein schlaksiger Diener, der eine große Porzellanvase verrückte, sah sie an, und sie streckte ihm die Zunge heraus. Er ließ die Vase beinahe fallen. »Ich nehme die Wette nur bezüglich Mat an. Zehn Tage gelten.«

KAPITEL 7

Der Spiegel der Nebel

Rand zog zufrieden an seiner Pfeife, während er in Hemdsärmeln mit dem Rücken an einer der schlanken weißen Säulen lehnte, die den kleinen Hof umgaben, und beobachtete das aufsprühende Wasser im Springbrunnen, das im Sonnenlicht wie Edelsteine funkelte. Während des Vormittags lag dieser Teil des Hofes noch im Schatten. Sogar Lews Therin verhielt sich ruhig. »Bist du sicher, daß du nicht noch einmal über Tear nachdenken willst?«

An der nächsten Säule lehnend und ebenfalls ohne Umhang, blies Perrin zwei Rauchringe in die Luft, bevor er seine Pfeife wieder in den Mund steckte, eine reich mit Wolfsköpfen verzierte Pfeife. »Was ist mit Mins Vision?«

Rands Versuch, selbst einen Rauchring in die Luft zu blasen, wurde durch ein ungehaltenes Brummen verdorben, so daß nur noch ein Rauchwölkchen hervordrang. Min hatte kein Recht gehabt, dieses Thema in Mats Gegenwart anzusprechen. »Willst du wirklich an mich gebunden sein, Perrin?«

»Anscheinend zählt das, was ich will, nicht mehr viel, seit wir Moiraine in Emondsfeld wiederbegegnet sind«, erwiderte Perrin trocken. Er seufzte. »Du bist, wer du bist, Rand. Wenn du scheiterst, scheitert alles.« Plötzlich beugte er sich vor und blickte stirnrunzelnd zu einem breiten Eingang hinter den Säulen zu ihrer Linken.

Etwas später hörte Rand aus dieser Richtung Schritte, die für einen Menschen zu wuchtig klangen.

Die breite Gestalt, die gebückt durch den Eingang in den Hof trat, war mehr als doppelt so groß wie die Dienerin, die fast laufen mußte, um mit den Schritten des Ogiers mithalten zu können.

»Loial!« rief Rand aus, während er sich eilig erhob. Rand und Perrin erreichten den Ogier zusammen. Das Grinsen um Loials breiten Mund schien sein Gesicht in zwei Hälften zu spalten, und sein langer Umhang, der sich über herabgerollte kniehohe Stiefel breitete, war von der Reise staubbedeckt. Seine großen Taschen beulten sich eckig aus. Wo Loial war, waren Bücher nie weit. »Geht es dir gut, Loial?«

»Du siehst müde aus«, sagte Perrin und drängte den Ogier auf den Springbrunnen zu. »Setz dich auf die Umrandung.«

Loial ließ sich hinführen, aber seine langen, herabbaumelnden Augenbrauen stiegen in die Höhe, und seine Pinselohren zitterten verwirrt, während er von einem zum anderen sah. Er war im Sitzen noch genauso groß wie Perrin im Stehen. »Gut? Müde?« Seine Stimme klang wie das Rumpeln bei Erdverschiebungen. »Natürlich geht es mir gut. Und müde bin ich nur, weil ich einen langen Weg gegangen bin. Ich muß sagen, es fühlte sich gut an, wieder auf den eigenen Füßen zu laufen. Man weiß immer, wohin die Füße einen tragen, während man bei einem Pferd niemals sicher sein kann. Außerdem sind meine Füße schneller.« Er lachte jäh und polternd. »Du schuldest mir ein Goldstück, Perrin. Du und deine zehn Tage. Ich verwette ein weiteres Goldstück darauf, daß ihr nicht länger als fünf Tage vor mir hier wart.«

»Du bekommst dein Goldstück.« Perrin lachte. Dann fügte er als Nebenbemerkung zu Rand, die Loials Ohren erzürnt erbeben ließ, hinzu: »Gaul hat ihn vollkommen verdorben. Er würfelt jetzt und wettet bei Pferderennen, obwohl er kaum ein Pferd vom anderen unterscheiden kann.«

Rand grinste. Loial hatte Pferde schon immer mißtrauisch betrachtet, was nicht sehr verwunderlich war, wenn man bedachte, daß seine Beine länger als ihre waren. »Geht es dir auch bestimmt gut, Loial?«

»Hast du dieses verlassene *Stedding* gefunden?« fragte Perrin um seinen Pfeifenstiel herum.

»Bist du ausreichend lange geblieben?«

»Wovon sprecht ihr beiden?« Loials unsicheres Stirnrunzeln ließ die Enden seiner Augenbrauen bis auf die Wangen sinken. »Ich wollte einfach nur einmal wieder ein *Stedding* sehen, eines spüren. Jetzt bin ich für weitere zehn Jahre bereit.«

»Deine Mutter hat etwas anderes gesagt«, bemerkte Rand ernst.

Loial war aufgesprungen, bevor Rand noch zu Ende gesprochen hatte, und blickte mit zurückgelegten Ohren wild in alle Richtungen. »Meine Mutter? Sie ist hier?«

»Nein, sie ist nicht hier«, sagte Perrin, und Loials Ohren erschlafften fast augenblicklich wieder. »Sie ist anscheinend im Gebiet der Zwei Flüsse. Oder zumindest war sie vor einem Monat noch dort. Rand hat irgendeine Art von Herumspringen benutzt, um sie und Elder Haman … Was ist los?«

Loial erstarrte bei dem Namen Elder Haman mitten in der Bewegung. Dann setzte er sich mit geschlossenen Augen langsam hin. »Elder Haman«, murmelte er und rieb sich mit einer dickfingrigen Hand übers Gesicht. »Elder Haman und meine Mutter.« Er sah zu Perrin. Er sah zu Rand. Und dann fragte er mit leiser und viel zu beiläufiger Stimme: »War noch jemand bei ihnen?« Nun, zumindest klang seine Stimme für einen Ogier leise – wie eine große Hummel, die in einem Wasserkrug umherbrummte.

»Ja, eine junge Ogierfrau namens Erith«, erzählte Rand ihm. »Du …« Weiter kam er nicht.

Loial sprang stöhnend wieder auf. Diener streckten

ihre Köpfe zu Türen und Fenstern heraus, um zu sehen, was dieser gewaltige Lärm bedeutete, und verschwanden wieder, als sie Rand sahen. Loial begann hin- und herzugehen, die Augenbrauen so tief herabhängend, daß sie fast zu schmelzen schienen. »Eine Frau«, murmelte er. »Es kann nichts anderes bedeuten, nicht bei Mutter und Elder Haman. Eine Frau. Ich bin zu jung, um zu heiraten!« Rand führte eine Hand zum Mund, um sein Lächeln zu verbergen. Loial war vielleicht für einen Ogier jung, aber in seinem Fall bedeutete das immerhin schon ein Alter von über neunzig Jahren. »Sie wird mich zum Stedding Shangtai zurückschleppen. Ich weiß, daß sie mich nicht mit euch ziehen lassen wird, und ich habe noch nicht annähernd genug Notizen für mein Buch. Oh, lächele du nur, Perrin. Faile tut, was immer du sagst.« Perrin verschluckte sich an seiner Pfeife und hustete, bis Rand ihm auf den Rücken schlug. »Bei uns ist das anders«, fuhr Loial fort. »Es wird als unmanierlich angesehen, nicht zu tun, was deine Frau sagt. Als sehr unmanierlich. Ich weiß, sie wird mich zwingen, mich auf etwas Solides und Angesehenes zu verlegen, wie das Baumsingen oder ...« Er runzelte jäh die Stirn und blieb stehen. »Sagtest du *Erith?*« Rand nickte. Perrin schien wieder zu Atem zu kommen, aber er sah Loial mit boshafter Belustigung an. »Erith, Tochter von Iva Tochter von Alar?« Rand nickte erneut, und Loial sank wieder auf seinen Platz auf der Brunnenumrandung. »Aber ich kenne sie. Du erinnerst dich bestimmt auch an sie, Rand. Wir sind ihr im Stedding Tsofu begegnet.«

»Das habe ich dir zu sagen versucht«, erklärte Rand ihm geduldig. Und auch erheblich belustigt. »Sie war diejenige, die gesagt hat, du seist stattlich. Und die dir eine Blume überreichte, soweit ich mich erinnere.«

»Vielleicht hat sie das gesagt«, murrte Loial abwehrend. »Vielleicht hat sie das getan. Ich kann mich nicht daran erinnern.« Aber eine Hand schlich sich zu seiner

Umhangtasche voller Bücher, wo diese Blume, wie Rand hätte wetten mögen, sorgfältig gepreßt aufbewahrt wurde. Der Ogier räusperte sich, was wie ein tiefes Rumpeln klang. »Erith ist sehr schön. Ich habe niemals zuvor eine so schöne Frau gesehen. Und sie ist intelligent. Sie hat sehr aufmerksam zugehört, als ich ihr Serdens Theorie erklärte – Serden, Sohn von Kolom Sohn von Radlin; er schrieb sein Werk vor ungefähr sechshundert Jahren –, als ich seine Theorie darüber erklärte, wie die Wege ...« Er brach ab, als hätte er gerade ihr Grinsen bemerkt. »Nun, sie hat zugehört. Aufmerksam. Sie war sehr interessiert.«

»Bestimmt war sie das«, sagte Rand zurückhaltend. Die Erwähnung der Wege machte ihn nachdenklich. Die meisten der Wegetore befanden sich in der Nähe von *Steddings*, und wenn man Loials Mutter und Elder Haman glauben durfte, war das *Stedding* das, was Loial brauchte. Natürlich konnte er Loial nur bis zum Rand eines *Stedding* bringen. Man konnte die Macht genauso wenig in einen *Stedding* hineinlenken, wie man sie in einem Stedding lenken konnte. »Hör zu, Loial. Ich möchte Wachen an allen Wegetoren postieren, und ich brauche jemanden, der die Wegetore nicht nur finden kann, sondern auch mit den Ältesten sprechen und ihre Erlaubnis einholen kann.«

»Licht«, grollte Perrin angewidert. Er klopfte seine Pfeife aus und zerdrückte den Tabakrest mit dem Stiefelabsatz auf den Pflastersteinen des Hofes. »Licht! Du schickst Mat fort, um Aes Sedai gegenüberzutreten, du willst mich mit nur wenigen hundert Männern von den Zwei Flüssen, von denen du kaum jemanden kennst, mitten in einem Krieg gegen Sammael einsetzen, und jetzt willst du auch Loial davonschicken, obwohl er gerade erst angekommen ist. Verdammt, Rand, sieh ihn dir an! Er braucht Ruhe. Gibt es irgend jemanden, den du nicht benutzen würdest? Vielleicht willst du noch, daß Faile Moghedien oder Semirhage jagt. Licht!«

Wut wallte mit einer Heftigkeit in Rand auf, die ihn erzittern ließ. Diese gelben Augen sahen ihn grimmig an, aber er erwiderte den Blick zornerfüllt. »Ich werde jeden benutzen, den ich benutzen muß. Du hast es selbst gesagt – ich bin, wer ich bin. Und ich brauche mich auch selbst auf, Perrin, weil ich es tun muß. Genauso wie ich jeden aufbrauchen werde, den ich sonst noch aufbrauchen muß. Wir haben keine Wahl mehr. Ich nicht, du nicht, niemand!«

»Rand, Perrin«, murmelte Loial bekümmert. »Seid still, seid ruhig. Streitet euch nicht. Nicht ihr.« Eine Hand von der Größe eines Schinkens tätschelte beide unbeholfen auf die Schultern. »Ihr solltet euch beide in einem *Stedding* ausruhen. *Steddings* sind sehr friedlich, sehr tröstlich.«

Rand sah Perrin an, der wiederum ihn ansah. Der Zorn wütete noch in Rand, entzündete stürmische Blitze, die nicht vollkommen weichen wollten. Lews Therins Murren polterte unregelmäßig in weiter Ferne. »Es tut mir leid«, murmelte er und meinte es auf sie beide gemünzt.

Perrin vollführte eine beiläufige Geste, die vielleicht bedeuten sollte, daß es nichts gab, wofür Rand sich entschuldigen müßte, vielleicht aber auch, daß er die Entschuldigung annahm, aber er selbst entschuldigte sich nicht. Statt dessen wandte er den Kopf wieder den Säulen zu und der Tür, durch die Loial den Hof betreten hatte. Erneut vergingen einige Momente, bevor Rand eilige Schritte vernahm.

Min kam in den Hof gelaufen. Ohne Loial und Perrin zu beachten, ergriff sie Rands Arm. »Sie kommen«, keuchte sie. »Sie sind gerade auf dem Weg.«

»Langsam, Min«, sagte Rand. »Beruhige dich. Ich habe schon geglaubt, sie wären alle im Bett geblieben wie – wie, sagtest du, heißt sie? Demira?« In Wahrheit war er erleichtert, obwohl Lews Therins Grollen und pfeifendes Lachen bei der Erwähnung der Aes Sedai lauter wurden. Drei Tage lang war Merana so regelmäßig wie das perfekteste Uhrwerk jeden Nachmittag mit zwei Schwestern erschienen, aber die Besuche hatten vor fünf Tagen ohne ein Wort der Erklärung plötzlich aufgehört. Min wußte auch nicht, warum. Er hatte sich Sorgen gemacht, daß seine Regeln sie so sehr beleidigt haben könnten, daß sie gegangen wären.

Min sah mit gequältem Gesicht zu ihm hoch. Er erkannte, daß sie zitterte. »Hör mir zu! Es sind sieben, nicht drei, und sie haben mich nicht geschickt, um dich um Erlaubnis zu bitten oder es dich wissen zu lassen oder sonst etwas. Ich bin ihnen vorausgeeilt und habe Wildrose den ganzen Weg galoppieren lassen. Sie wollen den Palast betreten, bevor du merkst, daß sie hier sind. Ich habe Merana und Demira bei einem Gespräch belauscht, als sie nicht merkten, daß ich da war. Sie wollen die Große Halle vor dir erreichen, damit du zu ihnen kommen mußt.«

»Glaubst du, das ist deine Vision?« fragte er ruhig. Frauen, welche die Macht lenken konnten, waren in der Lage, ihn schwer zu verletzen, hatte sie gesagt. *Sieben!* flüsterte Lews Therin rauh. *Nein! Nein! Nein!* Rand achtete nicht auf ihn.

»Ich weiß es nicht«, antwortete Min mit verzweifelter Stimme. Rand erkannte bestürzt, daß das Schimmern in ihren Augen von ungeweinten Tränen kam. »Glaubst du, ich würde es dir nicht sagen, wenn ich es wüßte? Ich weiß nur, daß sie kommen, und …«

»Und daß es nichts gibt, wovor man Angst haben müßte«, unterbrach er sie bestimmt. Die Aes Sedai mußten sie wirklich erschreckt haben, daß sie den Tränen so nahe war. *Sieben*, stöhnte Lews Therin. *Ich kann nicht mit sieben umgehen, nicht auf einmal. Nicht sieben.* Rand dachte an den *Angreal* in Form eines fetten, kleinen Mannes, und die Stimme verblaßte zu einem Murmeln. Sie klang jedoch immer noch unbehaglich. Zumindest war Alanna nicht bei ihnen. Rand konnte sie in einiger Entfernung spüren. Sie bewegte sich nicht, und sicherlich nicht in seine Richtung. Er war nicht sicher, ob er es wagte, ihr wieder von Angesicht zu Angesicht gegenüberzutreten. »Wir dürfen keine Zeit verschwenden. Jalani?«

Die pausbäckige junge Tochter des Speers tauchte so plötzlich hinter einer Säule auf, daß Loials Ohren kerzengerade in die Höhe schossen. Min schien den Ogier und Perrin erst jetzt zu bemerken. Auch sie erschrak.

»Jalani«, sagte Rand, »unterrichtet Nandera, daß ich zur Großen Halle gehe, wo ich in Kürze Aes Sedai erwarte.«

Sie versuchte, ein ausdrucksloses Gesicht beizubehalten, aber ein selbstzufriedenes Lächeln ließ ihre Wangen noch pausbäckiger erscheinen. »Beralna ist bereits auf dem Weg zu Nandere, *Car'a'carn.*« Loials Ohren zuckten bei der Anrede überrascht.

»Würdet Ihr Sulin dann sagen, sie soll mich mit meinem Umhang bei den Ankleideräumen hinter der Großen Halle treffen? Und mit dem Drachenszepter.«

Jalanis Lächeln wurde noch breiter. »Sulin ist in ihrem Feuchtländer-Gewand bereits so schnell wie ein graunasiger Hase auf einem *Segade*-Rücken losgerannt.«

»In diesem Fall«, sagte Rand, »könnt Ihr mein Pferd zur Großen Halle bringen.« Das Kinn der jungen Tochter des Speers sank herab, besonders als Perrin und Loial sich vor Lachen krümmten.

Mins Fäuste in Rands Rippen ließen ihn stöhnen. »Das ist kein Spaß, du dickschädeliger Schafhirte! Merana und die anderen haben sich in ihre Stolen gehüllt, als hätten sie eine Rüstung angelegt. Jetzt hör mir zu. Ich werde mich hinter die Säulen stellen, damit du mich sehen kannst, sie aber nicht, und wenn ich etwas bemerke, werde ich dir ein Zeichen geben.«

»Du wirst mit Loial und Perrin hierbleiben«, belehrte er sie. »Ich weiß nicht, welches Zeichen du geben könntest, das ich verstehen würde, und wenn sie dich sehen, werden sie wissen, daß du mich gewarnt hast.« Sie stemmte die Fäuste in die Hüften und sah ihn durch ihre Wimpern verstockt an. »Min?«

Zu seiner Überraschung seufzte sie und sagte sanft: »Ja, Rand.« Ein solches Verhalten machte ihn genauso mißtrauisch, wie er es bei Elayne oder Aviendha gewesen wäre, aber er hatte jetzt keine Zeit nachzuhaken, wenn er vor Merana in der Großen Halle sein wollte. Er nickte und hoffte, daß er nicht so unsicher wirkte, wie er sich fühlte.

Während er sich noch fragte, ob er Perrin und Loial hätte bitten sollen, sie dortzubehalten – es hätte ihnen gefallen –, legte er mit Jalani auf den Fersen, die sich murmelnd fragte, ob die Bemerkung mit dem Pferd ein Scherz gewesen sei, den Weg bis zu den Ankleideräumen hinter der Großen Halle zurück. Sulin befand sich bereits mit einem goldbestickten roten Umhang und dem Drachenszepter dort. Die Speerspitze wurde mit einem anerkennenden Brummen bedacht, obwohl sie diese zweifellos ohne die grün-weiße Quaste, mit einem angemessen langen Schaft und ohne Schnitzereien für passender erachtet hätte. Rand tastete in seiner Tasche nach dem *Angreal*. Es war da, und er atmete daraufhin leichter, obwohl Lews Therin anscheinend noch immer ängstlich schnaufte.

Als Rand durch einen der mit Löwenpaneelen versehenen Ankleideräume in die Große Halle eilte, entdeckte er, daß alle anderen genauso schnell wie Sulin gewesen waren. Bael ragte mit verschränkten Armen zu einer Seite des Thronpodests auf, während Melaine auf der anderen Seite stand und ruhig ihre dunkle Stola richtete. Hundert oder mehr Töchter des Speers säumten, auf ein Knie gesunken und unter den wachsamen Blicken Nanderas, den Weg von den Türen – mit Speeren und Schilden, über den Rücken gehängten Bogen und gefüllten Köchern an den Hüften ausgerüstet. Nur ihre Augen waren über den schwarzen Schleiern zu sehen. Jalani fügte sich eilig in eine der Reihen ein. Hinter ihnen hatten sich noch mehr Aiel zwischen den dicken Säulen versammelt, Männer und weitere Töchter des Speers, obwohl niemand von ihnen, von den Dolchen mit den schweren Klingen abgesehen, bewaffnet zu sein schien. Aber sie stellten eine gute Anzahl grimmiger Gesichter. Der Gedanke an eine Auseinandersetzung mit den Aes Sedai konnte ihnen nicht gefallen, und das nicht aus Angst vor der Macht. Wie auch immer Melaine und die anderen Weisen Frauen inzwischen über die Aiel sprachen, hatte sich dieses uralte Versagen der Aiel doch fest in den Köpfen der meisten von ihnen verankert.

Bashere war natürlich nicht da – er und seine Frau befanden sich in einem seiner Ausbildungslager –, und auch die andoranischen Adligen, die sich rund um den Palast zusammengeschart hatten, waren nicht da. Rand war überzeugt, daß Naen und Elenia und Lir und sie alle von dieser Versammlung erfahren haben würden, sobald sie begann. Sie verpaßten niemals eine Thronaudienz, es sei denn, er schickte sie fort. Ihre Abwesenheit konnte nur bedeuten, daß sie auf ihrem Weg zur Großen Halle auch den Grund für diese Versammlung erfahren hatten, und das wiederum bedeutete, daß sich die Aes Sedai bereits im Palast befanden.

Kaum hatte sich Rand mit dem Drachenszepter auf den Knien auf dem Drachenthron niedergelassen, als Mistress Harfor aufgeregt – was für sie recht ungewöhnlich war – in die Große Halle eilte. Während sie ihn und alle Aiel gleichermaßen überrascht betrachtete, sagte sie: »Ich habe Diener überall hingeschickt, um Euch zu suchen. Aes Sedai sind …« Weiter kam sie nicht, als sieben Aes Sedai im breiten Eingang erschienen.

Rand spürte, daß Lews Therin sich nach *Saidin* ausstreckte, als er das *Angreal* berührte, aber er kümmerte sich selbst darum und hielt den wütenden Feuer- und Eisstrom genauso fest im Griff wie die Seanchan-Speerspitze.

Sieben, murmelte Lews Therin düster. *Ich habe ihnen gesagt, sie sollten drei schicken, und sieben kommen. Ich muß vorsichtig sein. Ja. Vorsichtig.*

Ich *sagte drei*, antwortete Rand der Stimme barsch. *Ich! Rand al'Thor!* Lews Therin wurde still, aber dann begann das ferne Murren erneut.

Nachdem Mistress Harfor von Rand zu den sieben Frauen mit ihren fransenversehenen Stolen geschaut hatte, beschloß sie anscheinend, daß dazwischen kein guter Standplatz war. Sie vollführte zunächst den Aes Sedai, dann Rand gegenüber einen Hofknicks und trat dann mit angemessener Ruhe an eine Seite des Eingangs. Als die Aes Sedai eintraten, alle in einer Reihe nebeneinander, schlüpfte sie mit kaum wahrnehmbarer Eile hinter ihnen hinaus.

Bei jedem ihrer drei Besuche hatte Merana andere Aes Sedai mitgebracht, und Rand erkannte jetzt alle außer einer, von Faeldrin Harella auf der Rechten, deren dunkles Haar mit glänzenden Perlen zu vielen kleinen Zöpfen geflochten war, bis zur beleibten Valinde Nathenos auf der Linken in ihrer mit weißen Fransen versehenen Stola und dem weißen Gewand. Sie waren alle in ihre Ajah-Farben gekleidet. Er wußte, wer diejenige sein mußte, die er nicht wiedererkannte. Die kupferfarbene Haut wies die anmutige, wunderschöne Frau in dunkel bronzefarbener Seide als Demira Eriff aus, die Braune Schwester, über die Min berichtet hatte, daß sie im Bett geblieben war. Aber jetzt stand sie in der Mitte der Reihe, einen Schritt vor den anderen, während Merana zwischen Faeldrin und der untersetzten, pausbäckigen Rafela Cindal stand, die heute noch ernster wirkte, als sie es vor sechs Tagen gewesen war. Sie wirkten alle sehr ernst.

Sie blieben einen Moment stehen, sahen ihn ruhig

an, ignorierten die Aiel und gingen dann weiter, zuerst Demira, dann Seonid und Rafela, dann Merana und Masuri, wobei sie alle zusammen eine auf Rand gerichtete Pfeilspitze bildeten. Das schwache Kribbeln auf seiner Haut wäre nicht nötig gewesen, ihm zu zeigen, daß sie *Saidar* umarmt hatten. Mit jedem Schritt schien jede der Frauen deutlich größer als vorher.

Sie denken, daß sie mich beeindrucken können, indem sie den Spiegel der Nebel weben? Lews Therins ungläubiges Lachen verblaßte zu einem wahnsinnigen Kichern. Rand brauchte die Erklärung des Mannes nicht. Er hatte Moiraine etwas Derartiges schon einmal tun sehen. Asmodean hatte es ebenfalls *Spiegel der Nebel* genannt, aber auch Blendwerk.

Melaine ordnete verärgert ihre Stola und schnaubte laut, und Bael wirkte plötzlich, als stünde er ganz allein Hunderten gegenüber. Er wollte sich dem stellen, aber er erwartete keinen glücklichen Ausgang. Dementsprechend regten sich auch einige der Töchter des Speers, bis Nandera sie über ihren Schleier hinweg ansah, aber das vermochte das Geräusch schabender Füße von den Aiel zwischen den Säulen nicht zu unterbinden.

Demira Eriff begann zu sprechen – auch sie lenkte eindeutig die Macht. Sie schrie nicht, aber ihre Stimme füllte die Große Halle dennoch aus und schien von überall her zu kommen. »Unter den gegebenen Umständen wurde beschlossen, daß ich für alle sprechen soll. Wir wollen Euch keinen Schaden zufügen, aber wir müssen die Beschränkungen, die wir bisher erduldet haben und die bewirken sollten, daß Ihr Euch sicher fühltet, jetzt zurückweisen. Ihr habt offensichtlich niemals gelernt, Aes Sedai den gebührenden Respekt zu erweisen. Jetzt müßt Ihr es lernen. Von jetzt an werden wir kommen und gehen, wie es uns beliebt, wobei wir das selbst entscheiden werden. Wenn wir mit Euch zu sprechen wünschen, werden wir Euch auch in Zukunft vorher benachrichtigen. Eure Aiel-Wächter rund um unser Gasthaus müssen abgezogen werden, und niemand darf uns beobachten oder folgen. Jede zukünftige Beleidigung unserer Würde wird bestraft werden, obwohl jene, die wir bestrafen müssen, wie Kinder sind, so daß Ihr für deren Schmerz verantwortlich sein werdet. So muß es sein. So wird es sein. Wisset, daß wir Aes Sedai sind.«

Als diese breite Pfeilspitze vor dem Thron haltmachte, bemerkte Rand, daß Melaine ihn ansah und sich zweifellos fragte, ob er beeindruckt war. Wäre er von den Geschehnissen überrascht worden, wäre er es gewesen. Er war sich auch jetzt nicht sicher, ob er *nicht* beeindruckt war. Die sieben Aes Sedai waren doppelt so groß wie Loial, die Köpfe auf halber Höhe des Raumes mit der gewölbten Decke mit den Buntglasfenstern. Demira schaute auf ihn herab, kühl und leidenschaftslos, als erwäge sie, ihn mit einer Hand hochzuheben, wozu sie durch ihre Größe in der Lage schien.

Rand zwang sich dazu, sich gelassen zurückzulehnen, wobei er die Lippen zusammenpreßte, als er erkannte, daß es ihn Mühe kostete, wenn auch keine sehr große Mühe. Lews Therin schimpfte und schrie in der Ferne, er solle nicht warten, sondern jetzt zuschlagen. Demira hatte gewisse Worte mit besonderem Nachdruck geäußert, als sollte er die Wichtigkeit begreifen. Welche Umstände meinte sie? Und bisher hatten sie die Beschränkungen doch akzeptiert – warum verweigerten sie ihm auf einmal den Respekt? Warum beschlossen sie plötzlich, daß sie – weit davon entfernt, ihm das Gefühl vermitteln zu müssen, daß er wirklich sicher sei – ihm drohen könnten? »Die Abordnung der Burg in Cairhien akzeptiert die gleichen Beschränkungen wie Ihr und scheint nicht gekränkt.« Nun, zumindest nicht sehr gekränkt. »Statt vager Drohungen bieten sie Geschenke an.«

»Sie sind nicht wie wir. Sie sind auch nicht hier. Wir werden Euch nicht kaufen.«

Die Verachtung in Demiras Stimme traf Rand. Seine Knöchel schmerzten von dem festen Griff um das Drachenszepter. Sein Zorn fand in Lews Therin ein Echo, und er erkannte plötzlich, daß der Mann sich erneut nach der Quelle auszustrecken versuchte.

Verdammt! Rand wollte sie abschirmen, aber Lews Therin sprach, der Panik nahe und fast atemlos.

Nicht stark genug. Selbst mit dem Angreal, vielleicht nicht stark genug, nicht um sieben standzuhalten. Du Narr! Du hast zu lange gewartet! Zu gefährlich!

Jedermann abzuschirmen, kostete erhebliche Kraft. Rand war sicher, daß er mit dem *Angreal* sieben Schilde bilden konnte, obwohl sie *Saidar* bereits umarmt hatten, aber wenn nur eine von ihnen diesen Schild durchbrechen konnte ... Oder mehr als eine. Er wollte sie mit seiner Kraft beeindrucken, nicht ihnen eine Möglichkeit geben, diese zu überwältigen. Aber es gab noch einen anderen Weg. Indem er einfach Geist, Feuer und Erde verwob, gab er vor, abschirmen zu wollen.

Der Spiegel der Nebel zerbarst. Plötzlich standen nur sieben normale Frauen mit bestürzten Gesichtern vor ihm. Ihre Verblüffung wurde jedoch augenblicklich von vorgeblicher Gelassenheit beherrscht.

»Ihr habt unsere Forderungen gehört«, sagte Demira mit normaler, aber herrischer Stimme, als sei überhaupt nichts geschehen. »Wir erwarten, daß sie erfüllt werden.«

Rand sah sie wider Willen ungläubig an. Was mußte er noch tun, um ihnen zu zeigen, daß er sich nicht einschüchtern ließ? *Saidin* wütete in ihm – ein brodelnder Zorn. Er wagte es nicht, ihn ausbrechen zu lassen. Lews Therin schrie jetzt wie rasend und versuchte, ihm die Quelle aus der Hand zu reißen. Er konnte nur festhalten. Er erhob sich langsam. Durch die zusätzliche Höhe des Podests ragte er jetzt über ihnen auf. Sieben unbewegte Aes Sedai-Gesichter sahen zu ihm hoch. »Die Beschränkungen bleiben bestehen«, sagte er ruhig. »Und ich füge dem noch eine Forderung hinzu. Von jetzt an erwarte ich, von Euch den Respekt zu erfahren, den ich verdiene. Ich bin der Wiedergeborene Drache. Ihr könnt jetzt gehen. Die Audienz ist beendet.«

Ungefähr zehn Herzschläge lang standen sie nur da und blinzelten nicht einmal, als wollten sie zeigen, daß sie sich auf seinen Befehl keinen Schritt rühren würden. Dann wandte sich Demira ohne die leiseste Andeutung eines Hofknickses um. Als sie an Seonid und Rafela vorbeiging, schlossen diese sich ihr an und die anderen ebenso. Sie glitten alle mühelos, ohne Eile, über die rot-weißen Fliesen aus der Großen Halle hinaus.

Rand trat vom Podest herab, als sie im Gang verschwanden.

»Der *Car'a'carn* ist geschickt mit ihnen umgegangen«, sagte Melaine laut genug, um in jedem Winkel gehört zu werden. »Man muß sie am Genick packen und sie Respekt lehren, auch wenn es sie schmerzt.« Bael konnte sein Unbehagen nicht ganz verbergen, als er Melaine so über die Aes Sedai reden hörte.

»Vielleicht sollte man auch die Weisen Frauen so behandeln«, bemerkte Rand mit einem Lächeln.

Melaine senkte ihre Stimme und richtete nachdrücklich ihre Stola. »Seid kein vollkommener Narr, Rand al'Thor.«

Bael kicherte, obwohl seine Frau ihn ansah. Zumindest hatte er ein Kichern zustande gebracht. Rand konnte den Humor jedoch nicht nachempfinden, und das nicht wegen der Dämpfung des Nichts. Er wünschte fast, er hätte Min mitkommen lassen. Es gab hier zu viele Unterströmungen, die er nicht verstand, und er befürchtete, daß noch mehr da waren, die er nicht einmal erkennen konnte. Was wollten sie wirklich?

Min schloß die schmale Tür des Ankleideraums, lehnte sich an ein dunkles Wandpaneel zurück und atmete tief ein. Faile hatte Perrin abgeholt, und so sehr Loial auch darauf beharrt hatte, Rand wolle, daß Min zurückbleibe, hatte er doch vor der einfachen Wahrheit kapituliert, daß Rand kein Recht hatte, sie irgendwo festzuhalten. Wenn Loial natürlich eine Ahnung gehabt hätte, was sie vorhatte, hätte er sie sich vielleicht unter den Arm geklemmt – sehr sacht natürlich –, sich dort in den Hof gesetzt und ihr etwas vorgelesen.

Min hatte alles gehört, aber sie hatte nicht viel mehr gesehen als Aes Sedai, die über dem Podest mit dem Thron aufragten. Sie mußten die Macht gelenkt haben, wodurch Bilder und Auren verschwommen waren, aber sie war so verblüfft gewesen, daß sie diese auch nicht erkannt hätte, wenn welche deutlich zu sehen gewesen wären. Als sie sich wieder erholt hatte, hatten die Aes Sedai nicht mehr aufgeragt, und Demiras Stimme hatte nicht mehr aus jedem Winkel gedröhnt.

Sie kaute auf ihrer Unterlippe und dachte wütend nach. Ihrer Meinung nach gab es zwei Probleme. Zum einen Rand und seine Forderung nach Respekt, was auch immer er damit meinte. Wenn er erwartete, daß Merana einen tiefen Hofknicks vollführte, würde er lange warten müssen, und in der Zwischenzeit verärgerte er sie sicherlich eifrig. Es mußte eine Möglichkeit geben, dies zu verhindern, wenn sie nur wüßte wie. Das zweite Problem waren die Aes Sedai. Rand schien zu glauben, sie wären in gewisser Weise erregt, was er beenden könnte, indem er auftrumpfte. Min war im Zweifel, ob die Aes erregt waren, aber wenn dem so war, handelte es sich gewiß um etwas Ernsthafteres. Der einzige Ort, wo man das herausfinden könnte, war jedoch die *Rosenkrone*.

Sie holte Wildrose wieder aus dem Vorhofstall ab und ritt die kastanienbraune Stute im Schritt zum Gasthaus zurück, wo sie sie einem großohrigen Stallburschen mit der Bitte übergab, sie möge gut abgerieben und mit ein wenig Hafer gefüttert werden. Ihr scharfer Ritt zum Palast war anstrengend gewesen, und Wildrose verdiente eine Belohnung für ihre Unterstützung bei der Vereitelung von Meranas Plan. Dem kalten Zorn in Rands Stimme nach zu urteilen, war sie nicht sicher, was vielleicht geschehen wäre, wenn er plötzlich aus heiterem Himmel erfahren hätte, daß sieben Aes Sedai ihn in der Großen Halle erwarteten.

Der Schankraum der *Rosenkrone* wirkte noch fast genauso wie zuvor, als sie durch eine der Küchen hinausgeeilt war. Wächter saßen an den Tischen verteilt, von denen einige Domino oder Mühle spielten und andere würfelten. Sie schauten fast wie ein Mann auf, als sie eintrat, nahmen ihr Spiel aber wieder auf, als sie sie erkannt hatten. Herrin Cinchonine stand mit verschränkten Armen und verärgertem Gesichtsausdruck vor der Tür des Lagerraums. An den Wänden des Schankraums der *Rosenkrone* waren keine Weinfässer aufgestapelt. Die Wächter waren die einzigen Gäste, und Wächter tranken in der Regel wenig und selten. Es standen jede Menge Zinnkrüge und Becher auf den Tischen, aber Min konnte nicht erkennen, daß auch nur einer davon berührt worden wäre. Aber sie erkannte einen Mann, der vielleicht bereit wäre, ihr etwas zu erzählen.

Mahiro Shukosa saß allein an einem Tisch und beschäftigte sich mit Geduldsspielen, die beiden Schwerter, die er gewöhnlich auf dem Rücken trug, in Reichweite an die Wand gelehnt. Mit seinen bereits ergrauenden Schläfen und der edlen Nase wirkte er auf schlichte Art gutaussehend, obwohl ihn sicherlich nur eine verliebte Frau als schön bezeichnet hätte. In Kandor war er ein Herr. Er hatte die Königshöfe fast jeden Landes besucht, reiste mit einer kleinen Bibliothek und gewann oder verlor beim Spiel mit unbekümmertem Lächeln. Er konnte Gedichte rezitieren und Harfe spielen und traumhaft tanzen. Er war, kurz gesagt, außer daß er auch Rafelas Behüter war, genau wie die Männer, die sie gemocht hatte, bevor sie Rand begegnet war. Und die sie tatsächlich immer noch mochte, wenn sie sie in Erinnerung an Rand betrachtete. Mahiro sah sie auf eine Art an, von der Min glaubte, daß sie für Kandor eigentümlich war – wie eine jüngere Schwester, die gelegentlich jemanden zum Reden und einen Rat brauchte, damit sie nicht in Schwierigkeiten geriete. Er sagte ihr, daß sie hübsche Beine hätte, dachte aber niemals daran, sie zu berühren, und er würde jedem Mann den Hals umdrehen, der ohne ihre Erlaubnis daran dächte.

Er schob die verwinkelten Eisenstücke seines Geduldsspiels geschickt wieder zusammen, legte es auf einen Stapel bereits fertiggestellter und nahm ein weiteres von einem anderen Stapel, während sie sich ihm gegenüber hinsetzte. »Also, Kohlkopf«, sagte er grinsend, »da bist du wieder, den Kopf noch auf den Schultern, nicht entführt und nicht verheiratet.« Eines Tages würde sie ihn fragen, was das bedeutete, denn das sagte er immer.

»Ist irgend etwas geschehen, während ich fort war, Mahiro?«

»Du meinst, außer daß die Schwestern anscheinend stark zerzaust vom Palast zurückgekehrt sind.« Das Geduldsspiel löste sich in seinen Händen wie immer, fast, als wäre Magie im Spiel.

»Was hat sie aufgebracht?«

»Vermutlich al'Thor.« Das Geduldsspiel wurde genauso leicht wieder zusammengefügt und auf den entsprechenden Stapel gelegt. Und sofort griff er nach einem weiteren. »Dieses habe ich schon vor Jahren geschafft«, vertraute er ihr an.

»Aber wie, Mahiro? Was ist geschehen?«

Dunkle Augen betrachteten sie. Leopardenaugen würden wie Mahiros wirken, wenn sie fast schwarz wären. »Min, einem Jährling, der seinen Kopf in den falschen Bau steckt, könnten die Ohren abgebissen werden.«

Min zuckte zusammen. Das war nur zu wahr. Die törichten Dinge, die eine Frau tat, weil sie verliebt war. »Genau das würde ich gerne vermeiden, Mahiro. Ich bin lediglich hier, um Nachrichten zwischen Merana und dem Palast zu vermitteln, aber ich gehe dort ohne eine Vorstellung davon hinein, was mir bevorsteht. Ich weiß nicht, warum die Schwestern aufgehört haben, ihn jeden Tag aufzusuchen, oder warum sie zurückweichen oder warum heute eine ganze Handvoll von ihnen hingingen anstatt nur drei. Ich könnte mehr als nur die Ohren abgebissen bekommen, wenn ich es nicht weiß. Merana wird es mir nicht sagen. Sie sagt mir nichts außer: ›Geh hierhin und tu das.‹ Nur ein Hinweis, Mahiro. Bitte!«

Er betrachtete das Geduldsspiel angestrengt, aber sie erkannte dennoch, daß er nachdachte, weil er die miteinander verbundenen Teile des Geduldsspiels mit den Fingern umherschob, sich aber kein Teil löste.

Eine Bewegung an der Rückseite des Schankraums zog Mins Blick auf sich. Sie wandte halbwegs den Kopf und erstarrte. Zwei Aes Sedai kamen, ihrem frisch gewaschenen Aussehen nach zu urteilen, aus den Bädern zurück. Sie hatte diese beiden vor Monaten zuletzt gesehen, bevor sie aus Salidar hinausgesandt wurden, weil Sheriam glaubte, Rand hielte sich irgendwo in der Aiel-Wüste auf. Dorthin waren Bera Harkin und Kiruna Nachiman geeilt. In die Wüste, nicht nach Caemlyn.

Bis auf ihr kantiges, altersloses Gesicht wirkte Bera mit ihrem kurzgeschnittenen braunen Haar wie eine Bäuerin, aber im Moment zeigte dieses Gesicht grimmige Entschlossenheit. Kiruna, vornehm und statuenhaft, schien jeder Zoll genau das zu sein, was sie war – die Schwester des Königs von Arafel und eine rechtmäßige, mächtige Lady. Ihre großen dunklen Augen glitzerten, als wolle sie eine Hinrichtung befehlen. Bilder und Auren flackerten um sie herum wie stets um Aes Sedai und Behüter. Eine Aura hielt Mins Blick fest, als sie schnell um beide Frauen gleichzeitig herumblitzte, bräunlich gelb und tief purpurfarben. Die Farben selbst bedeuteten nichts, aber diese Aura nahm Min den Atem.

Ihr Tisch stand nicht weit vom Fuß der Treppe entfernt, aber die beiden Frauen sahen Min nicht an, als sie sich umwandten, um hinaufzugehen. Sie hatten ihr auch in Salidar niemals mehr als zwei Blicke gegönnt, und jetzt waren sie in ihre Unterhaltung vertieft.

»Alanna hätte ihn schon lange in die Schranken weisen sollen.« Kirunas Stimme klang leise, aber dennoch fast zornig. »Ich hätte es getan. Wenn sie kommt, werde ich es ihr sagen.«

»Er sollte an der Leine geführt werden«, stimmte Bera ihr ausdruckslos zu, »bevor er Andor noch mehr Schaden zufügen kann.« Sie war Andoranerin. »Ich sage, je eher, desto besser.«

Als die beiden Aes Sedai die Treppe hinaufschwebten, merkte Min, daß Mahiro sie ansah. »Wie sind sie hierhergelangt?« fragte sie und war selbst überrascht, daß ihre Stimme vollkommen normal klang. Kiruna und Bera erhöhten die Zahl auf dreizehn. Dreizehn Aes Sedai. Und da war diese Aura.

»Sie folgten einem Hinweis über al'Thor. Sie befanden sich bereits auf halbem Weg nach Cairhien, als sie hörten, daß er hier sei. Ich würde einen weiten Bogen um sie machen, Min. Ihr Gaidin hat mir erzählt, daß beide nicht sehr gut gestimmt sind.« Kiruna hatte vier Behüter und Bera drei.

Min gelang es zu lächeln. Sie wollte das Gasthaus sofort verlassen, aber das würde alle möglichen Verdächtigungen bewirken, sogar bei Mahiro. »Das klingt nach einem guten Rat. Was ist mit meinem Hinweis?«

Er zögerte noch einen Moment und legte das Geduldsspiel zur Seite. »Ich werde nicht sagen, was ist oder nicht ist, aber ein an die richtige Person geäußertes Wort... Vielleicht solltest du erwarten, daß al'Thor aufgebracht ist. Vielleicht solltest du sogar daran denken nachzufragen, ob jemand anderer mögliche Nachrichten überbringen kann, vielleicht einer von uns.« Er meinte die Behüter. »Vielleicht haben die Schwestern beschlossen, al'Thor eine kleine Lektion in Bescheidenheit zu erteilen. Und das, Kohlkopf, hätte ich vielleicht nicht sagen sollen. Wirst du darüber nachdenken?«

Min wußte nicht, ob unter der ›kleine Lektion‹ das zu verstehen war, das im Palast geschehen war, oder etwas, was noch geschehen würde, aber es paßte alles zusammen. Und diese Aura. »Das scheint mir ein guter Rat zu sein, Mahiro. Wenn Merana mich sucht, um mich eine Nachricht überbringen zu lassen – wirst du ihr dann sagen, daß ich mir während der nächsten Tage die Sehenswürdigkeiten der Inneren Stadt ansehe?«

»Eine lange Reise«, stichelte er. »Du wirst noch einen Ehemann entführen, wenn du nicht vorsichtig bist.«

Der großohrige Stallknecht starrte Min an, als sie darauf bestand, daß er Wildrose aus ihrer Box holen und wieder satteln sollte. Sie ritt im Schritt aus dem Stallhof hinaus, aber sobald die *Rosenkrone* außer Sicht war, bohrte Min ihrer Stute die Fersen in die Seiten und hieß Menschen aus dem Weg springen, als sie, so schnell Wildrose sie tragen konnte, zum Palast galoppierte.

»Dreizehn«, sagte Rand tonlos, und allein es auszusprechen, genügte für Lews Therin bereits, erneut zu versuchen, ihm *Saidar* zu entreißen. Es war ein schweigender Kampf mit einer fauchenden Bestie. Als Min das erste Mal erwähnte, daß tatsächlich dreizehn Aes Sedai in Caemlyn seien, hatte Rand die Macht nur knapp vor Lews Therin ergreifen können. Schweiß lief Rands Gesicht hinab. Dunkle Flecken bildeten sich auf seinem Umhang. Er konnte sich nur auf eines konzentrieren. Er mußte *Saidar* von Lews Therin fernhalten. Ein Muskel an seiner Wange zuckte vor Anstrengung. Seine rechte Hand zitterte.

Min hörte auf, im Zimmer hin- und herzulaufen und wippte jetzt auf den Zehen. »Das ist noch nicht alles, Rand«, sagte sie atemlos. »Es ist die Aura. Blut, Tod, die Eine Macht, diese beiden Frauen und du – alle zur gleichen Zeit am gleichen Ort.« Ihre Augen schimmerten erneut, aber dieses Mal rannen Tränen ihre Wangen hinab. »Kiruna und Bera mögen dich nicht, überhaupt nicht! Erinnerst du dich, was ich um dich herum gesehen habe? Daß dich Frauen, welche die Macht lenken, verletzen. Es sind die Auren, und die dreizehn und alles, Rand. Es ist zuviel!«

Sie behauptete stets, daß sich ihre Visionen immer erfüllten, obwohl sie niemals sagen konnte, ob in einem Tag oder einem Jahr oder zehn Jahren, und Rand glaubte, wenn er in Caemlyn bliebe, könnte es in einem Tag geschehen. Auch wenn Lews Therin in seinem Kopf weiterhin nur knurrte, wußte Rand doch, daß er Merana und die anderen angreifen würde, bevor sie ihn angreifen konnten. Dieser Gedanke beunruhigte Rand. Vielleicht war es nur ein Zufall, vielleicht hatte sich sein verändertes *Ta'veren* gegen ihn gewandt, aber die Tatsache blieb bestehen, daß Merana genau an dem Tag beschlossen hatte, ihn herauszufordern, an dem die Anzahl der Aes Sedai dreizehn betrug.

Er erhob sich, ging in sein Schlafzimmer, nahm sein Schwert von der Rückseite des Schranks, band es sich um und schloß die drachenförmige Schnalle. »Du kommst mit mir, Min«, belehrte er sie, während er das Drachenszepter ergriff und zur Tür eilte.

»Wohin?« fragte sie, während sie ihre Wangen mit einem Taschentuch abwischte, aber sie folgte ihm auf den Gang. Jalani sprang eine Spur schneller auf als Beralna, eine knochendürre Rothaarige mit blauen Augen und einem wilden Lächeln.

Wenn nur Töchter des Speers in der Nähe waren, sah Beralna ihn an, als überlege sie, ob sie ihm die große Gnade erweisen sollte zu tun, worum er sie bat, aber er sah sie ebenfalls scharf an. Das Nichts ließ seine Stimme abweisend und kalt klingen. Lews Therin wimmerte nur noch gedämpft, aber Rand wagte es dennoch nicht, sich zu entspannen. Nicht in Caemlyn. Und nirgendwo in der Nähe von Caemlyn. »Beralna, sucht Nandera und sagt ihr, sie soll mich mit so vielen Töchtern des Speers, wie ihr angemessen erscheint, in Perrins Räumen treffen.« Er konnte Perrin nicht zurücklassen, und das nicht wegen irgendeiner Vision. Wenn Merana feststellte, daß Rand fort war, könnte eine der Aes Sedai Perrin sehr wohl so festhalten, wie Alanna es mit ihm getan hatte. »Ich komme vielleicht nicht wieder hierher zurück. Wenn jemand Perrin oder Faile oder Loial sieht, sagt ihnen, sie sollen mich ebenfalls dort treffen. Jalani, sucht Mistress Harfor. Sagt ihr, ich brauche eine Feder, Tinte und Papier.« Er mußte noch Briefe schreiben, bevor er ging. Seine Hand zitterte erneut, und er fügte hinzu: »Viel Papier. Nun? Geht! Geht!« Sie wechselten einen Blick und hasteten davon. Er eilte in die entgegengesetzte Richtung, wobei Min fast laufen mußte, um Schritt zu halten.

»Rand, wohin gehen wir?«

»Nach Cairhien.« Da sich das Nichts um ihn geschlossen hatte, klangen seine Worte so hart wie ein Schlag ins Gesicht. »Vertrau mir, Min. Ich werde dich nicht verletzen. Ich würde mir eher den Arm abhacken, als dich zu verletzen.« Sie schwieg, und schließlich schaute er zu ihr herab und sah, daß sie mit seltsamem Gesichtsausdruck zu ihm hochblickte.

»Das ist gut zu hören, Schafhirte.« Ihre Stimme klang genauso seltsam, wie es ihr Gesichtsausdruck war. Der Gedanke an dreizehn Aes Sedai, die hinter ihm her waren, mußte sie wirklich erschreckt haben, und das war kaum verwunderlich.

»Min, wenn es soweit kommt, daß ich ihnen gegenübertreten muß, verspreche ich dir, daß ich dich vorher in Sicherheit bringe.« Wie konnte irgendein Mann dreizehn Aes Sedai gegenübertreten? Der Gedanke daran ließ Lews Therin erneut schreiend aufbrausen.

Zu seiner Überraschung zauberte sie mühelos zwei Dolche aus ihren Umhangärmeln und öffnete den Mund, ließ die Klingen aber genauso mühelos wieder zurückgleiten – sie mußte es geübt haben –, bevor sie sprach. »Du kannst mich nach Cairhien oder sonstwohin führen, Schafhirte, aber du solltest besser noch einmal genau darüber nachdenken, mich überhaupt irgendwo hinzuschicken.« Aus einem unbestimmten Grund glaubte er zu wissen, daß sie eigentlich etwas anderes hatte sagen wollen.

Als sie Perrins Räume erreichten, fanden sie bereits eine ansehnliche Versammlung vor. Auf einer Seite des Wohnraums saßen Perrin und Loial mit gekreuzten Beinen und in Hemdsärmeln auf dem blauen Teppich und rauchten mit Gaul, einem Steinsoldat, an den Rand sich vom Fall des Steins her erinnerte, ihre Pfeifen. Auf der anderen Seite des Raumes saß Faile ebenfalls auf dem Boden, zusammen mit Bain und Chiad, die auch im Stein gewesen waren. Durch die sich zum anderen Raum hin öffnende Tür konnte Rand Sulin die Bettlaken wechseln sehen, welche sie dermaßen umherschleuderte, als wollte sie sie in Fetzen reißen. Alle schauten auf, als Rand und Min den Raum betraten, und Sulin kam zur Schlafzimmertür.

Es entstand erheblicher Aufruhr, nachdem Rand über die dreizehn Aes Sedai und auch über das berichtet hatte, was Min belauscht hatte. Er sagte jedoch nichts von den Visionen. Einige im Raum wußten davon, andere vielleicht nicht, und er würde niemandem davon erzählen, wenn sie es nicht tat. Und er sagte auch nichts von Lews Therin und daß er Angst davor hatte, was ihm in einer Stadt mit dreizehn Aes Sedai zustoßen könnte, selbst wenn sie auf ihren Händen säßen. Sollten sie glauben, daß er in Panik geraten war, wenn sie wollten. Er war sich nicht sicher, daß dem nicht so war. Lews Therin war still geworden, aber Rand konnte ihn spüren, wie zornige Augen, die in der Nacht beobachteten. Zorn und Angst und vielleicht auch Panik krochen wie große Spinnen aus dem Nichts.

Perrin und Faile begannen sofort hastig zu packen, und Bain und Chiad verständigten sich zunächst in der Zeichensprache, bevor sie verkündeten, daß sie Faile begleiten würden, woraufhin Gaul verkündete, er würde Perrin begleiten. Rand verstand nicht, was vor sich ging, aber es hatte viel damit zu tun, daß Gaul Bain und Chiad nicht ansah und sie ihn nicht ansahen. Loial lief davon, leise vor sich hin murmelnd, daß Cairhien noch viel weiter von den Zwei Flüssen entfernt sei als Caemlyn und daß seine Mutter eine berühmte Geherin sei. Als er zurückkam, trug er ein erst halbwegs fertiggepacktes Bündel unter einem Arm und riesige Satteltaschen über der Schulter, und sein Hemd hing aus der Hose heraus. Loial war augenblicklich zum Aufbruch bereit. Sulin verschwand ebenfalls und kam mit einem Bündel in den Armen zurück, das aus rotweißen Gewändern zu bestehen schien. Sie fuhr Rand mit diesem unvereinbar sanften Gesichtsausdruck an, ihr sei befohlen worden, ihm *und* Perrin *und* Faile zu dienen, und nur eine von der Sonne verrückt gewordene Eidechse würde glauben, daß sie das in Caemlyn tun könnte, wenn sie alle in Cairhien wären. Sie fügte sogar ein »Mylord Drache« hinzu, was wie ein Fluch klang, sowie einen Hofknicks, der erstaunlicherweise anstandslos ausgeführt wurde. Letzteres schien sie auch selbst zu erstaunen.

Nandera traf fast im gleichen Moment wie Mistress Harfor ein, die eine Schreibmappe mit mehreren Stahlfedern, sowie genug Papier und Tinte und Siegelwachs für fünfzig Briefe mitgebracht hatte.

Perrin wollte Dannil Lewin eine Nachricht zukommen lassen, daß er ihm mit den restlichen Männern von den Zwei Flüssen folgen sollte – er beabsichtigte nicht, den Aes Sedai irgend jemanden zu überlassen –, und er nahm erst Abstand davon, Dannil mitzuteilen, er solle auch Bode und die anderen Mädchen von *Culains Jagdhund* mitbringen, als Rand und Faile beide erklärten, die Aes Sedai würden sie erstens nicht gehen lassen und es sei zweitens sehr unwahrscheinlich, daß sie gehen wollten. Perrin und Faile waren beide mehr als einmal in dem Gasthaus gewesen, und sogar Perrin mußte zugeben, daß die Mädchen ungeduldig darauf warteten, Aes Sedai zu werden.

Faile wollte auch selbst schnell noch Briefe schreiben – an ihre Mutter und an ihren Vater, damit sie sich keine Sorgen machten, wie sie sagte. Rand wußte nicht, welcher Brief an wen gerichtet war, aber sie waren im Tonfall sehr unterschiedlich gehalten. Ein Brief war ein halbes Dutzend mal begonnen und dann zerrissen worden, wobei jedes Wort stirnrunzelnd überlegt wurde, während der andere im Nu und unter Lächeln und Kichern fertiggestellt wurde. Er dachte, daß letzterer an ihre Mutter gerichtet sein müßte. Min schrieb einem Freund namens Mahiro in der *Rosenkrone* und erzählte Rand aus irgendeinem Grund, er sei ein alter Mann, obwohl sie bei diesen Worten errötete. Sogar Loial nahm nach einigem Zögern eine Feder zur Hand. Seine eigene Stahlfeder, denn eine für Menschen gefertigte Schreibfeder wäre in seinen gewaltigen Händen verschwunden. Er versiegelte seine Nachricht und übergab sie mit der schüchternen Bitte, sie nach Möglichkeit persönlich zu überbringen, Mistress Harfor. Ein Daumen vom Umfang einer dicken Wurst bedeckte fast den ganzen Namen des Empfängers sowohl in menschlicher als auch in Ogierschrift, aber mit seinen durch die Eine Macht geschärften Augen erkannte Rand den Namen

›Erith‹. Er schien jedoch nicht warten und ihn ihr selbst übergeben zu wollen.

Rands Briefe waren genauso schwierig zu verfassen wie Failes, wenn auch aus anderen Gründen. Schweiß, der von seinem Gesicht tropfte, ließ die Tinte verlaufen, und seine Hand zitterte so sehr, daß er wegen Tintenklecksen mehr als einmal neu anfangen mußte. Aber er wußte genau, was er schreiben wollte. Taim ließ er eine Warnung wegen der dreizehn Aes Sedai und eine Wiederholung seiner Befehle, ihnen fernzubleiben, zukommen. Und Merana sollte eine andere Art Warnung erhalten, gewissermaßen eine Einladung. Es hatte keinen Zweck, wenn er sich zu verstecken versuchte. Alanna konnte ihn letztendlich überall auf der Welt finden. Aber es sollte nach Möglichkeit zu seinen Bedingungen geschehen.

Als er seine Briefe schließlich versiegelt hatte – ein Grünsteinsiegel mit einem eingravierten Drachen brachte Mistress Harfor einen Blick ein, den sie äußerst ausdruckslos erwiderte –, wandte sich Rand an Nandera. »Warten Eure zwanzig Töchter des Speers draußen?«

Nandera wölbte die Augenbrauen. »Zwanzig? Eure Nachricht besagte, ich solle so viele mitnehmen, wie mir angemessen erschiene, und daß Ihr vielleicht nicht zurückkehren würdet. Ich habe fünfhundert und hätte noch mehr, wenn ich dem nicht Einhalt geboten hätte.«

Er nickte nur. In seinem Kopf herrschte Schweigen, aber er konnte Lews Therin in dem um ihn befindlichen Nichts *spüren*, der wie eine zusammengerollte Sprungfeder lauerte. Erst als er alle durch das Wegetor in den Raum in Cairhien geführt hatte und die Öffnung wieder verschlossen war, womit er seine Verbindung zu Alanna auf den vagen Eindruck ›irgendwo im Westen‹ reduziert hatte – erst da schien Lews Therin fortzugehen. Es war, als wäre der Mann, von den Kämpfen mit Rand erschöpft, schlafen gegangen. Schließlich schob Rand *Saidar* fort, und erkannte erst jetzt, wie sehr auch ihn der Kampf erschöpft hatte. Loial mußte ihn zu seinen Räumen im Sonnenpalast tragen.

Merana saß mit Rands Brief auf dem Schoß ruhig am Wohnraumfenster, den Rücken zur Straße gewandt. Sie kannte seinen Inhalt inzwischen auswendig.

Merana, begann er. Nicht Merana Aes Sedai, nicht einmal Merana Sedai.

Merana,
ein Freund hat mir einmal gesagt, daß die Zahl Dreizehn bei den meisten Würfelspielen als fast so unheilbringend angesehen wird wie das Augenrollen des Dunklen Königs. Ich glaube auch, daß die Dreizehn eine Unglückszahl ist. Ich gehe nach Cairhien. Ihr mögt mir, wenn Ihr wollt, mit nicht mehr als fünf weiteren Schwestern folgen. Auf diese Weise steht Ihr mit der Abordnung der Weißen Burg gleich. Ich werde verletzt sein, wenn Ihr mehr als fünf weitere Schwestern mitbringt. Setzt mich nicht wieder unter Druck. Ich kann kaum noch vertrauen.

Rand al'Thor
Der Wiedergeborene Drache

Am Ende des Briefes hatte er die Feder so stark aufgedrückt, daß das Papier beinahe zerrissen wäre. Die letzten beiden Zeilen schienen fast in einer anderen Handschrift als der restliche Brief geschrieben zu sein.

Merana saß ganz still. Sie war nicht allein. Die übrigen Mitglieder der Abordnung, wenn man sie noch so nennen konnte, saßen verschiedener Stimmung entlang den Wänden in Sesseln. Ärgerlicherweise saß nur Berenicia genauso bescheiden da wie Merana, die plumpen Hände im Schoß gefaltet, den Kopf leicht gebeugt und die ernsten Augen wachsam. Sie sagte kein Wort, wenn sie nicht angesprochen wurde. Faeldrin saß recht stolz und aufrecht und redete, wann immer sie wollte –

genau wie Masuri und Rafela. Seonid war kaum weniger eifrig; sie hockte auf der Kante ihres Sessels und lächelte entschlossen. Die anderen verhielten sich so gelassen wie Vandene. Außer Verin und Alanna waren alle anwesend, und Gaidin waren ausgeschickt worden, die beiden zu suchen. Kiruna und Bera standen mitten im Raum.

»Es widert mich an, daß irgend jemand einer Aes Sedai einen solchen Brief schicken konnte.« Kiruna hatte nicht laut gesprochen, ihre Stimme klang gleichzeitig kühl und ruhig und mächtig. Aber ihre dunklen Augen sprühten Feuer. »Demira, kann Euer Gewährsmann bestätigen, daß al'Thor nach Cairhien gegangen ist?«

»Das Schnelle Reisen«, murmelte Bera ungläubig. »Wer hätte gedacht, daß er das wiederentdecken würde.«

Die bunten Perlen in Faeldrins Zöpfen klangen zusammen, als sie nickte. »Uns fällt keine andere Möglichkeit ein. Wir sollten uns schleunigst vor Augen halten, daß er vielleicht sogar mächtiger ist als Logain oder Mazrim Taim.«

»Können wir wegen Taim nichts unternehmen?« Rafelas rundes Gesicht, das für gewöhnlich einen liebenswürdigen Ausdruck zeigte, wirkte jetzt recht streng, und ihre sonst liebliche Stimme klang tonlos. »Es gibt keine zwanzig Meilen von uns entfernt mindestens einhundert Männer, die die Macht lenken können – einhundert!« Kairen nickte energisch, schwieg aber.

»Sie müssen warten«, sagte Kiruna bestimmt. »Licht und Ehre, ich weiß nicht, wie viele Schwestern nötig sein werden, um mit so vielen fertig zu werden. Aber al'Thor ist das wichtigste, und mit ihm können wir zurechtkommen. Demira?«

Demira hatte natürlich abgewartet, bis die anderen gesprochen hatten. Dann sagte sie mit leicht gebeugtem Kopf: »Ich weiß nur, daß er tatsächlich fortgegangen ist, zweifellos mit einer großen Anzahl von Aiel und vielleicht auch mit Perrin Aybara.«

Verin hatte den Raum betreten, als Demira zu sprechen begonnen hatte, und fügte jetzt hinzu: »Bezüglich Perrin kann kein Zweifel bestehen. Ich habe Tomas zum Lager der Leute von den Zwei Flüssen geschickt. Es scheint, als hätten sie zwei Männer zum Palast gesandt, um Perrins Pferd und das seiner Frau zu holen. Die anderen haben die Wagen und Diener zurückgelassen und sind bereits in Eile unterwegs nach Osten, hinter Perrins Wolfskopf und dem Roten Adler von Manetheren her.« Ein leichtes Lächeln überzog ihre Lippen, als fände sie dies belustigend. Kairen fand dies offensichtlich nicht. Sie keuchte und preßte die Lippen dann fest zusammen.

Merana war ebenfalls nicht belustigt, obwohl dies, verglichen mit allem anderen, nur eine unbedeutende Kleinigkeit war. Ein schwacher Hauch von etwas Verschüttetem, wenn man bereits auf einem Schutthaufen saß; ein Hund, der einen anknurrte, wenn Wölfe bereits an einem zerrten. Wenn sie nur daran dachte, wie sehr sie sich wegen Verin gesorgt und wie hart sie gekämpft hatte. Verin hatte ihre Pläne kaum wirklich berührt, außer daß sie Demira dazu verleitet hatte, das heutige unglückliche Zusammentreffen vorzuschlagen. Es war recht geschickt eingefädelt worden. Merana glaubte, daß keine andere als eine Graue es bemerkt hätte. Und doch hatte sie selbst sogar *dem* zugestimmt. Sie hätten Al'Thor zumindest einschüchtern können.. Sie hatte sich wegen Verin gesorgt, und dann erschienen Kiruna und Bera, die beide nicht ihrer Autorität unterstanden und mindestens ebenso stark waren wie Masuri oder Faeldrin oder Rafela.

»Es ist eine verfahrene Geschichte«, murrte Bera. Kairen und einige der anderen nickten zustimmend.

»Eine etwas verfahrene Geschichte«, erwiderte Kiruna trocken. Fast alle nickten – außer Merana und

Verin. Merana seufzte nur leise. Verin beobachtete Kiruna mit ihrem vogelähnlichen Blick und geneigtem Kopf. »Was hält Alanna fern?« fragte Kiruna niemanden im besonderen. »Ich möchte nicht alles zweimal besprechen.«

Merana vermutete, daß sie selbst damit angefangen hatte, Verin nachzugeben. Sie war noch immer die Anführerin der Abordnung, jedermann folgte noch immer ihren Befehlen, sogar Masuri und Rafela und Faeldrin. Aber sie alle wußten es. Sie konnte nicht sagen, ob Kiruna oder Bera das Kommando übernommen hatte – daß die eine auf einem Bauernhof und die andere in einem Palast geboren war, zählte überhaupt nichts; es hatte nichts damit zu tun, eine Aes Sedai zu sein –, aber in einem Punkt war sie sich sicher: Die Abordnung zerfiel um sie herum. Das wäre niemals geschehen, wenn die Weiße Burg noch vollständig gewesen wäre, wenn eine Gesandte die vollständige Macht der Burg und den Amyrlin-Sitz hinter sich gewußt hätte, auch wenn sie dreißig Jahre gebraucht hatte, um die Stola zu erlangen, und kaum genug Kraft hatte, um nicht fortgeschickt zu werden. Jetzt war es nur noch eine geringe Auswahl von Aes Sedai, die ihre jeweiligen Plätze einnahmen, ohne darüber nachzudenken.

Als wäre das Aussprechen ihres Namens einem Ruf gleichgekommen, erschien Alanna genau in dem Moment, als Bera den Mund öffnete. Sie und Kiruna wandten sich gleichzeitig zu Alanna um. »Al'Thor behauptet, nach Cairhien gegangen zu sein«, sagte Bera kühn. »Könnt Ihr dem etwas hinzufügen?«

Alanna sah sie stolz und mit gefährlichem Glitzern in den dunklen Augen an. Sie sprachen immerhin von ihrem Behüter. »Er ist irgendwohin westlich gezogen. Mehr weiß ich nicht. Es könnte Cairhien sein.«

»Wenn Ihr schon einen Mann an Euch binden mußtet, ohne ihn zu fragen«, rief Kiruna mit gebieterischer Stimme, »warum, beim allerheiligsten Licht, habt Ihr das Zugeschworensein dann nicht dazu benutzt, ihn Eurem Willen zu beugen? Verglichen mit dem anderen ist dies nur wie ein Klaps auf die Hand.«

Alanna hatte ihre Empfindungen noch einigermaßen unter Kontrolle. Tatsächlich röteten sich ihre Wangen aber, ihren Augen nach zu urteilen vor Zorn und auch sicher, weil sie sich schämte. »Hat Euch niemand etwas davon gesagt?« fragte sie zu erregt. »Vermutlich will niemand darüber nachdenken. Ich sicherlich nicht.« Faeldrin und Seonid schauten zu Boden und nicht nur sie. »Ich habe ihn zu bezwingen versucht, kurz nachdem ich mich ihm zugeschworen hatte«, fuhr Alanna fort, als bemerkte sie nichts davon. »Habt Ihr jemals versucht, eine Eiche mit bloßen Händen zu entwurzeln, Kiruna? Genauso war es.«

Kirunas einzige Regung war, daß sich ihre Augen langsam weiteten und sie tief einatmete. Bera murmelte jedoch: »Das ist unmöglich!«

Alanna warf den Kopf zurück und lachte. Die auf die Hüften gestützten Hände ließen dieses Lachen verächtlich erscheinen, weshalb Bera die Lippen zusammenpreßte und ein kalter Glanz in Kirunas Augen trat. Verin schaute zu ihnen hinüber, was Merana unangenehm an eine Würmer beobachtende Drossel erinnerte.

»Niemand hat sich jemals zuvor einem Mann zugeschworen, der die Macht lenken kann«, sagte Alanna, als ihre Heiterkeit verging. »Vielleicht hat es etwas damit zu tun.«

»Sei es, wie es sei«, erwiderte Bera bestimmt, und auch ihr Blick wirkte entschlossen. »Ihr könnt ihn noch immer ausfindig machen.«

»Ja«, sagte Kiruna. »Ihr werdet mit uns kommen, Alanna.« Alanna blinzelte, als käme sie gerade zu sich. Sie beugte ergeben den Kopf.

Merana beschloß, daß es an der Zeit war. Wenn sie die Abordnung zusammenhalten wollte, war dies ihre letzte Chance. Sie erhob sich, während sie al'Thors

Brief zusammenfaltete, damit ihre Hände beschäftigt waren. »Als ich diese Abordnung nach Caemlyn brachte«, begann sie, um sie alle daran zu erinnern, daß sie *tatsächlich* die Anführerin war, und dem Licht sei Dank, daß ihre Stimme fest klang, »wurde mir ein großer Spielraum gewährt, und doch schien offensichtlich, was getan werden sollte. Wir haben uns dieser Aufgabe mit der berechtigten Erwartung auf Erfolg gewidmet. Al'Thor sollte aus Caemlyn fortgelockt werden, damit wir Elayne zu ihrer Krönung zurückbringen könnten, wodurch Andor fest hinter uns gestanden hätte. Al'Thor sollte allmählich dazu gebracht werden, uns zu vertrauen, daß wir ihm nicht schaden wollten. Und er wäre auch dazu gebracht worden, uns den angemessenen Respekt zu erweisen. Zwei oder drei sorgfältig unter uns ausgewählte Aes Sedai hätten Moiraines Platz als seine Beraterin und Führerin eingenommen. Einschließlich Alanna natürlich.«

»Woher wollt Ihr wissen, daß er Moiraine nicht getötet hat?« fragte Bera. »Schließlich wird auch behauptet, er habe bereits Morgase getötet.«

»Wir haben über ihren Tod alle möglichen Gerüchte gehört«, fügte Kiruna hinzu. »Einige sagen sogar, sie sei im Kampf gegen Lanfear gestorben. Die meisten behaupten allerdings, sie sei mit al'Thor allein gewesen, als sie starb.«

Merana unterdrückte nur mühsam eine Antwort. Wenn sie diese tief verwurzelten Instinkte auch nur einmal hervorbrechen ließe, würden sie sie letztendlich alle überrumpeln. »Alles verlief zu unserer Zufriedenheit«, fuhr sie fort, »als Ihr beide eintraft. Nur zufällig, wie ich weiß, und nur weil Ihr Euren Anweisungen gefolgt seid, aber Ihr habt unsere Anzahl dennoch auf dreizehn erhöht. Welcher Mann von al'Thors Art würde nicht so schnell wie möglich fliehen, wenn er hörte, daß dreizehn Aes Sedai zusammengetroffen sind? Die einfache Wahrheit ist, daß jeglicher Schaden, der an unseren Plänen entstanden ist, Euch zuzuschreiben ist, Kiruna, und Euch, Bera.« Nun konnte sie nur noch abwarten. Wenn es ihr gelungen war, ein gewisses Maß an moralischer Überlegenheit zu erlangen …

»Seid Ihr endlich fertig?« fragte Bera kühl.

Kiruna war noch unverfrorener. Sie wandte sich an die anderen. »Faeldrin, Ihr könnt mit uns nach Cairhien kommen, wenn Ihr wollt. Und Ihr auch, Masuri und Rafela.«

Merana zitterte und zerknüllte den zusammengefalteten Brief in ihren Händen. »Erkennt Ihr es nicht?« rief sie. »Ihr redet, als könnten wir so weitermachen wie bisher. Eine Abordnung von Elaida, von der Weißen Burg, ist in Cairhien. So muß al'Thor es sehen. Wir brauchen ihn mehr, als er uns braucht, und ich fürchte, er weiß das!«

Einen Moment lang zeigte sich auf allen Gesichtern Erschrecken. Nur Verin nickte nachdenklich und lächelte ein kleines, verschwiegenes Lächeln. Einen Moment lang weiteten sich die Augen aller anderen verblüfft. Die Worte schienen in der Luft nachzuklingen. *Wir brauchen ihn mehr, als er uns braucht*. Sie benötigten nicht die Drei Eide, um dies als Wahrheit zu erkennen.

Dann sagte Bera fest: »Setzt Euch, Merana, und beruhigt Euch.« Merana saß, bevor sie es merkte. Sie zitterte heftig, wollte noch immer schreien, aber sie saß mit um al'Thors Brief geklammerten Händen nur da.

Kiruna wandte ihr bewußt den Rücken zu. »Seonid, Ihr werdet selbstverständlich auch mitkommen. Zwei weitere Gaidin sind immer nützlich. Und Verin, denke ich.« Verin nickte, als sei es eine Frage gewesen. »Demira«, fuhr Kiruna fort, »ich weiß, daß Ihr Groll gegen al'Thor hegt, aber wir wollen ihn nicht wieder in Furcht versetzen, und jemand muß diese außerordentliche Auswahl von Mädchen von den Zwei Flüssen nach Salidar führen. Ihr, Valinde, Kairen und Berenicia müßt Merana dabei helfen.«

Die anderen vier Genannten drückten ohne jegliches Zögern leise ihre Zustimmung aus, aber Merana fühlte sich erstarren. Die Abordnung zerfiel nicht. Sie war zu Staub geworden.

»Ich …« Sie brach ab, als Beras und Kirunas Blicke zu ihr zurückkehrten. Und Masuris und Faeldrins und Rafelas Blicke ebenso. Zu Staub geworden – und ihre ganze Autorität ebenfalls. »Vielleicht benötigt Ihr eine Graue«, sagte sie schwach. »Es wird sicherlich Verhandlungen geben …« Sie brach erneut ab. Dies wäre *niemals* geschehen, wenn die Burg noch vollständig wäre.

»Sehr gut«, sagte Bera schließlich in einem derartig abfälligen Tonfall, daß Merana all ihre Selbstbeherrschung aufbieten mußte, um nicht vor Scham zu erröten.

»Demira, Ihr werdet die Mädchen nach Salidar bringen«, sagte Kiruna.

Merana saß ganz still. Sie betete, daß der Saal inzwischen eine neue Amyrlin gewählt hatte. Eine sehr starke Amyrlin, in der Macht und in ihrem Herzen. Es würde eine weitere Deane, eine weitere Rashima nötig sein, um sie wieder zu dem zu machen, was sie gewesen waren. Sie betete, daß Alanna sie zu al'Thor führen würde, bevor er beschloß, Elaida anzuerkennen, denn dann könnte sie nicht einmal mehr eine weitere Rashima retten.

KAPITEL 8

Dornen

Rand verbrachte den Rest des Tages in seinen Räumen im Sonnenpalast und lag die meiste Zeit auf dem Bett, einem riesigen Bett mit vier eckigen Schwarzholzpfosten, die dicker als sein Bein waren und poliert worden waren, bis sie zwischen den keilförmigen Elfenbein-Einlegearbeiten glänzten. Als sollten sie einen Gegensatz zu all dem Gold im Vorraum und im Wohnraum bilden, bestanden alle Möbel im Schlafraum aus Schwarzholz und Elfenbein, wenn sie auch nicht weniger kantig waren.

Sulin rauschte herein und eilte wieder hinaus, schüttelte seine Federbetten auf und richtete das Leinenlaken über ihm, wobei sie murmelte, Decken auf dem Boden seien gesünder, brachte ihm Minztee, um den er nicht gebeten hatte, und gewürzten Wein, den er nicht wollte, bis er ihr aufzuhören befahl. »Wie mein Lord Drache befiehlt«, grollte sie mit süßem Lächeln. Sie vollführte ihren zweiten perfekten Hofknicks, schritt dann aber hinaus, als wollte sie sich nicht die Mühe machen, die Tür zu öffnen.

Min blieb ebenfalls bei ihm, saß auf der Matratze, hielt seine Hand und runzelte die Stirn, bis er vermutete, daß sie glaubte, er würde sterben. Schließlich jagte er auch sie hinaus und legte ein dunkelgraues Seidengewand an, das er zuvor stets im Schrank belassen hatte. Er fand weit hinten im Schrank auch noch etwas anderes vor. Ein schmales, einfaches Holzkästchen, das eine Flöte enthielt, ein Geschenk von Thom Merrilin in scheinbar einem anderen Leben. Er setzte sich an eines der hohen Fenster und versuchte zu spielen. Nach so langer Zeit brachte er zunächst nur mehr quiekende Töne hervor. Diese seltsamen Geräusche waren es, die Min wieder zu ihm führten.

»Spiel für mich«, sagte sie erfreut und setzte sich lachend auf seine Knie, während er mit geringem Erfolg etwas einer Melodie Ähnliches hervorzubringen versuchte. In diesem Moment spazierten die Weisen Frauen zu ihm herein, Amys und Bair und Sorilea und ungefähr ein Dutzend weitere. Min sprang schnell auf, errötete und zog ihren Umhang energisch zurecht.

Bair und Sorilea standen bereits neben ihm, bevor er ein Wort sagen konnte.

»Schaut nach links«, befahl Sorilea, während sie sein Augenlid anhob und ihr ledriges Gesicht nahe an seines heranbrachte. »Schaut nach rechts.«

»Euer Puls schlägt zu schnell«, murmelte Bair, die ihre knochigen Finger seitlich an seinen Hals hielt.

Anscheinend hatte Nandera eilig eine Tochter des Speers losgeschickt, sobald seine Knie nachgegeben hatten, und Sorilea hatte aus dem kleinen Heer von Weisen Frauen, das den Palast heimsuchen wollte, diese kleinere Horde ausgesondert. Offenbar wollte jede, ob mit oder ohne Sorilea, beim *Car'a'carn* an die Reihe kommen. Als sie und Bair fertig waren, wurde ihr Platz von Amys und Colinda eingenommen, eine hagere Frau mit durchdringenden grauen Augen, die mittleren Alters zu sein schien, aber dennoch fast die gleiche starke Präsenz bewies wie Sorilea. Aber das galt natürlich auch für Amys und viele andere von ihnen. Er wurde geknufft, gestoßen, angestarrt und starrköpfig genannt, als er sich weigerte, auf und ab zu springen. Sie schienen wirklich zu erwarten, daß er es tun würde.

Die Weisen Frauen kümmerten sich auch um Min, standen um sie herum und stellten ihr hundert Fragen über ihre Visionen. Mins Augen weiteten sich in äußer-

stem Maße, und sie starrte die Weisen Frauen *und* Rand an, als frage sie sich, ob ihre Gedanken gelesen würden. Amys und Bair erklärten es ihr – Melaine hatte die Neuigkeiten ihrer Töchter nicht für sich behalten können –, und anstatt daß sich Mins Augen noch mehr weiteten, was zu diesem Zeitpunkt wahrscheinlich auch gar nicht mehr möglich gewesen wäre, quollen sie ihr fast aus dem Kopf. Sogar Sorilea schien Melaines Ansicht zu teilen, daß Mins Fähigkeit sie auf gleiche Stufe mit ihnen stellte, aber da Weise Frauen Weise Frauen waren – fast genauso wie Aes Sedai Aes Sedai waren –, mußte sie alles fast genauso oft wiederholen, wie Weise Frauen im Raum waren, weil jene, die um Rand herumwirbelten, sichergehen wollten, daß auch sie nichts verpaßt hatten.

Als Sorilea und die anderen widerwillig beschlossen, daß Rand nur Ruhe brauchte, und mit der Anweisung gingen, er solle dafür sorgen, daß er diese Ruhe auch bekäme, machte es sich Min wieder auf seinem Schoß bequem. »Sie sprechen in *Träumen?*« fragte sie kopfschüttelnd. »Es scheint unmöglich, wie einem Märchen entnommen.« Sie runzelte die Stirn. »Was glaubst du, wie alt Sorilea ist? Und diese Colinda. Ich habe gesehen … Nein, es hat nichts mit dir zu tun. Vielleicht beeinträchtigt mich die Hitze. Wenn ich es weiß, dann weiß ich es *immer*. Es muß die Hitze sein.« Ein schelmisches Leuchten trat in ihre Augen, und sie beugte sich langsam näher zu ihm und schürzte die Lippen wie zu einem Kuß. »Wenn du deine Lippen auch so spitzen würdest«, murmelte sie, als ihre Lippen seine fast schon berührten, »wäre das vielleicht hilfreich. In diesem letzten Stück schienen Sätze aus ›Der Pfau im Eukalyptusbaum‹ verwendet worden zu sein.« Es dauerte einen Moment, bis er verstand, während ihre Augen seine Vision widerspiegelten, aber als er verstand, mußte sein Gesicht einen erstaunlichen Anblick geboten haben, weil sie lachend auf seine Brust sank.

Kurz darauf traf eine Nachricht von Coiren ein, die sich nach seinem Wohlbefinden erkundigte, ihm wünschte, daß er nicht krank sei, und anfragte, ob sie ihn mit zweien ihrer Schwestern besuchen dürfe. Sie bot das Heilen an, falls er es wünschte. Während Rand las, regte sich Lews Therin, als erwache er aus tiefem Schlaf, aber dieses vage unzufriedene Murren ähnelte kaum seinem in Caemlyn empfundenen Zorn, und er schien wieder einzuschlafen, als Rand den kurzen Brief niederlegte.

Dieser Brief stand in krassem Gegensatz zum Verhalten Meranas, und er erinnerte ihn daran, daß um die Mittagszeit im Sonnenpalast nichts geschah, über das Coiren nicht noch vor Sonnenuntergang – wenn nicht schon früher – umfassend unterrichtet war. Er antwortete mit einem höflichen Dank für ihre guten Wünsche und einer ebenso höflichen Absage. Er fühlte sich noch immer müde, und er wollte seinen Verstand beisammen haben, wenn er einer Aes Sedai gegenübertrat. Das gehörte dazu.

Mit dem gleichen Antwortschreiben bat er Gawyn um einen Besuch.Rand war Elaynes Bruder erst einmal begegnet, aber er mochte den Mann. Gawyn kam jedoch nicht und reagierte auch nicht auf die Aufforderung. Rand entschied traurig, daß Gawyn die Gerüchte über seine Mutter wohl glaubte. Es war nicht leicht, einen Menschen von dieser Überzeugung abzubringen. Diese Geschichte beeinträchtigte Rands Stimmung dermaßen, wann immer er daran dachte, daß selbst Min an der Aufgabe zu verzweifeln schien, ihn aufmuntern zu wollen. Weder Perrin noch Loial blieben bei ihm, wenn er in dieser Stimmung war.

Drei Tage später kam eine weitere Anfrage von Coiren, genauso höflich gehalten, und eine dritte folgte wiederum Tage später, aber er beschied auch diese mit Ausflüchten.

Alanna. Er spürte sie noch immer fern und nur vage,

aber sie kam ständig näher, was nicht überraschend war. Er war überzeugt gewesen, daß Merana sie als eine der sechs auswählen würde. Er hatte nicht die Absicht, Alanna näher als eine Meile und keinesfalls in Sichtweite an sich herankommen zu lassen, aber er hatte gesagt, er würde sie auf gleiche Stufe mit Coiren stellen, und er hatte es auch so gemeint. Also würde Coiren noch eine Weile geduldig ausharren müssen. Außerdem war er in gewisser Weise beschäftigt.

Ein Abstecher in die Schule in Barthanes ehemaligem Palast dauerte letztendlich länger als geplant. Idrien Tarsin wartete erneut an der Tür, um ihm alle Arten von Erfindungen und Entdeckungen zu zeigen, die oft unverständlich waren, sowie die Werkstätten, in denen jetzt verschiedene neue Pflüge und Eggen und Mähmaschinen zum Verkauf gefertigt wurden, aber das Problem war Herid Fel. Oder auch Min. Fels Gedanken wanderten wie üblich, seine Zunge wanderte ihnen hinterher, und er vergaß einfach, daß Min dabei war. Er vergaß sie etliche Male. Aber gerade als Rand den Mann darauf aufmerksam machen wollte, bemerkte Fel sie plötzlich zum ersten Mal wieder und erschrak sichtlich. Er entschuldigte sich bei ihr ständig für die halb angerauchte Pfeife, die er dennoch stets anzuzünden vergaß, klopfte sich beharrlich Asche von seinem dicken Bauch und glättete immer wieder sein dünnes graues Haar. Min schien es zu gefallen, obwohl Rand nicht annähernd verstand, wie Min Gefallen an einem Mann finden konnte, der ihre Anwesenheit vergaß. Sie küßte Fel sogar auf den Kopf, als sie und Rand sich erhoben, um zu gehen, was den Mann wie erschlagen wirken ließ. Es half ihm allerdings nicht sehr dabei, von Fel zu erfahren, was er über die Siegel am Gefängnis des Dunklen Königs oder über die Letzte Schlacht herausgefunden hatte.

Am nächsten Tag erreichte ihn eine auf ein abgerissenes Stück Pergament gezwängte Nachricht.

Glaube und Ordnung verleihen Kraft. Muß den Schutt beseitigen, bevor Ihr bauen könnt. Werde es bei unserer nächsten Begegnung erklären. Bringt Mädchen nicht mit. Zu hübsch!

Die Nachricht war hastig dahingekritzelt, und die Unterschrift in die Ecke gequetscht worden, und sie ergab für Rand keinen Sinn. Als er Fel jedoch erneut zu erreichen versuchte, erfuhr er, daß der Mann zu Idrien gesagt hatte, er fühle sich wieder jung und ginge fischen. Mitten in einer Dürre. Rand fragte sich, ob der alte Mann den Verstand verloren hatte. Min fand die Nachricht natürlich belustigend. Sie fragte, ob sie das Pergament haben könne, und er ertappte sie mehrere Male dabei, wie sie es lächelnd betrachtete.

Ob mit oder ohne Verstand – Rand beschloß, daß er Min beim nächsten Mal zurücklassen würde, aber in Wahrheit war es auch schwierig, sie in seiner Nähe zu behalten, wenn er sie begehrte. Sie schien mehr Zeit mit den Weisen Frauen als mit ihm zu verbringen. Er konnte nicht verstehen, warum ihn das so ärgerte, aber er bemerkte, daß er geneigt war, andere eher zurechtzuweisen, wenn Min sich bei den Zelten aufhielt. Es war besser, daß sie nicht zu oft bei ihm war. Die Leute würden es merken, darüber reden und sich wundern. In Cairhien, wo sogar die Diener ihre Version des Spiels der Häuser spielten, konnte es für Min gefährlich werden, wenn sich die Menschen fragten, ob sie wichtig war. Er versuchte, niemanden mehr zurechtzuweisen.

Natürlich wollte er von Min, daß sie die Adligen mit ihrer Gabe betrachtete, die nacheinander zu ihm kamen und nach seinem Wohlbefinden fragten – jene, die die Knie beugten, mußten die Gerüchte in Umlauf gebracht haben –, lächelten und ihn fragten, wie lange er dieses Mal in Cairhien zu bleiben beabsichtigte, welche Pläne er hätte, wenn sie fragen dürften, noch stärker lächelten, immer lächelten. Der einzige, der ihn nicht bewußt anlächelte, war Dobraine, der seinen Schädel noch immer wie ein Soldat rasiert hatte und noch immer die Streifen auf dem durch den Brustharnisch zerschlissenen Umhang trug. Dobraine stellte so verdrießlich genau dieselben Fragen, daß Rand über seinen Weggang fast glücklicher war als bei den anderen.

Min gelang es, bei jenen Anhörungen dabeizusein, sich diese Zeit zu nehmen zwischen dem, was auch immer sie bei den Weisen Frauen tat. Rand hatte nicht die Absicht, sie danach zu fragen. Es war jedoch nicht so einfach, sie verborgen zu halten.

»Ich könnte doch vorgeben, deine Dirne zu sein«, schlug Min lachend vor. »Ich würde auf deinem Schoß posieren und dich mit Trauben füttern – nun, mit Rosinen; ich habe seit einiger Zeit keine Trauben mehr gesehen –, und du nennst mich deine kleine Honiglippe. Dann würde sich niemand fragen, warum ich hier wäre.«

»Nein«, fauchte er, und sie wurde ernst.

»Glaubst du wirklich, die Verlorenen würden mich nur deswegen verfolgen?«

»Vielleicht«, antwortete er genauso ernst. »Ein Schattenfreund wie Padan Fain würde es tun, wenn er noch lebt. Das will ich nicht riskieren, Min. Und ich will auf keinen Fall, daß diese Cairhiener oder auch die Tairener mit ihren schmutzigen Vorstellungen so von dir denken.« Die Aiel waren anders. Sie hielten ihre Neckereien für sehr spaßig.

Min war sicherlich wankelmütig. Ihr Gesichtsausdruck konnte sich schlagartig von purer Ernsthaftigkeit in ein Strahlen verwandeln, in ein vollkommenes Lächeln, das kaum einen Moment wich. Bis die Anhörungen tatsächlich begannen.

Es mißlang, Min in einer Ecke des Vorraums hinter einem Paneel aus vergoldetem Gitterwerk zu verbergen. Maringils dunkel schimmernde Augen vermieden es so angestrengt hinzusehen, daß Rand erkannte, daß der Mann den Sonnenpalast vollkommen auseinandernehmen würde, um herauszufinden, was sich hinter dem Paneel verbarg. Der Wohnraum erwies sich als bessere Möglichkeit, weil Min durch die rissigen Türen in den Vorraum spähen konnte. Nicht jeder Besucher zeigte ihr während der Anhörung seine Aura, aber was sie sah, war freudlos. Maringil, weißhaarig, messerscharf und kalt wie Eis, würde durch einen Dolch sterben. Colavaere, deren außerordentlich hübsches Gesicht ruhig und gefaßt war, als sie erfuhr, daß Aviendha dieses Mal nicht bei Rand war, würde durch den Strang sterben. Meilan mit dem Spitzbart und der tranigen Stimme würde durch Gift sterben. Die Zukunft forderte einen hohen Tribut von den edlen Herren von Tear. Aracome und Maraconn und Gueyam würden alle einen blutigen Tod in einer Schlacht sterben. Min sagte, sie hätte noch niemals zuvor so häufig den Tod gesehen.

Als sie an ihrem fünften Tag in Cairhien Blut auf Gueyams breitem Gesicht sah, fühlte sie sich bei dem Gedanken so schlecht, daß Rand sie sich hinlegen hieß und Sulin feuchte Tücher brachte, die sie ihr auf die Stirn legte. Dieses Mal saß *er* auf der Matratze und hielt *ihre* Hand. Sie klammerte sich daran fest.

Ihre Neckereien gab sie jedoch nicht auf. Die beiden Gelegenheiten, bei denen er sich ihrer Anwesenheit vollkommen sicher sein konnte, waren Schwertübungen mit den besten tairenischen und cairhienischen Soldaten und Raufereien mit Rhuarc oder Gaul. Min ließ dann unausweichlich einen Finger über seine bloße Brust gleiten und machte irgendeinen Scherz über Schafhirten, die nicht schwitzten, weil sie daran gewöhnt seien, genauso dicke Wolle wie ihre Schafe zu tragen. Manchmal berührte sie auch die niemals ganz heilende Narbe an seiner Seite, diesen Kreis hellrötlicher Haut, aber anders, sanfter. Darüber scherzte sie niemals. Sie kniff ihm ins Gesäß – bestürzenderweise mußte man sagen, daß sie es zumindest tat, wenn andere Leute in der Nähe waren; Töchter des Speers und Weise Frauen krümmten sich jedesmal vor Lachen, wenn er hochschrak –, schmiegte sich auf seinen Schoß, küßte ihn bei jeder Gelegenheit und drohte sogar damit, ihm in der Badewanne den Rücken zu schrubben. Als er so tat, als weine und stammele er, lachte sie und sagte, es sei nicht sehr überzeugend.

Min ließ jedoch nur zu schnell von ihm ab, wenn eine Tochter des Speers den Kopf durch die Tür streckte, um jemanden anzukündigen, besonders wenn es Loial war, der niemals lange blieb und unentwegt von der Königlichen Bibliothek sprach, oder Perrin, der meist noch kürzer blieb und aus irgendeinem Grund zunehmend erschöpft wirkte. Aber am schnellsten sprang Min auf, wenn Faile zufällig dabei war. Die beiden Male, als das geschehen war, hatte sich Min hastig eines der Bücher genommen, die Rand in seinem Schlafraum aufbewahrte, hatte sich hingesetzt und vorgegeben zu lesen, wobei sie das Buch irgendwo in der Mitte aufgeschlagen hatte, als lese sie schon einige Zeit. Rand verstand die kühlen Blicke nicht, welche die beiden Frauen wechselten. Es war nicht wirklich Feindseligkeit oder auch nur Unfreundlichkeit, aber Rand vermutete, daß der Name der jeweils anderen ganz oben stünde, wenn beide eine Liste derer anlegen sollten, mit denen sie lieber keine Zeit verbringen wollten.

Rand schmunzelte, als sich das Buch, das Min beim zweiten Mal gegriffen hatte, als ledergebundene Erstausgabe von Daria Gahands *Abhandlungen über die Vernunft* herausstellte, die er schwer verständlich gefunden hatte und zur Bibliothek zurückschicken wollte, sobald Loial das nächste Mal hereinschaute. Tatsächlich las Min noch eine Weile weiter, nachdem Faile gegangen war, und obwohl sie beim Lesen die Stirn runzelte und vor sich hin murmelte, nahm sie das Buch am Abend mit in ihre Räume im Gästetrakt.

Wenn auch zwischen Min und Faile kühle Gleichgültigkeit herrschte, war zwischen Min und Berelain keinerlei Feindseligkeit zu spüren. Als Somara am zweiten Nachmittag Berelain ankündigte, legte Rand seinen Umhang an, ging in den Vorraum und stellte den hohen, vergoldeten Stuhl aufs Podest, bevor er Somara befahl, sie hereinzulassen. Min begab sich jedoch nur widerwillig in den Wohnraum. Berelain rauschte herein, schön wie immer, in einem weichen blauen Gewand, das auch genauso tief ausgeschnitten war wie immer – und ihr Blick fiel auf Min in ihrem hellrötlichen Umhang und der gleichfarbigen Hose. Mehrere lange Augenblicke hätte Rand genausogut nicht vorhanden sein können. Berelain betrachtete Min offen von Kopf bis Fuß. Min vergaß den Wohnraum; sie stemmte die Hände in die Hüften, stand mit einem gebeugten Knie da und betrachtete Berelain genauso offen. Sie lächelten einander an. Rand glaubte, ihm stünden die Haare zu Berge, während sie dies taten. Er wurde an zwei fremde Katzen erinnert, die gerade entdeckt hatten, daß sie in demselben kleinen Raum eingesperrt waren und offensichtlich beschlossen hatten, daß es jetzt keinen Sinn mehr hatte, sich zu verstecken. Min ging – oder besser gesagt: schwebte; es gelang ihr tatsächlich, Berelains Gang wie den eines Jungen wirken zu lassen! – zu einem Sessel und setzte sich mit übereinandergeschlagenen Beinen und noch immer lächelnd hin. Licht, wie diese Frauen lächelten.

Schließlich wandte sich Berelain zu Rand um, breitete ihre Röcke weit aus und vollführte einen tiefen Hofknicks. Er hörte Lews Therin in seinem Kopf brummen, der den Anblick einer außerordentlich schönen Frau, die ihre Reize überaus großzügig darbot, genoß. Rand schätzte ebenfalls, was er sah, obwohl er sich fragte, ob er zumindest solange fortschauen sollte, bis sie sich wieder aufgerichtet hätte, aber er hatte sich bereits aus einem bestimmten Grund auf das Podest gestellt. Er versuchte, seine Stimme sowohl vernünftig als auch fest klingen zu lassen.

»Rhuarc hat angedeutet, daß Ihr Eure Pflichten vernachlässigt, Berelain. Anscheinend hieltet Ihr Euch tagelang in Euren Räumen verborgen, nachdem ich das letzte Mal hier war. Ich hörte, daß ein ernsthaftes Gespräch notwendig war, um Euch wieder hervorzulocken.« Es waren nicht genau Rhuarcs Worte, aber Rand hatte diesen Eindruck gewonnen. Ihre Wangen färbten sich karmesinrot, wodurch Rand sich bestätigt fühlte. »Ihr wißt, warum Ihr hier die Befehlsgewalt habt. Ich kann keine Cairhiener gebrauchen, die sich auflehnen, weil sie glauben, ich hätte ihnen einen Aiel vor die Nase gesetzt.«

»Ich war … besorgt, mein Lord Drache.« Trotz des Zögerns und der geröteten Wangen klang ihre Stimme gefaßt. »Seit die Aes Sedai gekommen sind, sprießen die Gerüchte. Darf ich fragen, wer hier, Eurer Meinung nach, *tatsächlich* regieren soll?«

»Elayne Trakand. Die Tochter-Erbin von Andor und jetzt die Königin von Andor.« Zumindest bald. »Ich weiß nicht, welche Gerüchte Ihr meint, aber kümmert Euch besser darum, die Dinge in Cairhien in Ordnung zu bringen, und überlaßt mir die Aes Sedai. Elayne wird Euch dankbar dafür sein, was Ihr hier leistet.« Min schnaubte verächtlich.

»Sie ist eine gute Wahl«, sagte Berelain nachdenklich. »Ich glaube, die Cairhiener werden sie anerkennen und vielleicht sogar auch die Aufständischen in den Bergen.« Das war erfreulich zu hören. Berelain konnte Strömungen im Land gut beurteilen, vielleicht genauso gut wie jede Cairhienerin. Sie atmete tief ein, woraufhin Lews Therin sein Gebrumm unterbrach. »Was die Aes Sedai betrifft – ein Gerücht besagt, sie wären gekommen, um Euch zur Weißen Burg zu geleiten.«

»Und *ich* sagte, überlaßt die Aes Sedai mir.« Es war nicht so, daß er Berelain mißtraute. Er traute ihr durchaus zu, Cairhien zu regieren, bis Elayne den Sonnenthron einnahm. Er traute ihr sogar zu, selbst keinerlei Ehrgeiz hinsichtlich des Throns zu hegen. Aber er wußte auch: Je weniger Leute sich der Tatsache bewußt waren, daß er Pläne mit den Aes Sedai hatte, desto geringer war die Gefahr, daß Coiren erführe, daß er über ihr Gold und ihre Edelsteine hinausdachte.

Sobald sich die Türen hinter Berelain geschlossen hatten, schnaubte Min erneut. »Ich frage mich, warum sie sich die Mühe macht, überhaupt irgendwelche Kleider zu tragen. Nun, sie wird früher oder später eine Abfuhr erleiden. Ich habe nichts gesehen, was dir irgendwie von Nutzen sein könnte. Nur einen Mann in Weiß, der sie jäh zu Fall bringen wird. Einige Frauen besitzen überhaupt kein Schamgefühl!«

An eben jenem Nachmittag bat sie ihn um Geld, um einen ganzen Raum voller Näherinnen zu bestellen, da sie Caemlyn nur mit dem verlassen hatte, was sie auf dem Leibe trug, und sie begannen, mit Seide und Brokat einen unendlichen Strom von Umhängen und Hosen in allen Farben zu fertigen. Einige der Blusen schienen recht tief ausgeschnitten, selbst unter einem Umhang. Und bei einigen der Hosen war Rand sich nicht sicher, wie sie jemals hineingelangen sollte. Min übte auch jeden Tag das Messerwerfen. Einmal sah er, wie Nandera und Enaila ihr die Kampftechnik mit Händen und Füßen zeigten, die sich erheblich von der unterschied, die Männer ausübten. Die Töchter des Speers mochten es nicht, wenn er zusah, und weigerten sich weiterzumachen, bevor er nicht gegangen wäre. Vielleicht hätte Perrin das alles begriffen, aber Rand entschied zum tausendsten Mal, daß *er* die Frauen nicht verstand und auch niemals verstehen würde.

Rhuarc kam jeden Tag in Rands Räume oder Rand ging ins Studierzimmer, das Rhuarc sich mit Berelain teilte. Rand war erfreut zu sehen, daß sie fleißig an Berichten über die Verschiffung von Korn, die Wiederansiedlung von Flüchtlingen und die Instandsetzung der im Zweiten Aiel-Krieg entstandenen Schäden arbeiteten. Rhuarc behauptete, beschlossen zu haben, das *Ji'e'toh*-Spielen der Cairhiener zu ignorieren, obwohl er noch immer jedesmal vor sich hin grollte, wenn er eine cairhienische Frau mit einem Schwert oder ganz in Weiß gekleidete junge Männer und Frauen sah. Die Aufrührer in den Bergen schienen noch immer abzuwarten, wobei ihre Anzahl im Steigen begriffen war, aber sie kümmerten Rhuarc ebenfalls nicht. Ihn kümmerten die Shaido und die Frage, wie viele Speere sich noch immer jeden Tag auf Tear zubewegten. Kundschafter, die zurückkehrten, berichteten, daß sich die Shaido in Brudermörders Dolch rührten. Es waren keinerlei Anzeichen erkennbar, in welche Richtung oder zu welcher Stunde sie sich fortzubewegen gedachten. Rhuarc berichtete von den Aiel, die noch immer der Trostlosigkeit frönten und ihre Speere niederstießen, von denjenigen, die sich noch immer weigerten, das *Gaishain*-Weiß abzulegen, wenn ihre Zeit vorüber war, und selbst von jenen Verstreuten, die weiterhin nach Norden eilten, um sich den Shaido anzuschließen. Es war ein Zeichen seines Unbehagens. Überraschenderweise war Serana bei den Zelten und sogar in der Stadt selbst gewesen, aber am Tag nach Rands Ankunft wieder abgereist. Rhuarc erwähnte es nur nebenbei.

»Wäre es nicht besser gewesen, sie zu ergreifen?« fragte Rand. »Rhuarc, ich weiß, daß sie eine Weise Frau sein soll, aber meiner Meinung nach kann sie keine sein. Ich wäre nicht überrascht, wenn die Shaido ohne sie vernünftig würden.«

»Das bezweifle ich«, erwiderte Rhuarc trocken. Er saß an der Wand des Studierzimmers auf einem seiner Kissen und rauchte eine Pfeife. »Amys und die anderen wechseln zwar hinter Sevannas Rücken Blicke, aber sie empfangen sie wie eine Weise Frau. Wenn die Weisen Frauen sagen, Sevanna sei eine von ihnen, dann ist sie es. Ich habe Häuptlinge erlebt, an die ich nicht einmal einen Wasserschlauch verschwenden würde, wenn ich zwischen zehn Teichen stünde, aber sie waren dennoch Häuptlinge.«

Rand betrachtete seufzend die auf dem Tisch ausgebreitete Landkarte. Rhuarc schien sie in Wahrheit nicht zu brauchen. Ohne daraufzuschauen, konnte er alle auf der Karte verzeichneten Eigenheiten des Gebietes nennen. Berelain saß auf der anderen Seite des Tisches in ihrem hochlehnigen Sessel, die Füße untergeschlagen und ein Bündel Papiere auf dem Schoß. Sie hielt eine Feder in der Hand, und auf dem kleinen Tisch neben ihrem Sessel stand ein Tintenfaß. Sie sah Rand sehr häufig an, aber wann immer sie bemerkte, daß Rhuarc zu ihr schaute, beugte sie den Kopf wieder über die Berichte. Aus irgendeinem Grund runzelte Rhuarc jedesmal die Stirn, wenn er sie ansah, und sie errötete stets und reckte trotzig das Kinn. Rhuarc wirkte manchmal mißbilligend, was keinen Sinn ergab, denn sie kümmerte sich wieder um ihre Pflichten.

»Ihr werdet dem ein Ende machen müssen, daß Speere nach Süden geschickt werden«, sagte Rand schließlich. Es gefiel ihm nicht. Es war lebenswichtig, daß Sammael die größte Bedrohung der Welt auf sich zukommen sah, aber nicht zu dem Preis, daß man die Wurzeln der Shaido wieder aus Cairhien herausreißen müßte. »Ich sehe keine andere Möglichkeit.«

Die Tage vergingen, und jeder Tag wurde irgendwie ausgefüllt. Rand erlebte lächelnde Herren und Damen, die so herzlich miteinander umgingen, daß sie ohne Zweifel insgeheim Ränke gegeneinander schmiedeten. Weise Frauen berieten ihn, wie er mit den Aes Sedai umgehen solle, egal ob sie von der Burg oder aus Salidar kamen. Amys und Bair verhielten sich auf eine Weise, daß Melaine dagegen geradezu freundlich erschien. Sorilea ließ sein Blut zu Eis erstarren. Junge Cairhiener wüteten in den Straßen gegen Rhuarcs Verbot, Duelle auszufechten. Rhuarc antwortete darauf, indem er ihnen einen Vorgeschmack von dem verschaffte, was es wirklich bedeutete, zum *Gai'shain* gemacht zu werden; den ganzen Tag unter Bewachung nackt in der Sonne zu sitzen, dämpfte ihren Eifer ein wenig, aber Rhuarc würde nicht so weit gegen die Gebräuche verstoßen, daß er Feuchtländer in Weiß steckte, und jene, die die Roten Schilde gefangengenommen hatten, begannen der Angelegenheit zu große Bedeutung zuzumessen. Rand belauschte, wie Selande einer anderen jungen Frau mit einem Schwert und kurzgeschnittenem Haar in eingebildetem Tonfall erzählte, daß die andere Frau *Ji'e'toh* niemals wirklich verstehen würde, bevor sie nicht eine Gefangene der Aiel gewesen sei. Es war erhebend, was immer das bedeuten mochte.

Aber trotz Shaido und Adligen, Weisen Frauen und Aufständen und trotz der Frage, ob Fel jemals vom Fischen zurückkäme, schienen jene Tage … erfreulich. Erfrischend. Vielleicht empfand er nur so, weil er bei der Ankunft erschöpft gewesen war. Und vielleicht wirkte es tatsächlich nur durch die letzten Stunden in Caemlyn so, als sei Lews Therin ruhiger geworden. Rand fand sogar Mins Neckereien vergnüglich, daß er sich ein oder zwei Mal in Erinnerung rufen mußte, daß es nur Neckereien waren. Nach zehn Tagen in Cairhien dachte er, es wäre gar nicht so schlecht, den Rest seines Lebens auf diese Weise zu verbringen. Natürlich wußte er, daß es nicht so bleiben konnte.

Für Perrin waren diese zehn Tage überhaupt nicht erfreulich. Es dauerte nicht lange, bis er Loials Gesellschaft suchte, aber Loial hatte in der Königlichen Bibliothek sein Paradies gefunden, wo er den größten Teil des Tages verbrachte. Perrin las gern, und er hätte vielleicht auch Gefallen an diesen endlos großen Räumen voller Bücher bis zur gewölbten Decke gefunden, aber eine Aes Sedai suchte diese Räume heim, eine schlanke, dunkelhaarige Frau, die nur selten blinzelte. Sie schien ihn nicht zu bemerken, aber er hatte Aes Sedai auch schon vor den Ereignissen in Caemlyn nicht besonders getraut. Da ihm Loials Gesellschaft weitgehend verweigert blieb, ging Perrin häufig mit Gaul auf die Jagd, und einige Male auch mit Rhuarc, den er im Stein kennengelernt hatte und den er mochte. Perrins Problem war seine Frau. Oder vielleicht war es Berelain. Oder beide. Wäre Rand nicht so beschäftigt gewesen, hätte Perrin ihn um Rat gebeten. Rand wußte einiges über Frauen, aber es gab Dinge, über die Männer nicht offen sprechen konnten.

Es begann an diesem allerersten Tag, als er gerade erst seine Räume im Sonnenpalast gezeigt bekommen hatte. Faile erkundete mit Bain und Chiad den Palast. Perrin war bis zur Taille entkleidet und wusch sich gerade, als er plötzlich Parfüm roch, kein schweres Parfüm, aber er roch es sehr deutlich, und eine sinnliche Stimme hinter ihm sagte: »Ich habe schon immer gedacht, daß du einen wundervollen Rücken haben mußt, Perrin.«

Er fuhr so hastig herum, daß er fast den Waschtisch umgestoßen hätte. »Ich höre, daß du mit einer … Frau hergekommen bist?« Berelain stand lächelnd in der Tür zum Wohnraum.

Ja, das stimmte, mit einer Frau, die nicht erfreut wäre, ihn allein und ohne Hemd mit einer anderen Frau in diesem Kleid anzutreffen. Besonders nicht mit der Ersten von Mayene. Er zog sich das Hemd über den Kopf, sagte ihr, daß Faile ausgegangen sei und er nicht wüßte, wann sie zurückkäme und bereit wäre, Besucher zu empfangen, und beförderte *sie* so schnell er konnte in den Gang hinaus, allerdings ohne sie hochzuheben und hinauszuwerfen. Er glaubte, damit sei die Sache erledigt. Berelain war fort, und es war ihm gelungen, Faile in sechs Sätzen sechs Mal als seine Frau zu bezeichnen und zweimal zu sagen, wie sehr er sie liebte. Berelain wußte jetzt, daß er verheiratet war, wußte, daß er seine Frau liebte, und das hätte genügen sollen.

Als Faile kurz darauf zurückkam, tat sie nur zwei Schritte in den Schlafraum hinein und begann sofort den stechenden, scharfen Geruch nach Eifersucht und Zorn auszustrahlen, eine Mischung, die seine Nase hätte zum Bluten bringen müssen. Perrin verstand nicht. Er konnte Berelains Parfüm zwar noch immer riechen, aber sein Geruchssinn war fast genauso ausgeprägt wie der eines Wolfs. Das galt für Faile mit Sicherheit nicht. Es war sehr seltsam. Faile lächelte. Nicht ein unschickliches Wort kam über ihre Lippen. Sie war genauso liebevoll wie immer und noch leidenschaftlicher als sonst, als sie mit ihren Fingernägeln tiefe Furchen in seine Schultern grub, was sie noch niemals zuvor getan hatte.

Hinterher, als er die blutenden Male bei Lampenlicht betrachtete, knabberte sie – überhaupt nicht zärtlich – an seinem Ohr und lachte. »In Saldaea«, murmelte sie, »kerben wir einem Pferd die Ohren ein, aber ich glaube, dies wird genügen, um dich zu kennzeichnen.« Und die ganze Zeit über roch sie deutlich nach Eifersucht und Zorn.

Wäre das alles gewesen, wäre die Angelegenheit erledigt gewesen. Failes Eifersucht flammte vielleicht auf wie ein Schmiedefeuer im Sturm, aber sie erstarb fast genauso schnell wieder, wenn sie erkannte, daß kein Anlaß dazu bestand. Schon am nächsten Morgen sah er sie jedoch im Gang mit Berelain sprechen, und beide lächelten, um etwas zu überspielen. Seine Ohren fingen Berelains letzte Worte auf, bevor sie sich abwandte. »Ich halte meine Versprechen immer.« Eine seltsame Bemerkung, die erneut diesen beißenden, stechenden Geruch bei Faile auslöste.

Er fragte Faile, welche Versprechen Berelain gemeint hatte, und das war vielleicht ein Fehler. Sie blinzelte – sie vergaß bisweilen sein außergewöhnliches Hörvermögen – und sagte: »Ich kann mich wirklich nicht erinnern. Sie ist eine Frau, die alle möglichen Versprechen gibt, die sie nicht halten kann.« Seine Schultern erhielten noch eine *zweite* Reihe blutige Furchen, und der Vormittag war noch kaum vorangeschritten!

Berelain machte sich beharrlich an ihn heran. Er erkannte es zunächst nicht. Die Frau hatte einst im Stein von Tear auf sanfte Art mit ihm geschäkert; danach hatte es nichts weiter bedeutet, und sie wußte, daß er jetzt verheiratet war. Es waren anscheinend nur zufällige Begegnungen in den Gängen, wenige harmlose Worte fast im Vorübergehen. Aber nach einer Weile erkannte er, daß entweder sein *Ta'veren*-Sein die Begegnungen völlig verzerrte oder Berelain sie arrangierte, so unwahrscheinlich das auch schien. Er versuchte sich einzureden, das sei lächerlich, er müsse sich wohl für so gutaussehend wie Wil al'Seen halten. Wil war der einzige Mann, bei dem Perrin jemals erlebt hatte, daß ihm Frauen hinterherjagten. Und Perrin Aybara waren sie sicherlich niemals hinterhergejagt. Jedoch gab es einfach zu viele dieser *zufälligen* Begegnungen.

Sie berührte ihn stets. Nicht auffällig, nur ihre Hand einen Moment auf seiner Hand, auf seinem Arm, auf seiner Schulter. Kaum der Beachtung wert. Am dritten Tag kam ihm ein Gedanke, der ihm die Haare zu Berge stehen ließ. Wenn man ein wildes Pferd zähmte, begann man mit leichten Berührungen, bis das Tier wußte, daß die Berührung nicht schmerzte, bis es unter der Hand stillhielt. Danach kam die Satteldecke und später der Sattel. Das Zaumzeug kam stets zuletzt.

Er begann den Duft von Berelains Parfüm zu fürchten, wenn er um eine Ecke wehte. Beim ersten Hauch enteilte er in die entgegengesetzte Richtung, aber er konnte nicht ununterbrochen Ausschau nach ihr halten. Es schienen sehr viele großspurige junge Cairhiener im Palast ein- und auszugehen – die meisten von ihnen Frauen. Frauen mit Schwertern! Er mußte um unzählige

Männer und Frauen herumgehen, die sich ihm bewußt in den Weg stellten. Zweimal mußte er Burschen niederschlagen, als die Dummköpfe ihn einfach nicht um sich herumgehen lassen wollten, sondern ständig weiter vor ihm zurücktänzelten. Er fühlte sich deswegen schlecht – Cairhiener waren fast alle erheblich kleiner als er –, aber man durfte bei einem Mann, dessen Hand auf dem Schwertheft lag, kein Risiko eingehen. Einmal versuchte eine junge Frau es, und sie machte viel Lärm darum, als er ihr das Schwert abnahm, bis er es ihr wieder zurückgab, was sie anscheinend erschreckte, woraufhin sie hinter ihm herrief, er habe keine Ehre. Schließlich führten einige Töchter des Speers sie davon, während sie heftig auf sie einsprachen.

Aber die Leute wußten, daß er Rands Freund war. Auch wenn er nicht mit Rand hier eingetroffen wäre, erinnerten sich doch einige der Aiel und der Tairener vom Stein her an ihn, und die Nachricht verbreitete sich. Herren und Herrinnen, die er niemals zuvor im Leben gesehen hatte, stellten sich ihm in den Gängen vor, und Hohe Herren von Tairen, die ihm in Tear die kalte Schulter gezeigt hatten, sprachen ihn in Cairhien wie einen alten Freund an. Die meisten rochen nach Angst und etwas, was er nicht benennen konnte. Er erkannte, daß sie alle dasselbe von ihm wollten.

»Ich fürchte, der Lord Drache zieht mich nicht immer in sein Vertrauen, Mylady«, sagte er höflich zu einer kaltäugigen Frau namens Colavaere, »und wenn er es täte, würdet Ihr doch nicht von mir erwarten, sein Vertrauen zu mißbrauchen.« Sie schien aus großer Höhe auf ihn herabzulächeln. Sie fragte sich anscheinend, wie sich seine Haut als Schoßdecke machen würde. Sie roch seltsam, streng und glatt und irgendwie ... erhaben.

»Ich weiß wirklich nicht, was Rand vorhat«, belehrte er auch Meilan. Der Mann wollte ihm fast wieder die kalte Schulter zeigen, auch wenn er beinahe ebenso stark lächelte wie Colavaere. Aber er hatte den Geruch an sich, und auch genauso stark. »Vielleicht solltet Ihr ihn selbst fragen.«

»Wenn ich es wüßte, würde ich es wohl kaum in der ganzen Stadt herumerzählen«, sagte er zu einem weißhaarigen Burschen namens Maringil. Er war der Versuche, ihn auszuhorchen, inzwischen müde. Auch Maringil sonderte diesen Geruch ab, ebenso stark wie Colavaere oder Meilan.

Die drei verströmten diesen Geruch weitaus stärker als irgend jemand sonst, ein gefährlicher Geruch, wie er tief in seinem Innern erkannte.

Wenn er Ausschau nach jungen Dummköpfen hielt und diesen Geruch in der Nase hatte, konnte er Berelains Duft nicht ausmachen, bevor sie nicht nahe genug herangelangt war, um sich auf ihn zu stürzen. Nun, um die Wahrheit zu sagen, glitt sie durch die Gänge wie ein Schwan auf einem Teich, aber sie vermittelte ihm dennoch das Gefühl, als stürze sie sich auf ihn.

Er erwähnte Faile häufiger, als er zählen konnte, aber Berelain schien es nicht zu bemerken. Er bat sie aufzuhören. Berelain fragte ihn, was er damit meinte. Er sagte ihr, sie solle ihn in Ruhe lassen. Berelain lachte und tätschelte seine Wange. Was natürlich genau in dem Moment geschah, als Faile aus dem Quergang trat, genau in dem Augenblick, *bevor* er zurückwich. Es mußte für Faile so ausgesehen haben, daß er zurückgewichen war, weil er sie gesehen hatte. Faile wandte sich ohne einen Moment des Zögerns geschmeidig um und ging gemessenen Schrittes in die Richtung, aus der sie gekommen war.

Er lief hinter ihr her, holte sie ein und ging dann in quälendem Schweigen neben ihr her. Ein Mann konnte kaum sagen, was er sagen mußte, wenn andere zuhörten. Faile lächelte den ganzen Weg zurück zu ihren Räumen beinahe freundlich, aber oh, dieser stechende, stechende, stechende Geruch in seiner Nase.

»Es war nicht so, wie es aussah«, erklärte er, sobald sich die Tür hinter ihnen geschlossen hatte. Sie schwieg. Sie wölbte nur fragend die Augenbrauen. »Nun, es war … Berelain hat mir die Wange getätschelt …« Sie lächelte noch immer, aber ihre Augenbrauen senkten sich jetzt finster, und Perrin roch zusätzlich scharfen Zorn. »Sie hat es einfach getan. Ich habe sie nicht dazu ermutigt, Faile. Sie hat es einfach getan.« Er wünschte, Faile würde etwas sagen, aber sie sah ihn nur an. Er dachte, daß sie wohl auf etwas wartete, aber worauf? Der Atem stockte ihm in der Kehle. »Faile, es tut mir leid.« Der Zorn wurde messerscharf spürbar.

»Ich verstehe«, sagte sie tonlos und verließ den Raum.

Er hatte sich also vollkommen mißverständlich ausgedrückt, und er konnte nicht verstehen, wieso. Er hatte sich entschuldigt, obwohl er nicht einmal etwas getan hatte, wofür er sich hätte entschuldigen müssen.

An diesem Nachmittag belauschte er Bain und Chiad, die darüber berieten, ob sie Faile helfen sollten, ihn – ausgerechnet! – zu schlagen. Er wußte nicht, ob Faile es vorgeschlagen hatte – sie war zornig, aber war sie so zornig? –, doch er vermutete, daß die beiden wollten, daß er ihr Gespräch hörte, was *ihn* wiederum zornig machte. Faile besprach Angelegenheiten, die nur sie beide etwas angingen, offensichtlich mit den anderen Frauen, was ihn noch zorniger machte. Über welche anderen Bereiche ihrer Ehe plauderte sie beim Tee noch? An diesem Abend zog Faile unter seinen erstaunten Blicken trotz der Hitze ein dickes, wollenes Nachtgewand an. Als er sie fast schüchtern auf die Wange zu küssen versuchte, murmelte sie, daß sie einen anstrengenden Tag gehabt habe, und drehte ihm den Rücken zu. Sie roch wütend, ausgesprochen wütend.

Er konnte bei diesem Geruch nicht schlafen, und je länger er neben ihr lag und in der Dunkelheit die Decke anstarrte, desto zorniger wurde auch er. Warum tat sie das? Konnte sie nicht erkennen, daß er sie liebte? Hatte er ihr nicht immer wieder gezeigt, daß er sie, mehr als alles andere auf der Welt, für immer behalten wollte? Konnte man ihm einen Vorwurf daraus machen, daß eine törichte junge Frau der Hafer stach und sie schäkern wollte? Er sollte sie auf den Kopf stellen und ihr das Hinterteil verbleuen, bis sie wieder zur Vernunft kam. Nur hatte er das schon einmal getan, als sie glaubte, sie könne ihn mit der Faust schlagen, wann immer sie etwas durchsetzen wollte. Auf lange Sicht hatte es ihn mehr geschmerzt als sie. Ihm gefiel nicht einmal der Gedanke daran, daß Faile Schmerzen zugefügt wurden. Er wollte Frieden mit ihr. Mit ihr und nur mit ihr.

Im ersten in den Fenstern widergespiegelten Dämmerlicht ihres sechsten Tages in Cairhien traf er eine Entscheidung. Berelain hatte im Stein mit einem Dutzend Männern geschäkert, von denen er wußte. Was auch immer sie dazu veranlaßt hatte, ihn als ihre Beute zu erwählen, so würde sie sich doch auf jemand anderen verlegen, wenn er eine Weile unerreichbar wäre. Und wenn Berelain erst ein anderes Opfer erwählt hätte, käme Faile wieder zur Vernunft. Es schien ganz einfach.

Er kleidete sich so bald wie möglich an und machte sich auf die Suche nach Loial, frühstückte mit ihm und begleitete ihn in die Königliche Bibliothek. Als er diese schlanke Aes Sedai sah und Loial ihm sagte, sie käme jeden Tag hierher – Loial war in Gegenwart von Aes Sedai zwar schüchtern, aber es störte ihn auch nicht, wenn fünfzig von ihnen um ihn waren –, spürte Perrin Gaul auf und fragte ihn, ob er mit ihm auf die Jagd gehen wolle. Es gab natürlich nicht allzu viel Wild oder Hasen in den Bergen nahe der Stadt, und die wenigen Tiere litten genauso unter der Dürre wie die Menschen, und doch hätte Perrins Nase die Fährte jedes Tieres aufnehmen können. Er legte nicht ein einziges Mal einen Pfeil ein, aber er beharrte darauf, draußen zu bleiben, bis Gaul ihn fragte, ob er im Licht des Halbmonds Fledermäuse jagen wolle. Perrin vergaß manchmal, daß andere Menschen nachts nicht so gut sehen konnten wie er. Am nächsten Tag jagte er ebenfalls bis in die Dunkelheit, wie auch jeden weiteren Tag.

Sein einfacher Plan schien jedoch fehlzuschlagen. Als er in der ersten Nacht in den Sonnenpalast zurückkehrte, den nicht gespannten Bogen über der Schulter und angenehm müde vom vielen Umherwandern, trug ein nur zufälliger Luftzug Berelains Parfüm gerade noch rechtzeitig an ihn heran, daß er die Haupteingangshalle des Palastes meiden konnte. Er bedeutete den Aiel-Wächtern, sich ruhig zu verhalten, und schlich sich zu einem Dienstboteneingang, wo er klopfen mußte, um von einem Burschen mit trüben Augen eingelassen zu werden. In der nächsten Nacht wartete Berelain im Gang vor seinen Räumen. Er mußte sich die halbe Nacht hinter einer Ecke verbergen, bevor sie aufgab. Sie wartete jede Nacht irgendwo, als könnte sie eine zufällige Begegnung vortäuschen, wenn außer einigen Dienern niemand sonst mehr wach war. Es war verrückt. Warum hatte sie sich nicht jemand anderem zugewandt? Und jede Nacht, wenn er sich schließlich mit den Stiefeln in der Hand in sein Schlafzimmer schlich, schlief Faile in diesem verdammten dicken Nachtgewand. Er war schon lange vor seiner sechsten schlaflosen Nacht hintereinander bereit zuzugeben, daß er sich geirrt hatte, obwohl er noch immer nicht verstand wieso. Es war ihm so verdammt einfach erschienen. Er wollte nur ein Wort von Faile hören, einen Hinweis darauf, was er sagen oder tun sollte. Aber er bekam nur das Geräusch seines eigenen Zähneknirschens in der Dunkelheit zu hören.

Am zehnten Tag erhielt Rand ein weiteres Bittschreiben Coirens um eine Anhörung, das genauso höflich abgefaßt war wie die ersten drei. Er saß eine Zeitlang da, rieb das dicke, elfenbeinfarbene Pergament zwischen Daumen und Zeigefinger und dachte nach. Er konnte mit seinem Gespür für Alanna nicht genau bestimmen, wie weit sie noch entfernt war, aber wenn er verglich, wie stark dieses Gespür am ersten Tag gewesen war und wie stark es jetzt war, glaubte er, daß sie sich vielleicht auf halbem Weg nach Cairhien befand. Wenn dem so war, vergeudete Merana keine Zeit. Das war gut. Er wollte, daß sie beschäftigt war. Auch ein wenig Reue wäre hilfreich, aber genausogut könnte er sich den Mond wünschen. Sie war eine Aes Sedai. Es würden zehn weitere Tage vergehen, bis sie Cairhien erreichten, wenn sie in diesem Tempo weiterzogen, und das sollte ihnen möglich sein. Rand hatte folglich genügend Zeit, sich noch zweimal mit Coiren zu treffen, so daß er jeder Gruppe drei Anhörungen gewährt hätte. Darüber sollte Merana nachdenken, wenn sie eintraf. Es bedeutete für sie keinen Vorteil, und sie brauchte nicht zu wissen, daß er ebensowenig in die Nähe der Weißen Burg gehen würde, wie er eine Hand in eine Schlangengrube stecken würde, besonders wenn Elaida die Amyrlin war. Noch zehn Tage, und er würde seine Stiefel verspeisen, wenn noch zehn weitere Tage vergingen, bevor Merana sich einverstanden erklärte, ihm Salidars Unterstützung anzubieten, ohne diesen Unsinn darüber, ihn begleiten und ihm den Weg zeigen zu wollen. Dann konnte er seine ganze Aufmerksamkeit endlich Sammael zuwenden.

Während Rand dort saß und an Coiren schrieb, daß sie morgen nachmittag zwei ihrer Schwestern mit zum Sonnenpalast bringen sollte, begann Lews Therin hörbar zu murmeln. *Ja. Sammael. Dieses Mal töte ich ihn. Demandred und Sammael und sie alle, dieses Mal. Ja, das werde ich tun.*

Rand bemerkte es kaum.

KAPITEL 9

Die Gefangennahme

Rand ließ Sulin seinen Umhang halten, damit er ihn anziehen konnte. Das geschah aus dem einfachen Grund, daß er ihn ihr hätte aus den Händen reißen müssen, wenn er ihn selbst hätte anziehen wollen. Sie versuchte ihm das Kleidungsstück, wie üblich ungeachtet solch unwichtiger Einzelheiten, wo beispielsweise seine Arme waren, umzulegen. Das Ergebnis war ein kleiner Tanz inmitten seines Schlafzimmers. Lews Therin kicherte mit einer Art verrücktem Vergnügen – gerade laut genug, um gehört zu werden. *Sammael, o ja, aber zuerst Demandred. Zuallererst beseitige ich ihn, dann Sammael. O ja.* Wenn der Mann Hände gehabt hätte, dann hätte er sie sich gewiß schadenfroh gerieben. Rand achtete nicht auf ihn.

»Verhaltet Euch respektvoll«, murmelte Sulin leise. »Ihr habt den Aes Sedai in Caemlyn keinen Respekt erwiesen, und Ihr habt gesehen, was daraus entstanden ist. Die Weisen Frauen … Ich habe gehört, daß die Weisen Frauen Dinge sagen … Ihr müßt Euch respektvoll verhalten, mein Lord Drache«, brachte sie abschließend hervor.

Schließlich gelang es ihm, den Umhang vollständig anzuziehen. »Ist Min schon gekommen?«

»Seht Ihr sie, mein Lord Drache?« Sie zupfte eine imaginäre Fussel von der roten Seide. Dann begann Sulin seine Knöpfe zu schließen. Es ging schneller, wenn er seine Arme herabhängen und sie es tun ließ. »Min wird kommen, *wenn* sie kommt. Sorilea wird bei den Zelten mit ihr fertig sein, wenn sie mit ihr fertig ist.« Plötzlich spähte sie wachsam zu ihm hoch. »Was wollt Ihr von ihr? Ihr wollt Euch doch wohl kaum ins Gesäß kneifen lassen, wenn die Aes Sedai hier sind.« An diesem Nachmittag wurde ihm kein verstecktes Lächeln gewährt. »Mein Lord Drache.«

Es fiel ihm sehr schwer, nicht die Stirn zu runzeln. Alles verlief so gut … und jetzt das. Sorilea wußte, daß er Min heute dringender brauchte als bei jeder anderen Anhörung. Man durfte die Gelegenheit, daß Min Coiren und zwei weitere Mitglieder der Abordnung Elaidas mit ihrer Fähigkeit betrachtete, nicht ungenutzt lassen. Sorilea hatte versprochen, sie zurückzuschicken. Er trat wieder fort, aber Sulin folgte ihm und machte sich weiterhin an seinen Knöpfen zu schaffen. »Sulin, ich möchte, daß Ihr zu Sorileas Zelt geht. Sucht Min und bringt sie her. Keine Fragen, Sulin. Tut es einfach.«

Sie brachte ein Lächeln zustande, knirschte aber gleichzeitig mit den Zähnen – ein bemerkenswerter Anblick. »Wie mein Lord Drache befiehlt.« Sie breitete ihre rot-weißen Röcke bei einem gekonnten Hofknicks weit aus und beugte den Kopf halbwegs bis zum Boden.

»Wie lange noch?« fragte er, als sie sich zum Gehen wandte. Es war nicht nötig zu erklären, was er meinte. Ihr Zögern zeigte ihm, daß sie verstand.

Schließlich antwortete sie ruhig und bestimmt und ohne zu murren. »Bis meine Schmach der ihren entspricht.« Sie sah ihm einen Moment unverwandt in die Augen, die alte Sulin, wenn auch mit längerem Haar, aber die Maske wurde auch genauso schnell wieder aufgesetzt. »Wenn mein Lord Drache mich entschuldigt – ich muß mich beeilen, wenn ich seinen Befehl befolgen will.« Sulin raffte ihre Röcke bis zu den Knien und lief aus dem Raum. Rand schüttelte den Kopf und schloß den letzten Knopf selbst.

Er hatte ein gutes Gefühl, außer was Min betraf natürlich. Sorilea hatte es versprochen. Min hatte es versprochen. Wenn er erst Coirens unausweichliche Fragen darüber abgewehrt hätte, ob er beschlossen hatte, mit ihr nach Tar Valon zurückzukehren, würde er Min bitten, sich hinsetzen und dann … Er war sich noch im unklaren, was dann geschehen sollte. Aber Alanna war schon wieder eine Tagesreise näher gekommen. Nur noch kurze Zeit, in der er Coiren zuhören mußte, und er würde eine Stunde lang mit seinem Schwert üben.

Demandred, höhnte Lews Therin. *Er wollte Ilyena!* Der Gedanke an Ilyena ließ ihn, wie üblich, entfernt jammern und klagen. *Ilyena! Oh, Licht! Ilyena!*

Rand nahm das Drachenszepter mit in den Vorraum. Während er sich fragte, wer Coiren hierher begleiten würde, setzte er sich auf den hohen Stuhl auf dem Podest, um nicht auf- und abschreiten zu müssen. Nicht wegen der Aes Sedai. Wegen Min. Sie wußte, daß er sie brauchte. Sie wußte es.

Schließlich öffnete sich eine der Türen gerade weit genug, daß eine Frau hindurchschlüpfen konnte, aber es war Chiad, nicht Min. »Die Aes Sedai sind hier, *Car'a'carn.*« Sie sprach den Titel schleppend aus, da sie sich wegen des Häuptlings der Häuptlinge noch immer nicht sicher war und auch nicht so recht wußte, wie sie ihn als Sohn einer Tochter des Speers ansehen sollte.

Rand nickte, richtete sich gerade auf und stellte das Drachenszepter senkrecht auf seinem Knie auf. »Schickt sie herein.« Er würde mit Min ein ernstes Wort reden müssen. Ihre ganze Zeit den Weisen Frauen zu widmen!

Coiren schwebte wie ein rundlicher, eingebildeter Schwan herein, gefolgt von Galina und einer weiteren schwarzhaarigen, hartäugigen Frau mit einem Aes-Sedai-Gesicht. Sie waren heute alle in Grau-Schattierungen gekleidet, vermutlich, weil man darauf den Staub nicht sah. Zu seiner Überraschung kamen hinter den Aes Sedai Dienerinnen mit leichten, über ihren

Rücken hängenden Staubmänteln herein, ein volles Dutzend, die sich mit dem Gewicht zweier messingbeschlagener Kisten abmühten. Einige der jungen Frauen sahen ihn an, aber die meisten hielten die Köpfe gesenkt, weil sie sich mit ihrer Last abmühten oder vielleicht auch aus Angst.

Rand schürzte beinahe die Lippen, bevor er es verhindern konnte. Sie glaubten tatsächlich, sie könnten ihn kaufen.

»Schade, daß Eure *Grüne* Schwester heute nicht hier ist«, bemerkte Galina.

Sein Blick peitschte von den Dienerinnen zu ihr. Alle drei Aes Sedai sahen ihn angespannt an. Wie konnte sie von Alanna wissen?

Aber es war keine Zeit für Fragen, denn fast im gleichen Augenblick begann seine Haut zu kribbeln.

Zorn sprang in ihm auf, und auch in Lews Therin. Rand riß ihm *Saidin* aus den Händen. Heißer Zorn und Verachtung wütete die Grenzen des Nichts entlang, während er Coiren und Galina und wer auch immer die dritte war ansah. Coirens weiches, rundliches Kinn war entschlossen emporgereckt. Die anderen beiden lächelten tatsächlich, eifrig und keineswegs liebenswürdig. Sie waren dieselben Narren wie Merana und ihresgleichen.

Der Schild, der sich zwischen ihn und die Wahre Quelle schob, wirkte wie das Schließen eines Schleusentores; der Fluß *Saidins* brach ab und ließ nur den schmutzigen Rest des Makels zurück. Die Luft, die sich von den Knöcheln bis zum Kopf um ihn zu festigen schien, war wie Nichts. Der Schild ließ seine Augen hervortreten. Es war unmöglich! Drei Frauen konnten ihn doch nicht von der Quelle abblocken, wenn er *Saidin* erst ergriffen hatte, es sei denn, sie wären so stark wie Semirhage oder Mesaana oder … Er griff nach der Quelle und schlug fester und immer fester auf diesen Schild ein. Lews Therin knurrte wie ein Tier, schlug zu, krallte sich furchtsam fest. Einer von ihnen mußte *Saidin* erreichen. Einer von ihnen mußte nur einen von drei aufrechterhaltenen Puffern zerschlagen.

Der Block bestand erst wenige Augenblicke, als eine der Dienerinnen neben Galina trat, und Rand spürte alles Blut aus seinem Gesicht weichen. Vier Augenpaare in vier alterslosen Gesichtern prüften ihn.

»Es ist sehr schade, daß es soweit kommen mußte.« Coiren hätte in diesem ruhigen, rollenden Tonfall vielleicht besser eine ganze Versammlung angesprochen als einen einzelnen Mann. »Ich hätte mir sehr gewünscht, daß Ihr aus freiem Willen nach Tar Valon gekommen wärt, aber offensichtlich wolltet Ihr uns nur vertrösten. Vermutlich habt Ihr Kontakt mit jenen armen Narren gehabt, die flohen, nachdem die Sanche-Frau gedämpft worden war. Habt Ihr wirklich geglaubt, sie könnten Euch irgend etwas bieten? Etwas, das der Weißen Burg standhalten könnte?« Sie klang tatsächlich, als wäre sie von ihm enttäuscht.

Er konnte nur noch seine Augen bewegen. Sein Blick glitt zu den Dienerinnen hinüber, die sich an einer der Kisten zu schaffen machten. Sie stand offen, und jetzt nahmen sie eine flache Schale heraus. Einige dieser Gesichter wirkten jung, aber die anderen … Erst jetzt erkannte er, daß sie alle Aes Sedai waren, aber die fünf jungen Frauen waren es erst so kurz, daß ihre Gesichter die Alterslosigkeit noch nicht angenommen hatten, fünf, die ihn ansahen und sein Mißtrauen beschwichtigten, während die anderen ihre Gesichter verbargen. Fünfzehn Aes Sedai. Dreizehn waren nötig, um sich zu verbinden und ein Schild zu bilden, das kein Mensch zerbrechen konnte, und zwei waren nötig, um ihn festzuhalten. Dreizehn waren nötig, um … Lews Therin floh schreiend.

Galina nahm Rand kopfschüttelnd das Drachenszepter aus der Hand. »Jetzt übernehme ich das Kommando, Coiren.« Sie sah ihn nicht einmal an. Er hätte

genausogut ein Teil des Stuhls sein können. »Wir haben vereinbart, daß die Rote Ajah das Kommando übernehmen würde, wenn es hierzu käme.« Sie reichte der anderen schwarzhaarigen Frau in Grau das Drachenszepter. »Hinterlege dies irgendwo, Katerine. Es könnte ein interessantes Andenken für die Amyrlin abgeben.«

Die Rote Ajah. Schweiß rann Rands Gesicht herab. Wenn jetzt nur die Töchter des Speers hereinkämen oder die Weisen Frauen oder Sulin oder irgend jemand, der einen Warnruf ausstoßen und den Palast aufrütteln könnte. Dreizehn Aes Sedai, und die Rote Ajah hatte das Kommando. Wenn er den Mund hätte öffnen können, hätte er wie ein Wolf geheult.

Bain schaute überrascht auf, als sich die Türen öffneten – Rand al'Thor hatte die Aes Sedai erst vor kurzer Zeit empfangen – und wandte den Blick ab, als sie die Dienerinnen die Kisten herausbringen sah. Eine der schwarzhaarigen Aes Sedai pflanzte sich vor ihr auf, und Bain richtete sich eifrig von ihrem Lager an der Tür auf. Sie wußte nicht, was sie von der Geschichte halten sollte, welche die anderen Töchter des Speers ihr in Caemlyn erzählt hatten, über die Dinge, die einst nur Häuptlinge und Weise Frauen gewußt hatten, aber die dunklen Augen dieser Frau schienen alles darüber zu wissen, wie die Aiel seit so langer Zeit versagt hatten. Jene Augen hielten Bains Blick fest, bis sie sich der anderen dunkelhaarigen Aes Sedai, die Chiad gegenüberstand, und der eingebildeten Aes Sedai, die die anderen Frauen mit den Kisten den Gang hinab davonführte, nur noch vage bewußt war. Bain fragte sich, ob die Aes Sedai, die ihr gegenüberstand, sie für das Versagen der Aiel töten wollte. Bestimmt hätten sie damit schon früher begonnen, wenn sie es beabsichtigten, und die dunklen Augen dieser Frau schimmerten mit einer Härte, die den Tod anzukündigen schien. Bain hatte keine Angst vor dem Sterben. Sie hoffte nur, daß sie noch Zeit genug hätte, sich vorher zu verschleiern.

»Anscheinend ist der junge Herr al'Thor es gewohnt, nach Cairhien zu kommen und wieder zu gehen, wie er will«, sagte die Aes Sedai mit einer Stimme, die felsenhart klang. »Wir sind es nicht gewohnt, daß jemand einfach ungehobelt vor uns davonläuft. Wenn er während der nächsten Tage zum Palast zurückkommt, werden wir ebenfalls zurückkehren. Wenn nicht ... Unsere Geduld ist nicht grenzenlos.« Sie schwebte davon, sie und die anderen, hinter den Frauen mit den Kisten her.

Bain wechselte schnell Blicke mit Chiad, und dann eilten sie in al'Thors Räume.

»Was meint Ihr damit, daß er fort ist?« fragte Perrin. Loials Ohren zuckten in seine Richtung, aber der Ogier hielt den Blick genauso fest auf das Steinbrett gerichtet wie Faile. Sie roch ... Perrin konnte in dem Gewirr der von ihr ausströmenden Gerüche nichts Bestimmtes ausmachen. Dieses Gewirr machte ihn wahnsinnig.

Nandera zuckte nur die Achseln. »Er tut das manchmal.« Sie schien gelassen, die Arme verschränkt und das Gesicht ruhig, aber sie roch verärgert. »Er verschwindet, ohne daß auch nur eine Tochter des Speers ihn beschützt, manchmal sogar einen halben Tag lang. Er glaubt, wir merkten es nicht. Ich dachte, Ihr würdet vielleicht wissen, wo er hingegangen ist.« Etwas in ihrer Stimme führte Perrin zu dem Glauben, daß sie Rand zu folgen beabsichtigte, wenn sie es herausfände.

»Nein«, seufzte er. »Ich habe keine Ahnung.«

»Achtet auf das Spiel, Loial«, murmelte Faile. »Ihr wolltet Euren Stein doch sicherlich nicht dort plazieren.«

Perrin seufzte erneut. Er hatte beschlossen, heute jeden Moment des Tages an Failes Seite zu bleiben. Sie würde früher oder später mit ihm sprechen müssen, und außerdem würde Berelain ihn sicherlich in Ruhe lassen, wenn er bei seiner Frau war. Nun, Berelain hatte ihn wirklich in Ruhe gelassen, aber sobald Faile erkannte, daß er nicht wieder auf die Jagd gehen würde, hatte sie Loial aufgehalten, bevor er zur Bibliothek davonlaufen konnte, und seitdem spielten sie schweigend ihr Spiel endlos weiter. Perrin wünschte sich dorthin, wo Rand war.

Rand lag auf dem Rücken auf einem Bett und starrte zu den dicken Kellersparren empor, ohne sie wirklich zu sehen. Das Bett war nicht groß, aber es wies zwei Federmatratzen und Kissen und saubere Leintücher auf. Es gab einen robusten Stuhl und einen kleinen Tisch, die beide einfach, aber gut gearbeitet waren. Seine Muskeln schmerzten noch vom Transport hierher in einer der Kisten. Die Macht hatte ihn leicht zusammengekrümmt, den Kopf zwischen den Knien, und einfache Kordeln hatten genügt, ihn zu einem Paket zu verschnüren.

Das Geräusch von Metall auf Metall ließ ihn den Kopf wenden. Galina hatte mit einem großen Schlüssel in dem Eisenkäfig, der Bett und Tisch und Stuhl umgab, eine Klappe geöffnet. Eine Frau mit bereits ergrauendem Haar und runzligem Gesicht streckte ihre Arme hastig in den Käfig, um ein mit einem Tuch abgedecktes Tablett auf den Tisch zu stellen, woraufhin sie sofort wieder zurücksprang.

»Ich beabsichtige Euch bei guter Gesundheit in der Burg abzuliefern«, sagte Galina kalt, während sie die Klappe wieder verschloß. »Eßt, sonst werdet Ihr gefüttert.«

Rand wandte den Blick erneut den Sparren zu. Sechs Aes Sedai saßen auf Stühlen um den Käfig herum und hielten den Schild gegen ihn aufrecht. Er behielt das Nichts bei, für den Fall, daß er ihnen entglitt, aber er sprang nicht mehr gegen die Barriere an. Als sie ihn in den Käfig gestoßen hatten, hatte er es versucht. Einige von ihnen hatten gelacht, diejenigen, die überhaupt darauf achteten. Statt dessen streckte er sich jetzt lebhaft nach dem Zorn *Saidins* aus, ein Sturm aus Feuer und Eis, der jenseits seines Augenwinkels gerade außer Sicht war. Er streckte sich aus, spürte, daß die unsichtbare Wand ihn von der Quelle abschnitt und glitt daran entlang, als versuche er, eine Kante zu finden. Er fand nur eine Stelle, an der sich diese Wand aus sechs einzelnen Barrieren zusammenzufügen schien. Sie hielten den Schild wirkungsvoll aufrecht.

Wie lange war er schon hier? Graue Öde hatte sich über ihn gebreitet, die Zeit verdeckt, ihn in Teilnahmslosigkeit gehüllt. Er war schon lange genug hier, um hungrig zu sein, aber das Nichts ließ die Empfindungen fern scheinen, und sogar der Geruch des heißen Eintopfs und des warmen Brotes, der dem abgedeckten Tablett entströmte, erweckte kein Interesse. Es schien zu mühsam, sich zu erheben. Bisher hatten sich zwölf Aes Sedai rund um den Käfig abgewechselt, und er hatte, bevor sie in diesen Keller kamen, keines der Gesichter jemals zuvor gesehen. Wie viele gab es in diesem Hause? Das könnte später wichtig werden. Wo war dieses Haus? Er hatte keine Ahnung, wie weit er in der Kiste transportiert worden war. Den größten Teil des Weges war er in einem Wagen oder auf einem Karren durchgerüttelt worden. Warum hatte er Moiraines Rat vergessen? Vertraue keiner Aes Sedai, keinen Fingerbreit weit, keine Haaresbreite. Sechs Aes Sedai, die genug *Saidar* lenken konnten, um diesen Schild aufrechtzuhalten, müßten von jeder Frau, die die Macht lenken konnte, schon draußen erspürt werden können. Es würde genügen, wenn Amys oder Bair oder sonst jemand auf der Straße vorbeiginge und sich wunderte. Sie mußten jetzt denken, er sei verschwunden, nachdem Coiren den Palast verlassen hatte. Wenn es hier draußen eine Straße gab. Das würde genügen …

Er erspürte den Schild erneut, sanft, damit sie es nicht merkten. Sechs Barrieren, irgendwelche sechs nachgiebigen Stellen. Das mußte etwas bedeuten. Er wünschte, Lews Therin würde wieder zu ihm sprechen, aber der einzige Klang in seinem Kopf waren seine am Nichts entlanggleitenden Gedanken. Sechs Stellen.

Als Sorilea die staubbedeckte Straße vor dem großen Steingebäude entlangeilte, in dem sich die Aes Sedai aufhielten, konnte sie diese kaum spüren, bis sie die Macht nach innen lenkte. Sie konnte sie nur undeutlich spüren, weil sie die Macht nur vage lenken konnte, aber das war nicht der Grund dafür, daß sie sie ignorierte. Sie hatten die Macht dort drinnen seit ihrer Ankunft Tag und Nacht gelenkt. Keine der Weisen Frauen verschwendete einen Gedanken daran, warum sie es noch immer taten. Sorilea hatte jetzt sicherlich an wichtigere Dinge zu denken. Die Töchter des Speers im Palast des Baumtöters begannen wegen Rand al'Thor unruhig zu werden und murmelten, daß der *Car'a'carn* einiges zu erklären hätte, wenn er dieses Mal zurückkehrte. Sorilea lebte schon erheblich länger als die meisten anderen Töchter des Speers und sogar länger als jede andere Weise Frau, ob ihre Macht nun geschwächt war oder nicht, und sie war beunruhigt. Wie die meisten Männer verschwand Rand al'Thor, wann er wollte und wohin er wollte – Männer waren in dieser Beziehung wie Katzen –, aber dieses Mal war zur gleichen Zeit auch Min irgendwo zwischen den Zelten und dem Palast verschwunden. Sorilea mochte keine Zufälle, egal wie viele den *Car'a'carn* auch umgaben. Sie wickelte ihre Stola gegen einen plötzlichen Kälteschauder in ihren Knochen fester um sich und eilte weiter auf die Zelte zu.

KAPITEL 10

Gewebe der Macht

Die Männer, die im Schankraum der *Wanderin* am Tisch saßen, waren überwiegend Einheimische. Männer mit langen Westen trugen diese gerne aus farbenfroher Seide – oft auch mit Brokat – über hellen Hemden mit weiten Ärmeln. Granate oder Perlen schmückten die Fingerringe, die Ohrkreolen waren nicht vergoldet, sondern aus massivem Gold, und Mondsteine und Saphire glitzerten auf den Knäufen gebogener, in den Gürteln steckender Dolche. Mehrere Männer hatten Seidenumhänge um die Schultern geschlungen, die mit einer Silber- oder Goldkette zwischen den mit Blumen oder Tieren bestickten schmalen Aufschlägen befestigt waren. Die Umhänge wirkten in der Tat seltsam – zu klein, um sie richtig anziehen zu können und nur als Überwurf gedacht –, aber die Männer trugen zusätzlich zu den gebogenen Dolchen auch noch lange, schmale Schwerter und schienen durchaus bereit, beides zu benutzen, wenn ein falsches Wort oder ein falscher Blick erfolgte oder weil sie sich zufällig danach fühlten.

Es war eine bunte Menge: zwei murandianische Händler mit gedrehten Schnurrbärten und jenen lächerlichen kleinen Spitzbärten, ein Domani mit Haaren bis über die Schultern und einem dünnen Schnurrbart, der ein Goldarmband, eine eng anliegende goldene Halskette und eine große Perle in seinem linken Ohr trug, ein dunkler Atha'an Miere in einem hellgrünen Umhang mit tätowierten Händen und zwei in einer Schärpe steckenden Dolche, ein Taraboner mit einem durchlässigen Schleier, der einen dichten, fast den Mund verbergenden Schnurrbart trug, sowie eine Anzahl Fremde, die von überallher gekommen sein konnten. Aber alle Männer hatten einen Stapel Münzen vor sich aufgeschichtet, obwohl sich die jeweilige Höhe unterschied. So nahe am Tarasin-Palast zog die *Wanderin* Gäste an, die Gold übrig hatten.

Mat schüttelte die fünf Würfel in dem Lederbecher und ließ sie dann auf den Tisch rollen. Sie blieben mit zwei Kronen, zwei Sternen und einem Becher auf den Oberflächen liegen. Ein guter Wurf, hätte nicht besser sein können. Sein Glück verlief wellenförmig, und im Moment schien die Welle ihren Tiefpunkt erreicht zu haben, was bedeutete, daß er nur höchstens bei der Hälfte seiner Würfe gewann. Gerade hatte er bei zehn Würfen in Folge verloren, ein für ihn eigentlich ungewöhnlicher Verlauf. Mat reichte den Würfelbecher an einen blauäugigen Fremden weiter, ein Mann mit einem harten, hageren Gesicht, der trotz seines einfachen braunen Umhangs anscheinend viele Münzen zur Verfügung hatte.

Vanin beugte sich herab, um Mat etwas ins Ohr zu flüstern. »Sie sind wieder draußen. Thom sagt, er weiß immer noch nicht, wie.« Mat schnitt dem dicken Mann eine Grimasse, woraufhin er sich schneller aufrichtete, als man es einem Mann seiner Statur zugetraut hätte.

Mat trank seinen Silberbecher gewürzten Wein halb leer und blickte stirnrunzelnd auf den Tisch hinab. Wieder! Der blauäugige Mann ließ die Würfel auf den Tisch rollen, und sie blieben mit drei Kronen, einer Rose und einem Zepter auf der Oberfläche liegen. Der Sieg wurde rund um den Tisch murmelnd gewürdigt.

»Blut und Asche«, murrte Mat. »Als nächstes wird die Tochter der Neun Monde hereinspazieren und mich fordern.« Der blauäugige Bursche verschluckte sich an seinem Siegestrunk. »Kennt Ihr den Namen?« fragte Mat.

»Mir ist nur der Wein in die falsche Kehle geraten«, antwortete der Mann mit einem schleppenden Akzent, den Mat nicht kannte. »Welcher Name war es?«

Mat machte eine beschwichtigende Geste. Er hatte Streitigkeiten schon aus weniger guten Gründen entstehen sehen. Er schob das Gold und Silber in seine Börse zurück und steckte sie in die Umhangtasche, während er aufstand. »Ich höre auf. Das Licht möge alle hier segnen.« Die Männer am Tisch erwiderten den Segen, sogar die Fremden. Die Menschen in Ebou Dar waren sehr höflich.

Obwohl es noch früh am Tag war, war der Schankraum recht gut besetzt, und ein weiteres Würfelspiel trug zu Gelächter und Stöhnen bei. Zwei der jüngeren Söhne von Herrin Anan halfen den Schankmädchen, das Frühstück zu servieren. Die Wirtin selbst saß in der Nähe der geländerlosen weißen Steintreppe an der Rückseite des Raumes und behielt alles im Auge. Neben ihr saß eine junge, hübsche Frau, deren schwarze Augen lustig zwinkerten, als kenne sie einen Witz, den niemand sonst kannte. Ihr Gesicht war ein von glänzendem schwarzen Haar umgebenes, vollkommenes Oval, und der tiefe Ausschnitt ihres mit einem roten Gürtel versehenen, grauen Gewandes gab einen quälenden Anblick frei. Die Belustigung in ihren Augen verstärkte sich noch, als sie Mat anlächelte.

»Bei Eurem Glück, Lord Cauthon«, sagte Herrin Anan, »sollte mein Mann Euch fragen, wohin er seine Fischerboote schicken soll.« Ihr Tonfall klang aus irgendeinem Grund sehr nüchtern.

Mat akzeptierte den Titel ohne Verwunderung. In Ebou Dar würden außer Lords selbst nur wenige einen Lord herausfordern. Es war für ihn eine einfache Rechnung. Es gab erheblich weniger Lords als Bürgerliche, wodurch sich die Gefahr verringerte, daß jemand versuchen würde, ein Messer in ihn zu versenken. Aber er hatte dennoch während der letzten zehn Tage drei

Männern den Kopf einschlagen müssen. »Ich fürchte, mein Glück erstreckt sich nicht auf solche Dinge, Herrin.«

Olver tauchte wie aus dem Nichts neben ihm auf. »Können wir am Pferderennen teilnehmen, Mat?« fragte er eifrig.

Frielle, Herrin Anans mittlere Tochter, kam heran und nahm den Jungen bei den Schultern. »Verzeiht, Lord Cauthon«, sagte sie besorgt. »Er ist mir gerade entwischt. Bei der Wahrheit des Lichts, das hat er getan.« Da sie bald verheiratet werden sollte – die eng anliegende Silberhalskette für ihren Hochzeitsdolch umgab bereits ihren schlanken Hals –, hatte sie sich freiwillig erboten, sich um Olver zu kümmern, und dabei lachend erwähnt, daß sie selbst sechs Söhne haben wollte. Mat vermutete, daß sie jetzt auf Töchter zu hoffen begann.

Nalesean, der die Treppe herunterkam, fing Mats Blick auf, der streng genug ausfiel, um den Tairener mitten im Schritt innehalten zu lassen. Nalesean hatte Wind mit Olver als Reiter – es ritten nur Jungen – für zwei Rennen eingetragen, und Mat hatte nichts davon gewußt, bis es geschehen war. Daß sich Wind als so schnell erwiesen hatte, wie sein Name hoffen ließ, verbesserte die Sache dennoch nicht. Zwei Siege verschafften Olver den Geschmack auf mehr. »Es ist nicht Euer Fehler«, beruhigte Mat Frielle. »Steckt ihn mit meinem Segen in ein Faß, wenn es sein muß.«

Olver sah ihn vorwurfsvoll an, aber kurz darauf sauste er schon wieder herum und bedachte Frielle mit einem unverschämten Grinsen, das er irgendwo abgeschaut hatte. Es wirkte bei seinen großen Ohren und dem breiten Mund seltsam. Er würde niemals ein gutaussehender Bursche werden. »Ich werde still sitzen, wenn ich Eure Augen betrachten darf. Ihr habt wunderschöne Augen.«

Frielle trug viel von ihrer Mutter in sich, und das

nicht nur bezüglich ihres Aussehens. Sie lachte melodisch und tätschelte Olver, woraufhin er errötete. Ihre Mutter und die großäugige junge Frau blickten lächelnd auf die Tischplatte.

Mat stieg kopfschüttelnd die Treppe hinauf. Er mußte mit dem Jungen reden. Er konnte nicht einfach jede Frau, die er sah, so angrinsen. Und einer Frau zu sagen, daß sie wunderschöne Augen hätte! In diesem Alter! Mat wußte nicht, wo Olver das herhatte.

Als er neben Nalesean trat, sagte der Mann: »Sie sind erneut entkommen, stimmt's?« Es war keine richtige Frage, und als Mat nickte, zog er an seinem Spitzbart und fluchte. »Ich werde die Männer zusammenrufen, Mat.«

Nerim machte sich in Mats Quartier zu schaffen, wischte den Tisch mit einem Tuch ab, als hätten die Töchter des Speers heute morgen nicht bereits staubgewischt. Er teilte sich nebenan einen kleineren Raum mit Olver und verließ die *Wanderin* nur selten. Ebou Dar war zügellos und unzivilisiert, behauptete er.

»Geht mein Lord aus?« fragte Nerim in klagendem Tonfall, als Mat seinen Hut hochnahm. »In diesem Umhang? Ich fürchte, auf Eurer Schulter befindet sich ein Weinfleck von letzter Nacht. Ich hätte ihn schon entfernt, wenn Mylord den Umhang heute morgen nicht so eilig umgelegt hätte, und außerdem hat der Ärmel einen Riß – von einem Messer, glaube ich –, den ich genäht hätte.«

Mat ließ sich von ihm eine graue Jacke mit Stickereien auf den Manschetten und dem hohen Kragen bringen und gab ihm statt dessen den goldverzierten Umhang.

»Ich vertraue darauf, daß Mylord heute zumindest versuchen wird, sich keinen Blutfleck einzutragen. Blut ist sehr schwer zu entfernen.«

Sie hatten sich auf diesen Kompromiß geeinigt. Mat fand sich mit Nerims düsterem Gesicht und seinen trüben Ansichten ab und ließ den Mann Dinge verrichten, die er ebenso leicht selbst hätte erledigen können. Im Gegenzug stimmte Nerim widerwillig zu, nicht ernsthaft zu versuchen, ihn tatsächlich anzuziehen.

Er überprüfte die Dolche, die unter seiner Jacke in den Ärmeln und in den herabgezogenen Schäften seiner Stiefel steckten, ließ den Speer und den Bogen ohne Sehne aber in der Ecke lehnen, ging dann hinab und trat vor das Gasthaus. Der Speer schien Dummköpfe zum Kampf zu reizen.

Trotz seines Hutes perlte, unmittelbar nachdem er aus der vergleichsweisen Kühle des Gasthauses herausgetreten war, Schweiß auf Mats Gesicht. Die Morgensonne hätte in normalen Zeiten bereits den Eindruck der Mittagszeit im Hochsommer erweckt, und der Mol-Hara-Platz war noch dazu dicht bevölkert. Mat blieb zunächst stirnrunzelnd am Tarasin-Palast stehen. Wie konnten sie ungesehen entkommen, wo doch Thom im Inneren und Vanin draußen wachten? Sie gingen fast an jedem Tag aus. Nachdem dies drei Mal geschehen war, hatte Mat dafür gesorgt, daß jede Tür dieser Masse weißen Gesteins bewacht wurde, wobei die Wächter ihre Plätze schon vor der Dämmerung einnahmen. Es waren mit ihm und Nalesean eigentlich ausreichend viele Wachen. Niemand hatte irgend etwas gesehen, und doch kam Thom unmittelbar vor der Mittagszeit heraus und verkündete, daß die Frauen irgendwie hinausgelangt seien. Der alte Gaukler schien fast außer sich und bereit, sich den Schnurrbart auszureißen. Mat wußte, was vor sich ging. Sie taten es gerade ihm zum Trotz.

Nalesean und die anderen warteten mürrisch und schwitzend und standen dicht zusammengedrängt. Nalesean betastete sein Schwertheft, als wünschte er sich heute eine Gelegenheit, es zu benutzen.

»Wir werden heute auf die andere Seite des Flusses gehen«, sagte Mat. Mehrere der Rotwaffen wechselten unbehagliche Blicke. Sie hatten die Geschichten gehört.

Vanin schüttelte den Kopf. »Zeitverschwendung«, sagte er tonlos. »Lady Elayne würde niemals an einen solchen Ort gehen. Die Aiel-Frauen vielleicht oder Birgitte, aber nicht Lady Elayne.«

Mat schloß einen Moment die Augen. Wie hatte Elayne es geschafft, einen guten Mann in so kurzer Zeit zu verderben? Er hoffte noch immer, daß Vanin mit der Zeit und fern ihres Einflusses wieder vernünftig würde, aber allmählich verlor er diese Hoffnung. Licht, wie er adlige Frauen verachtete! »Nun, wenn wir sie heute nicht sehen, können wir den Rahad vergessen – sie werden dort auffallen wie eine bemalte Lerche in einer Schar Drosseln –, aber ich beabsichtige sie auch dann zu finden, wenn sie sich unter einem Bett im Krater des Verderbens verbergen. Macht euch wie immer zu zweit auf die Suche und gebt einander Rückendeckung. Jetzt treibt einige Bootsführer auf, die uns hinüberbringen können. Verdammt, ich hoffe, daß sie nicht alle hinausgefahren sind, um den Meervolk-Schiffen Obst zu verkaufen.«

Für Elayne sahen die Straßen genauso aus wie in *Tel'aran'rhiod,* fünf- bis sechsstöckige Ziegelsteingebäude, teilweise mit einer dünnen Schicht Mörtel bedeckt, die eng zusammenstanden und über dem unebenen Straßenpflaster aufragten. Jegliche Schatten schwanden zu dieser Tageszeit, wenn die goldene Sonne über den Köpfen brannte, vollständig aus den schmalen Gassen. Fliegen summten überall umher. Die einzigen Unterschiede zur Welt der Träume waren die vor den Fenstern hängende Wäsche, die Menschen – obwohl sich in der Mittagshitze nicht viele Leute draußen aufhielten – und der Geruch, ein äußerst stechender, kränklicher Geruch nach Verfall, der sie veranlaßte, nicht zu tief atmen zu wollen. Leider ähnelten sich alle Straßen im Rahad.

Sie legte Birgitte eine Hand auf den Arm und hieß

sie anhalten, als sie ein grobes Ziegelsteingebäude erblickte, bei dem vor einigen Fenstern schmuddelige Wäsche hing. Das leise Weinen eines Babys drang von irgendwo dort drinnen heraus. Das Gebäude hatte die richtige Anzahl Stockwerke – sechs. Sie war sicher, daß es sechs gewesen waren. Nynaeve beharrte darauf, daß es nur fünf waren.

»Ich glaube nicht, daß wir hier stehenbleiben und das Haus anstarren sollten«, sagte Birgitte leise. »Die Leute schauen schon.«

Das stimmte nicht ganz, in Wahrheit sorgte sich Birgitte nur um sie. Männer ohne Hemden und häufig in zerrissenen Westen stolzierten die Straße entlang, wobei das Sonnenlicht auf ihren Messingkreolen und den mit Buntglas geschmückten Ringen glitzerte, oder sie schlichen wie Köter dahin. Die Frauen taten es ihnen in üblicherweise abgetragenen Kleidern und mit billigem Schmuck gleich. Alle trugen einen gebogenen Dolch im Gürtel und häufig auch ein einfach gearbeitetes Messer.

In Wahrheit gönnte niemand ihr und Birgitte einen zweiten Blick, obwohl Birgittes gealtertes Gesicht häufig herausfordernd wirkte und sie selbst für eine Ebou Dari groß war. Als Elayne Birgitte ansah, erblickte sie eine Frau mit feinen Fältchen in den Augenwinkeln und von Grau durchzogenem schwarzen Haar. Die Verkleidungen waren leichter zu durchschauen, je näher man dem blieb, wie ein Mensch wirklich war. Daher war auch Birgittes Haar, das ihr in vier dicken, mit grünen Bändern befestigten Flechten über den Rücken hing, erheblich länger, als jede Ebou Dari es trug, aber auch Elayne hatte ihr Haar nicht geschnitten, und niemand schien es zu beachten. Es war eine perfekte Verkleidung. Sie wünschte nur, sie müßte nicht auch schwitzen. Mit dem komplizierteren Gewebe aus Geist, das die Fähigkeit der Frauen, die Macht zu lenken, verbarg, war Elayne heute morgen auf ihrem Weg aus dem Palast direkt an Merilille vorbeigegangen. Sie trug es auch jetzt noch. Sie hatten Vandene und Adeleas mehr als einmal auf dieser Seite des Flusses gesehen.

Ihre Kleidung war natürlich nicht Teil des Gewebes, sondern es waren abgetragene Wollgewänder mit ausgefranster Stickerei an den Ärmeln und um den Halsausschnitt. Auch ihre Strümpfe waren aus Wolle und zumindest Elaynes juckten. Tylin hatte sie mit den Kleidungsstücken, verschiedenen Ratschlägen und den in Scheiden steckenden Hochzeitsdolchen versorgt. Anscheinend wurden verheiratete Frauen seltener herausgefordert als unverheiratete, und Witwen, die eine weitere Heirat ablehnten, am seltensten. Auch ihre betagte Erscheinung war hilfreich. Niemand forderte eine grauhaarige Großmutter heraus, auch wenn sie jemanden herausfordern könnte.

»Wir sollten hineingehen«, sagte Elayne, und Birgitte ging voraus, eine Hand auf dem Dolch in ihrem rauhen, braunen Wollgürtel, um die ungestrichene Tür aufzustoßen. Innen erwartete sie ein düsterer, von groben Türen gesäumter Gang, und an der entgegengesetzten Seite war eine steile, enge Treppe aus Ziegelsteinen zu sehen. Elayne unterdrückte ein erleichtertes Seufzen.

Ob man nun eine weiße Scheide mit sich führte oder nicht – ein Gebäude zu betreten, in das man nicht hineingehörte, konnte sehr wohl bedeuten, dort in eine Messerstecherei zu geraten. Auch das Fragenstellen oder Neugier konnten dies bewirken. Tylin hatte davon abgeraten, aber sie hatten bereits am ersten Tag nur durch blaue Türen gekennzeichnete Wirtshäuser betreten, um zu behaupten, sie kauften Sachen aus alten Lagerräumen auf, um sie auszubessern und weiterzuverkaufen. Sie war mit Birgitte zusammen losgegangen und hatte Nynaeve mit Aviendha arbeiten lassen, damit sie mehr erledigen könnten. Die Schankräume waren finstere, schmutzige Orte, und bei zwei Gelegenheiten hatte Birgitte sie wieder hinausgedrängt, beide mit den Dolchen in der Hand und gerade noch rechtzeitig, bevor sie in ernsthafte Schwierigkeiten gerieten. Beim zweiten Mal mußte Elayne die Macht lenken, von zwei Frauen ertappt, die nach ihnen auf die Straße traten, und Birgitte war sich sicher, daß ihnen *tatsächlich* den restlichen Tag über jemand gefolgt war. Nynaeve und Aviendha hatten die gleichen Schwierigkeiten, nur daß ihnen niemand folgte. Nynaeve hatte in der Tat eine andere Frau mit einem Stuhl getroffen. So wurde sogar von harmlosen Fragen abgesehen, und sie hofften nur, daß sie nicht durch eine Tür in einen Dolch hineinspazierten.

Birgitte ging die steile Treppe hinauf voran. Küchengerüche vermischten sich auf Übelkeit erregende Weise mit dem allgemeinen Gestank des Rahad. Das Baby hörte auf zu weinen, aber dafür begann irgendwo in dem Gebäude eine Frau zu schreien. Im dritten Stockwerk öffnete ein breitschultriger Mann mit entblößtem Oberkörper eine Tür, als sie gerade auf gleicher Höhe waren. Birgitte sah ihn stirnrunzelnd an, und er hob beide Hände, die Handflächen ihnen zugewandt, wich aus dem Flur wieder zurück und trat die Tür hinter sich zu. Im obersten Stockwerk, wo sich der Lagerraum hätte befinden sollen, wenn dies das richtige Gebäude war, saß eine hagere Frau in einem groben Leinenhemd auf einem Stuhl im Eingang und genoß den leisen Luftzug, während sie ihren Dolch schärfte. Sie drehte ihnen den Kopf zu, und die Klinge wurde nicht mehr über den Schleifstein gezogen. Sie wandte den Blick nicht von ihnen ab, während sie die Treppe langsam wieder hinuntergingen, und das leise Kratzen von Metall auf Stein begann erst wieder, als sie die unterste Stufe erreicht hatten. In diesem Moment atmete Elayne erleichtert aus.

Sie war überaus froh, daß Nynaeve ihre Wette nicht angenommen hatte. Zehn Tage. Sie war eine blauäugige Närrin gewesen. Dies war bereits der elfte Tag seit ihrer großspurigen Behauptung – elf Tage, in denen sie manchmal glaubte, abends in derselben Straße zu stehen wie am Morgen, elf Tage ohne einen Hinweis auf die Schale. Manchmal waren sie im Palast geblieben, einfach um ihre Gedanken zu klären. Alles war sehr enttäuschend. Wenigstens hatten Vandene und Adeleas ebensowenig Glück. Soweit Elayne es erkennen konnte, würde niemand im Rahad bereitwillig zwei Worte mit Aes Sedai wechseln. Die Leute entschwanden, sobald sie erkannten, mit wem sie es zu tun hatten. Sie hatte zwei Frauen beobachtet, die Adeleas erstechen wollten, zweifellos um die Närrin auszurauben, die im Rahad in Seidengewändern umherging, aber als die Braune Schwester die beiden auf Strängen aus Luft emporhob und durch ein Fenster im zweiten Stockwerk steckte, war niemand sonst in Sicht. Nun, sie würde nicht zulassen, daß die beiden die Schale fänden und sie ihr vor der Nase wegschnappten.

Als sie wieder auf der Straße standen, wurde Elayne noch durch etwas anderes daran erinnert, daß es im Rahad schlimmere Dinge gab als Enttäuschung. Genau vor ihr sprang ein schlanker Mann mit blutverschmierter Brust und einem Dolch in der Hand aus einem Eingang und wirbelte sofort wieder herum, um sich einem anderen Mann entgegenzustellen, der ihm folgte. Der zweite war größer und schwerer und blutete an einer Wange. Sie umkreisten einander, die Blicke ineinander verschränkt und die ausgestreckten Klingen blitzend und sich vortastend. Eine kleine Menschenmenge versammelte sich wie aus dem Boden gewachsen, um zuzusehen. Niemand kam angelaufen, aber es ging auch niemand vorbei.

Elayne und Birgitte traten auf eine Seite der Straße, aber sie gingen nicht weiter. Das hätte im Rahad Aufmerksamkeit erregt – das letzte, was sie wollten. Elayne gelang es, an den beiden Männern vorbei dorthin zu blicken, wo nur vage, verschwommene, schnelle Bewegung erkennbar war, bis sich die Bewegung plötzlich verlangsamte. Sie blinzelte und zwang sich, wieder hinzusehen. Der Mann mit der blutverschmierten Brust stolzierte umher, grinste und fuchtelte mit seiner bluttriefenden Klinge herum. Der größere Mann lag keine zwanzig Schritte entfernt mit dem Gesicht nach unten auf der Straße und keuchte schwach.

Elayne trat instinktiv näher – ihre nicht sehr ausgeprägte Fähigkeit zu Heilen war besser als nichts, wenn ein Mann verblutete, und zum Krater des Verderbens mit dem, was jedermann hier über Aes Sedai dachte –, jedoch kniete sich, bevor sie einen zweiten Schritt tun konnte, eine andere Frau neben den Mann. Sie war vielleicht ein wenig älter als Nynaeve und trug ein blaues Gewand mit rotem Gürtel, das in etwas besserem Zustand war als die meisten Gewänder im Rahad. Elayne glaubte zunächst, sie sei die Geliebte des Mannes. Niemand machte Anstalten zu gehen. Jedermann beobachtete schweigend, wie die Frau den Mann auf den Rücken drehte.

Elayne zuckte zusammen, als die Frau, statt dem Mann sanft das Blut von den Lippen zu wischen, eine Handvoll Kräuter aus ihrer Tasche nahm und ihm einige davon hastig in den Mund steckte. Bevor sie ihre Hand zurückzog, umhüllte sie das Schimmern *Saidars*, und sie begann die Heilenden Stränge geschickter zu weben, als Elayne es vermocht hätte. Der Mann keuchte so heftig, daß er die meisten Kräuterblätter wieder ausstieß, erschauderte – und lag dann still, die halb geöffneten Augen der Sonne zugewandt.

»Es war anscheinend zu spät.« Die Frau erhob sich und stellte sich vor den hageren Burschen. »Ihr müßt Masics Frau sagen, daß Ihr ihren Mann getötet habt, Baris.«

»Ja, Asra«, erwiderte Baris demütig.

Asra wandte sich ohne ein weiteres Wort ab, und die

kleine Menschenmenge teilte sich vor ihr. Als sie in nur wenigen Schritten Entfernung an Elayne und Birgitte vorbeiging, bemerkte Elayne zwei Dinge an ihr. Das eine war ihre Kraft. Elayne spürte ihr bewußt nach. Sie erwartete ein hinreichendes Maß an Kraft vorzufinden, aber Asra wäre wahrscheinlich nicht einmal gestattet worden, den Test zur Aufgenommenen zu machen. Das Heilen mußte ihr stärkstes Talent sein – vielleicht ihr einziges, da sie eine Wilde sein mußte – und vom Gebrauch ausgezeichnet geschärft. Vielleicht glaubte sie sogar, daß diese Kräuter nötig wären. Und als zweites bemerkte Elayne das Gesicht der Frau. Es war nicht sonnengebräunt, wie sie zunächst vermutet hatte. Asra war höchstwahrscheinlich eine Domani. Was, unter dem Licht, tat eine Domani-Wilde im Rahad?

Elayne wäre der Frau gefolgt, aber Birgitte zog sie in die entgegengesetzte Richtung. »Ich kenne diesen Ausdruck in Euren Augen, Elayne.« Birgitte suchte die Straße ab, als erwarte sie, daß einer der Vorübergehenden sie belauschte. »Ich weiß nicht, warum Ihr dieser Frau hinterherjagen wollt, aber sie scheint geachtet zu sein. Kommt Ihr dieser Frau zu nahe, sehen wir uns vielleicht mehr Klingen gegenüber, als wir zusammen bewältigen können.«

Das war schlicht die Wahrheit, und sie waren auch nicht nach Ebou Dar gekommen, um Domani-Wilde zu suchen.

Sie berührte Birgittes Arm und deutete auf zwei Männer, die gerade vor ihnen um die Ecke traten. In seinem Satinumhang sah Nalesean jeder Zoll wie ein tairenischer Lord aus. Sein Reiseumhang war bis zum Hals geschlossen, und sein verschwitztes Gesicht glänzte fast ebenso wie sein geölter Bart. Er starrte jedermann, der ihn auch nur ansah, dermaßen an, daß er unweigerlich in einen Kampf verwickelt wäre, und er liebkoste sein Schwertheft so, als würde er einen solchen Kampf ersehnen. Mat stolzierte einher, und abgesehen von seinem verstimmten Ausdruck hätte man glauben können, er amüsiere sich. Mit dem geöffneten Umhang, dem tief in die Stirn gezogenen Hut und dem Tuch um den Hals wirkte er, als hätte er die Nacht damit verbracht, durch Wirtshäuser zu ziehen, was sehr gut möglich war. Elayne erkannte zu ihrer Überraschung, daß sie seit Tagen nicht an ihn gedacht hatte. Es drängte sie, Hand an sein *Ter'angreal* zu legen, aber die Schale war unendlich wichtiger.

»Es ist mir niemals zuvor aufgefallen«, murmelte Birgitte, »aber ich glaube, Mat ist der Gefährlichere von den beiden. A N'Shar in Mameris. Ich frage mich, was sie auf dieser Seite des Eldar tun.«

Elayne starrte sie an. Wovon sprach Birgitte? »Sie haben wahrscheinlich alle Weinfässer auf der anderen Seite leergetrunken. Wirklich, Birgitte, ich wünschte, Ihr würdet Eure Gedanken auf das richten, weshalb wir hier sind.« Dieses Mal würde sie *nicht* fragen.

Als Mat und Nalesean an ihnen vorbeigeschlendert waren, verbannte Elayne sie wieder aus ihrem Geist und überprüfte die Straße. Es wäre wundervoll, wenn sie die Schale heute fänden, weil sie bei einem nächsten Versuch gemeinsam mit Aviendha suchen müßte. Sie fing an, sie zu mögen – trotz ihrer äußerst sonderbaren Vorstellungen von Rand und ihr; äußerst sonderbar! –, aber sie neigte dazu, Frauen zu ermutigen, die bereit waren, einen Dolch zu ziehen. Aviendha schien sogar enttäuscht, wenn Männer den Blick senkten, wenn sie sie anstarrte, anstatt eine Klinge zu ziehen, so wie Frauen es tun würden!

»Dort entlang«, sagte Elayne und deutete in die entsprechende Richtung. Nynaeve konnte mit den fünf Stockwerken nicht recht haben. Oder? Elayne hoffte, daß Egwene einen Weg gefunden hätte.

Egwene wartete geduldig, während Logain noch mehr Wasser trank. Sein Zelt war nicht so geräumig wie seine Räume in Salidar, aber es war immer noch größer als die meisten anderen im Lager. Es mußte Platz für sechs Schwestern, und somit sechs Stühle, vorhanden sein, die den Schild gegen ihn aufrechterhielten. Egwenes Vorschlag, ihn abzubinden, war mit Ungläubigkeit und fast verächtlich aufgenommen worden. Niemand war bereit, dies zu unterstützen, besonders jetzt nicht, da sie erst vor kurzem vier Frauen ohne Prüfung oder die Eidesrute zu Aes Sedai erhoben hatte, und vielleicht niemals. Siuan hatte gesagt, sie würden es nicht tun. Der Brauch forderte sechs, obwohl ihn, wenn er so geschwächt war, lediglich drei Schwestern hätten festhalten können. Eine einzige Lampe lieferte angemessene Beleuchtung. Egwene und Logain saßen auf den am Boden ausgelegten Decken.

»Laßt es mich noch einmal wiederholen«, sagte Logain, als er den Zinnbecher senkte. »Ihr wollt wissen, was *ich* von al'Thors Straferlaß halte?« Einige der Schwestern regten sich auf ihren Stühlen, vielleicht weil er es unterlassen hatte, sie ›Mutter‹ zu nennen, aber noch wahrscheinlicher, weil ihnen das Thema mißfiel.

»Ich möchte wissen, was Ihr denkt. Ihr müßt doch sicherlich eine Meinung haben. Wenn Ihr mit ihm in Caemlyn wärt, hättet Ihr wahrscheinlich einen Ehrenplatz erhalten. Hier müßt Ihr jeden Tag gedämpft werden. Nun, Ihr habt den Wahnsinn fünf Jahre lang aufgehalten, behauptet Ihr. Wie groß ist Eurer Ansicht nach die Chance, daß jeder andere, der zu ihm kommt, das auch tun könnte?«

»Soll ich wirklich wieder gedämpft werden?« Seine Stimme klang leise, sein Tonfall verletzt und wütend. »Ich habe Euch alles gegeben. Ich habe alles getan, was Ihr verlangt habt. Ich habe Euch angeboten, jeden Eid zu schwören, den Ihr fordert.«

»Der Saal wird bald entscheiden. Einigen wäre es recht, wenn Ihr bequemerweise bald sterben würdet.

Alle wissen, daß Aes Sedai nicht lügen können, wenn sie Eure Geschichte erzählen. Aber ich glaube nicht, daß Ihr das fürchten müßt. Ihr habt uns zu gut gedient, als daß ich zulassen könnte, daß Ihr Schaden erleidet. Und was auch geschehen mag – Ihr könnt noch immer Euer Amt erfüllen und dafür sorgen, daß die Rote Ajah nach Eurem Belieben bestraft wird.«

Logain richtete sich ruckartig auf, und sie umarmte *Saidar* und hüllte ihn innerhalb eines Herzschlags in sichere Stränge aus Luft. Die Schwestern, die ihn abschirmten, hielten all ihre Kraft darauf konzentriert – ein weiterer Brauch; man muß seine ganze Kraft einsetzen, um einen Menschen abzuschirmen –, aber mehrere konnten ihre Gewebe teilen, und eine könnte einen Teil zu ihm abgeleitet haben, wenn sie glaubten, er wollte ihr vielleicht Schaden zufügen. Sie wollte nicht riskieren, daß er verletzt würde.

Die Stränge hielten ihn auf den Knien fest, aber er schien sie nicht zu beachten. »Ihr wollt wissen, was ich von al'Thors Straferlaß halte? Ich wünschte, ich wäre jetzt bei ihm! Verdammt seid Ihr alle! Ich habe alles getan, was Ihr verlangt habt! Das Licht verbrenne Euch alle!«

»Beruhigt Euch, Meister Logain.« Egwene war überrascht, daß ihre Stimme so ruhig klang. Ihr Herz raste, wenn auch sicherlich nicht aus Angst vor ihm. »Ich schwöre Euch, ich werde Euch niemals Schaden zufügen oder zulassen, daß Euch von irgend jemandem aus meinem Gefolge ein Leid geschieht, wenn ich es verhindern kann, es sei denn, Ihr wendet Euch gegen uns.« Der Zorn war aus seinem Gesicht gewichen und wurde durch Ausdruckslosigkeit ersetzt. Hörte er noch zu? »Aber der Saal wird seinen Beschlüssen folgen. Habt Ihr Euch jetzt wieder beruhigt?« Er nickte erschöpft, und sie ließ die Stränge fahren. Er sank wieder zu Boden, ohne sie anzusehen. »Ich werde erneut mit Euch über den Straferlaß sprechen, wenn Ihr wieder gefaßter seid. Vielleicht in ein oder zwei Tagen.« Er nickte noch einmal kurz, sah sie aber noch immer nicht an.

Als sie in die Abenddämmerung hinaustrat, verbeugten sich die beiden Behüter, die draußen wachten, vor ihr. Zumindest kümmerte es die Gaidin nicht, daß sie erst achtzehn Jahre alt und als Aufgenommene nur dadurch eine Aes Sedai geworden war, daß man sie zur Amyrlin erhoben hatte. Für die Behüter war eine Aes Sedai eine Aes Sedai, und die Amyrlin war die Amyrlin. Dennoch wagte sie erst auszuatmen, als sie weit genug fort war, so daß die beiden es nicht mehr hören konnten.

Das Lager war ziemlich groß, Zelte für Hunderte von Aes Sedai und für Aufgenommene, Novizinnen und Diener. Karren und Wagen und Pferde breiteten sich überall im Wald aus. Die Essensgerüche der Abendmahlzeit hingen schwer in der Luft. Rundum erstreckten sich die Herdfeuer von Gareth Brynes Heer. Die meisten seiner Männer würden nicht in Zelten, sondern auf dem Boden schlafen. Die sogenannte Horde der Roten Hand lagerte nicht mehr als zehn Meilen südlich. Talmanes änderte diesen Abstand niemals um mehr oder weniger als eine Meile, am Tag oder bei Nacht, über zweihundert Meilen weit. Sie hatten bereits einen Teil ihres Planes ausgeführt, wie Siuan und Leane es vorgeschlagen hatten.

Gareth Brynes Streitmacht war in den sechzehn Tagen, seit sie Salidar verlassen hatten, angewachsen. Zwei Heere, die langsam nordwärts durch Altara marschierten und einander eindeutig nicht freundlich gesonnen waren, erweckten Aufmerksamkeit. Adlige strömten mit ihren Gefolgsleuten heran, um sich mit dem stärkeren der beiden Heere zu verbünden. Keiner jener Herren hätte die Schwüre geleistet, die sie geleistet hatten, wenn sie gewußt hätten, daß kein großer Kampf auf ihren eigenen Ländereien stattfinden würde. Tatsächlich wäre jeder, hätte er die freie Wahl gehabt, in dem Moment davongeritten, als sie erkannten, daß Egwenes Ziel Tar Valon war und nicht ein Heer der Drachenverschworenen. Aber sie *hatten* jene Schwüre geleistet, zumindest *einer* Amyrlin gegenüber – vor den Aes Sedai, die sich den Saal der Burg nannten, und Hunderten weiteren Zuschauern. Diese Schwüre zu brechen, würde sie ihr Leben lang verfolgen. Außerdem glaubte keiner von ihnen, daß Elaida die geleisteten Eide vergessen würde, selbst wenn Egwenes Kopf auf einem Spieß in der Weißen Burg endete. Sie waren vielleicht in dem Bund gefangen und unterlagen der Treuepflicht, aber sie würden zu ihren glühendsten Helfern zählen. Ihr einziger Ausweg, ihren Hals heil aus dieser Schlinge zu retten, bestand darin, dafür zu sorgen, daß Egwene in Tar Valon die Stola trug.

Siuan und Leane waren darüber aufgebracht. Egwene war sich ihrer Empfindungen nicht sicher. Wenn es eine Möglichkeit gegeben hätte, Elaida zu vertreiben, ohne einen Tropfen Blut zu vergießen, hätte sie sofort zugegriffen. Sie glaubte jedoch nicht, daß diese Möglichkeit bestand.

Nach einer kleinen Mahlzeit aus Ziegenfleisch, Steckrüben und etwas, das sie nicht näher erfragte, zog Egwene sich in ihr Zelt zurück. Es war nicht das größte Zelt im Lager, aber sicherlich das größte, das nur von einer Person bewohnt wurde. Chesa befand sich bereits dort und wartete darauf, Egwene beim Auskleiden zu helfen, wobei sie unbedingt die Neuigkeit loswerden mußte, daß sie vom Dienstmädchen einer altaranischen Lady ein wenig des feinsten vorstellbaren Leinens erworben hatte, zarter Stoff, der die unvorstellbar kühlsten Unterhemden ergeben würde. Egwene ließ Chesa häufig in ihrem Zelt schlafen, obwohl das Lager aus Decken kaum Chesas eigenem Bett gleichkam. Heute abend schickte sie die Frau jedoch fort, als sie bereit zum Schlafengehen war. Die Amyrlin zu sein, beinhaltete gewisse Sonderrechte. Beispielsweise bekam ihre Dienerin ein eigenes Zelt zugewiesen, und sie konnte nachts allein schlafen, wenn sie es wollte.

Egwene war noch nicht müde genug, um schlafen zu können, aber das war unerheblich. Es war einfach, sich in Schlaf zu versetzen. Sie war von Aiel-Traumgängern ausgebildet worden. Sie betrat *Tel'aran'rhiod* …

… und stand in dem Raum, der in der Kleinen Burg für kurze Zeit ihr Arbeitszimmer gewesen war. Der Tisch und die Stühle waren natürlich geblieben. Man nahm keine Möbel mit, wenn man mit einem Heer aufbrach. In der Welt der Träume fühlte sich jeder Ort leer an, bis auf jene, die wirklich mehr als die meisten anderen bedeuteten. Die Kleine Burg fühlte sich bereits … hohl an.

Sie erkannte jäh, daß die Stola der Amyrlin um ihren Hals gelegt war. Sie ließ sie gerade noch rechtzeitig verschwinden. Einen Moment später waren Nynaeve und Elayne da, Nynaeve genauso körperlich wie sie, Elayne eher nebelhaft. Siuan hatte nur widerwillig von dem echten Ring-*Ter'angreal* abgelassen. Ein ausdrücklicher Befehl war notwendig gewesen. Elayne trug ein grünes Gewand mit Spitzenmanschetten und einem erstaunlich tiefen, spitzenbesetzten Ausschnitt, der einen kleinen, von einer eng anliegenden goldenen Kette herabhängenden Dolch freigab, dessen Heft sich als Ansammlung von Perlen und Feuertropfen zwischen ihre Brüste schmiegte. Elayne schien stets überall, wo sie sich aufhielt, die örtlichen Gepflogenheiten zu übernehmen. Nynaeve trug erwartungsgemäß die einfache und robuste Kleidung der Zwei Flüsse.

»Hattet ihr Erfolg?« fragte Egwene hoffnungsvoll.

»Noch nicht, aber wir werden Erfolg haben.« Elayne klang so zuversichtlich, daß Egwene erstaunt war. Sie sollte sich bemühen, ebenso zu klingen.

»Es wird gewiß nicht mehr lange dauern«, sagte Nynaeve, die sogar noch hoffnungsvoller klang.

Egwene seufzte. »Vielleicht solltet ihr euch mir wieder anschließen. Ich bin sicher, daß ihr die Schale in wenigen weiteren Tagen finden könntet, aber ich denke ständig an alle diese Geschichten.« Sie waren in der Lage, auf sich selbst aufzupassen. Sie wußte das, und es wäre gut, diesen Gedanken an ihren Gräbern zu hegen. Aber Siuan behauptete, daß *keine* der Geschichten, die sie erzählt hatten, übertrieben waren.

»O nein, Egwene«, widersprach Nynaeve. »Die Schale ist zu wichtig. Du weißt es. Alles wird stillstehen, wenn wir sie nicht finden.«

»Und außerdem«, fügte Elayne hinzu, »in welche Schwierigkeiten könnten wir schon geraten? Wir schlafen jede Nacht im Tarasin-Palast, falls du das vergessen hast, und wenn Tylin uns auch nicht gerade zudeckt, ist sie doch immer bereit, mit uns zu reden.« Ihr Gewand sah jetzt anders aus, der Schnitt war unverändert, aber der Stoff war jetzt rauh und abgetragen. Nynaeve trug annähernd dasselbe Gewand, aber ihr Dolch wies nur neun oder zehn Glasperlen am Heft auf. Diese Kleidung war kaum für irgendeinen Palast geeignet. Und was noch schlimmer war – sie versuchte, unschuldig zu wirken. Darin hatte Nynaeve keine Übung.

Egwene schwieg dazu. Die Schale war *tatsächlich* wichtig, sie konnten *tatsächlich* auf sich selbst aufpassen, und sie wußte sehr gut, daß der Tarasin-Palast nicht überwacht wurde. »Ihr benutzt Mat, richtig?«

»Wir …« Elayne wurde sich jäh ihres Gewandes bewußt und zuckte zusammen. Aus irgendeinem Grund schien jedoch der kleine Dolch das zu sein, was sie wahrhaft erschreckte. Ihre Augen traten hervor, sie umklammerte das Heft, eine Ansammlung großer roter und weißer Glasperlen, und ihr Gesicht wurde vollkommen karmesinrot. Einen Moment später steckte sie in einem hochgeschlossenen andoranischen Gewand aus grüner Seide.

Nynaeve erkannte nur einen Herzschlag nach Elayne, was sie trug, und reagierte genauso; außer vielleicht, daß Nynaeve doppelt so stark errötete. Sie trug wieder die Kleidung der Zwei Flüsse, bevor Elayne ihr Gewand verändert hatte.

Elayne räusperte sich und hauchte: »Ich bin sicher, daß Mat uns von Nutzen sein kann, aber wir dürfen nicht zulassen, daß er sich uns in den Weg stellt, Egwene. Du weißt, wie er ist. Aber sei versichert, daß wir ihn und alle seine Soldaten, wenn wir etwas Gefährliches tun, ganz in unserer Nähe halten werden.« Nynaeve schwieg und schien verärgert. Vielleicht erinnerte sie sich an Mats Drohung.

»Nynaeve, ihr werdet Mat nicht zu hart bedrängen, nicht wahr?«

Elayne lachte. »Egwene, sie bedrängt ihn überhaupt nicht.«

»Das ist die einfache Wahrheit«, warf Elayne schnell ein. »Ich habe kein Wort mit ihm gesprochen, seit wir in Ebou Dar angekommen sind.«

Egwene nickte langsam. Sie könnte der Sache auf den Grund gehen, aber es würde viel Zeit … Sie schaute an sich herab, um sich zu versichern, daß die Stola nicht wieder aufgetaucht war, und sah nur ein Flackern, daß selbst sie nicht erkennen konnte.

»Egwene«, sagte Elayne, »hast du schon mit den Traumgängern gesprochen?«

»Ja«, sagte Nynaeve. »Wissen sie, wo das Problem liegt?«

»Ich habe mit ihnen gesprochen.« Egwene seufzte. »Sie wissen es nicht, nicht wirklich.«

Es war eine seltsame Begegnung gewesen, erst vor wenigen Tagen, als sie Bairs Träume gesucht hatte. Bair und Melaine hatten sie im Stein von Tear getroffen. Amys hatte gesagt, sie würde Egwene nicht mehr lehren, und kam nicht. Zuerst hatte sich Egwene befangen gefühlt. Sie konnte sich nicht überwinden, ihnen zu sagen, daß sie eine Aes Sedai war, und noch viel weniger, daß sie die Amyrlin war, aus Angst, sie könnten es für eine weitere Lüge halten. Es wäre sicherlich nicht schwierig gewesen, die Stola zu dem Zeitpunkt erscheinen zu lassen. Aber da war auch noch ihr *Toh* gegenüber Melaine. Sie erwähnte es, während sie unaufhörlich darüber nachdachte, wie viele Meilen sie am nächsten Tag in einem Sattel verbringen müßte, aber Melaine war so voller Freude darüber, daß sie Töchter bekommen würde – sie schwärmte von Mins Vision –, daß sie nicht nur geradeheraus verkündete, Egwene habe ihr gegenüber kein *Toh* mehr, sondern auch sagte, sie würde eines der Mädchen Egwene nennen. Das war eine kleine Freude in einer Nacht voller Nichtigkeiten und Verärgerung gewesen.

»Sie sagten«, fuhr Egwene fort, »daß sie niemals von jemandem gehört hätten, der etwas erneut dringend zu finden versuchte, nachdem er es bereits gefunden hätte. Bair dachte, es wäre so, als würde man versuchen, denselben … Apfel zweimal zu essen.« Bair hatte denselben *Motai* gesagt. Ein *Motai* war eine in der Wüste zu findende Raupe. Sehr süß und knusprig – bis Egwene herausfand, was sie da aß.

»Du meinst, wir *können* nicht in den Lagerraum zurückkehren?« Elayne seufzte. »Ich hatte gehofft, daß wir etwas falsch angefangen hätten. Oh, wir werden sie trotzdem finden.« Sie zögerte, und ihr Gewand veränderte sich erneut, obwohl sie es nicht zu bemerken schien. Es war noch immer andoranisch, aber jetzt rot, mit den Weißen Löwen von Andor geschmückt, die die Ärmel hinaufkletterten und über das Leibchen wanderten. Das Gewand einer Königin, auch ohne daß die Rosenkrone auf ihren rotgoldenen Locken prangte. Das Gewand einer Königin, aber mit einem eng anliegenden Leibchen, das vielleicht mehr preisgab, als eine andoranische Königin preisgeben würde. »Egwene, haben sie etwas über Rand gesagt?«

»Er ist in Cairhien und macht sich im Sonnenpalast eine schöne Zeit.« Egwene gelang es nur mühsam, nicht zusammenzuzucken. Weder Bair noch Melaine waren sehr entgegenkommend, aber Melaine murmelte düster etwas über Aes Sedai, während Bair sagte, daß sie alle gezüchtigt werden sollten. Was auch immer Sorilea sagte – eine einfache Züchtigung sollte genügen. Egwene befürchtete insgeheim, daß Merana falsch gehandelt hatte. Zumindest vertröstete er die Abgesandten Elaidas. Sie glaubte nicht, daß er auch nur annähernd so geschickt mit ihnen umgehen konnte, wie er selbst es glaubte. »Perrin ist bei ihm und dessen Frau. Perrin hat Faile geheiratet!« Das bewirkte erstaunte Ausrufe. Nynaeve sagte, Faile sei viel zu gut für ihn, aber sie äußerte es mit einem breiten Lächeln. Elayne meinte, sie hoffe, daß sie glücklich würden, aber sie klang aus irgendeinem Grund skeptisch. »Loial ist auch dort. Und Min. Also fehlen nur noch Mat und wir drei.«

Elayne biß sich auf die Unterlippe. »Egwene, würdest du eine... Nachricht für Min an die Weisen Frauen weitergeben? Sie sollen ihr sagen...« Sie zögerte und biß sich nachdenklich auf die Lippen. »Sie sollen ihr sagen, daß ich hoffe, daß sie Aviendha mit der Zeit genauso mögen wird wie mich. Ich weiß, daß das seltsam klingt«, fügte sie lachend hinzu. »Es ist eine persönliche Angelegenheit zwischen uns.« Nynaeve sah Elayne genauso merkwürdig an, wie sie selbst dreinschaute.

»Natürlich würde ich es tun. Aber andererseits möchte ich für längere Zeit nicht wieder mit ihnen sprechen.« Es hatte nicht viel Sinn, wenn sie so wenig über Rand preisgeben wollten. Und wenn sie den Aes Sedai gegenüber so feindselig gestimmt waren.

»Oh, es ist gut«, sagte Elayne schnell. »Es ist wirklich nicht wichtig. Nun, wenn wir die Not nicht benutzen können, dann müssen wir die Füße benutzen, und in

Ebou Dar schmerzen meine gerade. Wenn es euch nichts ausmacht, werde ich zu meinem Körper zurückkehren und eine Weile richtig schlafen.«

»Geh du vor«, sagte Nynaeve. »Ich bleibe noch eine Weile.« Als Elayne verschwunden war, wandte sie sich zu Egwene um. Ihr Gewand hatte sich ebenfalls verändert, und Egwene glaubte sehr gut zu wissen, warum. Es war jetzt zartblau und tief ausgeschnitten. Blumen steckten in ihrem Haar und Bänder durchzogen ihren Zopf, wie es bei ihrer Hochzeit zu Hause wäre. Egwenes Herz flog ihr zu. »Hast du etwas von Lan gehört?« fragte Nynaeve leise.

»Nein, Nynaeve, ich habe nichts von ihm gehört. Es tut mir so leid. Ich wünschte, ich könnte dir etwas Besseres sagen. Ich weiß, daß er noch lebt, Nynaeve, und daß er dich genauso liebt, wie du ihn liebst.«

»Natürlich lebt er«, sagte Nynaeve bestimmt. »Ich würde nichts anderes zulassen. Ich beabsichtige, ihn mir zu nehmen. Er *gehört* mir, und ich werde nicht zulassen, daß er stirbt.«

Als Egwene erwachte, saß Siuan neben ihrem Bett, in der Dunkelheit kaum zu sehen. »Ist es vollbracht?« fragte Egwene.

Ein Schimmern umgab Siuan, als sie ein kleines Wachgewebe gegen Lauscher um sie beide wob. »Von den sechs Schwestern, die seit Mitternacht wachen, haben nur drei Behüter, und jene Gaidin werden draußen Wache halten. Sie werden sich Minztee bringen lassen, mit einem kleinen Zusatz, den sie nicht bemerken sollten.«

Egwene schloß einen Moment die Augen. »Tue ich das Richtige?«

»Das fragt Ihr *mich?*« keuchte Siuan. »Ich habe Befehle ausgeführt, Mutter. Ich würde diesem Mann auf keinen Fall zur Flucht verhelfen, wenn es mir überlassen bliebe.«

»Sie werden ihn dämpfen, Siuan.« Egwene hatte dies

bereits alles mit ihr besprochen, aber sie mußte es für sich selbst erneut aussprechen, um sich davon zu überzeugen, daß sie keinen Fehler beging. »Sogar Sheriam hört Carlinya nicht mehr zu, und Lelaine und Romanda drängen darauf. Womöglich wird sogar jemand tatsächlich tun, was Delana angedeutet hat. Ich werde keinen Mord zulassen! Wenn wir einen Mann nicht prüfen und hinrichten können, haben wir kein Recht, seinen Tod zu *vereinbaren*. Ich werde ihn nicht ermorden lassen, und ich kann auch nicht zulassen, daß er gedämpft wird. Wenn Merana Rand wirklich den Rücken gestärkt hat, heißt das Öl aufs Feuer zu gießen. Ich wünschte nur, ich hätte Gewißheit, daß er zu Rand geht und sich ihm anschließt, anstatt das Licht weiß wohin zu laufen, um nur das Licht weiß was zu tun. Zumindest bestünde auf diese Weise eine gewisse Möglichkeit zu, was er unternimmt.« Sie hörte, wie Siuan sich in der Dunkelheit regte.

»Ich dachte immer, die Stola wöge genauso viel wie drei gute Männer«, sagte Siuan ruhig. »Die Amyrlin hat ein paar leichte Entscheidungen zu treffen, und noch weniger, bei denen sie Gewißheit haben kann. Tut, was Ihr tun müßt, und bezahlt den Preis, wenn Ihr Euch irrt. Und manchmal auch, wenn Ihr richtig entschieden habt.«

Egwene lachte leise. »Mir scheint, als hätte ich das schon einmal gehört.« Nach einer Weile erstarb ihr Frohsinn. »Versichert Euch, daß er niemanden verletzt, wenn er geht, Siuan.«

»Wie Ihr befehlt, Mutter.«

»Das ist schrecklich«, murrte Nisao. »Wenn es bekannt wird, wird die Mißbilligung genügen, Euch ins Exil zu treiben, Myrelle. Und mich mit Euch. Vor vierhundert Jahren wäre es vielleicht alltäglich gewesen, aber heute wird niemand mehr so denken. Einige werden es als ein Verbrechen bezeichnen.«

Myrelle war froh, daß der Mond bereits untergegangen war. So blieb ihr Gesichtsausdruck verborgen. Sie konnte selbst Heilen, aber Nisao hatte sich mit der Heilung des Geistes beschäftigt, Dinge, welche die Macht nicht berühren konnte. Myrelle würde alles versuchen, was vielleicht Erfolg haben könnte. Nisao konnte sagen, was sie wollte. Myrelle wußte, daß sie sich eher die eigene Hand abhacken als diese Chance zur Weiterbildung verpassen würde.

Sie konnte ihn dort draußen in der Nacht näher kommen spüren. Sie waren noch ein gutes Stück von den Zelten entfernt, ein gutes Stück jenseits der Soldaten, und nur vereinzelte Bäume umgaben sie. Sie hatte ihn von dem Moment an gespürt, als seine bindende Kraft auf sie überging, das Verbrechen, über das sich Nisao aufregte. Die bindende Kraft eines Behüters ging ohne sein Einverständnis von einer Aes Sedai auf eine andere über. In einem Punkt hatte Nisao recht: Sie würden dieses Geheimnis so lange wie möglich bewahren müssen. Myrelle konnte seine Verletzungen spüren, von denen einige bereits fast geheilt, andere aber noch frisch waren. Und einige waren stark entzündet. Er wäre nicht vom Weg abgewichen, um den Kampf zu suchen. Er mußte so unausweichlich zu ihr kommen, wie ein Fels einen Berg hinunterrollen mußte, wenn man ihn hinabkippte. Er wäre auch nicht zu Fuß marschiert, um dem Kampf fernzubleiben. Sie hatte sein Schnelles Reisen in der Ferne im Blut gespürt, in seinem Blut. Durch Cairhien und Andor, Murandy und jetzt Altara, durch von Aufrührern und Schurken, Straßenräubern und Drachenverschworenen heimgesuchte Länder, auf sie fixiert wie ein auf das Ziel zufliegender Speer, der sich seinen Weg durch jeden bewaffneten Mann bohrte, der ihm im Weg stand. Sogar er konnte das nicht unbeschadet tun. Sie zählte seine Verletzungen im Geiste auf und wunderte sich, daß er noch lebte.

Sie hörte das Geräusch von Pferdehufen zuerst, ein steter Klang, und erst jetzt bemerkte sie das große schwarze Pferd in der Nacht. Auch der Reiter schien die Nacht zu sein. Er würde seinen Umhang tragen. Das Pferd blieb gut fünfzig Schritte von ihr entfernt stehen.

»Ihr hättet Nuhel und Croi nicht ausschicken sollen, mich zu suchen«, rief der unsichtbare Reiter mit rauher Stimme. »Ich hätte sie beinahe getötet, bevor ich erkannte, wer sie waren. Avar, Ihr könnt unbesorgt hinter diesem Baum hervorkommen.« Die Nacht schien zur Rechten in Bewegung zu geraten. Avar trug ebenfalls seinen Umhang und hatte nicht erwartet, gesehen zu werden.

»Das ist verrückt«, murmelte Nisao.

»Sei still«, zischte Myrelle. Dann rief sie mit lauterer Stimme: »Kommt zu mir.« Das Pferd rührte sich nicht. Ein Wolfshund, der seine tote Herrin beklagte, kam nicht bereitwillig zu einer neuen Herrin. Sie wob geschickt Geist und berührte den Teil von ihm, der ihre bindende Kraft enthielt. Es mußte geschickt geschehen, sonst würde er es merken, und nur der Schöpfer wußte, welche Erschütterung daraus entstehen würde. »Kommt zu mir.«

Dieses Mal ging das Pferd vorwärts, und der Mann schwang sich herab und kam die letzten Meter zu Fuß heran, ein großer Mann, dessen kantiges Gesicht im Mondlicht wie aus Stein gemeißelt schien. Dann stand er vor ihr, stand über ihr, und sie schaute in Lan Mandragorans kalte blaue Augen, und sie sah den Tod. Das Licht helfe ihr. Wie sollte sie ihn jemals lange genug am Leben erhalten?

KAPITEL 11

Das Lichterfest

Die in den Straßen von Cairhien tanzenden Menschen ärgerten Perrin. Es war fast unmöglich hindurchzugelangen. Im Schreittanz schlängelte sich eine Kette Tanzender hinter einem großnasigen Burschen mit einer Flöte und ohne Hemd hinter ihm vorbei. Als letzte in der Reihe tänzelte eine rundliche kleine Frau, die fröhlich lachte und eine Hand von der Taille des Mannes vor ihr nahm, um zu versuchen, Perrin hinter sich in die Reihe zu ziehen. Er schüttelte den Kopf, und entweder erschreckten sie seine gelben Augen oder sein Gesichtsausdruck wirkte so grimmig, wie er es auch selbst empfand, denn sie verlor ihre Fröhlichkeit und sah ihn über die Schulter an, bis die Menge sie verbarg. Eine bereits ergrauende, aber immer noch hübsche Frau in einem dunklen, fast bis zur Taille mit farbigen Schlitzen versehenen Seidengewand schlang Perrin die schlanken Arme um den Hals und reckte den Mund hungrig zu ihm empor. Sie wirkte bestürzt, als er sie sanft unter den Armen ergriff und aus dem Weg hob. Eine Gruppe von Männern und Frauen in seinem Alter, die zu Trommelklängen tanzten, stießen gegen ihn, lachten lebhaft und zupften an seinem Umhang. Sie mißachteten sein Kopfschütteln, bis er einen der Männer schließlich heftig von sich stieß und die anderen mit dem Knurren eines Leitwolfs bedachte. Das Lachen wich einem Moment offenen Erstaunens, aber dann lachten sie erneut und versuchten, sein Knurren nachzuahmen, bevor sie fröhlich in die Menge entschwanden.

Es war der erste Tag des Lichterfests, der kürzeste Tag des Jahres, der letzte Tag des Jahres, und die Stadt feierte auf eine Art, wie es sich Perrin niemals hätte vorstellen können. In den Zwei Flüssen würden sie auch tanzen, aber so … Die Cairhiener schienen entschlossen, ein Jahr gesetzte Verhaltenheit an zwei Festtagen wieder wettzumachen. Aller Anstand war dahin und damit jede Barriere zwischen den Bürgern und den Adligen – zumindest in der Öffentlichkeit. Schwitzende Frauen in einfachen, rauhen Wollgewändern ergriffen schwitzende Männer in farbig gestreifter dunkler Seide und zogen sie in den Tanz. Männer in den Jacken der Fuhrmänner oder den Westen der Stallknechte wirbelten Frauen herum, deren Gewänder bis zur Taille farbig geschlitzt waren. Männer mit nacktem Oberkörper begossen sich und alle anderen um sich herum mit Wein. Offensichtlich durfte jeder Mann jede Frau und jede Frau jeden Mann küssen, und sie taten dies sehr ungezwungen, wohin auch immer Perrin blickte. Er bemühte sich, nicht zu genau hinzusehen. Einige der adligen Frauen mit kunstvoll aufgetürmtem gelockten Haar waren unter leichten Umhängen, die geschlossen zu halten sie sich kaum bemühten, bis zur Taille nackt. Unter den Bürgerlichen bemühten sich nur wenige Frauen, die ihre Blusen abgelegt hatten, ihren Körper mit mehr als ihrem Haar zu bedecken, und auch das nur selten ausreichend lange. Sie begossen sich selbst und jedermann sonst ausgelassen mit Wein. Ungestümes Gelächter kämpfte gegen tausend verschiedene Melodien von Flöten und Trommeln, Hörnern und Zithern und Zimbeln an.

Der Frauenkreis in Emondsfeld hätte hier hysterisch geschrien, und die dörfliche Ratsversammlung wäre vom Schlag getroffen worden, aber das verderbte Treiben war nicht vergleichbar mit Perrins Verärgerung. Nur einige Stunden, hatte Nandera gesagt, aber Rand war jetzt schon sechs Tage fort. Min war entweder mit ihm gegangen oder hielt sich bei den Aiel auf. Niemand schien etwas zu wissen. Bis auf Sorilea gaben die Weisen Frauen genauso ausweichende Antworten wie jede Aes Sedai, wenn es Perrin einmal gelang, eine von ihnen in die Enge zu treiben. Sorilea belehrte ihn offen, er solle sich um seine Frau kümmern und seine Nase aus Dingen heraushalten, die Feuchtländer nichts angingen. Er hatte keine Ahnung, woher Sorilea von den Schwierigkeiten zwischen Faile und ihm wußte, aber es kümmerte ihn nicht. Er konnte Rands Not wie ein Kribbeln überall unter der Haut spüren, und es wurde jeden Tag stärker. Jetzt kam er gerade aus Rands Schule – eine letzte Zuflucht –, aber dort war jedermann genauso mit Trinken, Tanzen und Ausschweifungen beschäftigt wie im übrigen Cairhien. Eine Frau namens Idrien war ihm als Leiterin der Schule benannt worden, aber nachdem es ihm unter einigen Schwierigkeiten und mit nicht unerheblicher Verlegenheit gelungen war, sie beim Küssen eines jungen Mannes, der ihr Sohn hätte sein können, lange genug zu stören, um seine Frage zu stellen, konnte sie ihm nur sagen, daß vielleicht ein Mann namens Fel etwas wüßte, und Fel erwies sich als jemand, der mit drei Frauen tanzte, die seine Enkelinnen hätten sein können. Mit allen dreien auf einmal! Er schien kaum in der Lage, sich an seinen eigenen Namen zu erinnern, was unter den gegebenen Umständen nicht überraschend war. Verdammter Rand! Er war ohne ein Wort davongegangen, obwohl er Mins Vision kannte und auch sehr wohl wußte, daß er Perrin verzweifelt brauchen würde. Sogar die Aes Sedai waren offensichtlich empört gewesen. Perrin hatte gerade an diesem Morgen erfahren, daß sie bereits seit drei Tagen auf dem Rückweg nach Tar Valon waren. Sie hatten gesagt, es mache keinen Sinn mehr zu bleiben. Was hatte Rand vor? Dieses Kribbeln machte Perrin zornig.

Als er den Sonnenpalast erreichte, waren alle Lampen entzündet, und Kerzen brannten überall, wo man welche hinstellen konnte. Die Gänge schimmerten wie Edelsteine in der Sonne. In den Zwei Flüssen würde bis zum Sonnenaufgang am übernächsten Morgen auch jedes Haus mit jeder verfügbaren Lampe und Kerze beleuchtet sein. Die meisten der Palastdiener befanden sich auf den Straßen, und die wenigen Verbliebenen schienen genauso viel zu lachen, zu tanzen und zu singen wie zu arbeiten. Selbst hier waren manche Frauen barbusig, Mädchen, die kaum alt genug waren, daß sie in den Zwei Flüssen ihr Haar hätten flechten dürfen, und grauhaarige Großmütter gleichermaßen. Die Aiel in den Gängen wirkten angewidert, wenn sie es bemerkten, und das kam bei ihnen tatsächlich nicht allzu häufig vor. Besonders die Töchter des Speers schienen zornig, obwohl Perrin vermutete, daß ihr Unmut nichts mit den entblößten cairhienischen Frauen zu tun hatte. Die Töchter des Speers wurden, seit Rand fortgegangen war, Katzen immer ähnlicher, die aufgeregt mit dem Schwanz schlugen.

Perrin schlenderte auf der Suche nach Abwechslung durch die Gänge. Fast wünschte er sich, Berelain würde sich auf ihn stürzen. In seinem Geist flammte das Bild auf, wie er seine Zähne in ihren Nacken schlug und sie schüttelte, bis sie bereitwilligst davonlief. Vielleicht war es ein Glück, daß er seine Räume erreichte, ohne auch nur ein Haar von ihr zu sehen.

Faile hätte fast von ihrem Brettspiel aufgeschaut, als er hereinkam. Noch immer schwebte der Geruch von Eifersucht von ihr heran, aber es war nicht der stärkste Geruch im Raum. Ihr Zorn roch noch schärfer, wenn auch nicht im schlimmsten Maße, aber am deutlichsten war ein fader, milder Geruch, den er als Enttäuschung erkannte. Warum war sie von ihm enttäuscht? Warum wollte sie nicht mit ihm reden? Ein Wort, das auch nur andeutungsweise daran erinnert hätte, wie es gewesen war – und er läge auf den Knien, um die Schuld für alles auf sich zu nehmen, was sie ihm anlasten wollte. Aber sie setzte nur einen schwarzen Stein und murmelte: »Ihr seid an der Reihe, Loial. Loial?«

Loials Ohren drehten sich unbehaglich, und seine langen Augenbrauen sanken herab. Der Ogier besaß vielleicht keinen nennenswerten Geruchssinn – nun, man konnte sagen, daß er nicht ausgeprägter war als Failes –, aber Loial konnte Stimmungen erspüren, wo kein menschliches Wesen etwas bemerken würde. Wenn sich Perrin und Faile im gleichen Raum aufhielten, schien Loial zum Heulen zumute zu sein. Gerade jetzt seufzte er wie ein durch eine Höhle fegender Wind und setzte einen weißen Stein an eine Stelle, von der aus er einen großen Teil von Failes Steinen festsetzen konnte, wenn sie nicht aufpaßte. Aber wahrscheinlich würde sie es bemerken. Sie und Loial waren ebenbürtige und weitaus bessere Spieler als Perrin.

Sulin kam mit einem Kissen in den Armen zur Schlafzimmertür und sah Faile und Perrin stirnrunzelnd an. Ihr Geruch erinnerte Perrin an eine Wölfin, die das stürmische Spiel ihrer Jungen mit ihrem Schwanz würdig ertrug. Sie roch aber auch besorgt und seltsamerweise ängstlich. Obwohl Perrin nicht verstand, warum es seltsam sein sollte, daß eine weißhaarige Dienerin – selbst eine mit Sulins vernarbtem, ledrigem Gesicht – ängstlich roch.

Er nahm ein Buch mit goldgeprägtem Ledereinband hoch, setzte sich in einen Sessel und schlug den Band auf. Aber er las nicht, noch sah er das Buch deutlich genug, um zu wissen, welches er in der Hand hielt. Er atmete tief ein und schloß alles außer Faile aus. Enttäuschung, Zorn, Eifersucht und darunter, auch noch unter dem ganz schwachen frischen Kräutergeruch ihrer Seife, war sie. Perrin atmete sie gierig ein. Ein Wort, mehr brauchte sie nicht zu sagen.

Als es an der Tür klopfte, stolzierte Sulin aus dem Schlafraum hervor, schwenkte ihre rot-weißen Röcke und sah Perrin und Faile und Loial an, als frage sie sich, warum nicht einer von ihnen auf das Klopfen reagierte. Sie zeigte ihren Hohn recht offen, als sie Dobraine erblickte – sie schien dies häufig zu tun, seit Rand fort war –, aber dann atmete sie tief durch, als stähle sie sich, und zwang sich sichtlich zu fast kriecherischer Sanftmut. Ihr tiefer Hofknicks wäre eines Königs würdig gewesen, der Gefallen daran fand, sein eigener Scharfrichter zu sein, und so verharrte sie, das Gesicht fast am Boden. Plötzlich begann sie zu zittern. Der Geruch ihres Zornes wich, und selbst die Sorge wurde von einem Geruch wie tausend haarfeine, nadelscharfe Splitter überwogen. Perrin hatte schon früher Scham gerochen, aber dieses Mal hätte er behauptet, daß sie daran sterben könnte. Er roch die bittere Süße, die Frauen ausströmten, wenn sie aus Gefühl weinten.

Natürlich sah Dobraine sie nicht einmal an. Statt dessen betrachteten seine tiefliegenden Augen Perrin, das Gesicht unter seiner rasierten und gepuderten Stirn ernst, beinahe düster. Dobraine roch noch nicht einmal schwach nach Alkohol und wirkte kaum, als hätte er getanzt. Als Perrin ihm das bisher einzige Mal zuvor begegnet war, hatte er gedacht, der Mann röche wachsam, als laufe er durch ein Dickicht voller Giftschlangen. Dieser Geruch war heute noch zehnmal stärker. »Seid gegrüßt, Lord Aybara«, sagte Dobraine und neigte den Kopf. »Kann ich Euch allein sprechen?«

Perrin legte das Buch auf den Boden neben seinen Sessel und deutete auf den Sessel gegenüber. »Möge das Licht Euch bescheinen, Lord Dobraine.« Wenn der Mann förmlich sein wollte, konnte auch Perrin förmlich sein. Aber es gab Grenzen. »Was auch immer Ihr zu sagen habt – meine Frau kann es ruhig hören. Ich habe keine Geheimnisse vor ihr. Und Loial ist mein Freund.«

Er konnte Failes auf sich gerichteten Blick spüren. *Ihr* plötzlicher Geruch überwältigte ihn fast. Aus irgendeinem Grund verband er ihn damit, daß sie ihn liebte. Wenn sie in ihrer zärtlichsten Stimmung war oder ihn äußerst wild küßte, überwältigte ihn dieser Duft auch beinahe. Er dachte daran, Dobraine zum Gehen aufzufordern – und Loial und Sulin ebenfalls. Wenn Faile so roch, konnte er sicherlich alles wieder irgendwie in Ordnung bringen –, aber der Cairhiener saß bereits.

»Ein Mann, der seiner Frau vertrauen kann, Lord Aybara, ist unendlich reich beschenkt.« Dennoch betrachtete Dobraine sie noch einen Moment, bevor er fortfuhr. »Cairhien hat heute zwei Schicksalsschläge erlitten. Heute morgen wurde Lord Maringil tot in seinem Bett gefunden, allem Anschein nach vergiftet. Und nur kurze Zeit später wurde Hochlord Meilan auf der Straße offenbar das Opfer der Klinge eines Straßenräubers. Höchst ungewöhnlich während des Lichterfests.«

»Warum erzählt Ihr mir das?« fragte Perrin zögernd.

Dobraine spreizte die Hände. »Ihr seid der Freund des Lord Drache, und er ist nicht hier.« Er zögerte, und als er fortfuhr, schien es, als müsse er sich zu den Worten zwingen. »Gestern abend speiste Colavaere mit Gästen aus einer Anzahl kleiner Häuser: Daganred, Chuliandred, Annallin, Osiellin und andere. Jedes einzelne Haus klein, aber insgesamt zahlreich. Sie besprachen das Bündnis mit dem Hause Saighan und die Unterstützung Colavaeres für den Sonnenthron. Colavaere gab sich kaum Mühe, das Treffen geheimzuhalten.« Er hielt erneut inne und maß Perrin mit seinen Blicken. Was auch immer Dobraine sah – er schien zu glauben, daß weitere Erklärungen nötig seien. »Das ist höchst seltsam, weil sowohl Maringil als auch Meilan den Thron einnehmen wollten, und beide hätten sie mit ihren eigenen Kissen erstickt, wenn sie davon erfahren hätten.«

Schließlich verstand Perrin, obwohl er nicht begriff, warum der Mann so um den heißen Brei herumreden mußte. Er wünschte, Faile würde etwas dazu sagen. Sie war in diesen Dingen viel geschickter als er. Er konnte aus den Augenwinkeln sehen, wie sie den Kopf über das Spielbrett beugte und ihn ebenfalls aus den Augenwinkeln betrachtete. »Wenn Ihr glaubt, daß Colavaere ein Verbrechen begangen hat, Lord Dobraine, solltet ihr zu … Rhuarc gehen.« Er hatte eigentlich Berelain sagen wollen, aber in dem Moment hatte die Eifersucht in Failes Geruch leicht zugenommen.

»Der Aiel-Wilde?« schnaubte Dobraine. »Dann sollte ich wohl besser zu Berelain gehen, und auch das wäre nicht gut. Ich gebe zu, daß dieses Mayene-Mädchen weiß, wie man eine Stadt regiert, aber sie glaubt, jeder Tag wäre ein Lichterfest. Colavaere wird sie in Stücke schneiden und herzhaft zubereiten lassen. Ihr seid der Freund des Wiedergeborenen Drachen. Colavaere hingegen …« Diesmal hielt er inne, weil er bemerkt hatte, daß Berelain den Raum ohne anzuklopfen betreten hatte, und etwas Langes, Schmales, in eine Decke Gehülltes in den Armen hielt.

Perrin hatte den Türriegel gehört, und bei ihrem Anblick, den Busen halb entblößt, spülte Zorn fast alles andere aus seinen Gedanken fort. Die Frau kam *hierher,* um vor seiner *Frau* mit ihm zu schäkern? Die Wut trieb ihn hoch, und er schlug die Hände mit einem Donnerkrachen zusammen. »Raus! Sofort! Raus, jetzt! Oder ich werde Euch so weit hinauswerfen, daß Ihr zweimal aufschlagt!«

Berelain erschrak bei seinem ersten Ton so sehr, daß sie ihre Last fallen ließ und mit geweiteten Augen einen Schritt zurücktrat, obwohl sie nicht ging. Beim letzten Wort erkannte Perrin, daß alle ihn ansahen. Dobraines Gesicht schien ungerührt, aber er roch vollkommen erstaunt. Loials Ohren standen aufrecht, und sein Kinn ruhte auf seiner Brust. Und Faile, die jenes kühle Lächeln zeigte … verstand Perrin überhaupt nicht. Er erwartete die Gewebe der Eifersucht, da Berelain hier im Raum stand, aber warum roch sie genauso stark nach Schmerz?

Plötzlich sah Perrin, was Berelain fallen gelassen hatte. Die Decke hatte sich geöffnet und Rands Schwert und Gürtel mit der Drachenschnalle freigegeben. Hätte Rand seinen Schwertgurt zurückgelassen? Perrin durchdachte Dinge gerne gründlich. Wenn man eilig handelte, konnte man unwillentlich Menschen verletzen. Aber dieses Schwert auf dem Boden wirkte wie ein Blitz. Eile war bei Schmiedearbeiten töricht, denn dann wurden sie ungenau, aber Perrins Nackenhaare stellten sich auf, und ein Grollen drang tief aus seiner Kehle.

»Sie haben ihn gefangengenommen!« wimmerte Sulin plötzlich. Den Kopf zurückgeworfen, die Augen fest zusammengepreßt, klagte sie zur Decke gewandt, und der Klang ihrer Stimme ließ Perrin erschaudern. »Die Aes Sedai haben meinen Erst-Bruder gefangengenommen!« Ihre Wangen glänzten vor Tränen.

»Beruhigt Euch, gute Frau«, sagte Berelain fest. »Geht nach nebenan und beruhigt Euch.« An Perrin und Dobraine gewandt fügte sie hinzu: »Wir dürfen nicht zulassen, daß sie die Nachricht verbreitet ...«

»Ihr erkennt mich nicht«, unterbrach Sulin sie wild, »in diesem Gewand und mit den längeren Haaren. Sprecht erneut über mich, als wäre ich nicht hier, und ich werde Euch geben, was Rhuarc Euch, wie ich gehört habe, im Stein von Tear gegeben hat und auch weiterhin hätte geben sollen.«

Perrin wechselte verwirrte Blicke mit Dobraine und Loial und auch mit Faile, bevor diese ihren Blick jäh abwandte. Berelain aber wurde abwechselnd blaß und karmesinrot. Sie roch nach reiner Demütigung.

Sulin war zur Tür geschritten und hatte sie aufgerissen, bevor sie irgend jemand daran hindern konnte. Dobraine versuchte es wenigstens, aber eine junge, blonde Tochter des Speers, die vorüberging, hatte Sulin bereits gesehen und grinste belustigt. »Wischt Euch das Gesicht ab, Luaine«, fauchte Sulin. Luaines Grinsen war daraufhin tatsächlich wie weggewischt. »Sagt Nandera, sie soll sofort herkommen. Und Rhuarc. Und bringt mir den *Cadin'sor* und eine Schere, um mir das Haar angemessen zu schneiden. Lauft, Frau! Seid Ihr eine *Far Dareis Mai* oder eine *Shae'en M'taal?*« Die blonde Tochter des Speers schoß davon, und Sulin wandte sich zufrieden nickend wieder um und schlug die Tür zu. Faile sperrte den Mund auf.

»Dem Licht sei Dank«, grollte Dobraine. »Sie hat der Aiel nichts erzählt. Die Frau muß verrückt sein. Wir können entscheiden, was wir ihnen sagen wollen, sobald wir sie gefesselt und geknebelt haben.« Er vollführte eine Bewegung, als wolle er es tatsächlich tun, und zog sogar ein grünes Tuch aus seiner Jackentasche, aber Perrin ergriff seinen Arm.

»Sie ist eine Aiel, Dobraine«, sagte Berelain. »Eine Tochter des Speers. Ich verstehe es nicht, warum sie diese Livree trägt.« Überraschenderweise erhielt Berelain einen warnenden Blick von Sulin.

Perrin atmete langsam aus; er wollte die weißhaarige alte Frau vor Dobraine schützen. Der Cairhiener sah ihn fragend an und hob die Hand mit dem Tuch ein wenig. Er bevorzugte anscheinend immer noch das Fesseln und Knebeln. Perrin trat zwischen die beiden und nahm Rands Schwert auf.

»Ich will Gewißheit.« Plötzlich erkannte er, daß ihn seine Schritte sehr nahe an Berelain herangebracht hatten. Sie blickte unbehaglich zu Sulin und trat noch näher zu ihm, als suche sie Schutz, aber sie roch entschlossen, nicht ängstlich. Sie roch wie ein Jäger. »Ich mag keine übereilten Entscheidungen«, sagte er und trat neben Failes Stuhl. Nicht eilig, nur wie ein Mann, der sich neben seine Frau stellt. »Dieses Schwert allein beweist nichts.« Faile erhob sich und umrundete den Tisch, um das Spielbrett über Loials Schulter zu betrachten. Nun, eher über seinen Ellenbogen. Berelain kam wieder auf Perrin zu. Sie warf noch immer ängstliche Blicke zu Sulin, ohne im geringsten nach Angst zu riechen, und dann hob sie die Hand, als wollte sie seinen Arm ergreifen. Er folgte Faile und versuchte, es zufällig wirken zu lassen. »Rand sagte, drei Aes Sedai könnten ihm keinen Schaden zufügen, wenn er wachsam wäre.« Faile trat um die andere Seite des Tisches herum wieder zu ihrem Stuhl. »Ich habe gehört, daß er niemals mehr als drei in seine Nähe gelassen hat.« Berelain folgte ihm und sah Sulin besorgt an. »Man hat mir gesagt, daß an dem Tag, an dem er fortging, auch nur drei zu ihm kamen.« Er folgte Faile jetzt ein wenig eiliger. Sie sprang wieder von ihrem Stuhl auf und trat erneut an Loials Seite. Loial hatte den Kopf in die Hände gelegt und stöhnte leise. Berelain schlich Perrin mit geweiteten Augen nach – das vollkommene Bild einer schutzsuchenden Frau. Licht, sie roch entschlossen!

Perrin wirbelte zu ihr herum und stieß die starren Finger so fest gegen ihre Brust, daß sie aufschrie. »Hört sofort auf!« Er erkannte jäh, wo genau seine Finger lagen und riß sie zurück, als hätte er sich verbrannt. Es gelang ihm jedoch, einen harten Tonfall beizubehalten. »Bleibt hier stehen!« Er wich vor ihr zurück und sah sie mit einem Blick an, der eine Mauer hätte bersten lassen können. Er konnte verstehen, warum ihm Failes Eifersucht wie eine Wolke in die Nase stieg, aber warum nur roch sie noch verletzter als zuvor?

»Nur wenige Männer können mir Gehorsam abverlangen«, sagte Berelain leise lachend, »aber ich glaube, Ihr gehört dazu.« Ihr Gesicht und Tonfall – und noch wichtiger: ihr Geruch – wurden ernst. »Ich habe in den Räumen des Lord Drache nachgesehen, weil ich mir Sorgen machte. Jedermann wußte, daß die Aes Sedai gekommen waren, um ihn nach Tar Valon zu geleiten, und ich konnte nicht verstehen, warum sie aufgegeben hatten. Ich erhielt selbst nicht weniger als zehn Besuche von verschiedenen Schwestern, die mich anwiesen, was ich tun sollte, wenn er mit ihnen zur Burg zurückkehren würde. Sie schienen sich ihrer Sache sehr sicher zu sein.« Sie zögerte, und obwohl sie Faile nicht ansah, gewann Perrin den Eindruck, daß sie überlegte, ob sie etwas Bestimmtes in ihrer Gegenwart sagen sollte. Und auch in Dobraines Gegenwart, aber vor allem in Failes. »Man hat mir sehr deutlich gemacht, daß ich nach Mayene zurückkehren sollte, und daß ich, wenn ich es nicht täte, sehr wohl dorthin geleitet werden könnte.«

Sulin murrte leise etwas, aber Perrins Ohren konnten es deutlich verstehen. »Rhuarc ist ein Narr. Wenn sie wirklich seine Tochter wäre, hätte er keine Zeit mehr für etwas anderes, weil er sie ständig schlagen müßte.«

»Zehn?« fragte Dobraine. »Ich erhielt nur einen Besuch. Ich dachte, sie sei enttäuscht, als ich ihr deutlichmachte, daß ich dem Lord Drache Treue geschworen hatte. Aber ob zehn Besuche oder keiner – Colavaere ist der Schlüssel. Sie weiß genauso gut wie jeder andere, daß der Lord Drache den Sonnenthron für Elayne Trakand bestimmt hat.« Er verzog das Gesicht. »Elayne Damodred sollte sie sein. Taringail hätte darauf bestehen sollen, daß sie in das Haus Damodred einheiratet, anstatt in Trakand einzuheiraten. Sie brauchte ihn so sehr, daß sie es getan hätte. Nun, Elayne Trakand oder Elayne Damodred – sie hat genauso viel Anspruch auf den Thron wie jeder andere und einen weitaus größeren Anspruch als Colavaere, und doch bin ich davon überzeugt, daß Colavaere Maringil und Meilan töten ließ, um sich ihren Weg zum Thron zu sichern. Das hätte sie niemals gewagt, wenn sie geglaubt hätte, daß der Lord Drache zurückkehrt.«

»Darum also.« Berelain runzelte beunruhigt die Stirn. »Ich habe Beweise dafür, daß sie einen Diener angewiesen hat, Gift in Maringils Wein zu geben – sie war sorglos, und ich hatte zwei gute Diebefänger bei mir –, aber ich wußte nicht warum.« Sie beugte leicht den Kopf und zeigte sich damit für Dobraines bewundernden Blick erkenntlich. »Sie wird dafür hängen, wenn es eine Möglichkeit gibt, den Lord Drache zurückzuholen. Wenn nicht, fürchte ich, daß wir alle sehen müssen, wie wir am Leben bleiben.«

Perrins Hand krampfte sich um die Schwertscheide. »Ich werde ihn zurückholen«, grollte er. Dannil und die beiden anderen Männer von den Zwei Flüssen konnten noch nicht weiter als auf halbem Weg nach Cairhien sein, da sie die Wagen mit sich führten. Und da waren die Wölfe. »Und wenn ich allein gehen muß – ich werde ihn zurückholen.«

»Nicht allein«, sagte Loial, und es klang wie aufeinander mahlende Steine. »Niemals allein, wenn ich hier bin, Perrin.« Seine Ohren drehten sich plötzlich verlegen. Er schien stets verlegen zu werden, wenn jemand merkte, daß er mutig war. »Immerhin wird mein Buch kein allzu gutes Ende finden, wenn Rand in der Burg gefangen ist. Und ich kann kaum über seine Rettung schreiben, wenn ich nicht dabei bin.«

»Ihr werdet nicht allein gehen, Ogier«, sagte Dobraine. »Ich kann bis morgen fünfhundert Männer ausheben, denen ich vertraue. Ich weiß nicht, was wir gegen sechs Aes Sedai ausrichten können, aber ich halte mich an meinen Eid.« Er sah Sulin an und betastete das Tuch, das er noch immer in Händen hielt. »Aber können wir den Wilden trauen?«

»Können wir den Baumtötern trauen?« fragte Sorilea mit einer Stimme, die genauso ledrig und zäh wirkte wie sie selbst, nachdem sie ohne anzuklopfen eingetreten war. Ein grimmig riechender Rhuarc war bei ihr, und Amys, deren allzu jugendliches Gesicht in diesem unpassenden Rahmen weißen Haars so kühl wirkte wie das Gesicht jeder Aes Sedai, sowie Nandera, die ein grau-braun-grünes Bündel mit sich trug und nach tödlichem Zorn roch.

»Ihr wißt es bereits?« fragte Perrin ungläubig.

Nandera schob Sulin das Bündel zu. »Es war längst

an der Zeit, daß Ihr Euer *Toh* als erledigt betrachtet. Fast eineinhalb Monate. Sogar die *Gai'shain* sagen, Euer Stolz sei zu ausgeprägt.« Die beiden Frauen zogen sich in den Schlafraum zurück.

Von Faile war ein verwirrender Geruch herangeschwebt, als Perrin gesprochen hatte. »Die Zeichensprache der Töchter«, murmelte sie so leise, daß nur Perrin sie verstehen konnte. Er sah sie dankbar an, aber sie schien sich auf das Spielbrett zu konzentrieren. Warum nahm sie nicht Anteil? Sie konnte gut beraten, und er wäre für jeden Rat dankbar gewesen, den sie ihm hätte gewähren wollen. Sie setzte einen Stein und sah dann Loial stirnrunzelnd an, der auf Perrin und die anderen achtete.

Perrin unterdrückte ein Seufzen und sagte tonlos: »Es kümmert mich nicht, wer wem traut. Rhuarc, seid Ihr bereit, Eure Aiel gegen die Aes Sedai zu führen? Gegen sechs Aes Sedai. Einhunderttausend Aiel könnten sie jedoch außer Gefecht setzen.« Die von ihm genannte Anzahl erstaunte ihn – zehntausend Mann bildeten bereits ein nicht unerhebliches Heer –, aber es waren die Zahlen, von denen Rand gesprochen hatte, und was Perrin von den Aiellagern in den Hügeln gesehen hatte, ließ ihn daran glauben. Rhuarc roch zu seiner Überraschung zögerlich.

»So viele sind nicht möglich«, sagte der Stammeshäuptling bedächtig und hielt inne, bevor er weitersprach. »Heute morgen kamen Boten. Es steht fest, daß die Shaido von Brudermörders Dolch südwärts ins Herz von Cairhien ziehen. Ich habe vielleicht genug Männer, um sie aufzuhalten – sie scheinen nicht alle hierherzukommen –, aber wenn ich so viele Speere aus diesem Land abziehe, wird alles, was wir erreicht haben, erneut getan werden müssen. Zumindest werden die Shaido diese Stadt, lange bevor wir zurückkehren, geplündert haben. Wer weiß, wie weit sie gezogen sein werden – vielleicht sogar in andere Länder – und wie viele Verschleppte *Gai'shain* zu sein behaupten.« Ein strenger Geruch nach Verachtung strömte von ihm aus, aber Perrin verstand nichts von alledem. Welche Bedeutung hatte es, wieviel Land zurückerobert werden müßte – oder auch wie viele Menschen starben, obwohl dieser Gedanke widerwillig und schmerzlich war –, wenn man Rand befreien wollte, den Wiedergeborenen Drachen, der in Tar Valon gefangengehalten wurde?

Sorilea hatte Perrin beobachtet. Unter den Blicken der Weisen Frauen fühlte er sich oft genauso wie unter denen der Aes Sedai – als würde er abgewogen und vermessen. »Erzählt ihm alles, Rhuarc«, befahl sie barsch.

Amys legte eine Hand auf Rhuarcs Arm. »Er hat ein Recht, es zu erfahren, Schatten meines Herzens. Er ist Rand al'Thors Nächstbruder.« Ihre Stimme klang sanft, obwohl sie entschlossen roch.

Rhuarc sah die Weisen Frauen angestrengt und daraufhin Dobraine verächtlich an. Schließlich richtete er sich zu seiner vollen Größe auf. »Ich kann nur Töchter des Speers und *Siswai'aman* mitnehmen.« Seinem Tonfall und Geruch nach zu schließen, hätte er wohl lieber einen Arm verloren, als diese Worte auszusprechen. »Zu viele der anderen wollen nicht in den Speerkampf mit den Aes Sedai eintreten.« Dobraine schürzte verächtlich die Lippen.

»Wie viele Cairhiener werden gegen Aes Sedai kämpfen?« fragte Perrin ruhig. »Sechs Aes Sedai, und wir haben nur Stahl.« Wie viele der Töchter des Speers und dieser Sis-sowieso könnte Rhuarc versammeln? Egal, da waren immer noch die Wölfe. Wie viele Wölfe würden sterben?

Dobraines Lippen glätteten sich wieder. »Ich werde kämpfen, Lord Aybara«, sagte er steif. »Ich und meine fünfhundert Mann, und wenn es sechzig Aes Sedai wären.«

Sogar Sorileas höhnisches Lachen wirkte ledern. »Fürchtet die Aes Sedai nicht, Baumtöter.« Plötzlich tanzte eine winzige blaue Flamme vor ihr in der Luft. Sie konnte die Macht lenken!

Sie ließ die Flamme verschwinden, als sie Pläne schmiedeten, aber in Perrins Gedanken blieb sie bestehen. Klein und schwach flackernd, schien sie irgendwie eine stärkere Kriegserklärung als Trompeten, einen Kampf bis aufs Messer zu liefern.

»Wenn Ihr mit uns zusammenarbeitet«, sagte Galina leutselig, »wird Euer Leben erfreulicher sein.«

Das Mädchen erwiderte ihren Blick mürrisch und regte sich auf ihrem Stuhl, wobei sie noch immer leichte Schmerzen empfand. Sie schwitzte heftig, obwohl sie die Jacke ausgezogen hatte. In dem Zelt mußte es heiß sein. Galina vergaß die Temperatur manchmal vollkommen. Sie wunderte sich nicht zum ersten Mal über diese Min, oder Elmindreda oder wie auch immer sie in Wirklichkeit hieß. Als Galina ihr zum ersten Mal begegnet war, war sie wie ein Junge gekleidet gewesen und hatte sich in Begleitung Nynaeve al'Mearas und Egwene al'Veres befunden. Elayne Trakand war auch dabeigewesen, aber nur die anderen beiden waren mit al'Thor verbunden. Beim zweiten Mal hatte sich Elmindreda als die Art Frau erwiesen, die Galina haßte, schwierig und schmachtend und so sehr unter dem persönlichen Schutz Siuan Sanches stehend, daß es keinen Unterschied machte. Galina konnte nicht verstehen, wie Elaida jemals so töricht sein konnte, ihr zu erlauben, die Burg zu verlassen. Welches Wissen schlummerte im Geist dieses Mädchens? Vielleicht würde Elaida sie nicht sofort wiederbekommen. Wenn das Mädchen in der Burg richtig eingesetzt würde, könnte sie es Galina sogar ermöglichen, Elaida wie eine Schwalbe zu fangen. Dank Alviarin war Elaida eine dieser starken, fähigen Amyrlins geworden, die jeden

Zügel fest in die eigene Hand nahmen. Sie gefangenzusetzen, würde Alviarin sicherlich schwächen. Wenn sie genau jetzt richtig eingesetzt würde …

Eine Veränderung der Stränge, die sie gespürt hatte, ließen Galina sich jäh aufrichten. »Ich werde erneut mit Euch sprechen, wenn Ihr Zeit zum Nachdenken hattet, Min. Überlegt Euch sorgfältig, wie viele Tränen ein Mann wert ist.«

Als Galina draußen war, fauchte sie den wachhabenden Behüter an. »Bewacht sie dieses Mal besser.« Carilo war während des Zwischenfalls in der letzten Nacht nicht auf seinem Posten gewesen, aber die Gaidin waren verweichlicht. Wenn sie überhaupt eine Daseinsberechtigung hatten, sollten sie wie Soldaten behandelt werden und nicht wie Höhergestellte.

Sie ignorierte seine Verbeugung und entfernte sich auf der Suche nach Gawyn vom Zelt. Dieser junge Mann war in sich gekehrt und viel zu still, seit al'Thor gefangengenommen worden war. Sie würde ihn nicht alles dadurch verderben lassen, daß er seine Mutter zu rächen versuchte. Kurz danach sah sie Gawyn am Rande des Lagers auf seinem Pferd sitzen und sich mit der Gruppe Jungen unterhalten, die sich ›die Jünglinge‹ nannten.

Sie hatten heute unvermeidlicherweise früh angehalten, und die Nachmittagssonne ließ die Zelte und Wagen neben der Straße lange Schatten werfen. Wogende Ebenen und niedrige Hügel umgaben das Lager, und nur wenige vereinzelte Dickichte waren zu sehen, die zumeist karg und niedrig waren. Dreiunddreißig Aes Sedai und ihre Diener – und Behüter; neun waren Grüne, nur dreizehn Rote und der Rest Weiße, Alviarins frühere Ajah – bildeten bereits ein Lager erheblichen Ausmaßes, auch wenn man Gawyn und seine Soldaten nicht mit hinzurechnete. Einige Schwestern standen vor ihren Zelten oder schauten hinaus, da sie dasselbe wie Galina empfunden hatten. Im Mittelpunkt der Aufmerksamkeit waren sieben Aes Sedai, von denen sechs auf Stühlen rund um eine messingbeschlagene Kiste saßen, die dort stand, wo sie alle noch verbliebene Kraft der Sonne aufnehmen konnte. Die siebte Aes Sedai war Erian. Sie hatte sich kaum von der Kiste entfernt, seit al'Thor gestern abend wieder hineingesteckt worden war. Er hatte einmal herauskommen dürfen, als sie Cairhien verlassen hatten, aber Galina vermutete, daß Erian ihn für den Rest der Reise in die Kiste einsperren wollte.

Die Grüne wandte sich zu ihr um, sobald sie in ihre Nähe kam. Erian war für gewöhnlich recht hübsch, ihr Gesicht ein blasses, fein gemeißeltes Oval, aber jetzt überzog Karmesinrot ihre Wangen, und ihre schönen dunklen Augen waren rot gerändert. »Er hat den Schild erneut zu durchbrechen versucht, Galina.« Zorn vermischte sich mit Verachtung für die Torheit des Mannes und ließ ihre Stimme barsch klingen. »Er muß erneut bestraft werden. Ich will diejenige sein, die ihn bestraft.«

Galina zögerte. Es wäre viel besser, Min zu bestrafen. Das würde al'Thor bezwingen. Er hatte gestern abend sicherlich getobt, als er gesehen hatte, wie sie für ihren Ausbruch bestraft worden war, der wiederum dadurch bedingt gewesen war, daß sie gesehen hatte, wie er bestraft wurde. Der Zwischenfall hatte begonnen, als al'Thor entdeckt hatte, daß Min im Lager war, nachdem einer der Behüter ihr sorglos erlaubt hatte, in der Dunkelheit umherzuspazieren, anstatt sie sicher verwahrt in ihrem Zelt zu halten. Wer hätte gedacht, daß al'Thor, abgeschirmt und eingekreist, so reagieren würde? Nicht nur, daß er versucht hatte, den Schild zu durchbrechen, er hatte auch einen Behüter mit bloßen Händen getötet und einen weiteren mit dem Schwert des toten Mannes so ernstlich verletzt, daß dieser beim Heilen ebenfalls starb. Und alles das innerhalb eines Augenblicks, den die Schwestern brauchten, um ihr

Entsetzen zu überwinden und ihn mit der Macht zu binden.

Galina hätte, wenn es nach ihr gegangen wäre, schon vor Tagen die anderen Roten Schwestern versammelt und al'Thor gedämpft. Da dies aber verboten war, hätte sie ihn genausogut unbehandelt zur Burg gebracht, solange er vernünftig war. Sie dachte daran, daß es nützlich wäre, Min hier herauszubringen und ihn hören zu lassen, wie sie wieder jammerte und weinte, und ihn wissen zu lassen, daß er der Grund für ihre Qual war. Aber zufällig gehörten die beiden toten Behüter zu Erian. Die meisten der Schwestern würden der Ansicht sein, daß sie das Recht zur Bestrafung hätte. Und Galina wollte selbst auch, daß die puppenähnliche, illianische Grüne sich sobald wie möglich von ihrer Wut befreite. Es wäre weit besser, den restlichen Weg zurückzulegen, wenn man auf diesem porzellanartigen Gesicht einen gelassenen Ausdruck bewundern konnte.

Galina nickte.

Rand blinzelte, als plötzlich Licht in seine Kiste strömte. Unwillkürlich zuckte er zurück. Er wußte, was käme. Lews Therin wurde still. Rand hielt das Nichts an einem Fingernagel, doch er war sich der verkrampften Muskeln, die murrten, als er hochgezogen wurde, nur allzu bewußt. Er biß die Zähne zusammen und versuchte, nicht gegen die Helligkeit anzublinzeln. Die Luft schien wunderbar frisch. Sein durchnäßtes Hemd klebte an seiner Haut und troff vor Schweiß. Er war nicht gefesselt, aber er hätte auch keinen Schritt tun können, wenn es um sein Leben gegangen wäre. Hätte man ihn nicht mit Hilfe der Macht aufrecht gehalten, wäre er hingefallen. Bis er sah, wie tief die Sonne stand, hatte er keine Ahnung, wie lange er in einer Schweißpfütze und mit dem Kopf zwischen den Knien in der Kiste gesessen hatte.

Sein Blick streifte die Sonne jedoch nur kurz. Dann wanderte er unfreiwillig zu Erian, kurz bevor sie sich direkt vor ihn stellte. Die kleine, schlanke Frau spähte zu ihm hinauf, die dunklen Augen zornerfüllt, und er zuckte fast erneut zurück. Anders als gestern abend schwieg sie.

Der erste unsichtbare Schlag traf ihn über die Schultern, der zweite auf die Brust und der dritte auf die Oberschenkel. Das Nichts zerbrach. Luft. Nur Luft. So klang es sanfter. Jeder Schlag fühlte sich wie ein Peitschenhieb an, von einem Arm geführt, der stärker war als der eines jeden Mannes. Bevor sie richtig begann, überzogen ihn bereits von den Schultern bis zu den Knien kreuz und quer blaue Striemen. Er war sich ihrer bewußt gewesen, und nicht so dumpf, wie er es sich vielleicht gewünscht hätte. Er hatte sogar im Nichts weinen wollen. Nachdem das Nichts zerbrochen war, wollte er schreien.

Statt dessen biß er die Zähne zusammen. Manchmal entschlüpfte ihm ein Laut, und wenn dies geschah, verstärkte Erian ihre Anstrengungen, als wollte sie mehr hören. Er weigerte sich, es ihr zu gewähren. Er konnte es nicht verhindern, bei jedem Schlag dieser unsichtbaren Peitsche zu erschaudern, aber mehr würde er ihr nicht zeigen. Er richtete seine Augen auf ihre und weigerte sich, fortzuschauen oder auch nur zu blinzeln.

Ich habe meine Ilyena getötet. Lews Therin stöhnte jedesmal auf, wenn ein Schlag traf.

Rand hatte seine eigene Litanei. Schmerz drosch auf seine Brust ein. *Das kommt davon, wenn man den Aes Sedai traut*. Feuer peitschte seinen Rücken. *Niemals wieder; keinen Fingerbreit; nicht eine Haaresbreite*. Wie mit einer Rasierklinge. *Das kommt davon, wenn man Aes Sedai traut*.

Sie glaubten, sie könnten ihn zerbrechen, ihn dazu bringen, zu Elaida zu kriechen! Er zwang sich, das Schwerste zu tun, was er jemals in seinem Leben getan

hatte. Er lächelte. Sicherlich berührte dieses Lächeln nur seine Lippen, aber er blickte Erian dennoch in die Augen, und er lächelte. Ihre Augen weiteten sich, und sie zischte etwas. Dann schienen Peitschenhiebe von überallher gleichzeitig zu kommen.

Die Welt bestand aus Schmerz und Feuer. Er konnte nicht sehen, nur fühlen. Marter und Hölle. Aus irgendeinem Grund war er sich der Tatsache bewußt, daß seine Hände in unsichtbaren Fesseln heftig zitterten, aber er konzentrierte sich darauf, die Zähne zusammenzubeißen. *Das kommt von … Ich werde nicht aufschreien! Ich werde nicht auf …! Niemals wieder; keinen Finger …! Keinen Fingerbreit; keine Haaresbreite! Niemals wie …! Ich werde es nicht tun! Niemals ein …! Niemals! Niemals! NIEMALS!*

Zuerst war da die Wahrnehmung zu atmen. Luft, gierig durch die Nase eingesaugt. Sein ganzer Körper pochte – er war eine pulsierende Flamme –, aber die Schläge hatten aufgehört. Es traf ihn fast wie ein Schock, als er es erkannte. Das Ende von etwas, das niemals zu enden schien. Er schmeckte Blut, und sein Kiefer schmerzte fast genauso wie sein restlicher Körper. Gut. Er hatte nicht aufgeschrien. Seine Gesichtsmuskeln waren vollkommen verkrampft. Es würde Mühe kosten, den Mund zu öffnen, selbst wenn er es wollte.

Als letztes kehrte das Sehvermögen zurück, und als es geschah, fragte er sich, ob ihm der Schmerz Halluzinationen bescherte. Zwischen den Aes Sedai stand eine Gruppe Weise Frauen, die an ihren Stolen zupften und die Aes Sedai mit aller ihnen verfügbaren Anmaßung ansahen. Als er entschied, daß sie real waren – es sei denn, es entspränge auch seiner Phantasie, daß Galina mit einer seiner Einbildungen sprach –, war sein erster Gedanke Rettung. Irgendwie hatten die Weisen Frauen … Es war unmöglich, aber irgendwie würden sie … Dann erkannte er die Frau, mit der Galina sprach.

Sevanna schlenderte auf ihn zu, ein Lächeln um den prallen, gierigen Mund. Die hellgrünen Augen spähten aus diesem schönen, von Haaren wie aus gesponnenem Gold umrahmten Gesicht zu ihm hoch. Rand hätte genauso gerne einem tollwütigen Wolf in die Augen geschaut. Etwas an ihrer Haltung war seltsam. Sie stand leicht vornübergebeugt, die Schultern zurückgenommen. Sie beobachtete seine Augen. Er verspürte plötzlich, trotz seiner Schmerzen, das Bedürfnis zu lachen. Und er hätte es getan, wenn er hätte sicher sein können, welcher Laut seinem Mund entschlüpft wäre. Hier stand er, ein Gefangener, fast zu Tode geprügelt, und eine Frau, die ihn haßte, dessen war er sich sicher, und die ihn wahrscheinlich für den Tod ihres Geliebten verantwortlich machte, versuchte zu erkennen, ob er ihr in die Bluse schauen würde!

Sie ließ gemächlich einen Fingernagel seine Kehle entlangstreifen – tatsächlich soweit um seinen Hals herum, wie sie ihn erreichen konnte –, als stelle sie sich vor, ihm den Kopf abzuschneiden. Sehr passend, wenn man Couladins Schicksal bedachte. »Ich habe ihn gesehen«, sagte sie mit einem zufriedenen Seufzen. »Ihr habt Euren Teil des Handels eingehalten, und ich habe meinen eingehalten.«

Dann sicherten ihn die Aes Sedai erneut und drängten ihn wieder mit dem Kopf zwischen den Knien in die Kiste, wo er sich abermals in diese Schweißpfütze kauern mußte. Der Deckel wurde geschlossen, und Dunkelheit hüllte ihn ein.

Erst da ließ sich sein Kiefer wieder bewegen, bis er den Mund öffnen konnte und einen langen, zitternden Atemzug ausstieß. Licht, wie er brannte!

Was tat Sevanna hier? Um welchen Handel ging es? Schön und gut zu wissen, daß ein Handel zwischen der Burg und den Shaido bestand, aber darüber würde er sich später sorgen. Jetzt mußte er an Min denken. Er mußte sich befreien. Sie hatten Min verletzt. Dieser Gedanke war so schlimm, daß er fast den Schmerz dämpfte. Fast.

Um das Nichts wieder anzunehmen, mußte er einen Sumpf heftigen Schmerzes durchwaten, aber schließlich war er von Nichts umgeben und streckte sich nach *Saidin* aus … Nur um Lews Therin dort ebenso schnell vorzufinden, wie ein Paar Hände, die nach etwas griffen, das nur ein Mensch festhalten konnte.

Verdammt seist du! grollte Rand in Gedanken. *Verdammt seist du! Wenn du doch nur einmal mit mir zusammenarbeiten würdest, anstatt gegen mich zu handeln!*

Du sollst mit mir zusammenarbeiten! fauchte Lews Therin zurück.

Rand verlor vor Entsetzen beinahe das Nichts. Diesmal konnte es kein Mißverständnis geben. Lews Therin hatte ihn gehört und ihm geantwortet. *Wir könnten zusammenarbeiten, Lews Therin*. Er wollte nichts mit dem Mann zu tun haben. Er wollte ihn aus seinem Kopf vertrieben wissen. Aber da war Min. Und nur noch begrenzte Zeit bis Tar Valon. Er wußte instinktiv, daß keine Chance mehr bestand, wenn sie ihn so weit brächten. Niemals.

Ein unsicheres, furchtsames Lachen antwortete ihm. Dann: *Zusammen?* Ein weiteres Lachen, diesmal vollkommen wahnsinnig. *Zusammen. Wer auch immer du bist*. Und Stimme und Gegenwart verschwanden.

Rand erschauderte. Dort kniete er, während sich die Schweißpfütze um ihn vergrößerte.

Er griff erneut vorsichtig nach *Saidin* … Und traf natürlich auf den Schild. Das, was er gesucht hatte. Langsam, unendlich vorsichtig, tastete er sich bis zu einer Stelle daran entlang, wo eine harte Fläche plötzlich zu sechs nachgiebigen Stellen wurde.

Weich, sagte Lews Therin keuchend. *Weil sie dort sind. Sie halten den Puffer aufrecht. Er ist hart, wenn sie ihn verknüpfen. Mit Zeit*. Er hielt so lange inne, daß Rand glaubte, er sei wieder fort, aber dann flüsterte er: *»Bist du real?«* Und dann war er wirklich fort.

Rand tastete sich erneut behutsam den Schild entlang bis zu den sechs nachgiebigen Stellen vor. Zu den sechs Aes Sedai. *Mit Zeit?* Wenn sie ihn verknüpften, was sie bisher nicht getan hatten, in … wie lange war es? Sechs Tage? Sieben? Acht? Egal. Er konnte es sich nicht leisten, zu lange zu warten. Jeder neue Tag bedeutete, Tar Valon einen Tag näher gekommen zu sein. Morgen würde er wieder versuchen, die Barriere zu durchbrechen. Es hatte sich angefühlt, als hätte er mit den Händen gegen Stein geschlagen, aber er hatte dennoch mit all seiner Kraft dagegengeschlagen. Wenn Erian ihn morgen züchtigte – er war sich sicher, daß sie es sein würde –, würde er sie abermals anlächeln, und wenn sich der Schmerz aufbaute, würde er die Schreie herauslassen. Am nächsten Tag würde er den Schild nur streifen, vielleicht fest genug, daß sie es merkten, aber nur das, und dann nicht wieder, bis er wußte, ob sie ihn bestraften oder nicht. Vielleicht würde er um Wasser bitten. Sie hatten ihm in der Morgendämmerung etwas zu trinken gegeben, aber er war wieder durstig. Selbst wenn sie ihn mehr als einmal am Tag etwas trinken ließen, würde es keinen Argwohn erregen, wenn er um Wasser bat. Wenn er sich dann noch immer in der Kiste befand, könnte er auch darum bitten, herausgelassen zu werden. Er glaubte, daß es so sein würde. Es bestand nur eine geringe Chance, daß sie ihn für längere Zeit herausließen, bevor sie nicht überzeugt waren, daß er seine Lektion gelernt hatte. Die verkrampften Muskeln zuckten bei dem Gedanken an zwei oder drei weitere, hier drinnen zu verbringende Tage. Es war kein Platz, irgend etwas zu bewegen, aber sein Körper versuchte es. Zwei oder drei Tage, und sie wären sicher, daß er gebrochen war. Er würde furchtsam wirken und aller Blicke meiden. Ein armer Kerl, den sie aus der Kiste herauslassen konnten.

Und was noch wichtiger war: ein armer Kerl, den sie nicht mehr so genau bewachen mußten. Und dann würden sie vielleicht beschließen, daß nicht mehr sechs Aes Sedai nötig wären, den Schild aufrechtzuerhalten, oder daß sie ihn losbinden könnten, oder ... oder irgend etwas. Er brauchte eine Chance!

Es war ein verzweifelter Gedanke, aber er erkannte, daß er lachte und nicht mehr aufhören konnte. Er konnte auch nicht damit aufhören, die Barriere zu ertasten, ein Blinder, der seine Finger verzweifelt über glattes Glas gleiten läßt.

Galina blickte stirnrunzelnd hinter den Aiel-Frauen her, bis diese eine Hügelspitze erreichten und schließlich auf der anderen Seite verschwanden. Jede einzelne dieser Frauen außer Sevanna selbst hatte die Macht lenken können, und mehrere sogar recht stark. Sevanna hatte sich von ungefähr einem Dutzend Wilden umgeben zweifellos sicherer gefühlt. Ein belustigender Gedanke. Diese Wilden waren ein unzuverlässiger Haufen. Sie würde sie in wenigen Tagen wieder benutzen, beim zweiten Teil von Sevannas ›Handel‹ – beim bedauerlichen Tod von Gawyn Trakand und dem größten Teil seiner Jünglinge.

Sie kehrte ins Lager zurück und fand Erian noch immer über die Kiste gebeugt vor, in der sich al'Thor befand.

»Er weint wahrhaftig, Galina«, stieß sie heftig hervor. »Kannst du ihn hören? Er weint ...« Plötzlich rannen Tränen Erians Gesicht hinab. Sie stand einfach da und schluchzte leise, die zu Fäusten geballten Hände in ihre Röcke geklammert.

»Kommt mit in mein Zelt«, sagte Galina mitfühlend. »Ich habe guten Blaubeertee, und ich werde Euch ein kühles, feuchtes Tuch auf die Stirn legen.«

Erian lächelte durch die Tränen hindurch. »Danke, Galina, aber ich kann nicht. Rashan und Bartol werden schon auf mich warten. Ich fürchte, sie leiden noch stärker als ich. Sie spüren nicht nur mein Leid, sondern leiden auch, weil sie *wissen*, daß ich leide. Ich muß sie trösten.« Sie drückte Galina dankbar die Hand und ging dann davon.

Galina betrachtete stirnrunzelnd die Kiste. Al'Thor schien tatsächlich zu weinen ... Oder er lachte, und das bezweifelte sie sehr. Sie sah Erian nach, die gerade im Zelt ihres Behüters verschwand. Al'Thor würde noch oft weinen. Sie brauchten noch mindestens zwei weitere Wochen bis Tar Valon, und Elaida hatte einen triumphalen Einzug geplant. Ja, mindestens zwanzig weitere Tage. Von jetzt an, ob Erian es wollte oder nicht, würde er jeden Tag am Morgen und in der Abenddämmerung bestraft werden. Wenn sie ihn in die Weiße Burg brachten, würde er Elaidas Ring küssen, antworten, wenn man ihn ansprach und in einer Ecke knien, wenn er nicht gebraucht wurde. Sie schritt mit starrem Blick zu ihrem Zelt, um den Blaubeertee selbst zu trinken.

* * *

Als sie den dichten Wald betraten, wandte sich Sevanna zu den anderen um und dachte, wie bemerkenswert es war, daß sie die Bäume so wenig beachtete. Bevor sie die Drachenmauer überquert hatten, hatte sie noch nie so viele Bäume gesehen. »Habt Ihr alle die Mittel erkannt, mit denen sie ihn festhalten?« fragte sie und ließ es so klingen, als hätte sie ›auch‹ statt ›alle‹ gesagt.

Therava sah die anderen an, die nickten. »Wir können alles genauso weben wie sie«, antwortete Therava.

Sevanna befühlte den kleinen Steinkubus mit den komplizierten Gravuren in ihrer Tasche. Der seltsame Feuchtländer, der ihr den Stein gegeben hatte, hatte gesagt, sie solle ihn benutzen, wenn al'Thor gefangen sei. Sie hatte es vorgehabt, bis sie ihn tatsächlich gesehen hatte. Jetzt beschloß sie, den Kubus wegzuwerfen. Sie war die Witwe eines Häuptlings, der in Rhuidean gewesen war, und eines Mannes, der Häuptling genannt worden war, ohne diesen Besuch durchgeführt zu haben. Jetzt würde sie die Frau des *Car'a'carn* selbst werden. Jeder Aiel-Speer würde für sie gesenkt werden. Sie konnte noch immer al'Thors Hals an den Fingern spüren, wo sie die Linie nachgezogen hatte, an der sie ihm das eiserne Halsband anlegen würde.

»Es ist an der Zeit, Desaine«, sagte sie.

Desaine blinzelte natürlich überrascht, und dann hatte sie nur noch Zeit zu schreien, bevor die anderen mit ihrer Arbeit begannen. Desaine hatte sich damit begnügt, über Sevannas Stellung zu murren. Aber Sevanna hatte ihre Zeit besser genutzt. Bis auf Desaine stand jede Frau hier entschlossen hinter ihr und noch mehr neben ihr.

Sevanna beobachtete sehr genau, was die anderen Weisen Frauen taten. Die Eine Macht faszinierte sie, alle jene Dinge, die so wundersam entstanden, so mühelos, und es war sehr wichtig, daß dafür gesorgt würde, daß das, was mit Desaine geschähe, nur mit der Macht geschehen sein konnte. Sie hielt es für ziemlich erstaunlich, daß ein menschlicher Körper mit nur so wenig Blutvergießen zerteilt werden konnte.

KAPITEL 12

Die Übermittlung

Die aufgehende Sonne war erst ein dünnes, schwaches Schimmern am Horizont, aber die Straßen Cairhiens waren am zweiten Tag des Lichterfests bereits von Zechern bevölkert. Tatsächlich hatten viele die Nacht durchgezecht. Die Festlichkeiten waren von Begeisterung begleitet, und nur wenige gönnten dem Mann mit dem lockigen Bart, dem grimmigen Gesicht und der Streitaxt an der Hüfte, der einen großen Kastanienbraunen die pfeilgeraden Straßen auf den Fluß zu führte, mehr als einen Blick. Einige betrachteten jedoch seine Begleiter. Ein Aielmann war inzwischen ein gewohnter Anblick, obwohl sie die Straßen mieden, seit die Feierlichkeiten begonnen hatten, aber man sah nicht jeden Tag einen Ogier, der größer war als ein Mann zu Pferde, und insbesondere keinen Ogier, der eine Streitaxt trug, deren Griff fast so lang wie er groß war. Der Ogier ließ den bärtigen Mann leutselig wirken.

Die Schiffe auf dem Alguenya hatten alle ihre Laternen angezündet, einschließlich der Meervolk-Schiffe, die viele Gerüchte bewirkten, weil sie so lange vor Anker blieben, ohne nennenswerte Kontakte mit dem Ufer zu halten. Den Gerüchten nach, die Perrin gehört hatte, mißbilligte das Meervolk die Vorgänge in der Stadt noch mehr als die Aiel, und er dachte, Gaul würde vor Schreck sterben, wann immer er einen Mann und eine Frau sich küssen sah. Ob die Frau eine Bluse trug oder nicht, schien Gaul weitaus weniger zu kümmern als die Tatsache, daß sie sich in aller Öffentlichkeit küßten.

Lange Steinpiere ragten zwischen hohen, flankierenden Mauern in den Fluß hinein, und Schiffe jeglicher Größe und Bauart hatten angelegt, einschließlich Fähren, die nur ein einziges bis hin zu fünfzig Pferden aufnehmen konnten, aber Perrin sah auf keiner der Fähren mehr als einen Mann. Er zügelte seinen Kastanienbraunen, als er zu einem breiten Schiff ohne Masten von einigen sechs oder sieben Spann Länge kam, das an Steinpfosten befestigt war. Seine Rampe zum Pier war an ihrem Platz. Ein dicker, grauhaariger Mann mit bloßem Oberkörper saß an Deck auf einem umgedrehten Faß, und eine grauhaarige Frau mit einem halben Dutzend leuchtenden Schlitzen am Oberteil ihres dunklen Gewandes saß auf seinen Knien.

»Wir wollen übersetzen«, sagte Perrin laut und versuchte, nur soweit hinzusehen, daß er erkennen konnte, ob die beiden sich losließen. Sie taten es nicht. Perrin warf ein andoranisches Goldstück auf die Fähre, und der Klang der auf das Deck prallenden großen Goldmünze ließ den Burschen den Kopf wenden. »Wir wollen übersetzen«, wiederholte Perrin und legte ein zweites Goldstück auf seine Handfläche. Kurz darauf legte er noch ein weiteres dazu.

Der Fährmann leckte sich die Lippen. »Ich werde Ruderer suchen müssen«, murrte er mit einem Blick auf Perrins Hand.

Perrin nahm seufzend zwei weitere Goldstücke aus seiner Börse. Er konnte sich noch gut daran erinnern, wie ihm selbst beinahe die Augen aus dem Kopf gefallen waren, weil er eine solche Münze haben wollte.

Der Fährmann sprang auf, ließ die Adlige schwungvoll auf ihr Hinterteil plumpsen und kletterte die Rampe hinauf, wobei er keuchend hervorbrachte, es würde nur Augenblicke dauern, Mylord, nur Augenblicke. Die Frau sah Perrin äußerst vorwurfsvoll an und entschwebte mit einer Würde die Pier hinab, die nur dadurch ein wenig beeinträchtigt wurde, daß sie sich das Gesäß rieb. Bald jedoch raffte sie ihre Röcke und schloß sich eilig einer Gruppe von Tänzern an, die am Ufer entlanghüpften. Perrin konnte ihr Lachen hören.

Es dauerte länger als nur Augenblicke, aber anscheinend genügte das Versprechen des Goldes, denn in nicht allzu langer Zeit hatte der Fährmann genügend Burschen versammelt, so daß die meisten Ruderbänke besetzt werden konnten. Perrin stand da und streichelte die Nase des Kastanienbraunen, während das Schiff auf den Fluß hinausfuhr. Er hatte sich noch nicht für einen Namen entschieden. Das Tier stammte aus den Ställen des Sonnenpalasts und bot einen prächtigen Anblick, obwohl es nicht mit Stepper zu vergleichen war.

Sein Bogen von den Zwei Flüssen war auf einer Seite durch den Sattelgurt geschoben, und ein ordentlich eingehülltes Bündel war hinten am Sattel befestigt. Rands Schwert. Faile hatte das Paket selbst verschnürt und es Perrin wortlos übergeben. Sie hatte etwas gesagt, nachdem er sich abgewandt hatte, als er erkannte, daß er einen Kuß bekommen würde.

»Wenn du umkommst«, hatte sie geflüstert, *»werde ich dein Schwert aufnehmen.«*

Er war sich nicht sicher, ob er ihre Worte hatte hören sollen oder nicht. Ihr Geruch war solch ein Durcheinander gewesen, daß er nichts Bestimmtes hatte ausmachen können.

Er wußte, daß er über sein Vorhaben nachdenken sollte, aber stets schlich sich Faile wieder behutsam in seinen Geist. Er hatte bereits damit gerechnet, daß sie ankündigen würde, mit ihm zu gehen, und sein Herz hatte sich bei dem Gedanken verkrampft. Wenn sie es getan hätte, wäre er kaum in der Lage gewesen, es ihr zu verweigern – das nicht und auch nichts anderes, nach all dem Leid, das er ihr zugefügt hatte –, aber vor ihnen befanden sich sechs Aes Sedai und Blut und Tod.

Perrin wußte, daß er wahnsinnig würde, wenn Faile stürbe. Das Thema war aufgekommen, als Berelain sagte, sie würde ihre Beflügelte Wache von Mayene bei dieser Jagd anführen. Glücklicherweise war dieser Moment schnell vergangen, wenn auch auf seltsame Weise.

»Wenn Ihr die Stadt verlaßt, die Rand al'Thor Euch als seiner Stellvertreterin übergeben hat«, sagte Rhuarc ruhig, »wie viele Gerüchte werden dann daraus entstehen? Wenn Ihr alle Eure Speere ausschickt, wie viele Gerüchte werden dann daraus entstehen? Und was wird aus jenen Geschichten erwachsen?« Es klang nach einem Rat, aber andererseits auch wieder nicht.

Berelain sah ihn an und roch dabei eigensinnig und hochmütig. Der eigensinnige Geruch verging allmählich, und sie murmelte zu sich selbst: »Manchmal glaube ich, es gibt zu viele Männer, die ...« Nur Perrin konnte es hören. Dann sagte sie lächelnd und in bemerkenswert erhabenem Tonfall mit lauter Stimme: »Das ist ein guter Rat, Rhuarc. Ich denke, ich werde ihn befolgen.«

Das Erstaunlichste war jedoch, wie sich Rhuarcs und ihr Geruch miteinander verbanden. Perrin gewann den Eindruck eines Wolfs und eines fast erwachsenen, weiblichen Wolfsjungen. Ein nachsichtiger Vater, der Freude an seiner Tochter hatte und sie an ihm, obwohl er sie manchmal noch immer scharf zurechtweisen mußte, damit sie sich angemessen benahm. Aber wichtig war, daß Perrin die Absicht aus Failes Blick schwinden sehen konnte. Was sollte er tun, wenn er am Leben blieb und sie wiedersah?

Zu Anfang machten die grob gekleideten Ruderer mit nacktem Oberkörper rauhe Scherze, nicht allzu unfreundlich, aber sie machten deutlich, daß jeglicher Goldbetrag kaum aufwog, was ihnen fehlte. Sie lachten, während sie sich in die Ruder legten, und ein jeder behauptete, schon einmal eine Adlige geküßt zu haben. Ein schlaksiger Bursche mit grobem Kinn behauptete sogar, er hätte eine *tairenische* Adlige auf seinen Knien sitzen gehabt, bevor er auf Manals Ruf herauskam, aber niemand glaubte ihm. Perrin sicherlich auch nicht. Die tairenischen Männer hatten die Vorgänge nur eines Blickes gewürdigt und sich dann kopfüber in die Feierlichkeiten gestürzt, und die tairenischen Frauen hatten die Vorgänge nur eines Blickes gewürdigt und sich dann mit Wächtern vor der Tür in ihren Zimmern eingeschlossen.

Die Späße und das Gelächter hielten nicht lange an. Gaul stand soweit wie möglich in der Mitte des Bootes, den leicht gehetzt wirkenden Blick auf das jenseitige Ufer gerichtet und auf Zehen stehend, als wäre er bereit zu springen. Er fürchtete natürlich all das Wasser um ihn herum, aber das konnten die Ruderer nicht wissen. Loial, der auf seiner langstieligen Axt lehnte, die er im Sonnenpalast gefunden hatte und die reich verzierte Gravuren aufwies, stand still wie eine Statue. Sein breites Gesicht schien wie aus Granit gehauen. Der Fährleute versanken in Schweigen und zogen die Ruder so hart wie möglich durch, wobei sie ihre Passagiere kaum anzusehen wagten. Als die Fähre schließlich am Westufer des Alguenya anlegte, gab Perrin dem Besitzer – wenn er darüber nachdachte, hoffte er zumindest, daß der Mann der Besitzer war – das versprochene Gold und außerdem eine Handvoll Silber für seine Leute, um sie für die Angst vor Loial und Gaul zu entschädigen. Der dicke Mann zuckte zurück, nachdem er das Gold genommen hatte, und verbeugte sich trotz seines wuchtigen Körpers so tief, daß sein Kopf fast die Knie berührte. Vielleicht hatten Gaul und Loial nicht als einzige furchterregende Gesichter.

Große, fensterlose Gebäude standen von Holzgerüsten umgeben da, die Mauern geschwärzt und vielerorts zerfallen. Die Getreidespeicher waren vor einiger Zeit bei Aufständen angezündet worden, und erst jetzt wurden Reparaturen vorgenommen, aber es war keine

Menschenseele auf den von Getreidespeichern und Ställen, Lagerhäusern und Stallhöfen gesäumten Straßen zu sehen. Alle, die hier arbeiteten, hielten sich jetzt in der Stadt auf. Es war niemand in Sicht, bis zwei Männer aus einer Seitenstraße herausritten.

»Wir sind bereit, Lord Aybara«, sagte Havien Nurelle eifrig. Der junge Mann mit den rosigen Wangen, der erheblich größer war als sein Begleiter, trug einen roten Brustharnisch und einen Helm mit einer einzigen schmalen roten Feder. Er roch sogar eifrig, und jung.

»Ich fing schon an zu glauben, Ihr würdet nicht kommen«, sagte Perrin, während er den Kastanienbraunen umwandte. Was sollte er nur wegen Faile tun? Rands Not drang unter seine Haut. »Sie sind uns jetzt vier Tage voraus.« Er bohrte dem Pferd leicht die Fersen in die Flanken und trieb es zu gleichmäßigem Schritttempo an. Eine lange Jagd. Es hätte keinen Zweck, die Pferde zu ermüden. Weder Loial noch Gaul fiel es schwer, Schritt zu halten.

Die breiteste der geraden Straßen wurde unvermittelt zu Cairhiens Straße von Tar Valon – es gab auch noch andernorts Straßen mit dem gleichen Namen –, ein breites Band festgetretener Erde, das sich durch waldbestandene Hügel, die niedriger waren als jener, auf dem die Stadt erbaut worden war, nach Westen und Norden wand. Nachdem sie eine Meile durch den Wald geritten waren, schlossen sich ihnen zweihundert Beflügelte Wachen von Mayene und fünfhundert Waffenträger des Hauses Taborwin an, die alle die besten verfügbaren Pferde ritten.

Die Mayener trugen rote Brustharnische und Helme wie mit Rändern versehene Töpfe, die bis über den Nacken reichten, und ihre Speere wiesen rote Streifen auf. Viele von ihnen schienen fast genauso eifrig wie Nurelle. Die kleineren Cairhiener trugen einfache Brustharnische und Helme wie abgeschnittene Glokken, die harte Gesichter freigaben, wobei Helme und

Brustharnische oft gleichermaßen verbeult waren. Ihre Speere waren ungeschmückt, obwohl hier und da Dobraines *Con* zu sehen war, ein kleines Viereck auf einem kurzen Stab, blau mit zwei weißen Edelsteinen, das Offiziere oder niedriger gestellte Lords des Hauses Taborwin kennzeichnete. Von ihnen wirkte niemand eifrig, nur grimmig. Sie hatten alle schon Kämpfe erlebt. In Cairhien nannten sie es ›den Wolf sehen‹.

Das brachte Perrin fast zum Lachen. Die Zeit der Wölfe war noch nicht gekommen.

Gegen Mittag trabte eine kleine Gruppe Aiel aus dem Wald und den Hang zur Straße hinab. Neben Rhuarc ritten zwei Töchter des Speers – Nandera und, wie Perrin nach einem Moment erkannte, Sulin. Sie sah im *Cadin'sor* ganz anders aus, das weiße Haar bis auf den Zopf am Hinterkopf kurz geschnitten. Sie wirkte ... natürlich, was in Livree niemals der Fall gewesen war. Amys und Sorilea kamen hinter ihnen. Die Stolen um die Arme geschlungen, die Halsketten und Armbänder aus Gold und Elfenbein klimpernd, hielten sie ihre bauschigen Röcke am Hang gerafft, aber sie taten es den anderen in jeder Beziehung gleich.

Perrin schwang sich vom Pferd, um allen anderen voraus mit ihnen zu gehen. »Wie viele?« fragte er nur.

Rhuarc schaute zu Gaul und Loial zurück, die vor der Kolonne neben Dobraine und Nurelle hergingen. Sie waren sogar für Perrins feines Gehör zu weit entfernt, um über das Hufgetrappel, das Klingen des Zaumzeugs und das Knirschen der Sättel hinweg etwas verstehen zu können, aber Rhuarc sprach dennoch leise. »Fünftausend Mann aus verschiedenen Gemeinschaften, etwas mehr als fünf. Ich konnte nicht viele mitbringen. Timolan war mißtrauisch, weil ich nicht mit ihm gegen die Shaido gezogen bin. Wenn allgemein bekannt wird, daß Aes Sedai den *Car'a'carn* gefangenhalten, fürchte ich, daß die Trostlosigkeit uns alle verschlingen wird.« Nandera und Sulin husteten gleichzeitig laut. Die beiden Frauen sahen einander an, und Sulin wandte den Blick schließlich errötend ab. Rhuarc sah sie kurz an – er roch verärgert – und murrte: »Ich habe auch fast eintausend Töchter des Speers versammelt. Hätte ich nicht durchgegriffen, wäre mir jede einzelne von ihnen mit einer Fackel in der Hand nachgerannt, um der Welt mitzuteilen, daß Rand al'Thor in Gefahr ist.« Seine Stimme wurde plötzlich härter. »Jede Tochter des Speers, die uns folgen will, wird lernen müssen, daß ich meine, was ich sage.«

Sulin und Nandera wurden beide rot, was auf ihren sonnengebräunten Gesichtern verblüffte.

»Ich …«, begannen beide im gleichen Augenblick. Abermals wurden jene Blicke gewechselt, und Sulin wandte schließlich mit womöglich noch stärker gerötetem Gesicht den Blick ab. Perrin konnte sich von Bain und Chiad her – die einzigen beiden Töchter, die er wirklich kannte – nicht an all dieses Erröten erinnern. »Ich habe es versprochen«, sagte Nandera steif, »und auch jede andere Tochter hat es feierlich versprochen. Wir werden den Befehlen des Häuptlings folgen.«

Perrin versagte sich die Frage, was die Trostlosigkeit sei, ebenso wie er nicht nachfragte, wie Rhuarc die Aiel ohne Fähren über den Alguenya gebracht hatte, da doch Wasser – über das sie nicht gehen konnten – das einzige war, was Aiel aufzuhalten vermochte. Er hätte es gerne gewußt, aber die Antworten waren unwichtig. Sechstausend Aiel, fünfhundert von Dobraines Waffenträgern und zweihundert Beflügelte Wachen. Gegen sechs Aes Sedai, ihre Behüter und einige fünfhundert Wächter – das sollte genügen. Aber die Aes Sedai hielten Rand fest. Würde irgend jemand die Hand gegen sie zu erheben wagen, wenn sie ihm ein Messer an die Kehle legten?

»Da sind auch noch vierundneunzig Weise Frauen«, sagte Amys. »Sie beherrschen die Eine Macht am besten.« Sie äußerte letzteres nur widerwillig – er erinnerte sich daran, daß Aielfrauen nicht gern zugaben, daß sie die Macht lenken konnten –, aber sie sprach weiter. »Wir hätten nicht so viele mitgebracht, aber sie wollten alle mitkommen.« Sorilea räusperte sich, und jetzt errötete Amys. Er würde Gaul danach fragen müssen. Aiel waren allen anderen Menschen, denen er jemals begegnet war, so unähnlich. Vielleicht erröteten sie erst, wenn sie älter wurden. »Sorilea führt uns an«, schloß Amys, und die ältere Frau schnaubte höchst zufrieden. Und sicherlich roch sie zufrieden.

Perrin unterdrückte nur mühsam ein Kopfschütteln. Sein Wissen über die Eine Macht hätte, noch zusammen mit einem dicken Daumen, in einen Fingerhut gepaßt, aber er hatte erlebt, wozu Verin und Alanna imstande waren, und er hatte die Flamme gesehen, die Sorilea geschaffen hatte. Wenn sie eine derjenigen unter den Weisen Frauen war, welche die Macht am besten führen konnten, war er sich nicht sicher, daß sechs Aes Sedai sie nicht alle vierundneunzig zu einem Bündel verschnüren konnten. Dafür hätte er jedoch nicht die Hand ins Feuer gelegt.

»Sie müssen siebzig oder achtzig Meilen vor uns sein«, erklärte er. »Vielleicht auch hundert, wenn sie ihre Wagen vorantreiben. Wir werden uns beeilen müssen.« Während er wieder in den Sattel stieg, trabten Rhuarc und die anderen bereits weiter und den Hügel hinauf. Perrin hob die Hand, und Dobraine bedeutete den Reitern den Aufbruch. Es kam Perrin keinen Augenblick in den Sinn, sich zu fragen, warum Männer und Frauen, die alt genug waren, um seine Eltern sein zu können und die es gewohnt waren zu befehlen, ihm folgten.

Allerdings fragte er sich, wie schnell sie vorankommen würden. Aiel im *Cadin'sor* konnten mit den Pferden mithalten, aber er sorgte sich vor allem um die Weisen Frauen, von denen einige vielleicht bereits so alt wie Sorilea waren. Aber ob sie nun Röcke trugen oder nicht und ihr Haar weiß war oder nicht – die Weisen Frauen kamen genauso schnell voran wie alle anderen und hielten mit den Pferden mit, während sie sich in Gruppen ruhig unterhielten.

Die Straße wand sich weit sichtbar vor ihnen. Niemand begab sich während des Lichterfests auf die Reise und auch nur wenige in den Tagen davor, es sei denn, ihre Angelegenheit war so dringend wie seine. Die Sonne stieg höher, die Hügel wurden niedriger, und als sie in der Dämmerung ihr Lager errichteten, schätzte Perrin, daß sie vielleicht fünfunddreißig Meilen zurückgelegt hatten. Ein gutes Tagespensum. Ausgezeichnet für eine so große Gruppe Menschen, aber andererseits auch nur halb soviel, wie die Aes Sedai bewältigen konnten, es sei denn, sie wollten ihre Zugtiere töten. Er sorgte sich nicht mehr darum, ob er sie noch vor Tar Valon einholen könnte, sondern nur darum, was er tun konnte, wenn es soweit wäre.

Perrin lag auf seinen Decken, den Kopf auf dem Sattel, und blickte lächelnd zur Mondsichel hinauf. Wenn Wolken dagewesen wären, wäre die Nacht nicht annähernd so hell gewesen. Es war eine gute Nacht zum Jagen. Eine Gute Nacht für Wölfe.

Ein Bild gestaltete sich in seinem Geist: ein junger wilder Stier mit gelocktem Fell, stolz und mit in der Morgensonne schimmernden Hörnern. Perrin strich mit dem Daumen über die neben ihm liegende Streitaxt mit ihrer gefährlich gebogenen Klinge und dem scharfen Dorn. Die Stahlhörner von Junger Stier, wie ihn die Wölfe nannten.

Er ließ seinen Geist auf die Suche gehen, sandte das Bild in die Nacht hinaus. Dort würden Wölfe sein, und sie würden von Junger Stier wissen. Die Nachricht von einem Menschen, der mit Wölfen sprechen konnte, würde sich wie ein Lauffeuer im Land verbreiten. Perrin mußte nur zwei Wölfe treffen. Der eine ein Freund, der andere ein armer Teufel, der das Menschsein nicht hatte bewahren können. Er hatte die Geschichten über die Flüchtlinge gehört, die in die Zwei Flüsse einsickerten. Sie erzählten alte Geschichten von Männern, die sich in Wölfe verwandelten, Geschichten, die nur wenige wirklich glaubten und die erzählt wurden, um Kinder zu unterhalten. Drei behaupteten, Männer gekannt zu haben, die Wölfe wurden und verwildert waren, und wenn Perrin die Einzelheiten auch falsch erschienen waren, so war die Art, wie die beiden seine gelben Augen unbehaglich gemieden hatten, doch eine Bestätigung. Jene beiden, eine Frau aus Tarabon und ein Mann aus der Ebene von Almoth, würden nachts nicht nach draußen gehen. Sie schenkten ihm aus irgendeinem Grund Knoblauch, das er mit großem Genuß aß. Aber er versuchte nicht mehr, andere seiner Art zu finden.

Er spürte Wölfe, und ihre Namen kamen zu ihm. *Zwei Monde* und *Feuersturm* und *Alter Hirsch* und Dutzende weitere stürzten auf seinen Geist ein. Es waren eigentlich nicht wirklich Namen, sondern eher Bilder und Empfindungen. Junger Stier war ein einfaches Bild, um einen Wolf zu benennen. Zwei Monde war in Wahrheit ein von der Nacht verhüllter Teich, in einem Augenblick glatt wie Eis, bevor eine Brise die Oberfläche kräuselte, Herbstgeruch in der Luft lag, ein Vollmond am Himmel stand und ein weiterer Mond so vollkommen von der Wasseroberfläche reflektiert wurde, daß es schwierig war zu bestimmen, welcher der wirkliche Mond war. Und das berührte tief.

Eine Zeitlang war da nur der Austausch von Namen und Gerüchen. Dann dachte er: *Ich suche Menschen, die sich vor mir befinden. Aes Sedai und Männer mit Pferden und Wagen.* Natürlich dachte er nicht genau das, nicht mehr als Zwei Monde wirklich zwei Monde war. Menschen waren ›Zweibeiner‹ und Pferde ›Vierbeiner‹. Aes Sedai waren ›zweibeinige Weibchen, die den Wind berühren, der die Sonne bewegt, und Feuer heraufbeschwören‹. Wölfe mochten Feuer nicht, und sie hüteten sich vor den Aes Sedai noch mehr als vor anderen Menschen. Es erstaunte sie, daß er eine Aes Sedai nicht erkennen konnte. Sie hielten diese Fähigkeit für genauso selbstverständlich, wie er die Fähigkeit für selbstverständlich hielt, ein weißes Pferd in einer Herde schwarzer Pferde zu finden, was sicherlich nicht erwähnenswert war. Und sicherlich nichts, was man deutlich erklären mußte.

Der Nachthimmel schien in seinem Kopf umherzuwirbeln und bedeckte plötzlich ein Lager mit Wagen und Zelten und Lagerfeuern. Sie waren nicht sehr deutlich zu sehen – Wölfe kümmerten sich kaum um Menschliches, also erschienen die Wagen und Zelte nur vage, die Lagerfeuer schienen gefährlich zu brüllen und die Pferde wirkten recht schmackhaft –, und dieses Bild wurde von Wolf zu Wolf weitergegeben, bis es ihn erreichte. Das Lager war größer, als Perrin erwartet hatte, aber Feuersturm hegte keinerlei Zweifel. Ihr Rudel schlich gerade am Rande dieses Lagers entlang, in dem sich die ›zweibeinigen Weibchen, die den Wind berühren, der die Sonne bewegt, und Feuer heraufbeschwören‹ befanden. Perrin versuchte zu erfahren, wie viele es waren, aber Wölfe hatten keine Vorstellung von Zahlen. Sie stellten fest, wie viele Dinge es von etwas gab, indem sie zeigten, wie viel sie gesehen hatten, und als Feuersturm und ihr Rudel die Aes Sedai erst erspürt hatten, hatten sie nicht die Absicht, noch wesentlich näher heranzugehen.

Die Frage *Wie weit?* wurde erheblich genauer beantwortet, wieder von Wolf zu Wolf weitergegeben, wenn die Antwort auch erst entschlüsselt werden mußte. Feuersturm sagte, sie könne zu dem Hügel gehen, wo ein mürrischer Rüde namens Halbschwanz sein Rudel an Rotwild herangeführt hatte, während der Mond so und so weit über den Himmel gewandert war, in einem bestimmten Winkel. Halbschwanz konnte wiederum

Hasennase erreichen – offensichtlich ein junger und sehr wilder Rüde –, während der Mond so und so weit wanderte, in einem anderen Winkel. Und so ging es weiter, bis Zwei Monde erreicht wurde. Zwei Monde bewahrte würdiges Schweigen, was für einen alten Rüden mit überwiegend weißer Schnauze angemessen war. Er und sein Rudel waren nicht viel weiter als eine Meile von Perrin entfernt, und der Gedanke, daß Perrin den Standort der Aes Sedai nicht genau kannte, wäre eine Beleidigung gewesen.

Perrin dachte so gründlich wie möglich über die erhaltenen Angaben nach und kam auf sechzig oder siebzig Meilen. Morgen würde er wissen, wie schnell sie sich ihnen näherten.

Warum? Das war Halbschwanz, der kenntlich an seinem Geruch vorüberzog.

Perrin zögerte mit der Antwort. Er hatte diese Frage befürchtet. Er empfand den Wölfen gegenüber genau wie den Leuten von den zwei Flüssen gegenüber. *Sie haben Schattentöter gefangengesetzt,* dachte er schließlich. So nannten die Wölfe Rand, aber er wußte nicht, ob ihnen Rand wichtig war.

Das Entsetzen, das seinen Geist erfüllte, genügte als Antwort, und Geheul erfüllte die Nacht, nah und fern, ein mit Wut und Angst durchsetztes Geheul. Die Pferde im Lager wieherten erschreckt und stampften mit den Hufen, während sie an den Pflockseilen zerrten. Männer liefen hin, um sie zu beruhigen, und andere spähten in die Dunkelheit, als erwarteten sie, daß ein großes Rudel Wölfe die Pferde angreifen würde.

Wir kommen, antwortete Halbschwanz schließlich. Nur das, und dann antworteten auch die anderen, Rudel, mit denen Perrin gesprochen hatte, und auch Rudel, die dem Zweibeiner, der wie die Wölfe sprechen konnte, schweigend zugehört hatten. *Wir kommen.* Nicht mehr.

Perrin drehte sich zur Seite, schlief ein und träumte,

er sei ein Wolf, der über endlose Hügel lief. Am nächsten Morgen war kein Zeichen von Wölfen zu sehen – nicht einmal die Aiel berichteten, einen gesehen zu haben –, aber Perrin konnte sie spüren, mehrere hundert und mehr Wölfe auf dem Weg.

Während der nächsten vier Tage flachte das Land zu wogenden Ebenen ab, deren höchste Erhebungen im Vergleich zu den Bergen am Alguenya kaum den Namen Hügel verdienen. Der Wald wurde lichter und machte Weideland Platz, braun und versengt, mit sich weit erstreckenden Dickichten. Die Flüsse und Bäche, die sie überquerten, benäßten kaum die Hufe der Pferde und bewirkten auch sonst nicht viel mehr, bevor sie im von der Sonne gehärteten Schlamm versickerten. Jede Nacht teilten die Wölfe Perrin mit, was sie von den vorauseilenden Aes Sedai in Erfahrung bringen konnten, was aber nicht viel war. Feuersturms Rudel folgte ihnen unbemerkt, wenn auch in großem Abstand. Eines wurde deutlich: Perrin legte jeden Tag die gleiche Strecke zurück wie am ersten Tag, und jeden Tag kam er den Aes Sedai um zehn Meilen näher. Aber was würde er tun, wenn er sie einholte?

Bevor sich die Wölfe in jeder Nacht meldeten, saß Perrin in leiser Unterhaltung mit Loial versunken, während sie zusammen eine Pfeife rauchten. Perrin wollte über den Ernstfall reden. Dobraine schien zu glauben, sie sollten einfach angreifen und bei dem Versuch, ihr Bestes zu tun, sterben. Rhuarc sagte nur, daß sie abwarten müßten, was der morgige Tag bringen würde, und daß alle Männer aus dem Traum erwachen müßten, was nicht allzu weit von Dobraines Sicht der Dinge entfernt war. Loial war zwar für einen Ogier noch jung, aber er war dennoch bereits über neunzig. Perrin vermutete, daß Loial mehr Bücher gelesen hatte, als er selbst jemals gesehen hatte, und er verfügte über ein erstaunliches Wissen über die Aes Sedai.

»Es gibt mehrere Bücher über Aes Sedai, die sich mit

Menschen befassen, die die Macht lenken können.« Loial blickte stirnrunzelnd um seine Pfeife herum, deren blattförmiger Kopf so groß wie Perrins beide Fäuste war. »Elora, Tochter von Amar Tochter von Coura, schrieb während der frühen Regentschaft Artur Falkenflügels *Männer aus Feuer und Frauen aus Luft*. Und Ledar, Sohn von Shandin Sohn von Koimal, schrieb erst vor ungefähr dreihundert Jahren *Eine Betrachtung über Männer, Frauen und die Eine Macht unter Menschen*. Ich denke, das sind die beiden besten Werke. Besonders das von Elora. Sie schrieb im Stil von … Nein. Ich werde es kurz machen.« Perrin bezweifelte das. Sich kurz und präzise auszudrücken, gehörte nicht zu den Tugenden Loials, wenn er über Bücher sprach. Der Ogier räusperte sich. »Nach Burgrecht muß ein Mann zum Verhör zur Burg gebracht werden, bevor er gedämpft werden kann.« Loials Ohren zuckten einen Moment heftig, und seine langen Augenbrauen sanken grimmig nach unten, aber er klopfte Perrin tröstlich auf die Schulter. »Ich kann nicht glauben, daß sie das vorhaben, Perrin. Ich habe gehört, daß sie darüber sprachen, ihm Ehre zu erweisen, schließlich ist er der Wiedergeborene Drache.«

»Ehre?« erwiderte Perrin ruhig. »Vielleicht betten sie ihn auf Seide, aber ein Gefangener ist noch immer ein Gefangener.«

»Ich bin zuversichtlich, daß sie ihn gut behandeln, Perrin.« Aber der Ogier klang nicht überzeugt, und sein Seufzen klang hohl. »Und er ist sicher, bis er Tar Valon erreicht. Elora und Ledar – und mehrere andere Schriftsteller ebenso – stimmen darin überein, daß dreizehn Aes Sedai nötig sind, um einen Mann zu dämpfen. Ich kann nur nicht verstehen, wie sie ihn gefangennehmen konnten.« Loial wurde mit einemmal nachdenklich. »Perrin, sowohl Elora als auch Ledar schreiben, daß die Aes Sedai, wenn sie einen Menschen mit großer Macht finden, stets dreizehn von ihresgleichen versammeln, um ihn gefangenzunehmen. Oh, sie erzählen auch Geschichten, in denen es nur vier oder fünf sind, und beide erwähnen Caraighan – sie brachte einen Mann fast zweitausend Meilen weit allein zur Burg, nachdem er ihre beiden Behüter getötet hatte –, aber … Perrin, sie schrieben von Yurian Steinbogen und Guaire Amalasan. Und ebenso von Raolin Darksbane und Davian, aber es sind die anderen, die mir Sorgen machen.« Damit meinte er vier der Mächtigsten unter den Männern, die sich als der Wiedergeborene Drache bezeichnet hatten, aber dies alles war vor langer Zeit, vor Artur Falkenflügel, geschehen. »Sechs Aes Sedai haben versucht, Steinbogen zu überwältigen, und er hat drei getötet und die anderen gefangengenommen. Sechs versuchten, Amalasan gefangenzunehmen. Er hat eine getötet und zwei weitere gedämpft. Rand ist sicherlich genauso stark wie Steinbogen und Amalasan. Befinden sich wirklich nur sechs Aes Sedai vor uns? Es würde vieles erklären.«

Vielleicht tat es das, aber es lag kein Trost darin. Dreizehn Aes Sedai könnten jeden Angriff Perrins abwehren, auch ohne ihre Behüter und Wächter. Dreizehn Aes Sedai konnten damit drohen, Rand zu dämpfen, wenn Perrin angriff. Sicherlich würden sie es nicht tun – sie wußten, daß Rand der Wiedergeborene Drache war; sie wußten, daß er bei der Letzten Schlacht dabeisein mußte –, aber durfte Perrin das riskieren? Wer wußte, warum die Aes Sedai irgend etwas taten? Er hatte sich niemals dazu überwinden können, auch nur jenen Aes Sedai zu trauen, die sich als Freunde zu erweisen versucht hatten. Sie bewahrten stets ihre Geheimnisse, und wie durfte ein Mann jemals sicher sein, wenn sie sich hinter seinem Rücken regten, wie sehr sie ihm auch ins Gesicht lächelten? Wer konnte ahnen, was die Aes Sedai tun würden?

Tatsächlich wußte Loial nicht viel, das hilfreich wäre, wenn der Tag kam, und außerdem war er weitaus mehr daran interessiert, über Erith zu sprechen. Perrin wußte, daß er zwei Briefe bei Faile hinterlassen hatte, einer an seine Mutter und der andere an Erith gerichtet, die Faile überbringen sollte, wenn die Dinge ungünstig verliefen. Loial hatte ihr äußerst nachdrücklich versichert, daß dies nicht geschähe. Er sorgte sich immer schrecklich darum, jemand anderen besorgt zu machen. Perrin hatte ebenfalls einen Brief für Faile hinterlegt. Amys hatte ihn den Weisen Frauen im Aiellager zur Aufbewahrung gebracht.

»Sie ist so wunderschön«, murmelte Loial, der in die Nacht starrte, als sähe er sie. »Ihr Gesicht wirkt so zart und doch gleichzeitig so stark. Wenn ich ihr in die Augen sehe, scheint es, als könnte ich nichts anderes mehr wahrnehmen. Und ihre Ohren!« Seine eigenen Ohren zitterten plötzlich heftig, und er verschluckte sich an seiner Pfeife. »Bitte«, keuchte er, »vergiß, daß ich das gesagt habe ... Ich hätte nicht davon sprechen sollen ... Du weißt, daß ich nicht ungehobelt bin, Perrin.«

»Ich habe es bereits vergessen«, sagte Perrin schwach. Ihre *Ohren?*

Loial wollte wissen, wie es war, verheiratet zu sein. Nicht daß er die Absicht hätte, Erith zu heiraten, wie er hastig hinzufügte. Er war zu jung und mußte sein Buch beenden, und er war noch nicht bereit, sich in einem Leben einzurichten, bei dem er das *Stedding* niemals wieder verlassen könnte, außer wenn er ein anderes *Stedding* besuchte, worauf eine Frau sicherlich bestehen würde. Er war einfach neugierig. Nichts weiter.

Also sprach Perrin von seinem Leben mit Faile, wie sie seine Wurzeln verpflanzt hatte, bevor er es gemerkt hatte. Einst waren die Zwei Flüsse seine Heimat gewesen, und jetzt war seine Heimat dort, wo Faile war. Der Gedanke daran, daß sie auf ihn wartete, beschleunigte seine Schritte. Ihre Gegenwart erhellte einen Raum, und bei ihrem Lächeln verflog jeder Kummer. Natürlich konnte er nicht darüber sprechen, wie der Gedanke an sie sein Blut zum Wallen brachte oder ihr Anblick sein Herz schneller schlagen ließ – es wäre nicht schicklich gewesen –, und er hatte sicherlich nicht die Absicht, den Kummer zu erwähnen, den sie in sein Herz gepflanzt hatte. Was sollte er tun? Er war wirklich bereit, auf Knien zu ihr zu kriechen, aber ein eigensinniger, harter Kern in ihm forderte zuerst dieses eine Wort von ihr. Wenn sie nur einfach sagen würde, daß alles wieder so sein sollte wie vorher.

»Was ist mit ihrer Eifersucht?« fragte Loial, und jetzt verschluckte sich Perrin. »Sind Ehefrauen alle so?«

»Eifersüchtig?« fragte Perrin beherzt. »Faile ist nicht eifersüchtig. Wie kommst du darauf? Sie ist vollkommen.«

»Natürlich ist sie das«, sagte Loial schwach, während er in seinen Pfeifenkopf blickte. »Hast du noch Tabak von den Zwei Flüssen? Ich habe jetzt nur noch ein wenig scharfen cairhienischen Tabak.«

Wäre alles so verlaufen, wäre es in gewisser Weise eine friedliche Reise gewesen, soweit man eine Jagd so bezeichnen konnte. Das Land zog vorüber, ohne daß sie jemandem begegneten. Wenn die Sonne wie geschmolzenes Gold und die Luft wie in einen Backofen war, kreisten Falken am wolkenlosen blauen Himmel. Aber es gab ein altes Sprichwort: »Der einzige wirklich friedvolle Mann ist ein Mann ohne Mittelpunkt.«

Die Cairhiener fühlten sich in Gegenwart der Aiel natürlich nicht wohl, betrachteten sie häufig stirnrunzelnd oder verhöhnten sie offen. Mehr als einmal murmelte Dobraine etwas darüber, zwölf zu eins in der Minderheit zu sein. Er respektierte ihr Kampfvermögen, aber nur auf die Art, wie man gefährliche Eigenschaften bei einem Rudel wütender Wölfe respektiert. Die Aiel schauten nicht und höhnten auch nicht. Sie machten einfach nur deutlich, daß die Cairhiener nicht beachtenswert waren. Perrin wäre nicht überrascht gewesen zu sehen, wie einer von ihnen durch einen Cairhiener hindurchging, weil er sich weigerte zuzugeben, daß er vorhanden war. Rhuarc glaubte, es gäbe keinen Ärger, solange die Baumtöter nicht damit begännen. Dobraine wiederum glaubte, es gäbe keinen Ärger, solange ihm die Wilden aus dem Weg blieben. Perrin wünschte, er könnte sicher sein, daß sie einander nicht töteten, bevor sie die Aes Sedai, die Rand gefangenhielten, auch nur zu Gesicht bekamen.

Er hegte die leise Hoffnung, daß die Mayener eine Brücke zwischen den beiden schlagen könnten, obwohl er manchmal auch merkte, daß er es bedauerte. Die Männer mit den roten Brustharnischen verstanden sich gut mit den kleineren Männern in den einfacheren Harnischen – es hatte niemals einen Krieg zwischen Mayene und Cairhien gegeben –, und die Mayener verstanden sich auch mit den Aiel gut. Abgesehen vom Aiel-Krieg hatte Mayene niemals Aiel bekämpft. Dobraine ging recht freundlich mit Nurelle um, teilte oft die Abendmahlzeit, und Nurelle gewöhnte es sich an, eine Pfeife mit verschiedenen Aiel zu rauchen. Besonders mit Gaul. Daher rührte das Bedauern.

»Ich habe mit Gaul gesprochen«, sagte Nurelle schüchtern. Es war am vierten Tag ihrer Reise, und er war neben Perrin am Anfang der Truppe geritten. Perrin hörte nur halbwegs zu. Feuersturm hatte einem der jüngeren Rüden ihres Rudels erlaubt, nahe heranzuschleichen, als die Aes Sedai am Morgen aufgebrochen waren, aber er hatte Rand nicht gesehen. Anscheinend wußte jeder Wolf, wie Schattentöter aussah. Alle Wagen bis auf einen schienen, trotz aller Unvollkommenheit dessen, was Morgenwolke gesehen hatte, eine Plane über dem Aufbau aufzuweisen. Rand befand sich wahrscheinlich in einem dieser Wagen und hatte es im Schatten erheblich bequemer als Perrin, dem der Schweiß in den Nacken lief. »Er hat mir von der Schlacht von Emondsfeld berichtet«, fuhr Nurelle fort,

»und von Eurem Feldzug bei den Zwei Flüssen. Lord Aybara, ich würde mich sehr geehrt fühlen, wenn Ihr mir selbst von Euren Schlachten erzählen würdet.«

Perrin setzte sich jäh im Sattel auf und sah den Jungen an. Nein, kein Junge, trotz der rosigen Wangen und diesem offenen Gesicht. Nurelle war sicherlich genauso alt wie er selbst. Aber der Geruch des Mannes, sehr aufgeweckt und leicht zitternd ... Perrin stöhnte beinahe. Er kannte diesen Geruch von kleinen Jungen in seiner alten Heimat, aber von einem Mann seines Alters wie ein Held verehrt zu werden, war fast mehr, als er ertragen konnte.

Wäre das jedoch das Schlimmste gewesen, hätte es ihn nicht gestört. Er erwartete, daß die Aiel und die Cairhiener sich nicht mochten. Er hätte auch erwarten sollen, daß ein junger Mann, der noch niemals an einem Kampf teilgenommen hatte, zu jemandem aufschauen würde, der gegen Trollocs gekämpft hatte. Die Unwägbarkeiten, die er nicht hatte voraussehen können, machten ihn besorgt. Das Unvorhergesehene konnte einen zu Fall bringen, wenn man es am wenigsten erwartete und es sich am wenigsten leisten konnte, beunruhigt zu sein.

Außer Gaul und Rhuarc hatte jeder Aielmann einen Streifen karmesinroten Stoff mit einer schwarz-weißen Scheibe um die Stirn gebunden. Perrin hatte sie schon in Cairhien und in Caemlyn gesehen, aber als er jetzt Gaul und dann Rhuarc fragte, ob sie das als die *Siswai'aman* kennzeichne, von denen Rhuarc gesprochen hatte, versuchten beide Männer vorzugeben, sie wüßten nicht, worüber er spräche, als könnten sie die roten Stirnbänder bei den fünftausend Männern nicht sehen. Perrin fragte sogar den Mann, der unter Rhuarc anscheinend die Befehlsgewalt hatte und den Perrin schon vor langer Zeit kennengelernt hatte, aber Urien schien auch nicht zu verstehen. Nun, Rhuarc hatte gesagt, er könne nur *Siswai'aman* erheben, also hielt Perrin sie dafür, selbst wenn er nicht wußte, was es bedeutete.

Er wußte nur, daß es zwischen den *Siswai'aman* und den Töchtern des Speers Ärger geben könnte. Wenn einige jener Männer die Töchter des Speers ansahen, streifte Perrin ein Hauch Eifersucht. Wenn eine der Töchter die *Siswai'aman* ansah, erinnerte ihn der Geruch an eine über dem Kadaver eines Wildes kauernde Wölfin, die keinem der anderen des Rudels einen Bissen gönnte, auch wenn sie erstickte, wenn sie alles allein fraß. Er fand keinerlei Erklärung dafür, aber es war deutlich erkennbar.

Während der ersten zwei Tage nach Verlassen der Stadt taten sich Sulin und Nandera beide hervor, wann immer Rhuarc etwas über die Töchter des Speers sagte. Sulin zuckte jedesmal errötend zurück, aber sie war beim nächsten Mal wieder bei ihm. Am zweiten Abend, als das Lager errichtet war, versuchten sie einander mit bloßen Händen zu töten.

Zumindest hatte Perrin den Eindruck, als sie aufeinander eintraten, sich mit Fäusten schlugen, einander zu Boden warfen und sich die Arme dermaßen verdrehten, daß er meinte, die Knochen müßten brechen. Rhuarc hinderte ihn daran einzugreifen und wirkte überrascht, daß er überhaupt daran gedacht hatte. Viele der Cairhiener und Mayener fanden sich ein, um zuzusehen und Wetten zu plazieren, aber kein Aiel sah sich den Kampf auch nur an und auch nicht die Weisen Frauen.

Schließlich drückte Sulin Nandera mit dem Gesicht in den Staub, einen Arm schmerzhaft nach hinten verdreht, packte Nanderas Haare und schlug ihren Kopf auf den Boden, bis sie leblos dalag. Die ältere Frau stand lange Zeit da und betrachtete die Unterlegene. Dann hob Sulin die bewußtlose Nandera auf ihre Schultern und schwankte mit ihr davon.

Perrin nahm an, daß Sulin von jetzt an das Reden

übernehmen würde, aber das war nicht der Fall. Sie war noch immer stets gegenwärtig, aber eine blau verfärbte Nandera beantwortete Rhuarcs Fragen und nahm seine Befehle entgegen, während sich eine gleichermaßen blau verfärbte Sulin ruhig verhielt, und als Nandera Sulin um etwas bat, tat sie es ohne zu zögern. Perrin kratzte sich nur am Kopf und fragte sich, ob er den Kampf tatsächlich so hatte ausgehen sehen, wie es der Fall gewesen war.

Die Weisen Frauen gingen stets in Gruppen unterschiedlicher Anzahl und wechselnder Zusammensetzung die Straße entlang. Am Ende des ersten Tages erkannte Perrin, daß sich alle diese Veränderungen in Wirklichkeit nur um zwei Frauen herum vollzogen, Sorilea und Amys. Am Ende des zweiten Tages war er sicher, daß die beiden auf sehr unterschiedlichen Ansichten beharrten. Es gab zu viele Blicke und zu häufiges Stirnrunzeln. Amys wich langsamer zurück und errötete weitaus seltener. Rhuarc roch manchmal schwach ängstlich, wenn er seine Frau ansah, aber das war das einzige Zeichen dafür, daß er überhaupt etwas merkte. Beim dritten Lager ihrer Reise erwartete Perrin halbwegs, Sulins und Nanderas Kampf zwischen den Weisen Frauen wiederholt zu sehen.

Statt dessen nahmen die beiden Frauen einen Wasserschlauch und entfernten sich ein Stück, wo sie sich allein auf den Boden setzten und die gefalteten Tücher abnahmen, die ihr Haar hielten. Er beobachtete sie bis zur mondbeschienenen Dunkelheit und hielt sich weit genug zurück, daß er nicht zufällig etwas aufschnappte, bis er ins Bett ging, aber sie tranken nur Wasser und redeten. Am nächsten Morgen wechselten die anderen Weisen ebenfalls von Gruppe zu Gruppe, aber bevor die Truppe drei Meilen zurückgelegt hatte, erkannte Perrin, daß sich jetzt alles um Sorilea drehte. Hin und wieder traten sie und Amys allein an den Straßenrand und redeten miteinander, aber es gab keine weiteren Blicke. Wären sie Wölfe gewesen, hätte Perrin gesagt, daß eine Herausforderung an den Rudelführer abgeschlagen worden war, aber ihrem Geruch nach zu urteilen, akzeptierte Sorilea Amys jetzt als fast gleichgestellt, was bei Wölfen niemals der Fall wäre.

Am siebten Tag seit ihrem Aufbruch von Cairhien, während sie unter einer brütenden Morgensonne einherritten, sorgte er sich darüber, welche Überraschung die Aiel ihm als nächstes bescheren würden, ob die Aiel und die Cairhiener sich nicht eines Tages gegenseitig an die Kehle gehen würden und was er tun sollte, wenn er die Aes Sedai in drei oder vier Tagen einholte.

Alles das verblaßte bei einer Übermittlung von Halbschwanz. Eine große Gruppe Menschen – vielleicht Frauen; Wölfe hatten manchmal ihre Schwierigkeiten, männliche Menschen von weiblichen zu unterscheiden – befand sich nur wenige Meilen westlich und ritt schnell in die gleiche Richtung, in die Perrin eilte. Es war das flüchtige Bild der zwei hinterherreitenden Bannerträger, das Perrin anzog.

Er war schnell von Dobraine und Nurelle, Rhuarc und Urien, Nandera und Sulin, Sorilea und Amys umgeben. »Reitet weiter«, befahl er und wandte sein Pferd gen Westen. »Vielleicht schließen sich uns einige Freunde an, aber wir wollen auf keinen Fall Zeit verlieren.«

Sie ritten weiter, als er sich entfernte, aber sie ließen ihn nicht allein gehen. Bevor er eine Viertelmeile zurückgelegt hatte, folgten ihm ein Dutzend Männer der Beflügelten Wache und genauso viele Cairhiener, mindestens zwanzig von Sulin angeführte Töchter des Speers und eine gleiche Anzahl *Siswai'aman* hinter einem grauhaarigen Mann mit grünen Augen und einem zerfurchten Gesicht. Perrin war nur überrascht, daß nicht auch eine oder zwei Weise Frauen dabei waren.

»Freunde«, murmelte Sulin vor sich hin, während sie neben seinem Steigbügel hertrabte. »Freunde, die ohne Vorwarnung auftauchen, und er weiß plötzlich einfach, daß sie da sind.« Sie sah zu ihm hoch und sprach lauter. »Ich möchte Euch nicht wieder stolpern und auf die Nase fallen sehen.«

Perrin schüttelte den Kopf und fragte sich, welche anderen Waffen er ihr noch in die Hände gegeben hatte, während sie als Dienerin verkleidet gewesen war. Aiel waren seltsam.

Er ritt fast eine Stunde lang in glühender Hitze, von den Wölfen so sicher geleitet wie ein Pfeil zum Ziel, und als er die Kuppe einer kleinen Anhöhe erreichte, war er über den Anblick ungefähr zwei Meilen voraus nicht überrascht: Berittene Männer in einer langen Zweierreihe, Männer von den Zwei Flüssen mit seinem eigenen Roten Wolfskopf-Banner, das am Anfang der Reihe in einer leichten Brise flatterte. Ihn überraschte nur, daß auch Frauen dabei waren – er zählte neun – und eine Anzahl Männer, bei denen er sicher war, daß sie nicht zu seinem Volk gehörten. Das zweite Banner ließ ihn die Kiefer zusammenpressen. Der Rote Adler von Manetheren. Er wußte nicht, wie oft er sie angewiesen hatte, jene nicht aus den Zwei Flüssen herauszubringen. Aber dies war eines der wenigen Dinge, die er zu Hause nicht einfach hatte unterbinden können, indem er vom Hissen dieses Banners abriet. Die unvollkommene Übermittlung der Wölfe hatte ihn vorbereitet.

Sie bemerkten ihn und seine Begleiter natürlich sofort. In dieser Horde gab es gute Augen. Sie kamen heran und warteten ab, während Perrin einige schußbereite Bogen bemerkte, die großen Zwei-Flüsse-Bogen, die einen Mann auf dreihundert und mehr Schritte Entfernung töten konnten.

»Bleibt alle hinter mir«, sagte Perrin. »Sie werden nicht schießen, wenn sie mich erkennen.«

»Gelbe Augen können anscheinend weit sehen«, bemerkte Sulin tonlos. Einige der anderen sahen ihn seltsam an.

»Bleibt einfach hinter mir«, seufzte Perrin.

Als er näher an die Spitze dieser seltsamen Gesellschaft heranritt, wurden die erhobenen Bogen gesenkt und die Pfeile wieder herausgenommen. Sie hatten Stepper bei sich, wie Perrin erfreut erkannte, und Swallow, wie er weniger erfreut erkannte. Faile würde es ihm niemals verzeihen, wenn er zuließ, daß ihre schwarze Stute verletzt würde. Es wäre ein gutes Gefühl, seinen Grauen wieder zu reiten, aber vielleicht würde er auch Steher, wie er sein neues Pferd genannt hatte, behalten. Ein Lord konnte zwei Pferde besitzen. Auch ein Lord, der vielleicht nur noch vier Tage zu leben hatte.

Dannil ritt aus der Reihe der Leute von den Zwei Flüssen heraus, zupfte an seinem dichten Schnurrbart, und Aram und die Frauen ritten mit ihm. Perrin erkannte alterslose Aes Sedai-Gesichter, noch bevor er Verin und Alanna erkannte, die beide hinter den Frauen ritten. Er kannte keine der anderen, aber er wußte sofort, wer sie waren, wenn es auch ein Rätsel war, wie sie hierhergelangt waren. Neun. Neun Aes Sedai könnten in drei oder vier Tagen sehr nützlich sein, aber wie weit konnte er ihnen trauen? Sie waren neun, und Rand hatte ihnen gesagt, daß nur sechs ihm folgen dürften. Er fragte sich, welche Merana, die Anführerin, war. Eine Aes Sedai mit kantigem Gesicht, die unter ihrer Alterslosigkeit wie eine Bäuerin wirkte, sprach, bevor Dannil das Wort an ihn richten konnte. Ihr Pferd war eine robuste, braune Stute. »Also Ihr seid Perrin Aybara. Lord Perrin, sollte ich wohl sagen. Wir haben schon viel von Euch gehört.«

»Es überrascht uns, Euch hier in solch seltsamer Begleitung anzutreffen«, bemerkte eine hochnäsige, wenn auch wunderschöne Frau kühl. Sie ritt einen dunklen Wallach mit lebhaften Augen. Perrin hätte wetten können, daß das Tier als Kampfroß ausgebildet war. »Wir glaubten, daß Ihr uns weit voraus wärt.«

Perrin achtete nicht auf sie, sondern sah Dannil an. »Nicht daß es mir mißfiele, aber wie seid Ihr hierhergelangt?«

Dannil schaute zu den Aes Sedai und strich sich heftig den Schnurrbart. »Wir sind so aufgebrochen, wie Ihr gesagt hattet, Lord Perrin, und zwar so schnell wie möglich. Ich meine, wir haben die Wagen und alles andere zurückgelassen, da wir annahmen, daß Ihr einen Grund hattet, so übereilt abzureisen. Dann holten uns Kiruna Sedai und Bera Sedai und die anderen ein, und sie sagten, Alanna könne Rand finden – den Lord Drache, meine ich –, und da Ihr mit ihm gegangen wart, vermuten wir, Ihr wärt, wo immer er wäre, und nichts gab uns zu erkennen, ob Ihr Cairhien verlassen hättet, und …« Er atmete tief durch. »Wie dem auch sei, anscheinend hatten sie recht, nicht wahr, Lord Perrin?«

Perrin runzelte die Stirn und fragte sich, wie Alanna ihn hatte finden können. Aber sie hatte es fertiggebracht, sonst wären Dannil und die anderen nicht hier. Alanna und Verin sahen ihn weiterhin an, ebenso wie eine schlanke Frau mit haselnußbraunen Augen, die häufig seufzte.

»Ich bin Bera Harkin«, sagte die Frau mit dem kantigen Gesicht, »und dies ist Kiruna Nachiman.« Sie deutete auf ihre hochmütige Begleiterin. Anscheinend sollten die anderen erst später vorgestellt werden. »Wollt Ihr uns sagen, warum Ihr hier seid, obwohl sich der junge al'Thor – der Lord Drache – mehrere Tage nördlich befindet?«

Er brauchte nicht lange zu überlegen. Wenn diese neun sich mit den vor ihnen befindlichen Aes Sedai zusammenschließen wollten, konnte er nur wenig tun, um sie daran zu hindern. Aber neun Aes Sedai auf seiner Seite … »Er wird gefangengehalten. Eine Aes Sedai namens Coiren und mindestens fünf weitere bringen ihn nach Tar Valon. Zumindest ist das ihre Absicht. Und ich habe vor, sie aufzuhalten.« Diese Nachricht bewirkte erhebliches Entsetzen. Dannils Augen weiteten sich, und die Aes Sedai sprachen alle gleichzeitig. Aram schien als einziger nicht betroffen zu sein, aber andererseits schien ihn nichts sonderlich betroffen zu machen, außer Perrin und sein Schwert. Die Gerüche der Aes Sedai kündeten trotz ihrer unbewegten Gesichter von Zorn und Angst.

»Wir müssen sie aufhalten, Bera«, rief eine Frau, die ihr Haar zu Zöpfen geflochten und auf tarabonische Art mit Perlen geschmückt hatte, während eine blasse Cairhienerin auf einer schmalen, kastanienbraunen Stute sagte: »Wir dürfen ihn Elaida nicht überlassen, Bera.«

»Sechs?« fragte die Frau mit den haselnußbraunen Augen ungläubig. »Sechs könnten ihn nicht gefangennehmen, dessen bin ich mir sicher.«

»Ich habe Euch doch gesagt, daß er verletzt ist.« Alanna war den Tränen nahe. Perrin kannte ihren Geruch gut genug, um ihn zu erkennen. Sie roch nach Qual. »Ich habe es Euch gesagt.« Verin verhielt sich ruhig, aber sie roch zornig – und ängstlich.

Kiruna ließ ihre dunklen Augen verächtlich über Perrins Begleiter schweifen. »Ihr wollt die Aes Sedai mit diesen Leuten aufhalten, junger Mann? Verin hat mir nicht gesagt, daß Ihr ein Narr wärt.«

»Ich habe noch einige Männer mehr auf der Straße nach Tar Valon«, sagte er trocken. Perrin konnte nicht verstehen, warum Kirunas Haltung ihm so zuwider war, aber jetzt war keine Zeit, das zu ergründen. »Ich habe auch dreihundert Bogenschützen von den Zwei Flüssen bei mir, die ich mit zurück zur Straße nehmen will.« Wie konnte Alanna wissen, daß Rand verletzt war? »Ihr Aes Sedai könnt gerne mitkommen.«

Das gefiel ihnen sicherlich nicht. Sie ritten ein Dutzend Schritte zur Seite und berieten sich – sogar seine Ohren konnten nichts aufnehmen; sie mußten irgendwie die Macht benutzt haben –, und Perrin dachte eine Weile, sie würden allein weiterreiten.

Letztendlich kamen sie mit, aber Bera und Kiruna ritten den ganzen Weg zur Straße zurück rechts und links neben ihm, während sie ihm abwechselnd erzählten, wie gefährlich und verfahren diese Situation sei, und daß er nichts tun dürfe, was den jungen al'Thor gefährde. Bera dachte zumindest manchmal daran, Rand den Wiedergeborenen Drachen zu nennen. Sie machten Perrin recht deutlich klar, daß er den anderen nicht vorauseilen sollte, ohne sie vorher zu fragen. Bera schien allmählich ein wenig beunruhigt darüber, daß er sich vielleicht nicht an ihre Worte erinnern würde. Kiruna hingegen sah sie als verpflichtend an. Perrin fragte sich allmählich, ob er einen Fehler gemacht hatte, als er sie aufgefordert hatte mitzukommen.

Wenn die Aes Sedai von der Ansammlung von Aiel, Mayenern und Cairhienern, welche die Straße entlangmarschierten, beeindruckt waren, so verzogen sie doch keine Miene. Sie trugen jedoch ihren geringen Teil zur allgemeinen Unruhe bei. Die Mayener und Cairhiener schien das Auftauchen von neun Aes Sedai und sechzehn Behütern sehr zu ermutigen, und sie verbeugten sich fast, wann immer eine der Frauen sich ihnen näherte. Andererseits sahen die Töchter des Speers und die *Siswai'aman* die Aes Sedai unglücklich an, wenn diese nicht hinsahen, als erwarteten sie, daß die Frauen sie zertreten würden. Die Weisen Frauen hielten ihre Gesichter genauso ausdruckslos wie die Aes Sedai, aber Perrin roch bei ihnen das Aufwallen reinen Zorns. Bis auf eine Braune namens Masuri ignorierten die Aes Sedai die Weisen Frauen zunächst vollkommen, aber nachdem Masuri während der nächsten Tage mindestens zwei Dutzend Mal abgewiesen worden war – sie war beharrlich, aber die Weisen Frauen mieden die Aes Sedai so gekonnt, daß Perrin dachte, sie täten es instinktiv –, beobachteten Bera und Kiruna und alle anderen die Weisen Frauen ständig und sprachen hinter einer unsichtbaren Schranke miteinander, die verhinderte, daß Perrin ihre Worte belauschte.

Er hätte es getan, wenn es möglich gewesen wäre. Sie verbargen mehr als nur ihre Gespräche über die Aiel-Frauen. Zunächst weigerte sich Alanna, ihm zu sagen, woher sie von Rands Aufenthaltsort wußte – *»Es gibt Wissen, das jeden Geist außer dem der Aes Sedai versengen würde«, belehrte sie ihn kühl und geheimnisvoll, aber sie roch recht stark nach Angst und Qual* –, und sie wollte nicht einmal zugeben, gesagt zu haben, er sei in irgendeiner Weise verletzt. Verin sprach kaum mit ihm, sondern beobachtete nur alles mit jenen dunklen, vogelähnlichen Augen und einem kleinen, geheimen Lächeln, und doch strahlte sie Enttäuschung und Zorn aus. Vom Geruch her hätte Perrin vermutet, daß entweder Bera oder Kiruna die Anführerin war. Von Bera glaubte er es, obwohl der Geruch begrenzt war und manchmal zeitweise in die andere Richtung zu deuten schien. Es war schwer, es anders zu beurteilen, obwohl die eine oder andere jeden Tag eine gute Stunde lang neben ihm ritt und Variationen ihres ursprünglichen ›Rates‹ wiederholte, und er nahm schließlich an, daß sie beide die Befehlsgewalt hatten. Nurelle schien dies auch zu glauben, da sie ihre Befehle entgegennahm, ohne Perrin auch nur anzusehen, und Dobraine schaute zunächst nur. Eineinhalb Tage lang vermutete Perrin, daß Merana in Caemlyn geblieben sei, und er war schockiert, als er hörte, wie die schlanke Frau mit den haselnußbraunen Augen mit diesem Namen angesprochen wurde. Rand hatte gesagt, sie führe die Abordnung aus Salidar, aber auch wenn die Aes Sedai oberflächlich betrachtet gleich schienen, erkannte Perrin sie als niedriger gestellten Wolf im Rudel. Sie roch nach dumpfer Ergebenheit und Angst. Es war natürlich keine Überraschung, daß Aes Sedai Geheimnisse bewahrten, aber er beabsichtigte Rand von Coiren und den anderen, die ihnen vorausritten, zu erretten, und er wäre für einen Hinweis dankbar gewesen, ob er ihn dann auch vor Kiruna und ihren Freundinnen erretten müßte.

Zumindest war es gut, wieder mit Dannil und den anderen vereint zu sein, auch wenn sie sich mit den Aes Sedai fast genauso gebärdeten wie die Mayener und die Cairhiener. Die Männer von den Zwei Flüssen waren so froh, ihn zu sehen, daß nur wenige murrten, als er ihnen befahl, den Roten Adler einzurollen. Er würde wieder gehißt werden, dessen war Perrin sich gewiß, aber Dannils Cousin Ban, der bis auf eine Hakennase und einen langen Schnurrbart in der Art der Domani fast genauso aussah wie Dannil, steckte ihn sorgfältig gefaltet in seine Satteltasche. Sie ritten natürlich nicht ohne Banner weiter. Einerseits war da sein eigener Roter Wolfskopf. Sie hätten seinen Befehl, auch ihn einzurollen, vielleicht mißachtet, und außerdem erweckte Kirunas kühler, verächtlicher Blick in ihm aus irgendeinem Grund den Wunsch, ihn zu zeigen. Aber neben seinem eigenen Banner zeigten auch Dobraine und Nurelle ihre Banner, da ohnehin bereits eines gehißt war. Aber es waren nicht die Aufgehende Sonne von Cairhien oder der Goldene Falke von Mayene. Beide hatten eine von Rands Standarten hervorgeholt, das Rot und Gold auf Weiß des Drachen und die schwarz-weiße Scheibe auf Karmesinrot. Die Aiel schien dies alles nicht zu stören, und die Aes Sedai wurden sehr abweisend, aber es schienen passende Banner zu sein, um ihnen zu folgen.

Am zehnten Tag, als die Sonne auf halbem Weg zum Zenit stand, empfand Perrin trotz der Banner und der Männer von den Zwei Flüssen und seinem vertrauten Pferd Stepper unter sich Groll. Sie würden die Wagen der Aes Sedai nicht lange nach Mittag einholen, aber er wußte noch immer nicht, was er dann tun sollte. In diesem Moment kam die Übermittlung von den Wölfen: *Kommt jetzt. Viele Zweibeiner. Viele, viele, viele! Kommt jetzt!*

KAPITEL 13

Die Brunnen Dumais

Gawyn ließ seinen Blick über die Landschaft schweifen, während er der Truppe vorausritt. Das leicht gewellte Gelände mit den vereinzelten Bäumen war gerade ausreichend flach, um den Eindruck zu erwecken, daß man weit sehen konnte, auch wenn diese gelegentlichen langen Bodenwellen und niedrigen Hügel nicht ganz so niedrig waren, wie sie schienen. Der Wind fegte dichte Staubwolken auf, und auch Staub konnte eine Menge verhüllen. Dumais Brunnen lagen unmittelbar rechts neben der Straße, drei Steinbrunnen in einem kleinen Gehölz. Es dauerte mindestens vier Tage bis zur nächsten sicheren Wasserversorgung, wenn die Alianelle-Quelle nicht ausgetrocknet war, aber Galina hatte befohlen, nicht anzuhalten. Gawyn versuchte, seine Aufmerksamkeit dorthin zu richten, wo sie sein sollte, aber es gelang ihm nicht.

Er wandte sich hin und wieder im Sattel um und betrachtete die lange Wagenkolonne auf der Straße, neben der die Aes Sedai und Behüter einherritten und Diener, die sich nicht in den Wagen aufhielten, einhergingen. Die meisten der Jünglinge befanden sich am Ende der Schlange, wohin Galina sie befohlen hatte. Er konnte den einen Wagen in der Mitte neben dem ständig sechs Aes Sedai ritten und der keine Plane aufwies, nicht sehen. Er hätte al'Thor getötet, wenn er gekonnt hätte, aber dieser Gedanke verursachte ihm Übelkeit. Sogar Erian hatte sich nach dem zweiten Tag geweigert, noch weiter mitzumachen, und das Licht wußte, daß sie Grund dazu hatte. Aber Galina blieb hart.

Den Blick fest nach vorn gerichtet, berührte er Egwenes Brief in seiner Jackentasche, wo er sorgfältig in Seide eingehüllt ruhte. Es waren nur wenige Worte, um ihm zu sagen, daß sie ihn liebte und daß sie gehen müsse. Nicht mehr. Er hatte ihn fünf oder sechs Mal am Tag gelesen. Sie erwähnte sein Versprechen nicht. Nun, er hatte keine Hand gegen al'Thor erhoben. Er war erstaunt gewesen zu erfahren, daß der Mann schon seit Tagen ein Gefangener war, als er davon erfuhr. Das mußte er ihr irgendwie begreiflich machen. Er hatte ihr versprochen, seine Hand nicht gegen den Mann zu erheben, und er würde es auch nicht tun, wenn er dafür sterben müßte, aber er würde auch keine Hand erheben, um ihm zu helfen. Das mußte Egwene verstehen. Licht, sie mußte es verstehen.

Schweiß rann sein Gesicht hinab, und er wischte sich mit dem Ärmel über die Wangen. Was Egwene betraf, konnte er nichts anderes tun als beten. Aber für Min konnte er etwas tun. Es mußte ihm irgendwie gelingen. Sie verdiente es nicht, als Gefangene zur Burg gebracht zu werden. Er wollte es nicht glauben. Wenn die Behüter ihre Bewachung nur lockern würden, könnte er …

Plötzlich bemerkte Gawyn ein Pferd, anscheinend reiterlos, das durch Staubwolken hindurch zu den Wagen zurückgaloppierte. »Jisao«, befahl er, »sagt dem Wagenlenker, daß er anhalten soll. Hal, gebt Rajar Bescheid, daß er die Jünglinge bereithalten soll.« Sie rissen ihre Pferde wortlos herum und preschten davon. Gawyn wartete.

Es war Benji Dalfors stahlstaubfarbener Wallach, und als er näher kam, konnte Gawyn Benji gebeugt sitzen und sich an die Mähne des Wallachs klammern sehen. Das Pferd war schon fast vorüber, als Gawyn die Zügel zu fassen bekam.

Benji wandte den Kopf, ohne sich aufzurichten, und sah Gawyn aus glasigen Augen an. Um seinen Mund war Blut zu sehen, und er hatte einen Arm fest auf den

Bauch gedrückt, als wollte er sich zusammenhalten. »Aiel«, murmelte er. »Tausende. Ich glaube, von allen Seiten.« Plötzlich lächelte er. »Es ist kalt heute, nicht …« Blut schoß aus seinem Mund, und er fiel auf die Straße und starrte ausdruckslos in die Sonne.

Gawyn riß seinen Hengst herum und galoppierte auf die Wagen zu. Um Benji konnte er sich später kümmern, wenn dann noch irgend jemand von ihnen lebte.

Galina ritt ihm mit flatterndem Staubmantel entgegen, die dunklen Augen zornerfüllt. Sie war ständig zornig, seit al'Thor zu entkommen versucht hatte. »Was glaubt Ihr, wer Ihr seid, daß Ihr die Wagen anhalten laßt?« herrschte sie ihn an.

»Tausende von Aiel schließen zu uns auf, Aes Sedai.« Er schaffte es, einen höflichen Tonfall beizubehalten. Die Wagen hatten schließlich angehalten, und die Jünglinge formierten sich, aber die Wagenlenker spielten ungeduldig mit den Zügeln, die Diener sahen sich um, während sie sich Luft zufächelten, und die Aes Sedai berieten sich mit den Behütern.

Galina schürzte verächtlich die Lippen. »Ihr Narr. Das sind zweifellos die Shaido. Sevanna sagte, sie würden uns begleiten. Aber wenn Ihr es nicht glaubt, dann nehmt Eure Jünglinge und seht selbst nach. Diese Wagen werden weiter auf Tar Valon zuhalten. Es wird Zeit, daß Ihr lernt, daß ich hier die Befehle gebe, nicht …«

»Und wenn es nicht Eure friedlichen Aiel sind?« Es war nicht das erste Mal während der letzten paar Tage, daß sie vorgeschlagen hatte, er solle selbst einen Spähtrupp übernehmen. Er vermutete, daß er, wenn er es täte, Aiel auffinden würde – und zwar keine friedlichen Aiel. »Wer auch immer sie sind – sie haben einen meiner Männer getötet.« Mindestens einen, denn sechs Kundschafter waren noch draußen. »Vielleicht solltet Ihr die Möglichkeit erwägen, daß dies al'Thors Aiel sein könnten, die gekommen sind, um ihn zu retten. Wenn sie uns angreifen, wird es zu spät sein.«

Erst da erkannte er, daß er schrie, aber Galinas Zorn wich tatsächlich. Sie blickte die Straße zu der Stelle hinauf, wo Benji lag, und nickte dann zögernd. »Vielleicht wäre es nicht unklug, dieses eine Mal vorsichtig zu sein.«

Rand rang nach Atem. Die Luft in seiner Brust fühlte sich dicht und heiß an. Glücklicherweise konnte er es nicht mehr riechen. Sie übergossen ihn jede Nacht mit einem Eimer Wasser, aber das war wohl kaum einem Bad gleichzusetzen, und nachdem sie jeden Morgen den Deckel über ihm geschlossen und ihn verriegelt hatten, griff der durch einen weiteren der prallen Sonne ausgesetzten Tag hinzugefügte Gestank seine Nase erneut an. Es kostete ihn Mühe, das Nichts zu halten. Er bestand nur noch aus Striemen. Es gab von den Schultern bis zu den Knien keinen Fingerbreit Haut, der nicht brannte, noch bevor Schweiß daran geriet, und jene zehntausend Flammen flackerten an den Grenzen des Nichts und versuchten es zu vereinnahmen. Die erst halbwegs verheilte Wunde an seiner Seite pochte dumpf, aber die Leere um ihn herum erzitterte bei jedem Pochen. Alanna. Er konnte Alanna spüren. Nahe … Nein … Er durfte keine Zeit damit verschwenden, an sie zu denken. Selbst wenn sie ihnen gefolgt war, könnten sechs Aes Sedai ihn doch nicht befreien. Wenn sie nicht entschieden, sich Galina anzuschließen. Kein Vertrauen. Er würde niemals wieder irgendeiner Aes Sedai vertrauen. Vielleicht bildete er es sich ohnehin nur ein. Manchmal bildete er sich hier drinnen Dinge ein wie kühle Brisen und daß er umhergehen könnte. Manchmal verlor er den Bezug zu allem anderen und stellte sich vor, vollkommen frei herumzulaufen. Einfach zu gehen. Er rang nach Atem und ertastete sich dann erneut seinen Weg über die eisglatte Barriere, die ihn von der Quelle abschnitt. Wieder und wieder tastete er sich zu jenen sechs nachgiebigen Stellen.

Nachgiebig. Er konnte nicht aufhören. Das Tasten war wichtig.

Dunkel, stöhnte Lews Therin tief in seinem Kopf. *Nicht mehr dunkel. Nicht mehr.* Wieder und immer wieder. Aber nicht allzu schlimm. Rand ignorierte ihn.

Plötzlich keuchte er. Die Kiste bewegte sich, knirschte laut über den Boden des Wagens. War es bereits Nacht? Die geschundene Haut zuckte unwillkürlich. Es würden weitere Schläge erfolgen, bevor er gefüttert und mit Wasser begossen und zum Schlafen wie eine Gans verschnürt würde. Aber er würde aus der Kiste hinausgelangen. Die Dunkelheit um ihn herum war unvollständig, eher ein tiefdunkles Grau. Der winzige Riß im Deckel ließ einen schwachen Lichtschimmer ein, obwohl er mit dem Kopf zwischen den Knien nichts sehen konnte, und seine Augen brauchten jeden Tag so lange, um etwas anderes als Schwärze zu erkennen, wie seine Nase brauchte, um unempfindlich zu werden. Dennoch mußte es Nacht sein.

Er konnte ein Stöhnen nicht unterdrücken, als sich die Kiste neigte. Es war nicht genug Platz, daß er hätte wegrutschen können, aber er wurde bewegt, wodurch die mehr als wunden Muskeln erneut schmerzten. Sein winziges Gefängnis schlug hart auf dem Boden auf. Bald würde sich der Deckel öffnen. Wie viele Tage in der brütenden Sonne? Wie viele Nächte? Er hatte den Anschluß verloren. Wer würde es diesmal sein? Gesichter wirbelten durch seinen Kopf. Er hatte sich jede Frau gemerkt, die seine Züchtigung übernahm. Jetzt gerieten sie durcheinander. Sich zu erinnern, welche wo oder wann zu ihm gekommen war, schien unmöglich. Aber er wußte, daß Galina und Erian und Katerine ihn am häufigsten geschlagen hatten, die einzigen, die es mehr als einmal getan hatten. Ihre Gesichter loderten in seinem Geist in einem barbarischen Licht auf. Wie oft wollten sie ihn noch schreien hören?

Plötzlich fiel ihm auf, daß die Kiste schon hätte

geöffnet werden sollen. Sie beabsichtigten, ihn die ganze Nacht hier drinnen zu belassen, und morgen würde wieder die Sonne scheinen und … Muskeln, die zu zerschlagen und wund waren, um sich zu regen, zuckten panisch. »Laßt mich raus!« schrie Rand heiser. Die Finger scharrten hinter seinem Rücken schmerzhaft und nutzlos. »Laßt mich raus!« schrie er. Er glaubte, eine Frau lachen zu hören.

Er weinte einige Zeit, aber dann trockneten die Tränen in glühendem Zorn. *Hilf mir,* knurrte er Lews Therin an.

Hilf mir, stöhnte der Mann. *Das Licht helfe mir.*

Düster vor sich hinmurmelnd, tastete sich Rand wieder blind über jene glatte Fläche zu den sechs nachgiebigen Stellen. Früher oder später würden sie ihn herauslassen. Früher oder später würden sie in ihrer Wachsamkeit nachlassen. Und wenn das geschah … Er merkte es nicht einmal, als er rauh zu lachen begann.

Perrin kroch auf dem Bauch den sanften Hügel hinauf und betrachtete vom Kamm aus eine Szene aus den Träumen des Dunklen Königs. Die Wölfe hatten ihm eine ungefähre Vorstellung davon vermittelt, was ihn erwarten würde, aber diese Vorstellung verblaßte neben der Realität. Vielleicht eine Meile von der Stelle entfernt, wo er in der Mittagssonne lag, umschloß eine ungeheure, erdrückende Anzahl Shaido vollkommen, was ein Kreis Wagen und Menschen zu sein schien, die sich nicht weit von der Straße in einem kleinen Gehölz zusammendrängten. Mehrere Wagen waren Scheiterhaufen aus tanzenden Flammen. Feuerkugeln, klein wie eine Faust und groß wie Felsbrocken, prallten in die Aiel, Feuerklumpen loderten und verwandelten ein Dutzend von ihnen gleichzeitig in Fackeln. Blitze fielen aus einem wolkenlosen Himmel und schleuderten Erde und in den *Cadin'sor* gekleidete Gestalten in die Luft. Aber silberne Lichtblitze trafen auch die Wagen, und

Feuer sprang von den Aiel auf. Ein großer Teil der Feuer erstarb plötzlich oder explodierte kurz vor einem Ziel, und viele der Lichtblitze wurden jäh gestoppt, aber auch wenn die Aes Sedai sich noch mit allen Mitteln zu erwehren schienen, mußte sich die reine Übermacht der Shaido letztendlich als überwältigend erweisen.

»Dort unten müssen zwei- oder dreihundert Frauen sein, die die Macht lenken können, wenn nicht mehr.« Kiruna, die neben ihm lag, wirkte beeindruckt. Sorilea, auf der anderen Seite der Grünen Schwester, war sicherlich beeindruckt. Die Weise Frau roch besorgt; nicht ängstlich, aber beunruhigt. »Ich habe noch niemals so viele Gewebe auf einmal gesehen«, fuhr die Aes Sedai fort. »Ich glaube, es befinden sich mindestens dreißig Schwestern in dem Lager. Ihr habt uns zu einem brodelnden Hexenkessel geführt, junger Aybara.«

»Vierzigtausend Shaido«, murmelte Rhuarc grimmig auf Perrins anderer Seite. Er roch sogar grimmig. »Mindestens vierzigtausend, und es ist kaum befriedigend zu wissen, warum sie nicht mehr nach Süden gesandt haben.«

»Der Lord Drache ist dort unten?« fragte Dobraine und schaute zu Rhuarc hinüber. Perrin nickte. »Und Ihr wollt ihn aus diesem Hexenkessel herausbringen?« Perrin nickte erneut, und Dobraine seufzte. Er roch ergeben, nicht ängstlich. »Wir werden hineinmarschieren, Lord Aybara, aber ich glaube nicht, daß wir wieder herauskommen werden.« Jetzt nickte Rhuarc.

Kiruna betrachtete die Männer. »Ihr erkennt sicher, daß wir zu wenig sind. Neun. Selbst wenn Eure Weisen Frauen die Macht tatsächlich mit irgendeiner Wirkung zu lenken vermögen, so können wir uns dem doch nicht entgegenstellen.« Sorilea schnaubte laut, aber Kiruna behielt die Szene im Blick.

»Dann dreht um und reitet südwärts«, befahl Perrin. »Ich werde dieser Elaida Rand nicht überlassen.«

»Gut«, erwiderte Kiruna lächelnd. »Denn ich werde es auch nicht tun.« Er wünschte, ihr Lächeln würde ihm keine Gänsehaut verursachen. Aber sicherlich hätte sie ebenfalls eine Gänsehaut bekommen, wenn sie Sorileas feindseligen Blick auf ihren Hinterkopf gesehen hätte.

Perrin gab denen, die am Fuß des Hügels zurückgeblieben waren, ein Zeichen, und Sorilea und die Grüne krochen wieder hinab, bis sie sich aufrichten konnten, und eilten dann in entgegengesetzte Richtungen davon.

Sie hatten keinen richtigen Plan. Es lief darauf hinaus, irgendwie an Rand heranzukommen, ihn zu befreien und dann zu hoffen, daß er nicht zu schwer verletzt war, um ein Wegetor für all die Menschen zu gestalten, die mit ihm entkommen wollten, bevor es den Shaido oder den Aes Sedai in dem Lager gelang, sie zu töten. Zweifellos geringere Probleme für den Helden einer Geschichte oder einen fahrenden Sänger, aber Perrin wünschte, es wäre Zeit für einen regelrechten Plan gewesen und nicht nur für das, was er und Dobraine und Rhuarc mit dem Stammeshäuptling, der so schnell er konnte zwischen ihren Pferden einherlief, grob zusammengezimmert hatten. Aber Zeit war eines der vielen Dinge, die sie nicht hatten. Und man konnte nicht wissen, ob die Aes Sedai der Burg die Shaido noch eine weitere Stunde abwehren konnten.

Zuerst gingen die Leute von den Zwei Flüssen und die Beflügelten Wachen voran, in zwei Gruppen aufgeteilt, von denen die eine die zu Fuß gehenden Weisen Frauen und die andere die berittenen Aes Sedai und Behüter umschloß. Sie überquerten den Hügelkamm zu beiden Seiten. Dannil hatte sie den Roten Adler wieder hissen lassen, zusätzlich zum Roten Wolfskopf. Rhuarc schaute nicht einmal in die Richtung, wo Amys nicht weit von Kirunas dunklem Wallach einherschritt, aber Perrin hörte ihn murmeln: »Mögen wir die Sonne zusammen aufgehen sehen, Schatten meines Herzens.«

Letztendlich sollten die Mayener und die Leute von den Zwei Flüssen den Rückzug der Weisen Frauen und der Aes Sedai decken, oder vielleicht würde es auch anders herum geschehen. Der Plan schien Bera und Kiruna jedoch nicht zu behagen. Sie wollten am liebsten dort sein, wo Rand war.

»Seid Ihr sicher, daß Ihr nicht reiten wollt, Lord Aybara?« fragte Dobraine vom Sattel herab. Ihm war die Vorstellung, zu Fuß zu kämpfen, verhaßt.

Perrin klopfte gegen die an seiner Hüfte hängende Streitaxt. »Sie ist vom Pferderücken aus nicht sehr nützlich.« Das entsprach der Wahrheit, aber er wollte auch Stepper oder Steher nicht in den bevorstehenden Kampf mit einbeziehen. Menschen konnten sich entscheiden, ob sie sich inmitten von Stahl und Tod begeben wollten. Heute hatte er für seine Pferde entschieden. »Vielleicht leiht Ihr mir einen Steigbügel, wenn es soweit kommt.« Dobraine blinzelte – Cairhiener setzten nur selten Fußsoldaten ein –, aber er verstand offenbar und nickte.

»Es wäre an der Zeit, daß die Flötenspieler zum Tanz aufspielen«, sagte Rhuarc und hob seinen schwarzen Schleier, aber heute würden keine Flötenspieler zu hören sein, was einigen Aiel nicht gefiel. Viele der Töchter des Speers mochten die erforderlichen roten Stoffstreifen um ihre Arme nicht, die sie für die Feuchtländer von den Shaido-Töchtern des Speers unterscheidbar machen sollten. Sie schienen zu glauben, jeder sollte es auf den ersten Blick sehen.

Schwarz verschleierte Töchter des Speers und *Siswai'aman* stiegen den Hang in einer dichten Reihe hinauf, und Perrin ging mit Dobraine dorthin, wo Loial bereits an der Spitze der Cairhiener stand, seine Streitaxt mit beiden Händen umfassend und die Ohren zurückgelegt. Aram war auch dort, zu Fuß und das Schwert blankgezogen. Der ehemalige Kesselflicker lächelte düster und vorahnungsvoll. Dobraine befahl mit einem Winken seines Arms den Vormarsch, hinter Rands Zwillingsbannern her, und Sättel knirschten, als ein kleiner Wald aus fünfhundert Speeren neben den Aiel aufstieg.

Nichts hatte sich in dem Kampf geändert, was Perrin überraschte, bis er erkannte, daß eigentlich nur Momente vergangen waren, seit er zuletzt hingesehen hatte. Die Zeit war ihm viel länger erschienen. Die große Anzahl von Shaido drängte noch immer nach innen. Wagen brannten nieder, vielleicht noch mehr als zuvor. Blitze zuckten noch immer aus dem Himmel, und Feuer sprang in Kugeln und Wellen auf.

Die Leute von den Zwei Flüssen hatten ihre Stellung mit den Mayenern, den Aes Sedai und den Weisen Frauen fast erreicht und bewegten sich beinahe gemächlich über die wogende Ebene. Perrin hätte sie weiter zurückgehalten, um ihnen eine bessere Möglichkeit zur Flucht zu verschaffen, wenn es soweit wäre, aber Dannil beharrte darauf, daß sie auf mindestens dreihundert Schritt herangehen müßten, damit ihre Bogen wirkungsvoll eingesetzt werden könnten, und Nurelle war genauso bestrebt gewesen, nicht zurückzubleiben. Sogar die Aes Sedai, bei denen Perrin vermutete, daß sie nur nahe genug herangelangen wollten, um besser sehen zu können, hatten darauf beharrt. Keiner der Shaido hatte sich bisher umgesehen. Zumindest deutete niemand auf die langsam in ihrem Rücken auf sie zukommende Bedrohung. Niemand wirbelte herum, um sich ihr zu stellen. Alle schienen darauf konzentriert, den Wagenkreis anzugreifen, vor Feuer und Blitzen zurückzuweichen und dann erneut anzugreifen. Nur ein Blick zurück wäre notwendig gewesen, aber das Inferno vor ihnen hielt sie davon ab.

Achthundert Schritte. Siebenhundert. Die Leute von den Zwei Flüssen stiegen ab und nahmen ihre Bogen in die Hand. Sechshundert. Fünfhundert. Vierhundert.

Dobraine zog sein Schwert und hielt es hoch in die

Luft. »Der Lord Drache, Taborwin und Sieg!« rief er, und der Ruf wurde von fünfhundert Kehlen aufgenommen, während die Speere bereitgehalten wurden.

Perrin hatte gerade noch genug Zeit, Dobraines Steigbügel zu packen, bevor der Cairhiener vorwärts preschte. Loials lange Beine paßten sich bei jedem Schritt an. Während Perrin sich von dem Pferd in großen Sprüngen voranziehen ließ, sandte er seinen Geist aus. Kommt.

Der mit braunem Gras bedeckte Boden, der unbelebt schien, brachte plötzlich eintausend Wölfe hervor, schlanke braune einfache Wölfe und einige dunklere, schwerere Waldbrüder, die geduckt voranliefen und sich dann mit zuschnappendem Kiefer auf die Rücken der Shaido warfen, unmittelbar bevor die ersten langen Speere vom Himmel regneten. Ein zweiter Schwarm Speere beschrieb bereits einen hohen Bogen. Neuerliche Blitze zuckten mit den Speeren zusammen aus dem Himmel, und neue Feuer sprangen auf. Verschleierte Shaido, die sich umwandten, um die Wölfe zu bekämpfen, hatten nur Augenblicke Zeit zu erkennen, daß sie nicht die einzige Bedrohung bedeuteten, bevor sie ein wuchtiger Speer eines Aiel oder eines cairhienischen Speerträgers traf.

Perrin riß seine Streitaxt frei, streckte einen ihm im Weg stehenden Shaido nieder und sprang über den Mann, als er zu Boden sank. Sie mußten Rand erreichen, alles hing davon ab. Neben ihm hob Loial seine Streitaxt an, ließ sie niedersausen, schwenkte sie erneut und kämpfte so einen Weg frei. Aram schien mit seinem Schwert zu tanzen und lachte, während er alle, die ihm im Weg standen, niedermähte. Es war keine Zeit, an jemand anderen zu denken. Perrin schwang seine Streitaxt mechanisch. Er zerhackte Holz, nicht Leiber. Er versuchte, das umherspritzende Blut zu ignorieren, selbst als ihm Karmesinrot ins Gesicht sprühte. Er mußte Rand erreichen. Er schlug sich einen Weg durch Dornengestrüpp.

Er konzentrierte sich nur jeweils auf den Mann vor ihm – er betrachtete sie als Männer, auch wenn ihre Größe zuweilen darauf schließen ließ, daß es manchmal auch eine Tochter des Speers sein könnte; er war sich nicht sicher, daß er diese rottropfende halbmondförmige Klinge noch schwingen könnte, wenn er den Gedanken zuließ, es könnte eine Frau sein, gegen die er sie hob –, er konzentrierte sich, aber andere Dinge schwebten in sein Sichtfeld, während er sich den Weg frei hieb. Ein silbriger Lichtblitz schleuderte mit dem *Cadin'sor* bekleidete Gestalten in die Luft, von denen einige das scharlachrote Stirnband trugen und andere nicht. Ein weiterer Blitz riß Dobraine vom Pferd. Der Cairhiener mühte sich wieder hoch und ließ das Schwert einen Moment ruhen. Feuer umschloß ein Gewirr von Cairhienern und Aiel, verwandelte Menschen und Pferde in schreiende Fackeln, zumindest jene, die noch schreien konnten.

All dies geschah vor seinen Augen, aber er erlaubte sich nicht, es zu sehen. Nur die Dornengestrüppe vor ihm mußten mit seiner und Loials Streitaxt und Arams Schwert aus dem Weg geräumt werden. Dann sah er etwas, das seine Konzentration durchdrang. Ein sich aufbäumendes Pferd, ein taumelnder Reiter, der aus dem Sattel gerissen wurde, als Aiel-Speere ihn durchbohrten. Ein Reiter mit einem roten Brustharnisch. Und noch ein Beflügelter Wächter und weitere von ihnen, die ihre Speere reckten, während Nurelles Feder über seinem Helm schwankte. Kurz darauf sah er Kiruna, das Gesicht heiter und unbesorgt, die wie eine Königin der Schlachten den von drei Behütern für sie freigehauenen Weg entlangschritt, und die Feuer, die ihren Händen entsprangen. Und da war Bera und weiter seitlich Faeldrin und Masuri und … Was, unter dem Licht, taten sie alle hier? Was taten sie überhaupt alle? Sie sollten bei den Weisen Frauen sein!

Von irgendwo über ihm erklang ein hohles Dröhnen,

wie ein Donnerschlag, der durch den Lärm der Schreie und Rufe hindurchschnitt. Kurz darauf erschien keine zwanzig Schritte vor ihm ein Lichtblitz und schnitt wie eine riesige Klinge durch mehrere Menschen und ein Pferd hindurch, während er sich zu einem Wegetor erweiterte. Ein Mann in schwarzem Umhang mit einem Schwert in Händen sprang daraus hervor und ging mit einem Shaido-Speer im Leib zu Boden, aber kurz darauf sprangen acht oder neun weitere Männer durch das Wegetor, während es verschwand, und bildeten mit ihren Schwertern einen Kreis um den gefallenen Mann. Mit mehr als Schwertern. Einige der Shaido, die sie angriffen, fielen nicht durch eine Klinge, sondern gingen einfach in Flammen auf. Die Köpfe, die wie Melonen zerbarsten, fielen aus der Höhe auf das Gestein. Vielleicht hundert Schritte hinter ihnen glaubte Perrin einen weiteren Kreis von Männern in schwarzen Umhängen zu erkennen, die von Feuer und Tod umgeben waren, aber er hatte keine Zeit, sich darüber zu wundern. Shaido schlossen sich auch um ihn.

Er stellte sich mit dem Rücken zu Loial und Aram und schlug und hackte verzweifelt um sich. Jetzt gab es kein Vorankommen mehr. Er konnte nur noch die Stellung halten. Das Blut pochte in seinen Ohren, und er hörte, wie er nach Atem rang. Er konnte auch Loial hören, der wie ein großer Blasebalg keuchte. Perrin wehrte einen zustoßenden Speer mit seiner Streitaxt ab, traf im Rückschwung mit der Spitze einen weiteren Aiel, ergriff eine Speerspitze mit der Hand, ungeachtet der klaffenden Wunde, die sie verursachte, und zerteilte ein schwarz verschleiertes Gesicht. Er glaubte nicht, daß sie noch viel länger standhalten könnten. Sein ganzes Sein konzentrierte sich darauf, noch einen Herzschlag länger am Leben zu bleiben. Fast sein ganzes Sein. Ein Winkel seines Geistes hielt ein Bild von Faile aufrecht und den traurigen Gedanken, daß er sich nicht dafür entschuldigen könnte, daß er nicht zu ihr zurückkam.

Rand rang mit verdoppeltem Schmerz in der Brust um Luft und betastete hastig den Schild zwischen ihm und der Quelle. Stöhnen schwebte über das Nichts, und wilder Zorn und sengende Angst kroch an ihr entlang. Er konnte nicht mehr unterscheiden, was von ihm und was von Lews Therin kam. Plötzlich gefror sein Atem. Sechs Stellen, aber eine war jetzt unnachgiebig. Nicht mehr nachgiebig, sondern unnachgiebig. Und dann eine zweite. Eine dritte. Rauhes Lachen erfüllte seine Ohren. Es war sein Lachen, wie er kurz darauf erkannte. Eine vierte Stelle wurde unnachgiebig. Er wartete, versuchte in sich zu ersticken, was wie irres Kichern klang. Die letzten beiden Stellen blieben nachgiebig. Das erstickte Kichern erstarb.

Sie werden es spüren, stöhnte Lews Therin verzweifelt. *Sie werden es spüren und die anderen zurückrufen.*

Rand leckte sich mit seiner trockenen Zunge über die aufgesprungenen Lippen. Alle Feuchtigkeit in ihm schien mit dem Schweiß entschwunden zu sein, der seine Haut überzog und in seinen Wunden brannte. Wenn er es versuchte und es mißlang, würde es niemals eine zweite Chance geben. Er konnte nicht mehr warten. Es gäbe ohnehin vielleicht niemals eine zweite Chance.

Vorsichtig, blind, ertastete er die vier unnachgiebigen Stellen. Dort war nichts, nicht mehr, als der Schild selbst für ihn erspürbar oder sichtbar war, aber irgendwie konnte er *um* dieses Nichts *herumspüren*, eine Form spüren. Wie Knoten. In einem Knoten war stets Platz zwischen den Fäden, wie fest er auch gezogen war, Spalte, feiner als ein Haar, wo nur Luft hindurchgelangte. Langsam, so sehr langsam, tastete er sich in einen dieser Spalte vor, drückte durch äußerst winzige Risse zwischen etwas, das anscheinend überhaupt nicht vorhanden war. Langsam. Wie lange würde es dauern, bis die anderen zurückkehrten? Wenn sie wieder anfingen, bevor er einen Weg durch dieses gewundene Labyrinth gefunden hatte … Langsam. Und plötzlich konnte er die Quelle spüren, als hätte er sie mit einem Fingernagel gestreift. Nur mit dem äußeren Rand eines Fingernagels. *Saidin* war noch jenseits von ihm – der Schild war noch immer da –, aber er konnte in Lews Therin Hoffnung aufwallen spüren. Hoffnung und Verzagtheit. Zwei Aes Sedai hielten noch immer an der Barriere fest, waren sich immer noch bewußt, was sie festhielten.

Rand hätte nicht erklären können, was er als nächstes tat, obwohl Lews Therin erklärt hatte, wie er es tun mußte, zwischen einzelnen Ausflügen in seine eigenen verrückten Vorstellungen, zwischen hoch aufbrausendem Zorn und Wehklagen über seine verlorene Ilyena, zwischen Geplapper, daß er zu sterben verdiene, und Schreien, daß er nicht zulassen würde, daß sie ihn zerbrachen. Es war, als beuge er, was er durch den Knoten ausgestreckt hatte, als beuge er es, so sehr er konnte. Der Knoten widerstand. Er erzitterte. Und dann brach er auf. Da waren nur noch fünf. Die Barriere wurde dünner. Er konnte spüren, wie sie schwächer wurde. Eine unsichtbare Wand, die jetzt nur noch fünf anstatt sechs Ziegelsteine dick war. Die beiden Aes Sedai würden es auch gespürt haben, obwohl sie vielleicht nicht genau verstanden, was geschehen war. Bitte, Licht, nicht jetzt. Noch nicht.

Schnell, fast hektisch, griff er die verbliebenen Knoten nacheinander an. Ein zweiter öffnete sich – der Schild wurde dünner. Es ging jetzt schneller, mit jedem ein wenig mehr, als lerne er den Weg hindurch, wenn es auch jedesmal anders war. Der dritte Knoten war gelöst. Und eine dritte unnachgiebige Stelle erschien. Vielleicht wußten die Aes Sedai nicht, was er tat, aber sie würden nicht einfach dasitzen, während der Schild immer schwächer wurde. Hektisch warf sich Rand auf den vierten Knoten. Er mußte ihn lösen, bevor sich eine vierte Schwester in den Schild einbrachte. Vier könnten in der Lage sein, ihn zu halten, was immer er tat. Den Tränen nahe, kämpfte er sich durch die verästelten Windungen, glitt zwischen Nichts. Er beugte es in Panik, und der Knoten platzte. Der Schild blieb, wurde aber jetzt nur noch von dreien gehalten. Wenn er sich nur schnell genug bewegen konnte.

Als er nach *Saidin* griff, war die unsichtbare Barriere noch immer da, aber sie schien nicht mehr aus Stein oder Ziegeln zu bestehen. Sie gab nach, als er dagegenpreßte, neigte sich unter seinem Druck, neigte sich, neigte sich. Plötzlich riß sie vor ihm entzwei wie zerschlissener Stoff. Die Macht erfüllte ihn, und er ergriff jene drei nachgiebigen Stellen und zerschmetterte sie unbarmherzig mit Fäusten aus Geist. Abgesehen davon vermochte er noch immer nur dort die Macht zu lenken, wo er etwas sah, und alles, was er jetzt schwach erkennen konnte, war das Innere der Kiste, soweit er sie mit dem Kopf zwischen den Knien sehen konnte. Bevor er seine Arbeit mit den Fäusten aus Geist auch nur beendet hatte, lenkte er die Macht Luft. Die Kiste platzte mit lautem Knall von ihm ab.

Frei, keuchte Lews Therin, und es war ein Echo Rands eigener Gedanken. *Frei.* Oder vielleicht anders herum.

Sie werden bezahlen, grollte Lews Therin. *Ich bin der Herr des Morgens.*

Rand wußte, daß er sich jetzt noch schneller bewegen mußte, schnell und heftig bewegen mußte, aber zunächst kämpfte er darum, sich überhaupt bewegen zu können. Da die Muskeln jeden Tag seit wer weiß wie langer Zeit mißhandelt worden waren, als er jeden Tag in die Kiste gepfercht worden war, schrien sie auf, als er sich mit zusammengebissenen Zähnen behutsam auf Hände und Knie aufrichtete. Es war ein ferner Schrei, der Schmerz eines anderen, aber er konnte diesen Körper nicht dazu bringen, sich schneller zu bewegen, wie stark er sich auch durch *Saidin* fühlte. Leere dämpfte die Empfindungen, aber etwas der Panik Ähnliches versuchte, Ranken in das Nichts zu winden.

Er befand sich in einem großen Dickicht, in dem breite Strahlen Sonnenlicht durch die fast laublosen Bäume drangen. Es erschreckte ihn, daß es noch Tag war, vielleicht sogar erst Mittag. Er mußte sich regen. Weitere Aes Sedai würden kommen. Zwei lagen in seiner Nähe auf dem Boden, offensichtlich bewußtlos, und eine hatte eine häßliche, klaffende Wunde an der Stirn. Eine dritte, eine Frau mit kantigem Gesicht, kauerte auf den Knien, starrte ins Leere, umklammerte ihren Kopf mit beiden Händen und schrie. Sie schien von all den Splittern und Kistenstücken unberührt. Er erkannte keine von ihnen. Er empfand sofort Bedauern, daß es nicht Galina oder Erian waren, die er gedämpft hatte – er konnte nicht mit Bestimmtheit sagen, daß er das beabsichtigt hatte; Lews Therin hatte lang und breit erklärt, wie er jede einzelne jener zerbrechen wollte, die ihn eingesperrt hatten; Rand hoffte, es wäre seine eigene Idee gewesen, wie übereilt auch immer sie war. Dann sah er unter Kistenteilen eine weitere Gestalt auf dem Boden ausgestreckt. Eine Gestalt in rötlichem Umhang und rötlicher Hose.

Die Frau mit dem kantigen Gesicht sah ihn nicht an und hörte auch nicht auf zu schreien, als er sie gegen die niedrige Steinkrönung eines Brunnens stieß, während er vorüberkroch. Er fragte sich verzweifelt, warum auf ihre Schreie hin niemand kam. Auf halbem Weg zu Min bemerkte er aus dem Himmel schießende Lichtblitze und über ihm explodierende Feuerkugeln. Er roch brennendes Holz, hörte Männer schreien und rufen, das Aufeinanderschlagen von Metall und den Mißklang der Schlacht. Es kümmerte ihn nicht, ob es Tarmon Gai'don war. Wenn er Min getötet hatte … Er wandte sie sanft um.

Dunkle Augen sahen zu ihm auf. »Rand«, hauchte sie. »Du lebst. Ich hatte Angst nachzusehen. Es gab einen furchtbaren Knall, und überall flogen Holzstücke herum, und ich erkannte einen Teil der Kiste und …« Tränen rannen ihre Wangen hinab. »Ich dachte, sie hätten … Ich hatte Angst, du wärst …« Sie rieb sich mit zusammengebundenen Händen übers Gesicht und atmete tief durch. Auch ihre Fußknöchel waren gefesselt. »Wirst du meine Fesseln lösen, Schafhirte, und ein Wegetor von hier fort eröffnen? Oder erspare dir die Mühe, die Fesseln zu lösen. Wirf mich einfach über deine Schulter und geh.«

Er führte geschickt Feuer und trennte damit ihre Fesseln. »Es ist nicht so einfach, Min.« Er kannte diesen Ort nicht. Ein Wegetor, das von hier aus eröffnet wurde, mochte überall hinführen, wenn es überhaupt eröffnet werden konnte. Wenn er überhaupt eines eröffnen konnte. Schmerz und Erschöpfung streifte die Ränder des Nichts. Er wußte nicht, wieviel Macht er beanspruchen konnte. Plötzlich spürte er, wie *Saidin* in alle Richtungen gelenkt wurde. Durch die Bäume, jenseits brennender Wagen, sah er Aiel gegen Behüter kämpfen und die mit grünen Umhängen bekleideten Soldaten Gawyns, die vom Feuer und den Blitzen der Aes Sedai zurückgedrängt wurden, aber erneut angriffen. Irgendwie hatte Taim ihn gefunden und Asha'man-Soldaten und Aiel mitgebracht. »Ich kann noch nicht gehen. Ich glaube, einige Freunde sind gekommen, um mich zu retten. Mach dir keine Sorgen. Ich werde dich beschützen.«

Ein gezackter Silberblitz zerteilte einen Baum am Rande des Dickichts, nahe genug, daß Rands Haare verwehten. Min schrak zusammen. »Freunde«, murrte sie und rieb sich die Handgelenke.

Er bedeutete ihr zu bleiben, wo sie war – abgesehen von diesem einen fehlgeleiteten Blitz schien das Dickicht unberührt –, aber als er aufstehen wollte, war sie sofort da und stützte ihn auf einer Seite. Während er zu der spärlichen Baumreihe stolperte, war er für ihre Hilfe dankbar, aber dann zwang er sich dazu, sich aufzurichten und sich nicht mehr auf sie zu stützen. Wie konnte sie glauben, daß er sie beschützen würde, wenn er sie brauchte, um nicht hinzufallen? Eine Hand am zerschmetterten Stamm des vom Blitz getroffenen Baumes half. Rauchfäden stiegen von dem Baum auf, aber er hatte kein Feuer gefangen.

Die Wagen bildeten einen großen Kreis um die Bäume. Einige der Diener versuchten, die Pferde zusammenzuhalten – die Gespanne befanden sich noch immer im Geschirr –, aber die meisten hatten sich irgendwo in der Hoffnung hingekauert, dem von oben kommenden Zorn zu entgehen. Tatsächlich schienen alle Blitze außer jenem einen auf die Wagen und die kämpfenden Männer gerichtet gewesen zu sein. Vielleicht auch auf die Aes Sedai. Jede hielt ihr Pferd ein Stück von dem Gewirr der Speere und Schwerter und Flammen zurück, aber nicht allzu weit, und stellte sich manchmal in den Steigbügeln auf, um besser sehen zu können.

Rand entdeckte Erian schnell, schlank und dunkelhaarig, auf einer hellgrauen Stute. Lews Therin grollte, und Rand schlug fast ohne nachzudenken zu. Er spürte unterdessen die Enttäuschung des anderen Mannes. Geist, um sie abzuschirmen, mit einem leisen Widerstand, der anzeigte, daß er durch ihre Verbindung mit *Saidar* hindurchschnitt, und sobald dies geschehen war, schleuderte sie eine Keule aus Luft bewußtlos aus dem Sattel. Wenn er beschloß, sie zu dämpfen, wollte er sie wissen lassen, wer es tat und warum. Eine der Aes Sedai rief, daß sich jemand um Erian kümmern sollte, aber niemand schaute in Richtung der Bäume. Niemand dort draußen konnte *Saidin* spüren. Sie dachten, sie sei von den Angreifern gefällt worden.

Sein Blick suchte die anderen berittenen Frauen ab, hielt bei Katerine inne, die ihren langbeinigen, kastanienbraunen Wallach hin und her riß, während Feuer aufflammte, wohin auch immer sie unter den Aiel schaute. Geist und Luft, und sie fiel schlaff zu Boden, ein Fuß noch im Steigbügel verfangen.

Ja, rief Lews Therin lachend aus. *Und jetzt Galina. Sie will ich besonders am Boden sehen.*

Rand preßte die Augen zusammen. Lews Therin wollte diese drei so sehr stürzen sehen, daß er an nichts anderes denken konnte. Rand wollte ihnen das heimzahlen, was sie ihm angetan hatten, aber der Kampf wurde noch fortgeführt, und Menschen starben, während er bestimmte Aes Sedai jagte. Zweifellos starben auch Töchter des Speers.

Er griff die nächste Aes Sedai, zwanzig Schritte links von Katerine, mit Geist und Luft an, trat dann zu einem anderen Baum und brachte Sarene Nemdahl, bewußtlos und abgeschirmt, zu Fall. Er stolperte mühsam am Rand des Dickichts entlang und schlug immer wieder wie ein Taschendieb zu. Min stützte ihn nicht mehr, obwohl sie ihre Hände noch erhoben hatte, bereit, ihn aufzufangen.

»Sie werden uns sehen«, murrte sie. »Eine von ihnen wird sich umsehen und uns entdecken.«

Galina, grollte Lews Therin. *Wo ist sie?*

Rand ignorierte ihn, und Min. Coiren fiel zu Boden, sowie zwei weitere, deren Namen er nicht kannte. Er mußte tun, was ihm möglich war.

Die Aes Sedai vermochten nicht zu ergründen, was vor sich ging. Schwestern fielen entlang der Kreismauer aus Wagen eine nach der anderen von ihren Pferden. Jene, die noch bei Bewußtsein waren, streckten sich weiter aus und versuchten, den ganzen Umkreis zu bedecken, während plötzlich Angst ihre Handhabung der Pferde bestimmte. Es mußte etwas von außerhalb sein, aber Aes Sedai fielen, und sie wußten nicht wie oder warum.

Ihre Anzahl schrumpfte, und das begann Wirkung zu zeigen. Weniger Lichtblitze erloschen mitten in der

Luft und trafen jetzt häufiger Behüter und Soldaten. Weniger Feuerbälle verschwanden plötzlich oder explodierten, bevor sie die Wagen erreichten. Aiel begannen sich durch die Lücken zwischen den Wagen zu drängen. Wagen wurden umgeworfen. Innerhalb weniger Momente waren überall schwarz verschleierte Aiel, und Chaos herrschte. Rand sah erstaunt zu.

Behüter und Soldaten in grünen Umhängen kämpften in Gruppen gegen Aiel, und Aes Sedai umgaben sich mit Feuerregen. Aber es kämpften auch Aiel gegen Aiel. Männer mit dem scharlachroten *Siswai'aman*-Stirnband und Töchter des Speers mit den um ihre Arme gebundenen roten Tuchstreifen bekämpften andere Aiel. Cairhienische Speerkämpfer mit glockenförmigen Helmen und Mayener mit roten Brustharnischen befanden sich plötzlich zwischen den Wagen und kämpften sowohl gegen Aiel als auch gegen Behüter. War er doch noch wahnsinnig geworden? Er war sich Mins bewußt, die sich an seinen Rücken drängte und zitterte. Sie war real. Also mußte das, was er sah, auch real sein.

Ungefähr ein Dutzend Aielmänner, jeder so groß wie er oder größer, kamen auf ihn zu. Sie trugen kein Rot. Er beobachtete sie neugierig, bis einer von ihnen einen Schritt vor Rand einen Speer wie eine Keule umgedreht anhob. Rand lenkte die Macht, und Feuer schien überall aus dem Dutzend zu schießen. Verkohlte und verdrehte Körper stürzten zu seinen Füßen.

Plötzlich verhielt Gawyn seinen kastanienbraunen Wallach keine Zehn Schritte vor ihm, ein Schwert in der Hand und zwanzig oder mehr Männer in grünen Umhängen auf Pferden hinter ihm. Sie sahen einander einen Moment an, und Rand betete, daß er Elaynes Bruder nicht verletzen müßte.

»Min«, sagte Gawyn zähneknirschend, »ich kann dich hier herausbringen.«

Sie spähte über Rands Schulter hinweg und schüttelte den Kopf. Sie hielt sich so sehr an ihm fest, daß er glaubte, er könnte sie nicht einmal losbrechen, wenn er es gewollt hätte. »Ich bleibe bei ihm, Gawyn. Elayne liebt ihn.«

Von der Macht erfüllt, konnte Rand die Knöchel des Mannes um das Schwertheft weiß werden sehen. »Jisao«, sagte er tonlos. »Versammelt die Jünglinge. Wir kämpfen uns hier heraus.« Wenn seine Stimme schon vorher tonlos geklungen hatte, wirkte sie jetzt vollkommen abgestorben. »Al'Thor, eines Tages werde ich Euch sterben sehen.« Er bohrte seinem Pferd die Fersen in die Flanken und galoppierte davon, wobei er und die anderen lauthals »Jünglinge!« schrien und sich weitere Männer in grünen Umhängen einen Weg bahnten, um sich ihnen anzuschließen.

Ein Mann in einem schwarzen Umhang trat blitzschnell vor Rand und sah hinter Gawyn her. Der Boden brach in Klumpen aus Feuer und Erde auf, die ein halbes Dutzend Pferde zum Stürzen brachten, als sie die Wagen erreichten. Gawyn schwankte einen Augenblick im Sattel, bevor er den Mann im schwarzen Umhang mit einer Keule aus Luft niederschlug.Rand kannte den hartgesichtigen jungen Mann nicht, der ihn anknurrte, aber der Bursche trug Schwert und Drachen an seinem hohen Kragen und war von *Saidin* erfüllt.

Taim war im Handumdrehen da und blickte auf den Burschen herab. An seinem Kragen war keine Nadel zu sehen. »Ihr würdet doch den Wiedergeborenen Drachen nicht angreifen, Gedwyn«, sagte Taim gleichzeitig sanft und stahlhart, und der hartgesichtige Mann rappelte sich hoch und salutierte mit der Faust über dem Herzen.

Rand schaute zu der Stelle, wo Gawyn gewesen war, aber er konnte nur eine große Gruppe Männer mit einem Weißen Keiler-Banner sehen, die sich ihren Weg weiter durch die Aiel bahnten, während weitere grün gewandete Männer darum kämpften, sich ihnen anzuschließen.

Taim wandte sich mit diesem unmerklichen Lächeln auf den Lippen an Rand. »Unter den gegebenen Umständen vertraue ich darauf, daß Ihr es mir nicht vorhalten werdet, indem Ihr Euer Kommando über sich bekämpfende Aes Sedai entweiht. Ich hatte Grund, Euch in Cairhien aufzusuchen …« Er zuckte die Achseln. »Ihr seht mitgenommen aus. Ihr werdet mir erlauben …« Das leichte Verziehen seiner Lippen glättete sich wieder, als Rand vor seiner ausgestreckten Hand zurücktrat und Min mit sich zog. Sie klammerte sich fester an ihn denn je.

Lews Therin hatte begonnen, über das Töten zu schwadronieren, wie er es stets tat, wenn Taim auftauchte, redete weitschweifig auf wahnsinnige Art über die Verlorenen und darüber, jedermann zu töten, aber Rand hörte nicht mehr zu, sondern schirmte ihn soweit ab, daß seine Worte nur noch wie das Summen einer Fliege klangen. Es war ein Trick, den er in der Kiste erlernt hatte, als nichts anderes zu tun war, als den Schild zu ertasten und einer Stimme in seinem Kopf zu lauschen, die immer häufiger von Wahnsinn zeugte. Gleichwohl wollte er auch ohne Lews Therin nicht von dem Mann geheilt werden. Er glaubte, daß er ihn töten würde, wenn Taim ihn jemals – wie unschuldig auch immer – mit der Macht berührte.

»Wie Ihr wollt«, sagte der Mann mit der Hakennase verzerrt. »Ich glaube, daß ich das Lager zur Genüge gesichert habe.«

Das schien nur zu wahr. Körper bedeckten den Boden, und nur an wenigen Stellen kämpften innerhalb des Wagenkreises noch einige Männer. Plötzlich bedeckte eine Luftkuppel das ganze Lager, und der Rauch von den Feuern stieg zu einer Öffnung links oben in der Kuppel auf. Es war kein solides Gewebe aus *Saidin*. Rand konnte sehen, wo einzelne Gewebe aneinandergestoßen waren, um es zu bilden. Er glaubte, daß sich vielleicht zweihundert schwarzgewandete Menschen unter der Kuppel befanden. Ein Blitzhagel und Feuer trafen auf diese Barriere auf und explodierten, ohne Schaden anzurichten. Der Himmel schien zu knistern und zu brennen. Ein beständiges Brüllen erfüllte die Luft. Töchter des Speers mit roten Stoffstreifen um die Arme und *Siswai'aman* standen entlang der für sie nicht sichtbaren Mauer, zusammen mit Mayenern und Cairhienern, von denen viele ebenfalls zu Fuß waren. Auf der anderen Seite starrte eine gewaltige Menge Shaido die unsichtbare Barriere an, die sie von ihren Feinden fernhielt, hieben hin und wieder mit ihren Speeren darauf ein oder warfen sich leibhaftig dagegen. Die Speere zerbrachen, und die Körper prallten zurück.

Innerhalb der Kuppel erstarben die letzten Kämpfe, noch während Rand hinsah. Unter den Augen weniger rot gekennzeichneter Männer und Töchter des Speers legten die entwaffneten Shaido mit steinernen Gesichtern ihre Gewänder ab. Im Kampf gefangengenommen, würden sie das *Gai'shain*-Weiß ein Jahr und einen Tag lang tragen, selbst wenn es den Shaido irgendwie gelänge, das Lager zu überrennen. Cairhiener und Mayener stellten Wachen für eine große Ansammlung von zornigen Behütern und Jünglingen sowie ängstlichen Dienern auf. Es waren letztendlich fast genauso viele Bewacher wie Gefangene. Fast ein Dutzend Aes Sedai wurden von einer gleichen Anzahl Asha'man mit Schwertern und dem Drachen abgeschirmt. Die Aes Sedai sahen elend und verängstigt aus. Rand erkannte drei, obwohl Nesune die einzige war, die er mit Namen benennen konnte. Er erkannte keine ihrer Asha'man-Gefangenenwärter. Mehrere der Frauen, die Rand abgeschirmt und bewußtlos gemacht hatten, wurden zu jenen Gefangenen gebracht. Einige von ihnen begannen sich zu regen, während schwarzgewandete Soldaten und Geweihte mit dem Silberschwert am Kragen *Saidin* benutzten, um andere über den Boden zu ziehen und jenen ersten hinzuzugesellen. Einige von ihnen brachten die beiden bewußtlosen Aes Sedai und die Frau mit dem kantigen Gesicht aus dem Dickicht heraus. Sie schrie noch immer. Als sie der Menschenansammlung zugeführt worden waren, wandten sich einige der Aes Sedai jäh ab und übergaben sich.

Es waren auch noch andere Aes Sedai anwesend, von Behütern umgeben und von schwarzgewandeten Männern bewacht, wenn auch nicht abgeschirmt, die die Asha'man genauso unbehaglich betrachteten wie die bewachten Frauen. Sie sahen auch Rand an und wären mit Sicherheit zu ihm gekommen, wenn die Asha'man nicht gewesen wären. Rand erwiderte ihre Blicke. Alanna war dort. Er hatte nicht halluziniert. Er erkannte nicht alle ihre Begleiter, aber ausreichend viele. Sie waren insgesamt neun. Neun. Jäher Zorn stürmte aus dem Nichts heran, und Lews Therins Fliegengesumm wurde lauter.

Zu diesem Zeitpunkt überraschte es Rand überhaupt nicht mehr, Perrin heranstolpern zu sehen, Gesicht und Bart blutverschmiert, gefolgt von einem humpelnden Loial mit einer riesigen Streitaxt und einem helläugigen Burschen, der in seinem rot gestreiften Umhang wie ein Kesselflicker wirkte, nur daß er ein Schwert trug, dessen Klinge von einem Ende zum anderen dunkelrot verfärbt war. Rand hätte sich fast umgeschaut, um nachzusehen, ob Mat auch irgendwo dort war. Er sah auch Dobraine, zu Fuß und mit einem Schwert in der einen und Rands Banner in der anderen Hand. Nandera schloß sich Perrin an und ließ ihren Schleier sinken, sowie eine weitere Tochter des Speers, die Rand zunächst fast nicht erkannt hätte. Es war gut, Sulin wieder im *Cadin'sor* zu sehen.

»Rand«, keuchte Perrin, »dem Licht sei Dank, daß du noch lebst. Wir hatten gehofft, daß du uns ein Wegetor zur Flucht erschaffst, aber alles geriet durcheinander. Rhuarc und die meisten der Aiel sind noch immer draußen unter den Shaido und die Mehrzahl der Mayener und Cairhiener ebenso, und ich weiß nicht, was mit den Leuten von den Zwei Flüssen geschehen ist oder mit den Weisen Frauen. Die Aes Sedai sollten bei ihnen bleiben, aber …« Er stellte seine Streitaxt auf den Boden und lehnte sich keuchend auf den Stiel. Er wirkte, als würde er ohne diese Stütze umfallen.

Berittene Männer erschienen entlang der Barriere sowie Aielmänner mit roten Stirnbändern und Töchter des Speers mit roten Stoffbändern um die Arme. Die Barriere hielt auch sie außerhalb. Wo auch immer sie auftauchten, schwärmten Shaido auf sie ein und umzingelten sie.

»Laß die Kuppel fahren«, befahl Rand. Perrin seufzte vor Erleichterung. Hatte er geglaubt, Rand würde sein eigenes Volk niedermetzeln lassen? Aber auch Loial seufzte. Licht, was dachten sie von ihm? Min begann ihm den Rücken zu reiben und murmelte leise, um ihn zu beruhigen. Aus irgendeinem Grund sah Perrin sie überrascht an.

Taim war vielleicht auch überrascht, aber er war sicherlich nicht erleichtert. »Mein Lord Drache«, sagte er mit angespannter Stimme, »dort draußen sind noch immer mehrere hundert Shaido-Frauen, von denen einige nicht unwichtig sind. Ganz zu schweigen von einigen Tausend Shaido mit Speeren. Falls Ihr nicht herausfinden wollt, ob Ihr unsterblich seid, schlage ich vor, einige Stunden abzuwarten, bis wir diesen Ort gut genug kennen, um Wegetore zu erschaffen, von denen wir mit einiger Sicherheit wissen, wo sie hinführen werden. Es gab im Kampf Verluste. Ich habe heute mehrere Soldaten verloren, neun Männer, die schwerer zu ersetzen sein werden als jegliche Anzahl abtrünniger Aiel. Wer auch immer dort draußen stirbt, stirbt für den Wiedergeborenen Drachen.« Hätte er auch nur ein wenig auf Nandera und Sulin geachtet, hätte er seinen Ton vielleicht gemäßigt und seine Worte sorgfältiger gewählt. Sie verständigten sich in der Zeichensprache. Sie schienen bereit, ihn auf der Stelle anzugreifen.

Perrin richtete sich auf, die gelben Augen gleichzeitig entschlossen und ängstlich auf Rand gerichtet. »Rand, selbst wenn Dannil und die Weisen Frauen dort zurückgeblieben sind, wo sie bleiben sollten, werden sie nicht gehen, solange sie dies sehen.« Er deutete auf die Kuppel über ihnen, auf die Feuer und Blitze einen beständigen Lichtteppich legten. »Wenn wir stundenlang hier bleiben, werden sich die Shaido früher oder später gegen sie wenden, wenn sie es nicht bereits getan haben. Licht, Rand! Dannil und Ban und Wil und Tell ... Auch Amys ist dort draußen und Sorilea und ... Verdammt seist du, Rand, es sind bereits mehr gestorben, als du weißt!« Perrin atmete tief durch. »Laß zumindest mich hinaus. Wenn ich zu ihnen durchkomme, kann ich sie wissen lassen, daß du lebst, und sie werden sich zurückziehen, bevor sie getötet werden.«

»Zwei von uns werden hinausgehen«, bemerkte Loial ruhig und hob die riesige Streitaxt. »Zwei haben eine bessere Chance.« Der Kesselflicker lächelte nur, aber fast eifrig.

»Ich werde eine Stelle in der Barriere öffnen lassen«, begann Taim, aber Rand unterbrach ihn scharf.

»Nein!« Nicht für die Leute von den Zwei Flüssen. Er durfte nicht den Eindruck erwecken, er würde sich um sie mehr sorgen als um die Weisen Frauen. Vielmehr mußte er den Eindruck erwecken, als würde er sich um sie weniger sorgen. Amys war dort draußen? Die Weisen Frauen nahmen niemals am Kampf teil. Sie schritten unberührt durch Kämpfe und Blutfehden. Sie hatten den Brauch, wenn nicht ein Gesetz gebrochen, um ihn zu retten. Er würde Perrin genauso wenig in diesen Mahlstrom zurückkehren lassen, wie er sie im Stich lassen würde. Aber es durfte nicht für die Weisen Frauen oder die Leute von den Zwei Flüssen sein. »Sevanna will meinen Kopf, Taim. Sie dachte offensichtlich, ihn mir heute nehmen zu können.« Das Nichts verlieh seiner Stimme einen ausdruckslosen Tonfall. Aber er schien Min besorgt zu machen. Sie streichelte seinen Rücken, als wollte sie ihn beruhigen. »Ich beabsichtige, sie ihren Irrtum erkennen zu lassen. Ich befahl Euch, Waffen zu gestalten, Taim. Zeigt mir jetzt, wie tödlich sie sind. Zerstreut die Shaido. Vernichtet sie.«

»Wie Ihr befehlt.« Hatte Taim schon zuvor steif gewirkt, so schien er jetzt versteinert.

»Hißt Eure Standarte, wo sie sie sehen können«, befahl Rand. Das würde zumindest jedermann dort draußen zeigen, wer das Lager hielt. Vielleicht würden sich die Weisen Frauen und die Leute von den Zwei Flüssen zurückziehen, wenn sie es sahen.

Loials Ohren drehten sich unbehaglich, und Perrin ergriff Rands Arm, als Taim davonging. »Ich habe gesehen, was sie tun, Rand. Es ist ...« Er klang trotz seines blutverschmierten Gesichts und seiner blutigen Streitaxt angewidert.

»Was willst du von mir?« fragte Rand. »Was kann ich denn anderes tun?«

Perrin senkte seine Hand und seufzte. »Ich weiß es nicht. Aber es muß mir trotzdem nicht gefallen.«

»Grady, hißt das Banner des Lichts!« rief Taim, und die Macht ließ seine Stimme dröhnen. Jur Grady hob das karmesinrote Banner auf Strängen aus Luft aus den Händen eines überraschten Dobraine an und ließ es durch die Öffnung in der Kuppel aufsteigen. Feuer loderte um es herum auf, und Blitze zuckten, während sich strahlendes Rot mitten in dem Rauch erhob, der von den brennenden Wagen aufstieg. Rand erkannte einige der schwarzgewandeten Männer, aber er wußte außer Jurs nur wenige Namen. Damer und Fedwin und Eben, Jahar und Torvil. Von jenen trug nur Torvil den Drachen am Kragen.

»Asha'man, bildet eine Kampflinie!« dröhnte Taim.

Schwarzgewandete Männer eilten herbei, um sich

zwischen die Barriere und alle anderen zu stellen, alle außer Jur und jenen, welche die Aes Sedai bewachten. Außer Nesune, die alles aufmerksam verfolgte, waren die Aes Sedai der Burg teilnahmslos auf die Knie gesunken und sahen die Männer nicht einmal an, die sie abschirmten, und sogar Nesune wankte, als würde sie jeden Moment aufgeben. Die meisten der Gruppe aus Salidar sahen die sie bewachenden Asha'man kalt an, obwohl sie ihre eisigen Blicke auch hin und wieder Rand zuwandten. Alanna fixierte Rand, der merkte, daß seine Haut leicht kribbelte. Da er es auf diese Entfernung spüren konnte, mußten alle neun *Saidar* umarmen. Er hoffte, sie besäßen genug Verstand, die Macht nicht zu lenken. Die versteinerten Männer, die ihnen gegenüberstanden, waren bis zum Bersten von *Saidin* erfüllt, und sie wirkten genauso angespannt wie die ihre Schwerter umklammernden Behüter.

»Asha'man, hebt die Barriere zwei Spann an!« Auf Taims Befehl hin hoben sich die Ränder der Kuppel ringsum an. Überraschte Shaido, die gegen das Unsichtbare angegangen waren, stolperten vorwärts. Sie erholten sich sofort wieder von ihrer Verblüffung, eine schwarz verschleierte, vorwärtsstürmende Masse, aber sie konnten vor Taims nächstem Ruf nur noch einen Schritt tun. »Asha'man, tötet!«

Die vordere Reihe der Shaido explodierte. Anders konnte man es nicht nennen. In den *Cadin'sor* gekleidete Gestalten zerplatzten auf und versprühten Blut und Hautfetzen. Stränge *Saidins* erstreckten sich durch diesen dichten Nebel, schossen im Handumdrehen von Gestalt zu Gestalt, und die nächste Reihe Shaido starb, und dann die nächste und die nächste, als liefen sie in einen gewaltigen Fleischwolf. Rand beobachtete das Gemetzel und schluckte. Perrin beugte sich zur Seite, um sich zu übergeben, und Rand konnte ihn vollkommen verstehen. Eine weitere Reihe Shaido starb. Nandera legte eine Hand über die Augen, und Sulin wandte der Szene den Rücken zu. Die blutigen Überreste menschlicher Wesen türmten sich allmählich zu einem Wall.

Niemand konnte dem standhalten. Zwischen einem Todessturm und dem nächsten kämpften sich die Shaido in der ersten Reihe plötzlich in die andere Richtung, zwängten sich rückwärts in die kämpfende Masse, um zu entkommen. Dann begann auch das mahlende Gewirr in sich zu explodieren, und alle fielen zurück. Nein, liefen zurück. Der Regen aus Feuer und Blitzen gegen die Kuppel versiegte.

»Asha'man«, dröhnte Taims Stimme, »der zermalmende Ring aus Erde und Feuer!«

Unter den Füßen der den Wagen am nächsten stehenden Shaido brach die Erde plötzlich in Flammen- und Erdfontänen auf und schleuderte die Menschen in alle Richtungen. Während die Körper noch in der Luft hingen, brüllten weitere Feuerklumpen aus dem Boden in einem sich ausbreitenden Ring rund um die Wagen herum und verfolgten die Shaido fünfzig, einhundert, zweihundert Schritte weit. Nur Panik und Tod waren jetzt noch dort draußen. Speere und Schilde wurden beiseite geworfen, und Rauch stieg von den brennenden Wagen in die deutlich erkennbare Kuppel.

»Halt!« Das Dröhnen der Explosionen verschluckte Rands Ruf ebenso leicht wie die Schreie der Menschen. Er wob die Stränge, die auch Taim benutzt hatte. »Macht dem ein Ende, Taim!« Seine Stimme krachte wie Donner.

Ein weiterer Ring von Eruptionen, und dann rief Taim: »Asha'man, haltet ein!«

Einen Moment schien betäubende Stille die Luft zu erfüllen. Rands Ohren klangen. Dann hörte er Schreie und Stöhnen. Verwundete erhoben sich aus den Haufen Toten. Shaido liefen davon und ließen verstreute Ansammlungen von *Siswai'aman* und Töchtern des Speers mit roten Stoffstreifen, Cairhiener und Mayener, einige noch zu Pferde, hinter sich. Fast zögernd begannen sich jene auf die Wagen zuzubewegen, und einige Aiel senkten ihre Schleier. Mit Hilfe der Macht, die sein Sehvermögen steigerte, konnte Rand Rhuarc ausmachen, der hinkte und dessen einer Arm herabhing, der aber aufrecht ging. Ein gutes Stück hinter ihm befand sich eine große Gruppe Frauen in dunklen, weiten Röcken und hellen Blusen, mit einer Eskorte von Männern in der Kleidung seiner Heimat, die lange Bogen trugen. Sie waren zu weit entfernt, als daß er Gesichter hätte erkennen können, aber der Art nach zu urteilen, wie zumindest die Leute von den Zwei Flüssen den fliehenden Shaido hinterhersahen, waren sie genauso betäubt wie alle anderen.

Unendliche Erleichterung durchströmte Rand, obwohl sie nicht genügte, das Rumoren in seinem Magen zu besänftigen. Min preßte ihr Gesicht an sein Hemd. Sie weinte. Er streichelte ihr Haar. »Asha'man« – er war noch niemals froher darüber gewesen als jetzt, daß das Nichts seine Stimme aller Empfindungen beraubte –, »Ihr habt Eure Sache gut gemacht. Ich gratuliere Euch, Taim.« Er wandte sich ab, damit er das Blutbad nicht mehr ansehen mußte, und hörte die Hochrufe »Lord Drache!« und »Asha'man!« kaum, die von den schwarzgewandeten Männern erschollen.

Als er sich umwandte, sah er Aes Sedai. Merana war noch recht weit zurück, aber Alanna stand fast von Angesicht zu Angesicht vor ihm, neben zwei Aes Sedai, die er nicht erkannte.

»Ihr habt Eure Sache gut gemacht«, sagte diejenige mit dem kantigen Gesicht. Eine Bäuerin mit alterslosem Gesicht und nur mühsam gelassenem Blick, die die Asha'man um sich herum offensichtlich ignorierte. »Ich bin Bera Harkin, und dies ist Kiruna Nachiman. Wir sind gekommen, um Euch zu retten – mit Alannas Hilfe …« Letzteres war zweifellos auf Alannas plötzliches Stirnrunzeln hinzugefügt worden. »… Obwohl es scheint, als hättet Ihr uns kaum gebraucht. Dennoch, die Absicht zählt, und …«

»Euer Platz ist bei ihnen«, sagte Rand und deutete auf die abgeschirmten Aes Sedai unter Bewachung. Er zählte dreiundzwanzig, und Galina war nicht bei ihnen. Das Gesumm Lews Therins schwoll an, aber Rand weigerte sich zuzuhören. Jetzt war nicht die Zeit für wahnsinniges Wüten.

Kiruna richtete sich stolz auf. Was auch immer sie war, sie war gewiß keine Bäuerin. »Ihr vergeßt, wer wir sind. Sie haben Euch vielleicht mißhandelt, aber …«

»Ich vergesse nichts, Aes Sedai«, erwiderte Rand kalt. »Ich sagte, sechs sollten kommen, aber ich zähle neun. Ich sagte, Ihr stündet auf gleicher Ebene mit den Aes Sedai der Burg, und weil ihr neun mitgebracht habt, wird es auch so sein. Sie knien, Aes Sedai. Also kniet Euch ebenfalls hin!«

Kalte Augen sahen ihn an. Er spürte, wie die Asha'man Schilde aus Geist vorbereiteten. Auf Kirunas und Beras Gesicht und auf den Gesichtern anderer wurde Trotz sichtbar. Zwei Dutzend schwarzgekleidete Männer bildeten einen Kreis um Rand und die Aes Sedai.

Taims Miene kam einem Lächeln näher, als Rand es jemals zuvor bei ihm gesehen hatte. »Kniet nieder und verschwört Euch dem Lord Drache«, sagte er sanft, »sonst wird man Euch auf die Knie zwingen.«

Wie es bei Geschichten üblich ist, verbreitete sich auch diese Geschichte in Windeseile über Cairhien und nördlich und südlich davon, durch die Züge der Kaufleute und durch Händler und einfaches Gerede der Reisenden in den Gasthäusern. Wie es bei Geschichten üblich ist, änderte sich auch diese Geschichte bei jedem neuerlichen Erzählen. Die Aiel hatten den Wiedergeborenen Drachen angegriffen und ihn getötet, bei den Quellen Dumais oder anderswo. Aes Sedai hatten ihn getötet – nein, ihn gedämpft – nein, ihn nach Tar Valon gebracht, wo er in einem Verlies unter der Weißen Burg dahinsiecht. Oder auch, wo der Amyrlinsitz vor ihm niederkniet. Für Geschichten unüblich war allerdings, daß am häufigsten geglaubt wurde, was der Wahrheit am nächsten kam.

An einem Tag voller Feuer und Blut wehte ein zerrissenes Banner über den Quellen von Dumai, mit dem uralten Symbol der Aes Sedai.

An einem Tag voller Feuer und Blut und der Einen Macht beugte die makellose, gespaltene Burg, wie es die Prophezeiung vorausgesagt hatte, das Knie vor dem vergessenen Zeichen.

Die ersten neun Aes Sedai schworen dem Wiedergeborenen Drachen Treue, und die Welt war für immer verändert.

EPILOG

Die Antwort

Der Mann hielt gerade lange genug inne, um seine Hand auf die Tür der Sänfte zu legen, und war sofort verschwunden, als Falion die Nachricht entgegengenommen hatte. Ihr Klopfen ließ die beiden Träger fast schon wieder loslaufen, bevor der Bursche in der Livree des Tarasin-Palastes in die Menge auf dem Platz zurückgetreten war.

Es stand nur ein Wort auf dem kleinen Zettel. *Fort.* Sie zerknüllte das Papier in der Faust. Irgendwie waren sie wieder hinausgelangt, ohne daß ihre Leute drinnen es bemerkt hatten. Monate nutzloser Suche hatten sie davon überzeugt, daß es kein *Angreal*-Versteck gab, was auch immer Moghedien glaubte. Sie hatte sogar erwogen, einer oder zwei Weisen Frauen diese Frage vorzutragen. Vielleicht wußte eine von ihnen, wo es zu finden war, wenn es existierte. Und Pferde konnten vielleicht fliegen. Das einzige, was sie noch in dieser armseligen Stadt hielt, war die schlichte Tatsache, daß man dem Befehl einer Auserwählten solange gehorchte, bis der Befehl geändert wurde. Alles andere war ein kurzer Weg zu einem schmerzvollen Tod. Aber wenn Elayne und Nynaeve hier waren ... Sie hatten in Tanchico alles verdorben. Ob sie nun Vollschwestern waren oder nicht – so unmöglich das auch schien –, würde Falion ihre Anwesenheit nicht als Zufall ansehen. Vielleicht gab es ein Versteck. Sie war zum ersten Mal froh, daß Moghedien nicht mehr auf sie geachtet hatte, seit sie ihr vor so vielen Monaten in Amadicia ihre Befehle erteilt hatte. Was ihr wie eine Preisgabe er-

schienen war, mochte sich vielleicht als eine Gelegenheit erweisen, in den Augen der Auserwählten voranzukommen. Diese beiden könnten sie zu dem Versteck führen, und wenn nicht, wenn es kein Versteck gab ... Moghedien hatte anscheinend Interesse an Elayne und Nynaeve selbst gehabt. Sie vorzuweisen, wäre sicherlich besser als ein nicht existierender *Angreal*.

Sie lehnte sich zurück und ließ sich von dem leichten Schwingen der Sänfte beruhigen. Sie haßte diese Stadt – sie war als Flüchtling hierhergekommen, als sie Novizin war –, aber vielleicht würde dieser Besuch dennoch erfreulich enden.

Herid saß in seinem Arbeitszimmer, spähte in seine Pfeife und fragte sich, ob er etwas zum Anzünden bei der Hand hatte, als sich der Gholam unter der Tür hindurchdrückte. Natürlich hätte Fel es, selbst wenn er aufgepaßt hätte, nicht für möglich gehalten, und wenn der Gholam erst im Raum war, hatten nur wenige Menschen eine Chance.

Als Idrien später in Fels Arbeitszimmer kam, starrte sie gebannt auf das, was nicht allzu ordentlich auf dem Boden neben dem Schreibtisch aufgestapelt war. Sie brauchte einen Moment, um zu erkennen, was es war, und als sie es erkannte, fiel sie in Ohnmacht, bevor sie schreien konnte. Wie viele Erzählungen sie auch gehört hatte, wie einem Menschen die Glieder vom Leib abgetrennt wurden, so hatte sie es doch niemals zuvor gesehen.

Der Reiter wandte sein Pferd auf dem Hügelkamm um und warf einen letzten Blick auf Ebou Dar, das in der Sonne weiß schimmerte. Eine gute Stadt zum Plündern, und nach dem zu urteilen, was er über die Einheimischen gehört hatte, würden sie widerstehen, so daß das Blut die Plünderung erlaubte. Sie würden widerstehen, aber er hoffte, daß die anderen Spione Berichte über Uneinigkeit bringen würden, wie er sie erlebt hatte. Der Widerstand würde dort, wo eine sogenannte Königin einen winzigen Flecken Land regierte, nicht lange anhalten, und das vereinigte die besten Möglichkeiten. Er riß sein Pferd herum und ritt gen Westen. Wer konnte es wissen? Vielleicht war die Bemerkung dieses Burschen ein Omen gewesen. Vielleicht würde die Wiederkehr bald erfolgen und die Tochter der Neun Monde ebenfalls zurückkommen. Sicherlich wäre das das beste Omen für den Sieg.

Moghedien lag in der nächtlichen Dunkelheit auf dem Rücken und blickte zum Dach des kleinen Zeltes hinauf, das ihr als einer der Dienerinnen der Amyrlin gestattet war. Sie knirschte ab und zu mit den Zähnen, aber sie ließ sofort wieder davon ab, sobald sie es merkte, sich der eng anliegenden *A'dam*-Kette um ihren Hals deutlich bewußt. Diese Egwene al'Vere war härter, als Elayne oder Nynaeve gewesen waren. Sie sah weniger nach und forderte mehr. Und wenn sie das Armband an Siuan oder Leane weitergab, besonders Siuan ... Moghedien erschauderte. So mußte es sein, wenn Birgitte das Armband tragen konnte.

Der Zelteingang wurde zur Seite geschoben und ließ gerade genug Mondlicht ein, daß sie eine Frau gebückt eintreten sehen konnte.

»Wer seid Ihr?« fragte Moghedien heiser. Wenn sie in der Nacht nach ihr schickten, brachte der Bote stets eine Laterne mit sich.

»Nennt mich Aran'gar, Moghedien«, antwortete eine belustigte Stimme, und eine kleine Lichtquelle brach im Zelt auf.

Ihr Name ließ Moghediens Zunge am Gaumen kleben. Dieser Name bedeutete hier den Tod. Sie bemühte sich zu sprechen, zu sagen, ihr Name sei Marigan, als sie sich des Lichts plötzlich wirklich bewußt wurde. Eine kleine, leuchtende, weiße, helle Kugel, die nahe bei ihrem Kopf in der Luft hing. Da sie das *A'dam* trug, konnte sie ohne Erlaubnis nur an *Saidar* denken, aber sie konnte noch immer spüren, daß es gelenkt wurde, und die Gewebe sehen. Dieses Mal spürte sie nichts, sah nichts. Nur eine winzige Kugel reinen Lichts.

Sie sah die Frau an, die sich Aran'gar genannt hatte, und erkannte sie jetzt. Halima, dachte sie. Schreiberin einer der Sitzenden, wie sie glaubte. Aber sicherlich eine Frau, wenn auch eine, die den Eindruck erweckte, als hätte sie ein Mann sein sollen. Eine Frau. Aber diese Lichtkugel mußte *Saidin* sein! »Wer seid Ihr?« Moghediens Stimme zitterte leicht, und sie war überrascht, daß sie so beherrscht klang.

Die Frau lächelte sie an – ein sehr belustigtes Lächeln –, während sie sich neben dem Bett niederließ. »Ich sagte es Euch bereits, Moghedien. Mein Name ist Aran'gar. Ihr werdet diesen Namen in Zukunft kennenlernen, wenn Ihr Glück habt. Und jetzt hört mir aufmerksam zu und stellt keine weiteren Fragen. Ich werde Euch sagen, was Ihr wissen müßt. Gleich werde ich Euch Eure unbedeutende Halskette abnehmen. Wenn ich das getan habe, werdet Ihr so schnell und leise verschwinden, wie Logain es getan hat. Wenn Ihr Euch weigert, werdet Ihr hier sterben. Und das wäre eine Schande, da Ihr noch heute zum Shayol Ghul gerufen werdet.«

Moghedien leckte sich über die Lippen. Zum Shayol Ghul gerufen zu werden, könnte die Ewigkeit im Krater des Verderbens oder Unsterblichkeit beim Regieren der Welt oder irgend etwas dazwischen bedeuten. Es bestand nur eine geringe Chance, daß es die Ernennung zum Nae'blis bedeuten könnte, nicht, wenn der Große Herr genug darüber wußte, daß sie die letzten Monate damit verbracht hatte, nach jemandem zu schicken, der sie befreien würde. Und dennoch war es ein Ruf, den sie nicht mißachten durfte. Und er bedeutete endlich ein Ende für das Tragen des *A'dam*. »Ja.

Nehmt es mir ab. Ich werde sofort gehen.« Es hatte ohnehin keinen Zweck zu zögern. Sie war stärker als jede andere Frau im Lager, aber sie beabsichtigte nicht, einem Kreis von dreizehn Aes Sedai eine Gelegenheit zu bieten, ihr zu schaden.

»Ich dachte mir schon, daß Ihr es so sehen würdet.« Halima – oder Aran'gar – kicherte heftig. Sie berührte die Halskette und zuckte leicht zusammen, und Moghedien wunderte sich erneut darüber, daß eine Frau, die offensichtlich *Saidin* lenken konnte, anscheinend – wie schwach auch immer – verletzt wurde, wenn sie etwas berührte, bei dessen Berührung eigentlich nur ein Mann, der die Macht lenken konnte, verletzt werden konnte. Dann war die Halskette gelöst und wurde von der Frau schnell in die Tasche gesteckt. »Geht, Moghedien. Geht, jetzt.«

Als Egwene mit einer Laterne das Zelt erreichte und den Kopf hineinstreckte, fand sie nur zerwühlte Dekken vor. Sie zog sich zögernd wieder zurück.

»Mutter«, rief Chesa hinter ihr besorgt, »Ihr solltet in der Nachtluft nicht draußen sein. Nachtluft ist schlechte Luft. Wenn Ihr Marigan sehen wolltet, hätte ich sie holen können.«

Egwene sah sich um. Sie hatte gespürt, wie die Halskette abgenommen worden war, und sie hatte auch das schmerzhafte Aufblitzen gespürt, das bedeutete, daß ein Mann, der die Macht lenken konnte, die Verbindung gestreift hatte. Die meisten Leute schliefen bereits, aber einige wenige saßen noch um niedrige Feuer vor ihren Zelten und einige auch nicht weit entfernt. Es könnte möglich sein herauszufinden, welcher Mann zu ›Marigans‹ Zelt gekommen war.

»Ich glaube, sie ist davongelaufen, Chesa«, sagte sie. Chesas verärgertes Murmeln über Frauen, die ihren Herrinnen davonliefen, folgte ihr bis zu ihrem Zelt zurück. Es konnte doch nicht Logain gewesen sein? Er wäre nicht zurückgekommen, hätte es nicht wissen können. Oder doch?

Demandred kniete im Krater des Verderbens und kümmerte sich nicht darum, daß Shaidar Haran sein Zittern mit diesem blinden, unbeteiligten Blick beobachtete. »Habe ich es nicht gut gemacht, Großer Herr?«

Das Gelächter des Großen Herrn hallte in Demandreds Schädel.

Die makellose Burg zerbricht und beugt das Knie vor dem vergessenen Zeichen. Das Meer tobt, und Gewitterwolken sammeln sich unbemerkt.

Jenseits des Horizonts steigen verborgene Feuer auf, und Schlangen nisten sich an ihrem Busen ein.

Was erhoben wurde, ist niedergeworfen. Was niedergeworfen wurde, ist erhoben. Die Ordnung verbrennt, um ihm den Weg zu ebnen.

Aus den Prophezeiungen des Drachen
übersetzt von Jeorad Manyard,
Statthalter der Provinz Andor für
den Hochkönig, Artur Paendrag Tanreall

GLOSSAR

VORBEMERKUNG ZUR DATIERUNG

Der Tomanische Kalender (von Toma dur Ahmid entworfen) wurde ungefähr zwei Jahrhunderte nach dem Tod des letzten männlichen Aes Sedai eingeführt. Er zählte die Jahre nach der Zerstörung der Welt (NZ). Da aber die Jahre der Zerstörung und die darauf folgenden Jahre über fast totales Chaos herrschte und dieser Kalender erst gut hundert Jahre nach dem Ende der Zerstörung eingeführt wurde, hat man seinen Beginn völlig willkürlich gewählt. Am Ende der Trolloc-Kriege waren so viele Aufzeichnungen vernichtet worden, daß man sich stritt, in welchem Jahr der alten Zeitrechnung man sich überhaupt befand. Tiam von Gazar schlug die Einführung eines neuen Kalenders vor, der am Ende dieser Kriege einsetzte und die (scheinbare) Erlösung der Welt von der Bedrohung durch Trollocs feierte. In diesem zweiten Kalender erschien jedes Jahr als sogenanntes Freies Jahr (FJ). Innerhalb der zwanzig auf das Kriegsende folgenden Jahre fand der Gazareische Kalender weitgehend Anerkennung. Artur Falkenflügel bemühte sich, einen neuen Kalender durchzusetzen, der auf seiner Reichsgründung basierte (VG = Von der Gründung an), aber dieser Versuch ist heute nur noch den Historikern bekannt. Nach weitreichender Zerstörung, Tod und Aufruhr während des Hundertjährigen Krieges entstand ein vierter Kalender durch Uren din Jubai Fliegende Möwe, einem Gelehrten der Meerleute, und wurde von dem Panarchen Farede von Tarabon weiterverbreitet. Dieser Farede-Kalender zählt die Jahre der Neuen Ära (NÄ) von dem willkürlich angenommenen Ende des Hundertjährigen Kriegs an und ist während der geschilderten Ereignisse in Gebrauch.

A'dam (aidam): Ein Gerät, mit dessen Hilfe man Frauen kontrollieren kann, die die Macht lenken, und das nur von Frauen benützt werden kann, die entweder selbst die Fähigkeit besitzen, mit der Macht umzugehen, oder die das zumindest erlernen können. Er verknüpft die beiden Frauen. Der von den Seanchan verwendete Typus besteht aus einem Halsband und einem Armreif, die durch eine Leine miteinander verbunden sind. Alles besteht aus einem silbrigen Metall. Falls ein Mann, der die Macht lenken kann, mit Hilfe eines *A'dam* mit einer Frau verknüpft wird, wird das wahrscheinlich zu beider Tod führen. Selbst die bloße Berührung eines *A'dam* durch einen Mann mit dieser Fähigkeit verursacht ihm große Schmerzen, falls dieser *A'dam* von einer Frau mit Zugang zur Wahren Quelle getragen wird (*siehe auch:* Seanchan, Verknüpfung).

Aes Sedai (Aies Sehdai): Träger der Einen Macht. Seit der Zeit des Wahnsinns sind alle überlebenden Aes Sedai Frauen. Von vielen respektiert und verehrt, mißtraut man ihnen und fürchtet, ja, haßt sie weitgehend. Viele geben ihnen die Schuld an der Zerstörung der Welt, und allgemein glaubt man, sie mischten sich in die Angelegenheiten ganzer Staaten ein. Gleichzeitig aber findet man nur wenige Herrscher ohne Aes Sedai-Berater, selbst in Ländern, wo schon die Existenz einer solchen Verbindung geheimgehalten werden muß. Nach einigen Jahren, in denen sie die Macht gebrauchen, beginnen die Aes Sedai alterslos zu wirken, so daß auch eine Aes Sedai, die bereits Großmutter sein könnte, keine Alterserscheinungen zeigt, außer vielleicht ein paar grauen Haaren (*siehe auch:* Ajah; Amyrlin-Sitz; Zerstörung der Welt).

Aiel (Aiiehl): die Bewohner der Aiel-Wüste. Gelten als wild und zäh. Vor dem Töten verschleiern sie ihre Gesichter. Sie nehmen kein Schwert in die Hand, nicht einmal in tödlichster Gefahr, und sie reiten nur unter Zwang auf einem Pferd, sind aber tödliche Krieger, ob mit Waffen oder nur mit bloßen Händen. Die Aielmänner benützen für den Kampf die Bezeichnung ›der Tanz‹ und ›der Tanz der Speere‹. Sie sind in zwölf Clans zersplittert: die Chareen, die Codarra, die Daryne, die Goshien, die Miagoma, die Nakai, die Reyn, die Shaarad, die Shaido, die Shiande, die Taardad und die Tomanelle. Jeder Clan ist wiederum in Septimen eingeteilt. Manchmal sprechen sie auch von einem dreizehnten Clan, dem Clan, Den Es Nicht Gibt, den Jenn, die einst Rhuidean erbauten. Es gehört zum Allgemeinwissen, daß die Aiel einst den Aes Sedai den Dienst versagten und dieser Sünde wegen in die Aiel-Wüste verbannt wurden, und daß sie der Vernichtung anheimfallen, sollten sie noch einmal die Aes Sedai im Stich lassen (*siehe auch:* Aiel-Kriegergemeinschaften; Aiel-Wüste; Trostlosigkeit; *Gai'schain*; Rhuidean).

Aielkrieg (976–78 NÄ): Als König Laman von Cairhien den Avendoraldera fällte, überquerten vier Clans der Aiel das Rückgrat der Welt. Sie eroberten und brandschatzten die Hauptstadt Cairhien und viele andere kleine und große Städte im Land. Der Konflikt weitete sich schnell nach Andor und Tear aus. Im allgemeinen glaubt man, die Aiel seien in der Schlacht an der Leuchtenden Mauer vor Tar Valon endgültig besiegt worden, aber in Wirklichkeit fiel König Laman in dieser Schlacht, und die Aiel, die damit ihr Ziel erreicht hatten, kehrten über das Rückgrat der Welt in ihre Heimat zurück (*siehe auch: Avendoraldera;* Cairhien; Rückgrat der Welt).

Aiel-Kriegergemeinschaften: Alle Aiel-Krieger sind Mitglieder einer von zwölf Kriegergemeinschaften. Es sind die Schwarzaugen *(Seia Doon)*, die Brüder des Adlers *(Far Aldazar Din)*, die Läufer der Dämmerung *(Rahien Sorei)*, die Messerhände *(Sovin Nai)*, die Töchter des Speers *(Far Dareis Mai)*, die Bergtänzer *(Hama N'dore)*, die Nachtspeere *(Core Darei)*, die Roten Schilde *(Aethan Dor)*, die Steinhunde *(Shae'en M'taal)*, die Donnergänger *(Sha'mad Conde)*, die Blutabkömmlinge *(Tain Shari)* und die Wassersucher *(Duahde Mahdi'in)*. Jede Gemeinschaft hat eigene Gebräuche und manchmal auch ganz bestimmte Pflichten. Zum Beispiel fungieren die Roten Schilde als Polizei. Steinsoldaten werden häufig als Nachhut bei Rückzugsgefechten eingesetzt. Die Töchter des Speers sind gute Kundschafterinnen. Die Clans der Aiel bekämpfen sich auch gelegentlich untereinander, aber Mitglieder der gleichen Gemeinschaft kämpfen nicht gegeneinander, selbst wenn ihre Clans im Krieg miteinander liegen. So gibt es jederzeit, sogar während einer offenen kriegerischen Auseinandersetzung, Kontakt zwischen den Clans (*siehe auch:* Aiel; Aiel-Wüste; *Far Dareis Mai*).

Aiel-Wüste: das rauhe, zerrissene und fast wasserlose Gebiet östlich des Rückgrats der Welt, von den Aiel auch das Dreifache Land genannt. Nur wenige Außenseiter wagen sich dorthin, nicht nur, weil es für jemanden, der nicht dort geboren wurde, fast unmöglich ist, Wasser zu finden, sondern auch, weil die Aiel sich im ständigen Kriegszustand mit allen anderen Völkern befinden und keine Fremden mögen. Nur fahrende Händler, Gaukler und die Tuatha'an dürfen sich in die Wüste begeben, und sogar ihnen gegenüber sind die Kontakte eingeschränkt, da sich die Aiel bemühen, jedem Zusammentreffen mit den Tuatha'an aus dem Weg zu gehen, die von ihnen auch als ›die Verlorenen‹ bezeichnet werden. Es sind keine Landkarten der Wüste bekannt.

Ajah: Sieben Gesellschaftsgruppen unter den Aes Sedai. Jede Aes Sedai außer der Amyrlin gehört einer solchen Gruppe an. Sie unterscheiden sich durch ihre Farben: Blaue Ajah, Rote Ajah, weiße Ajah, Grüne Ajah, Braune Ajah, Gelbe Ajah und Graue Ajah. Jede Gruppe folgt ihrer eigenen Auslegung in bezug auf die Anwendung der Einen Macht und die Existenz der Aes Sedai. Zum Beispiel setzen die Roten Ajah all ihre Kraft dazu ein, Männer zu finden und zu beeinflussen, die versuchen, die Macht auszuüben. Eine Braune Ajah andererseits leugnet alle Verbindung zur Außenwelt und verschreibt sich ganz der Suche nach Wissen. Die Weißen Ajah meiden soweit wie möglich die Welt und das weltliche Wissen und widmen sich Fragen der Philosophie und Wahrheitsfindung. Die Grünen Ajah (die man während der Trolloc-Kriege auch Kampf-Ajah nannte) stehen bereit, jeden neuen Schattenlord zu bekämpfen, wenn Tarmon Gai'don naht. Die Gelben Ajah konzentrieren sich auf alle Arten der Heilkunst. Die Blauen beschäftigen sich vor allem mit der Rechtsprechung. Die Grauen sind die Mittler, die sich um Harmonie und Übereinstimmung bemühen. Es gibt Gerüchte über eine Schwarze Ajah, die dem Dunklen König dient. Die Existenz dieser Ajah wird jedoch von offiziellen Stellen energisch dementiert.

Altara: Nation am Meer der Stürme, die aber in Wirklichkeit nur durch den Namen überhaupt nach außen hin als Einheit dargestellt wird. Die Menschen in Altara betrachten sich zuallererst als Bürger einer Stadt oder eines Dorfes, oder als Dienstleute dieses Lords und jener Lady, und erst in zweiter Linie als Einwohner Altaras. Nur wenige Adlige zahlen der Krone ihre Steuern, und ihre Dienstverpflichtung ist höchstens als Lippenbekenntnis aufzufassen. Der Herrscher Altaras (zur Zeit Königin Tylin Quintara aus dem Hause Mitsobar) ist nur selten mehr als eben der mächtigste Adlige im Land, und manche waren noch nicht einmal das. Der Thron der Winde ist so bedeutungslos, daß ihn viele mächtige Adlige bereits verschmähten, obwohl sie in der Lage gewesen wären, ihn zu besteigen.

Alte Sprache, die: die vorherrschende Sprache während des Zeitalters der Legenden. Man erwartet im allgemeinen von Adligen und anderen gebildeten Menschen, daß sie diese Sprache erlernt haben. Die meisten aber kennen nur ein paar Wörter. Eine Übersetzung stößt auf Schwierigkeiten, da sehr häufig Wörter oder Ausdrucksweisen mit vielschichtigen, subtilen Bedeutungen vorkommen (*siehe auch:* Zeitalter der Legenden).

Al'Thor, Tam: ein Bauer und Schäfer von den Zwei Flüssen. Als junger Mann zog er aus, um Soldat zu werden. Er kehrte später mit seiner Frau (Kari, mittlerweile verstorben) und einem Kind (Rand) nach Emondsfeld zurück.

Amyrlin-Sitz, der: (1) Titel der Führerin der Aes Sedai. Auf Lebenszeit vom Turmrat, dem höchsten Gremium des Aes Sedai, gewählt; dieser besteht aus je drei Abgeordneten (Sitzende genannt, wie z.B. in ›Sitzende der Grünen‹) der sieben Ajahs. Der Amyrlin-Sitz hat, jedenfalls theoretisch, unter den Aes Sedai uneingeschränkte Macht. Sie hat in etwa den Rang einer Königin. Etwas weniger formell ist die Bezeichnung: die Amyrlin. (2) Thron der Führerin der Aes Sedai.

Amys: die Weise Frau der Kaltfelsenfestung. Sie ist eine Traumgängerin, eine Aiel der Neun-Täler-Septime der Taardad Aiel. Verheiratet mit Rhuarc, Schwesterfrau der Lian, der Dachherrin der Kaltfelsenfestung, und der Schwestermutter der Aviendha.

Angreal: ein Überbleibsel aus dem Zeitalter der Legenden. Es erlaubt einer Person, die die Eine Macht lenken kann, einen stärkeren Energiefluß zu meistern, als das sonst ohne Hilfe und Lebensgefahr möglich ist. Einige wurden zur Benützung durch Frauen hergestellt, andere für Männer. Gerüchte über *Angreal*, die von beiden Geschlechtern benützt werden können, wurden nie bestätigt. Es ist heute nicht mehr bekannt, wie sie angefertigt wurden. Es existieren nur noch sehr wenige *(siehe auch: sa'Angreal, ter'Angreal).*

Arad Doman: Land und Nation am Aryth-Meer. Im Augenblick durch einen Bürgerkrieg und gleichzeitig ausgetragene Kriege gegen die Anhänger des Wiedergeborenen Drachen und gegen Tarabon zerrissen. Domani-Frauen sind berühmt und berüchtigt für ihre Schönheit, Verführungskunst und für ihre skandalös offenherzige Kleidung.

Atha'an Miere: *siehe* Meervolk.

Aufgenommene: junge Frauen in der Ausbildung zur Aes Sedai, die eine bestimmte Stufe erreicht und einige Prüfungen bestanden haben. Normalerweise braucht man zirka fünf bis zehn Jahre, um von der Novizin zur Aufgenommenen erhoben zu werden. Die Aufgenommenen sind in ihrer Bewegungsfreiheit weniger eingeschränkt als die Novizinnen, und es ist ihnen innerhalb bestimmter Grenzen sogar erlaubt, eigene Studiengebiete zu wählen. Eine Aufgenommene hat das Recht, einen Großen Schlangenring zu tragen, aber nur am dritten Finger ihrer linken Hand. Wenn eine Aufgenommene zur Aes Sedai erhoben wird, wählt sie ihre Ajah, erhält das Recht, deren Stola zu tragen und darf den Ring an jedem Finger oder auch gar nicht tragen, je nachdem, was die Umstände von ihr verlangen (siehe auch: Aes Sedai).

Avendoraldera: ein in Cairhien aus einem *Avendesora*-Keim gezogener Baum. Der Keimling war ein Geschenk der Aiel im Jahre 566 NÄ. Es gibt aber keinen zuverlässigen Bericht über eine Verbindung zwischen den Aiel und dem legendären Baum des Lebens.

Bair: Weise Frau der Haido-Septime der Shaarad Aiel; eine Traumgängerin. Sie kann die Macht nicht lenken (*siehe auch:* Traumgänger).

Behüter: ein Krieger, der einer Aes Sedai zugeschworen ist. Das geschieht mit Hilfe der Einen Macht, und er gewinnt dadurch Fähigkeiten wie schnelles Heilen von Wunden, er kann lange Zeiträume ohne Wasser, Nahrung und Schlaf auskommen und den Einfluß des Dunklen Königs auf größere Entfernung spüren. Solange er am Leben ist, weiß die mit ihm verbundene Aes Sedai, daß er lebt, auch wenn er noch so weit entfernt ist, und sollte er sterben, dann weiß sie den genauen Zeitpunkt und auch den Grund seines Todes. Allerdings weiß sie nicht, wie weit von ihr entfernt er sich befindet oder in welcher Richtung. Die meisten Ajahs gestatten einer Aes Sedai den Bund mit nur einem Behüter. Die Roten Ajah allerdings lehnen die Behüter für sich selbst ganz ab, während die Grünen Ajah eine Verbindung mit so vielen Behütern gestatten, wie die Aes Sedai es wünscht. An sich muß der Behüter der Verbindung freiwillig zur Verfügung stehen, es gab jedoch auch Fälle, in denen der Krieger dazu gezwungen wurde. Welche Vorteile die Aes Sedai aus der Verbindung ziehen, wird von ihnen als streng gehütetes Geheimnis behandelt (*siehe auch:* Aes Sedai).

Berelain sur Paendrag: die Erste von Mayene, Gesegnete des Lichts, Verteidigerin der Wogen, Hochsitz des Hauses Paeron. Eine schöne und willensstarke junge Frau und eine geschickte Herrscherin (*siehe auch:* Mayene).

Birgitte: legendäre Heldin, sowohl ihrer Schönheit wegen, wie auch ihres Mutes und ihres Geschicks als Bogenschützin halber berühmt. Sie trug einen silbernen Bogen, und ihre silbernen Pfeile verfehlten nie ihr Ziel. Eine aus der Gruppe von Helden, die herbeigerufen werden, wenn das Horn von Valere geblasen wird. Sie wird immer in Verbindung mit dem heldenhaften Schwertkämpfer Gaidal Cain genannt. Außer, was ihre Schönheit und ihr Geschick als Bogenschützin betrifft, ähnelt sie den Legenden allerdings kaum (*siehe auch:* Horn von Valere).

Cadin'sor: Uniform der Aielsoldaten: Mantel und Hose in Braun und Grau, so daß sie sich kaum von Felsen oder Schatten abheben. Dazu gehören weiche, bis zum Knie hoch geschnürte Stiefel. In der Alten Sprache ›Arbeitskleidung‹, was allerdings eine etwas ungenaue Übersetzung darstellt.

Cairhien: sowohl eine Nation am Rückgrat der Welt, wie auch die Hauptstadt dieser Nation. Die Stadt wurde im Aielkrieg (976–978 NÄ) wie so viele andere Städte und Dörfer niedergebrannt und geplündert. Als Folge wurde sehr viel Agrarland in der Nähe des Rückgrats der Welt aufgegeben, so daß seither große Mengen Getreide importiert werden müssen. Auf den Mord an König Galldrian (998 NÄ) folgten ein Bürgerkrieg unter den Adelshäusern um die Nachfolge auf dem Sonnenthron, die Unterbrechung der Lebensmittellieferungen und eine Hungersnot. Die Stadt wird während einer Periode, die mittlerweile als ›zweiter Aielkrieg‹ bezeichnet wird, von den Shaido belagert, doch dieser Belagerungsring wurde von anderen Aielclans unter der Führung Rand al'Thors gesprengt. Im Wappen führt Cairhien eine goldene Sonne mit vielen Strahlen, die sich vom unteren

Rand eines himmelblauen Feldes erhebt (*siehe auch:* Aielkrieg).

Callandor: ›Das Schwert, das kein Schwert ist‹ oder ›Das unberührbare Schwert‹. Ein Kristallschwert, das im Stein von Tear aufbewahrt wurde in einem Raum, der den Namen ›Herz des Steins‹ trägt. Es ist ein äußerst mächtiger *Sa'Angreal,* der von einem Mann benützt werden muß. Keine Hand kann es berühren, außer der des Wiedergeborenen Drachen. Den Prophezeiungen des Drachen zufolge war eines der wichtigsten Zeichen für die erfolgte Wiedergeburt des Drachen und das Nahen von Tarmon Gai'don, daß der Drache den Stein von Tear einnahm und *Callandor* in seinen Besitz brachte. Es wurde von Rand al'Thor wieder ins Herz des Steins zurückgebracht und in den Steinboden hineingerammt (*siehe auch:* Wiedergeborener Drache; *Sa'Angreal;* Stein von Tear).

Car'a'carn: in der Alten Sprache ›Häuptling der Häuptlinge‹. Den Weissagungen der Aiel nach ein Mann, der bei Sonnenaufgang aus Rhuidean zu ihnen kommen werde, mit Drachenmalen auf beiden Armen, und der sie über die Drachenmauer führen werde. Die Prophezeiung von Rhuidean sagt aus, er werde die Aiel einen und sie vernichten, bis auf den Rest eines Restes (*siehe auch:* Aiel; Rhuidean).

Caraighan Maconar: legendäre Grüne Schwester (212–373 NZ), Heldin von hundert Abenteuergeschichten, der man Unternehmungen zuschreibt, die selbst von einigen Aes Sedai für unmöglich gehalten werden, obwohl sie in den Chroniken der Weißen Burg erwähnt werden. So soll sie ganz allein einen Aufstand in Mosadorin niedergeschlagen und die Unruhen in Comaidin unterdrückt haben, obwohl sie zu dieser Zeit über keinen einzigen Behüter verfügte. Die Grünen Ajah betrachten sie als den Urtyp und das Vorbild aller Grünen Schwestern (*siehe auch:* Aes Sedai; Ajah).

Carridin, Jaichim: ein Inquisitor der Hand des Lichts, also ein hoher Offizier der Kinder des Lichts, der in Wirklichkeit ein Schattenfreund ist.

Cauthon, Abell: ein Bauer von den Zwei Flüssen, Vater des Mat Cauthon. Frau: Natti. Töchter: Eldrin und Bodewhin, Bode genannt.

dämpfen (einer Dämpfung unterziehen): Wenn ein Mann die Anlage zeigt, die Eine Macht zu beherrschen, müssen die Aes Sedai seine Kräfte ›dämpfen‹, also vollständig unterdrücken, da er sonst wahnsinnig wird, vom Verderben des *Saidin* getroffen, und möglicherweise schreckliches Unheil mit seinen Kräften anrichten wird. Eine Person, die einer Dämpfung unterzogen wurde, kann die Eine Macht immer noch spüren, sie aber nicht mehr benützen. Wenn vor der Dämpfung der beginnende Wahnsinn eingesetzt hat, kann er durch den Akt der Dämpfung aufgehalten, jedoch nicht geheilt werden. Hat die Dämpfung früh genug stattgefunden, kann das Leben der Person gerettet werden. Dämpfungen bei Frauen sind so selten gewesen, daß man von den Novizinnen der Weißen Burg verlangt, die Namen und Verbrechen aller auswendig zu lernen, die jemals diesem Akt unterzogen wurden. Die Aes Sedai dürfen eine Frau nur dann einer Dämpfung unterziehen, wenn diese in einem Gerichtsverfahren eines Verbrechens überführt wurde. Eine unbeabsichtigte oder durch einen Unfall herbeigeführte Dämpfung wird auch als ›Ausbrennen‹ bezeichnet. Ein Mensch, der einer Dämpfung unterzogen wurde, gleich, ob als Bestrafung oder durch einen Unfall, verliert im allgemeinen jeden Lebenswillen und stirbt nach wenigen Jahren, wenn nicht schon früher durch Selbstmord. Nur in wenigen Fällen gelingt es einem solchen Menschen, die Leere, die der ausbleibende Kontakt mit der Wahren Quelle in seinem Innern hinterläßt, mit anderen Zielen zu füllen und so neuen Lebensmut zu gewinnen. Die Folgen einer jeglichen Dämpfung gelten als endgültig und nicht mehr heilbar (*siehe auch:* Eine Macht).

Deane Aryman: eine Amyrlin, welche die Weiße Burg vor schlimmerem Schaden bewahrte, nachdem ihre Vorgängerin Bonwhin versucht hatte, die Kontrolle über Artur

Falkenflügel zu erlangen. Sie wurde etwa im Jahr 920 FJ im Dorf Salidar in Eharon geboren und aus den Blauen Ajah 992 zur Amyrlin erhoben. Man sagt ihr nach, sie habe Souran Maravaile dazu gebracht, die Belagerung von Tar Valon (die 975 FJ begonnen hatte) nach Falkenflügels Tod zu beenden. Deane stellte den Ruf der Burg wieder her, und es wird allgemein angenommen, daß sie zum Zeitpunkt ihres Todes nach einem Sturz vom Pferd im Jahre 1084 FJ kurz vor dem erfolgreichen Abschluß von Verhandlungen mit den sich um die Nachfolge Falkenflügels als Herrscher seines Imperiums streitenden Adligen stand, die Führung der Weißen Burg zu akzeptieren, um die Einheit des Reichs zu erhalten (*siehe auch:* Amyrlin-Sitz; Artur Falkenflügel).

Drache, der: Ehrenbezeichnung für Lews Therin Telamon während des Schattenkrieges vor mehr als dreitausend Jahren. Als der Wahnsinn alle männlichen Aes Sedai befiel, tötete Lews Therin alle Personen, die etwas von seinem Blut in sich trugen und jede Person, die er liebte. So bezeichnete man ihn anschließend als Brudermörder (*siehe auch:* Wiedergeborener Drache; Prophezeiungen des Drachen).

Drache, falscher: Manchmal behaupten Männer, der Wiedergeborene Drache zu sein, und manch einer davon gewinnt so viele Anhänger, daß eine Armee notwendig ist, um ihn zu besiegen. Einige davon haben schon Kriege begonnen, in die viele Nationen verwickelt wurden. In den letzten Jahrhunderten waren die meisten falschen Drachen nicht in der Lage, die Eine Macht richtig anzuwenden, aber es gab doch ein paar, die das konnten. Alle jedoch verschwanden entweder oder wurden gefangen oder getötet, ohne eine der Prophezeiungen erfüllen zu können, die sich um die Wiedergeburt des Drachen ranken. Diese Männer nennt man falsche Drachen. Unter jenen, die die Eine Macht lenken konnten, waren die mächtigsten Raolin Dunkelbann (335–36 NZ), Yurian Steinbogen (ca. 1300–1308 NZ), Davian (FJ 351), Guaire Amalasan (FJ 939–943),

Logain (997 NÄ) und Mazrim Taim (998 NÄ) (*siehe auch:* Wiedergeborener Drache).

Dunkler König: gebräuchlichste Bezeichnung, in allen Ländern verwendet, für Shai'tan: die Quelle des Bösen, Antithese des Schöpfers. Im Augenblick der Schöpfung wurde er vom Schöpfer in ein Verließ am Shayol Ghul gesperrt. Ein Versuch, ihn aus diesem Kerker zu befreien, führte zum Schattenkrieg, dem Verderben des *Saidin*, der Zerstörung der Welt und dem Ende des Zeitalters der Legenden (*siehe auch:* Prophezeiungen des Drachen).

Eide, Drei: die Eide, die eine Aufgenommene ablegen muß, um zur Aes Sedai erhoben zu werden. Sie werden gesprochen, während die Aufgenommene eine Eidesrute in der Hand hält. Das ist ein *Ter'Angreal*, der sie an die Eide bindet. Sie muß schwören, daß sie (1) kein unwahres Wort ausspricht, (2) keine Waffe herstellt, mit der Menschen andere Menschen töten können, und (3) daß sie niemals die Eine Macht als Waffe verwendet, außer gegen Abkömmlinge des Schattens oder um ihr Leben oder das ihres Behüters oder einer anderen Aes Sedai in höchster Not zu verteidigen. Diese Eide waren früher nicht zwingend vorgeschrieben, doch nach verschiedenen Geschehnissen vor und nach der Zerstörung hielt man sie für notwendig. Der zweite Eid war ursprünglich der erste und kam als Reaktion auf den Krieg um die Macht. Der erste Eid wird wörtlich eingehalten, aber oft geschickt umgangen, indem man eben nur einen Teil der Wahrheit ausspricht. Man glaubt allgemein, daß der zweite und dritte nicht zu umgehen sind.

Eine Macht, die: die Kraft aus der Wahren Quelle. Die große Mehrheit der Menschen ist absolut unfähig zu lernen, wie man die Eine Macht anwendet. Eine sehr geringe Anzahl von Menschen kann die Anwendung erlernen, und noch weniger besitzen diese Fähigkeit von Geburt an. Diese wenigen müssen ihren Gebrauch nicht lernen, denn sie werden die Wahre Quelle berühren und die Eine Macht benützen, ob sie wollen oder nicht, vielleicht sogar, ohne zu bemerken, was sie da tun. Diese angeborene Fähigkeit taucht meist zuerst während der Pubertät auf. Wenn man dann nicht die Kontrolle darüber erlernt – durch Lehrer oder auch ganz allein (äußerst schwierig, die Erfolgsquote liegt bei eins zu vier) ist die Folge der sichere Tod. Seit der Zeit des Wahns hat kein Mann es gelernt, die Eine Macht kontrolliert anzuwenden, ohne dabei auf die Dauer auf schreckliche Art dem Wahnsinn zu verfallen. Selbst wenn er in gewissem Maß die Kontrolle erlangt hat, stirbt er an einer Verfallskrankheit, bei der er lebendigen Leibs verfault. Auch diese Krankheit wird, genau wie der Wahnsinn, von dem Verderben hervorgerufen, das der Dunkle König über *Saidin* brachte. Bei Frauen ist der Tod mangels Kontrolle der Einen Macht etwas erträglicher, aber sterben müssen auch sie. Die Aes Sedai suchen nach Mädchen mit diesen angeborenen Fähigkeiten, zum einen, um ihr Leben zu retten und zum anderen, um die Anzahl der Aes Sedai zu vergrößern. Sie suchen nach Männern mit dieser Fähigkeit, um zu verhindern, daß sie Schreckliches damit anrichten, wenn sie dem Wahn verfallen (*siehe auch:* Zerstörung der Welt; Fünf Mächte; Zeit des Wahns; die Wahre Quelle).

Elaida do Avriny a'Roihan: eine Aes Sedai, die einst zu den Roten Ajah gehörte, vormals Ratgeberin der Königin Morgase von Andor. Sie kann manchmal die Zukunft vorhersagen. Mittlerweile zum Amyrlin-Sitz erhoben.

Erstschwester; Erstbruder: Diese Verwandtschaftsbezeichnungen bei den Aiel bedeuten einfach, die gleiche Mutter zu haben. Das ist für die Aiel eine engere Verwandtschaftsbeziehung als vom gleichen Vater abzustammen.

Fäule, die: *siehe* Große Fäule.

Falkenflügel, Artur: ein legendärer König (Artur Paendrag Tanreall, 943–994 FJ), der alle Länder westlich des Rückgrats der Welt und einige von jenseits der Aiel-Wüste einte. Er sandte sogar eine Armee über das Aryth-Meer (992 FJ), doch verlor man bei seinem Tod, der den Hundertjährigen Krieg auslöste, jeden Kontakt mit diesen Soldaten. Er führte einen fliegenden goldenen Falken im Wappen (*siehe auch:* Hundertjähriger Krieg).

Far Dareis Mai: in der Alten Sprache wörtlich ›von den Speertöchtern‹, meist einfach ›Töchter des Speers‹ genannt. Eine von mehreren Kriegergemeinschaften der Aiel. Anders als bei den übrigen werden ausschließlich Frauen aufgenommen. Sollte sie heiraten, darf eine Frau nicht Mitglied bleiben. Während einer Schwangerschaft darf ein Mitglied nicht kämpfen. Jedes Kind eines Mitglieds wird von einer anderen Frau aufgezogen, so daß niemand mehr weiß, wer die wirkliche Mutter war. (»Du darfst keinem Manne angehören und kein Mann oder Kind darf dir angehören. Der Speer ist dein Liebhaber, dein Kind und Dein Leben.«) Diese Kinder sind hochangesehen, denn es wurde prophezeit, daß ein Kind einer Tochter des Speers die Clans vereinen und zu der Bedeutung zurückführen wird, die sie im Zeitalter der Legenden besaßen (*siehe auch:* Aiel-Kriegergemeinschaften).

Flamme von Tar Valon: das Symbol für Tar Valon, den Amyrlin-Sitz und die Aes Sedai. Die stilisierte Darstellung einer Flamme: eine weiße, nach oben gerichtete Träne.

Fünf Mächte, die: Das sind die Stränge der Einen Macht. Diese Stränge nennt man nach den Dingen, die man durch ihre Anwendung beeinflussen kann: Erde, Luft, Feuer, Wasser, Geist – die Fünf Mächte. Wer die Eine Macht anwenden kann, beherrscht gewöhnlich einen oder zwei dieser Stränge besonders gut und hat Schwächen in der Anwendung der übrigen. Einige wenige beherrschen auch drei davon, aber seit dem Zeitalter der Legenden gab es niemand mehr, der alle fünf in gleichem Maße beherrschte. Und auch dann war das eine große Seltenheit. Das Maß, in dem diese Stränge beherrscht werden und Anwendung finden, ist individuell ganz verschieden; einzelne dieser Personen sind sehr viel stärker als die anderen. Wenn man bestimmte Handlungen mit Hilfe der Einen Macht vollbringen will, muß man einen oder mehrere bestimmte Stränge beherrschen. Wenn man beispielsweise ein Feuer entzünden oder beeinflussen will, braucht man den Feuer-Strang; will man das Wetter ändern, muß man die Bereiche Luft und Wasser beherrschen, während man für Heilung Wasser und Geist benutzen muß. Während im Zeitalter der Legenden Männer und Frauen in gleichem Maße den Geist beherrschten, war das Talent in bezug auf Erde und/oder Feuer besonders oft bei Männern ausgeprägt und das für Wasser und/oder Luft bei Frauen. Es gab Ausnahmen, aber trotzdem betrachtete man Erde und Feuer als die männlichen Mächte, Luft und Wasser als die weiblichen.

Gaidin: in der Alten Sprache ›Bruder der Schlacht‹. Ein Titel, den die Aes Sedai den Behütern verleihen (*siehe auch:* Behüter).

Gai'schain: in der Alten Sprache ›dem Frieden im Kampfe verschworen‹, soweit dieser Begriff überhaupt übersetzt werden kann. Von einem Aiel, der oder die während eines Überfalls oder einer bewaffneten Auseinandersetzung von einem anderen Aiel gefangengenommen wird, verlangt das *Ji'e'toh,* daß er oder sie dem neuen Herrn gehorsam ein Jahr und einen Tag lang dient und dabei keine Waffe anrührt und niemals Gewalt benützt. Eine Weise Frau, ein Schmied oder eine Frau mit einem Kind unter zehn Jahren können nicht zu *Gai'schain* gemacht werden (*siehe auch:* Trostlosigkeit).

Galad; Lord Galadedrid Damodred: Halbbruder von Elayne und Gawyn. Sie haben alle den gleichen Vater: Taringail Damodred. Im Wappen führt er ein geflügeltes silbernes Schwert, dessen Spitze nach unten zeigt.

Gareth Bryne (Ga-ret Brein): einst Generalhauptmann der Königlichen Garde von Andor. Von Königin Morgase ins Exil verbannt. Er wird als einer der größten lebenden Militärstrategen betrachtet. Das Siegel des Hauses Bryne zeigt einen wilden Stier, um dessen Hals die Rosenkrone von Andor hängt. Gareth Brynes persönliches Abzeichen sind drei goldene Sterne mit jeweils fünf Zacken.

Gaukler: fahrende Märchenerzähler, Musikanten, Jongleure, Akrobaten und Alleinunterhalter. Ihr Abzeichen ist die aus bunten Flicken zusammengesetzte Kleidung. Sie besuchen vor allem Dörfer und Kleinstädte, da in den größeren Städten schon zuviel andere Unterhaltung geboten wird.

Gawyn aus dem Hause Trakand: Sohn der Königin Morgase, Bruder von Elayne, der bei Elaynes Thronbesteigung Erster Prinz des Schwertes wird. Halbbruder von Galad. Er führt einen weißen Keiler im Wappen.

Gewichtseinheiten: 10 Unzen = 1 Pfund; 10 Pfund = 1 Stein; 10 Steine = 1 Zentner; 10 Zentner = 1 Tonne.

Grauer Mann: jemand, der freiwillig seine oder ihre Seele dem Schatten geopfert hat und ihm nun als Attentäter dient. Graue Männer sehen so unauffällig aus, daß man sie sehen kann, ohne sie wahrzunehmen. Die große Mehrheit der Grauen Männer sind tatsächlich Männer, aber es gibt darunter auch einige Frauen. Sie werden auch als die ›Seelenlosen‹ bezeichnet.

Grenzlande: die an die Große Fäule angrenzenden Nationen: Saldaea, Arafel, Kandor und Schienar. Sie haben eine Geschichte unendlich vieler Überfälle und Kriegszüge gegen Trollocs und Myrddraal (*siehe auch:* Große Fäule).

Große Fäule: eine Region im hohen Norden, die durch den Einfluß des Dunklen Königs vollständig verwüstet wurde. Sie stellt eine Zuflucht für Trollocs, Myrddraal und andere Kreaturen des Schattens dar.

Großer Herr der Dunkelheit: Diese Bezeichnung verwenden die Schattenfreunde für den Dunklen König. Sie behaupten, es sei Blasphemie, seinen wirklichen Namen zu benutzen.

Große Schlange: ein Symbol für die Zeit und die Ewigkeit, das schon uralt war, bevor das Zeitalter der Legenden begann. Es zeigt eine Schlange, die ihren eigenen Schwanz verschlingt. Man verleiht einen Ring in der Form der Großen Schlange an Frauen, die unter den Aes Sedai zu den Aufgenommenen erhoben werden.

Hochlords von Tear: Die Hochlords von Tear regieren als Rat diesen Staat, der weder König noch Königin aufweist. Ihre Anzahl steht nicht fest. Im Laufe der Jahre hat es Zeiten gegeben, wo nur sechs Hochlords regierten, aber auch zwanzig kamen bereits vor. Man darf sie nicht mit den Landherren verwechseln, niedrigeren Adligen in den ländlichen Bezirken Tears.

Horn von Valere: das legendäre Ziel der Großen Jagd nach dem Horn. Das Horn kann tote Helden zum Leben erwecken, damit sie gegen den Schatten kämpfen. Eine neue Jagd nach dem Horn wurde in Illian ausgerufen, und man kann nun in vielen Ländern Jäger des Horns antreffen.

Hundertjähriger Krieg: eine Reihe sich überschneidender Kriege, geprägt von sich ständig verändernden Bündnissen, ausgelöst durch den Tod von Artur Falkenflügel und die darauf folgenden Auseinandersetzungen um seine Nachfolge. Er dauerte von 994 FJ bis 1117 FJ. Der Krieg entvölkerte weite Landstriche zwischen dem Aryth-Meer und der Aiel-Wüste, zwischen dem Meer der Stürme und der Großen Fäule. Die Zerstörungen waren so schwerwiegend, daß über diese Zeit nur noch fragmentarische Berichte vorliegen. Das Reich Artur Falkenflügels zerfiel und die heutigen Staaten bildeten sich heraus (*siehe auch:* Falkenflügel, Artur).

Illian: ein großer Hafen am Meer der Stürme, Hauptstadt der gleichnamigen Nation. Im Wappen von Illian findet man neun goldene Bienen auf dunkelgrünem Feld.

Juilin Sandar: ein Diebefänger aus Tear.

Kalender: Die Woche hat zehn Tage, der Monat 28 und es gibt 13 Monate im Jahr. Mehrere Festtage gehören keinem bestimmten Monat an: der Sonntag oder Sonnentag (der längste Tag des Jahres), das Erntedankfest (einmal alle vier Jahre zur Frühlingssonnwende) und das Fest der Rettung aller Seelen, auch Allerseelen genannt (einmal alle zehn Jahre zur Herbstsonnwende).

Kesselflicker: volkstümliche Bezeichnung für die Tuatha'an, die man auch das ›Fahrende Volk‹ nennt. Ein

Nomadenvolk, das in bunt gestrichenen Wohnwagen lebt und einer absolut pazifistischen Weltanschauung folgt, die man den ›Weg des Blattes‹ nennt. Sie gehören zu den wenigen, die unbehelligt die Aiel-Wüste durchqueren können, da die Aiel jeden Kontakt mit ihnen strikt vermeiden. Nur wenige Menschen vermuten überhaupt, daß die Tuatha'an Nachkommen von Aiel sind, die sich während der Zerstörung der Welt von den anderen absetzten, um einen Weg zurück in eine Zeit des Friedens zu finden (*siehe auch:* Aiel).

Kinder des Lichts: eine übernationale Gemeinschaft von Asketen, die sich den Sieg über den Dunklen König und die Vernichtung aller Schattenfreunde zum Ziel gesetzt hat. Die Gemeinschaft wurde während des Hundertjährigen Kriegs von Lothair Mantelar gegründet, um gegen die ansteigende Zahl der Schattenfreunde als Prediger anzugehen. Während des Kriegs entwickelte sich daraus eine vollständige militärische Organisation, extrem streng ideologisch ausgerichtet und fest im Glauben, nur sie dienten der absoluten Wahrheit und dem Recht. Sie hassen die Aes Sedai und halten sie, sowie alle, die sie unterstützen oder sich mit ihnen befreunden, für Schattenfreunde. Sie werden geringschätzig Weißmäntel genannt. Im Wappen führen sie eine goldene Sonne mit Strahlen auf weißem Feld (*siehe auch:* Zweifler).

Krieg um die Macht: *siehe* Schattenkrieg.

Längenmaße: 10 Finger = 1 Hand; 3 Hände = 1 Fuß; 3 Fuß = 1 Schritt; 2 Schritte = 1 Spanne; 1000 Spannen = 1 Meile.

Lan, al'Lan Mandragoran: ein Behüter, der Moiraine im Jahre 979 NÄ zugeschworen wurde. Ungekrönter König von Malkier, Dai Shan (Schlachtenführer), und der letzte Überlebende Lord von Malkier. Dieses Land wurde im Jahr seiner Geburt (953 NÄ) von der Großen Fäule verschlungen. Im Alter von sechzehn Jahren begann er seinen Ein-Mann-Krieg gegen die Fäule und den Schatten, den er bis zu seiner Berufung zu Moiraines Behüter fortführte (*siehe auch:* Behüter; Moiraine).

Lews Therin Telamon; Lews Therin Brudermörder: *siehe* Drache

Lini: Kindermädchen der Lady Elayne in ihrer Kindheit. Davor war sie bereits Erzieherin ihrer Mutter Morgase und deren Mutter. Eine Frau von enormer innerer Kraft, einigem Scharfsinn und sehr wortgewaltig in bezug auf Redensarten.

Logain: ein Mann, der einst behauptete, der Wiedergeborene Drache zu sein. Er überzog Ghealdan, Altara und Murandy mit Krieg, bevor er gefangengenommen, zur Weißen Burg gebracht und einer Dämpfung unterzogen wurde. Später entkam er inmitten der Wirren um die Absetzung Siuan Sanches. Ein Mann, dem immer noch Großes bevorsteht (*siehe auch:* Drache, falscher).

Manetheren: eine der Zehn Nationen, die den Zweiten Pakt schlossen; Hauptstadt des gleichnamigen Staates. Sowohl die Stadt wie auch die Nation wurden in den Trolloc-Kriegen vollständig zerstört. Das Wappen Manetherens zeigte einen Roten Adler im Flug (*siehe auch:* Trolloc-Kriege).

Mayene (Mai-jehn): Stadtstaat am Meer der Stürme, der seinen Reichtum und seine Unabhängigkeit der Kenntnis verdankt, die Ölfischschwärme aufspüren zu können. Ihre wirtschaftliche Bedeutung kommt der der Olivenplantagen von Tear, Illian und Tarabon gleich. Ölfisch und Oliven liefern nahezu alles Öl für Lampen. Die augenblickliche Herrscherin von Mayene ist Berelain. Ihr Titel lautet: die Erste von Mayene. Der Titel Zweite/Zweiter stand früher nur einem einzigen Lord oder einer Lady zu, wurde aber während der letzten etwa vierhundert Jahre von bis zu neun Adligen gleichzeitig geführt. Die Herrscher von Mayene führen ihre Abstammung auf Artur Falkenflügel zurück. Das Wappen von Mayene zeigt einen fliegenden goldenen Falken. Mayene wurde traditionell von Tear wirtschaftlich und politisch eingeengt und unterdrückt.

Mazrim Taim: ein falscher Drache, der in Saldaea viel Unheil anrichtete, bevor er geschlagen und gefangen wurde. Er ist nicht nur in der Lage, die Eine Macht zu benützen, sondern besitzt außerordentliche Kräfte (*siehe auch:* Drache, falscher).

Meerleute, Meervolk: genauer: Atha'an Miere, das »Volk des Meeres«. Geheimnisumwitterte Bewohner der Inseln im Aryth-Meer und im Meer der Stürme. Sie verbringen wenig Zeit auf diesen Inseln und leben statt dessen zumeist auf ihren Schiffen. Sie beherrschen den Seehandel fast vollständig.

Melaine (Mehlein): Weise Frau der Jhirad Septime der Goshien Aiel. Eine Traumgängerin. Relativ stark, was den Gebrauch der Einen Macht angeht. Verheiratet mit Bael, dem Clanhäuptling der Goshien. Schwesterfrau der Dorhinda, der Dachherrin der Dampfende-Quellen-Feste (*siehe auch:* Traumgänger).

Merillin, Thom: ein ziemlich vielschichtiger Gaukler, einst Hofbarde und Geliebter von Königin Morgase (*siehe auch:* Spiel der Häuser; Gaukler).

Moiraine Damodred (Moarän): eine Aes Sedai der Blauen Ajah. Sie benützt nur selten ihren Familiennamen und hält ihre Beziehung zu dem Hause Damodred meist geheim. Geboren 956 NÄ im Königlichem Palast von Cairhien. Nachdem sie 972 NÄ als Novizin in die Weiße Burg kam, machte sie dort rasch Karriere. Sie wurde nach nur drei Jahren zur Aufgenommenen erhoben und drei Jahre später, am Ende des Aielkriegs, zur Aes Sedai. Von diesem Zeitpunkt an begann sie ihre Suche nach dem jungen Mann, der – den Prophezeiungen der Aes Sedai Gitara Morose nach – während der Schlacht an der Leuchtenden Mauer am Abhang des Drachenbergs geboren wurde und der zum Wiedergeborenen Drachen bestimmt war. Sie war es auch, die Rand al'Thor, Mat Cauthon, Perrin Aybara und Egwene al'Vere von den Zwei Flüssen fortbrachte. Sie verschwand während eines Kampfes mit Lanfear in Cairhien in einem *Ter'Angreal* und wurde, dem Anschein nach, genauso getötet wie die Verlorene.

Morgase (Morgeis): Von der Gnade des Lichts, Königin von Andor, Verteidigerin des Lichts, Beschützerin des

Volkes, Hochsitz des Hauses Trakand. Im Wappen führt sie drei goldene Schlüssel. Das Wappen des Hauses Trakand zeigt einen silbernen Grundpfeiler. Sie mußte ins Exil gehen und wird allgemein für tot gehalten. Viele glauben, sie sei vom Wiedergeborenen Drachen ermordet worden.

Muster eines Zeitalters: Das Rad der Zeit verwebt die Stränge menschlichen Lebens zum Muster eines Zeitalters, oftmals vereinfacht als ›das Muster‹ bezeichnet, das die Substanz der Realität dieser Zeit bildet; auch als Zeitengewebe bekannt (*siehe auch: Ta'veren*).

Myrddraal: Kreaturen des Dunklen Königs, Kommandanten der Trolloc-Heere. Nachkommen von Trollocs, bei denen das Erbe der menschlichen Vorfahren wieder stärker hervortritt, die man benutzt hat, um die Trollocs zu erschaffen. Trotzdem deutlich vom Bösen dieser Rasse gezeichnet. Sie sehen äußerlich wie Menschen aus, haben aber keine Augen. Sie können jedoch im Hellen wie im Dunklen wie Adler sehen. Sie haben gewisse, vom Dunklen König stammende Kräfte, darunter die Fähigkeit, mit einem Blick ihr Opfer vor Angst zu lähmen. Wo Schatten sind, können sie hineinschlüpfen und sind nahezu unsichtbar. Eine ihrer wenigen bekannten Schwächen besteht darin, daß sie Schwierigkeiten haben, fließendes Wasser zu überqueren. Man kennt sie unter vielen Namen in den verschiedenen Ländern, z. B. als Halbmenschen, die Augenlosen, Schattenmänner, Lurk und die Blassen. Wenig bekannt ist die Tatsache, daß Myrddraal in einem Spiegel nur ein verschwommenes Bild erzeugen.

Nächstschwester; Nächstbruder: Mir diesen Begriffen bezeichnen die Aiel eine Beziehung, die so eng ist wie zwischen Erstschwestern und/oder Erstbrüdern. Nächstschwestern adoptieren einander häufig als Erstschwestern. Bei den Nächstbrüdern ist das kaum jemals der Fall.

Ogier: (1) Eine nichtmenschliche Rasse. Typisch für Ogier sind ihre Größe (männliche Ogier werden im Durchschnitt zehn Fuß groß), ihre breiten, rüsselartigen Nasen und die langen mit Haarbüscheln bewachsenen Ohren. Sie wohnen in Gebieten, die sie *Stedding* nennen. Nach der Zerstörung der Welt (von den Ogiern das Exil genannt) waren sie aus diesen *Stedding* vertrieben, und das führte zu einer als ›das Sehnen‹ bezeichneten Erscheinung: Ein Ogier, der sich zu lange außerhalb seines *Stedding* aufhält, erkrankt und stirbt schließlich. Sie sind in informierten Kreisen bekannt als extrem gute Steinbaumeister, die fast alle großen Städte der Menschen nach der Zerstörung erbauten. Sie selbst betrachten diese Kunst allerdings nur als etwas, das sie während des Exils erlernten und das nicht so wichtig ist, wie das Pflegen der Bäume in einem *Stedding,* besonders der hochaufragenden Großen Bäume. Außer zu ihrer Arbeit als Steinbaumeister verlassen sie ihr *Stedding* nur selten und wollen wenig mit der Menschheit zu tun haben. Man weiß unter Menschen nur sehr wenig über sie, und viele halten die Ogier sogar für bloße Legenden. Obwohl sie als Pazifisten gelten und nur sehr schwer aufzuregen sind, heißt es in einigen alten Berichten, sie hätten während der Trolloc-Kriege Seite an Seite mit den Menschen gekämpft. Dort werden sie als mörderische Feinde bezeichnet. Im großen und ganzen sind sie ungemein wissensdurstig, und ihre Bücher und Berichte enthalten oftmals Informationen, die bei den Menschen längst verlorengegangen sind. Die normale Lebenserwartung eines Ogiers ist etwa drei- oder viermal so hoch wie bei Menschen. (2) Jedes Individuum dieser nichtmenschlichen Rasse (*siehe auch:* Zerstörung der Welt; *Stedding*).

Padan Fain: Einst als Händler in das Gebiet der Zwei Flüsse gekommen, stellte er sich bald als Schattenfreund heraus. Er wurde zum Schayol Ghul geholt und dort so in seiner ganzen Persönlichkeit beeinflußt, daß er nicht nur in der Lage sein sollte, den jungen Mann zu finden, der zum Wiedergeborenen Drachen werden sollte, so wie der Jagdhund die Beute für den Jäger aufspürt, sondern sogar ein dauerndes inneres Bedürfnis spüren sollte, fast eine Art von Besessenheit, diese Suche erfolgreich abzuschließen. Dies verursachte Fain solche psychischen Schmerzen, daß er sowohl den Dunklen König wie auch Rand al'Thor zu hassen begann. Bei der Verfolgung al'Thors traf er in Shadar Logoth auf die dort gefangene Seele von Mordeth, die versuchte, Fains Körper zu übernehmen. Der veränderten Persönlichkeit Fains wegen resultierte das in einer Art von Vereinigung beider Seelen mit Fain in der Oberhand und mit Fähigkeiten, die weit jenseits derer liegen, die beide Männer vorher besaßen. Fain durchschaut diese selbst noch keineswegs in vollem Maße. Die meisten Menschen werden von Angst gepackt, wenn sie dem augenlosen Blick eines Myrddraal ausgesetzt sind, doch Fains Blick wiederum jagt selbst einem Myrddraal Angst ein.

Prophezeiungen des Drachen: ein nur unter den ausgesprochen Gebildeten bekannter Zyklus von Weissagungen, der auch selten erwähnt wird. Man findet ihn im größeren *Karaethon Zyklus*. Es wird dort vorausgesagt, daß der Dunkle König wieder befreit werde, und daß Lews Therin Telamon, der Drache, wiedergeboren werde, um in Tarmon Gai'don, der Letzten Schlacht gegen den Schatten, zu kämpfen. Es wird prophezeit, daß er die Welt erneut retten und erneut zerstören wird (*siehe auch:* Drache).

Rad der Zeit: Die Zeit stellt man sich als ein Rad mit sieben Speichen vor – jede Speiche steht für ein Zeitalter. Wie sich das Rad dreht, so folgt Zeitalter auf Zeitalter. Jedes hinterläßt Erinnerungen, die zu Legenden verblassen, zu bloßen Mythen werden und schließlich vergessen sind, wenn dieses Zeitalter wiederkehrt. Das Muster eines Zeitalters wird bei jeder Wiederkehr leicht verändert, doch auch wenn die Änderungen einschneidender Natur sein sollten, bleibt es das gleiche Zeitalter. Bei jeder Wiederkehr sind allerdings die Veränderungen gravierender.

Rashima Kerenmosa: Man nennt sie auch die ›Soldatenamyrlin‹. Geboren ca. 1150 NZ und aus den Reihen der

Grünen Ajah im Jahre 1251 NZ zur Amyrlin erhoben. Sie führte persönlich die Heere der Weißen Burg in den Kampf und errang unzählige Siege, die berühmtesten am Kaisin-Paß, an der Sorellestufe, bei Larapelle, Tel Norwin und Maighande, wo sie 1301 NZ ums Leben kam. Man entdeckte ihre Leiche nach Ende der Schlacht, umgeben von den Leichen ihrer fünf Behüter und einem wahren Wall aus den Leibern von Trollocs und Myrddraal, unter denen sich nicht weniger als neun Schattenlords befanden (siehe auch: Aes Sedai; Ajah; Amyrlin-Sitz; Schattenlords; Behüter).

Rhuidean: eine Große Stadt, die einzige in der Aiel-Wüste und der Außenwelt völlig unbekannt. Sie lag fast dreitausend Jahre lang verlassen in einem Wüstental. Einst wurde den Aielmännern nur gestattet, einmal in ihrem Leben Rhuidean zum Zweck einer Prüfung zu betreten. Die Prüfung fand innerhalb eines großen *Ter'Angreal* statt. Wer bestand, besaß die Fähigkeit zum Clanhäuptling, doch nur einer von dreien überlebte. Frauen durften Rhuidean zweimal betreten. Sie wurden beim zweiten Mal im gleichen *Ter'Angreal* geprüft, und wenn sie überlebten, wurden sie zu Weisen Frauen. Bei ihnen war die Überlebensrate erheblich höher als bei den Männern. Mittlerweile ist die Stadt wieder von den Aiel bewohnt, und ein Ende des Tals von Rhuidean ist von einem großen See ausgefüllt, der aus einem enormen unterirdischen Reservoir gespeist wird und aus dem wiederum der einzige Fluß der Wüste entspringt (*siehe auch:* Aiel).

Rückgrat der Welt: eine hohe Bergkette, über die nur wenige Pässe führen. Sie trennt die Aiel-Wüste von den westlichen Ländern. Wird auch Drachenmauer genannt.

Sa'angreal: ein extrem seltenes Objekt, das es einem Menschen erlaubt, die Eine Macht in viel stärkerem Maße als sonst möglich zu benützen. Ein *Sa'angreal* ist ähnlich, doch ungleich stärker als ein *Angreal*. Die Menge an Energie, die mit Hilfe eines *Sa'angreals* eingesetzt werden kann, verhält sich zu der eines *Angreals* wie die mit dessen Hilfe einsetzbare Energie zu der, die man ganz ohne irgendwelche Hilfe beherrschen kann. Relikte des Zeitalters der Legenden. Es ist nicht mehr bekannt, wie sie angefertigt wurden. Wie bei den *Angreal* können sie nur entweder von einer Frau oder von einem Mann eingesetzt werden. Es gibt nur noch eine Handvoll davon, weit weniger sogar als *Angreal.*

Saidar, Saidin: *siehe* Wahre Quelle.

Schattenfreunde: die Anhänger des Dunklen Königs. Sie glauben, große Macht und andere Belohnungen, darunter sogar Unsterblichkeit, zu empfangen, wenn er aus seinem Kerker befreit wird. Untereinander gebrauchen sie gelegentlich die alte Bezeichnung: ›Freunde der Dunkelheit‹.

Schattenkrieg: auch als der Krieg um die Macht bekannt; mit ihm endet das Zeitalter der Legenden. Er begann kurz nach dem Versuch, den Dunklen König zu befreien und erfaßte bald schon die ganze Welt. In einer Welt, die selbst die Erinnerung an den Krieg vergessen hatte, wurde nun der Krieg in all seinen Formen wiederentdeckt. Er war besonders schrecklich, wo die Macht des Dunklen Königs die Welt berührte, und auch die Eine Macht wurde als Waffe verwendet. Der Krieg wurde beendet, als der Dunkle König wieder in seinen Kerker verbannt und dieser versiegelt werden konnte. Diese Unternehmung führte Lews Therin Telamon, der Drache, zusammen mit hundert männlichen Aes Sedai durch, die man auch die Hundert Gefährten nannte. Der Gegenschlag des Dunklen Königs verdarb *Saidin* und trieb Lews Therin und die Hundert Gefährten in den Wahnsinn. So begann die Zeit des Wahns und die Zerstörung der Welt (*siehe auch:* Eine Macht; Drache).

Schattenlords: diejenigen Männer und Frauen (Aes Sedai), die der Einen Macht dienten, aber während der Trolloc-Kriege zum Schatten überliefen und dann die Heere von Trollocs und Schattenfreunden als Generäle kommandierten. Weniger Gebildete verwechseln sie gelegentlich mit den Verlorenen.

Schwesterfrau: Verwandtschaftsgrad bei den Aiel. Aielfrauen, die bereits Nächstschwestern oder Erstschwestern sind und entdecken, daß sie den gleichen Mann lieben, oder einfach nicht wollen, daß ein Mann zwischen sie tritt, heiraten ihn beide und werden so zu Schwesterfrauen. Frauen, die den gleichen Mann lieben, versuchen manchmal herauszufinden, ob sie Nächstschwestern oder durch Adoption Erstschwestern werden können, denn das ist die erste Voraussetzung, um Schwesterfrauen werden zu können.

Seanchan (Schantschan): (1) Nachkommen der Armeemitglieder, die Artur Falkenflügel über das Aryth-Meer sandte und die die dort gelegenen Länder eroberten. Sie glauben, daß man aus Sicherheitsgründen jede Frau, die mit der Macht umgehen kann, durch einen *A'dam* kontrollieren muß. Aus dem gleichen Grund werden solche Männer getötet. (2) Das Land, aus dem die Seanchan kommen.

Seherin: eine Frau, die vom Frauenzirkel bzw. der Versammlung der Frauen ihres Dorfs berufen und zu dessen Vorsitzender bestimmt wird, weil sie die Fähigkeit des Heilens besitzt, das Wetter vorhersagen kann und auch sonst als kluge Frau und Ratgeberin anerkannt ist. Ihre Position fordert großes Verantwortungsbewußtsein und verleiht ihr viel Autorität. Allgemein wird sie dem Bürgermeister gleichgestellt, in manchen Dörfern steht sie sogar über ihm. Im Gegensatz zum Bürgermeister wird sie auf Lebenszeit erwählt. Es ist äußerst selten, daß eine Seherin vor ihrem Tod aus ihrem Amt entfernt wird. Ihre Auseinandersetzungen mit dem Bürgermeister sind auch zur Tradition geworden. Je nach dem Land wird sie auch als Führerin, Heilerin, Weise Frau, Sucherin oder einfach als Weise bezeichnet.

Shayol Ghul: ein Berg im Versengten Land jenseits der Großen Fäule; dort befindet sich der Kerker, in dem der Dunkle König gefangengehalten wird.

Spanne: *siehe* Längenmaße.

Spiel der Häuser: Diese Bezeichnung wurde dem Intrigenspiel der Adelshäuser untereinander verliehen, mit dem sie sich Vorteile verschaffen wollen. Großer Wert wird darauf gelegt, subtil vorzugehen, auf eine Sache abzuzielen, während man ein ganz anderes Ziel vortäuscht, um sein Ziel schließlich mit geringstmöglichem Aufwand zu erreichen. Es ist auch als das ›Große Spiel‹ bekannt und gelegentlich unter seiner Bezeichnung in der Alten Sprache: *Daes Dae'mar.*

Stedding, das: eine Ogier-Enklave. Viele Stedding sind seit der Zerstörung der Welt verlassen worden. In Erzählungen und Legenden werden sie als Zufluchtsstätte bezeichnet, und das aus gutem Grund. Auf eine heute nicht mehr bekannte Weise wurden sie abgeschirmt, so daß in ihrem Bereich keine/kein Aes Sedai die Eine Macht anwenden kann und nicht einmal eine Spur der Wahren Quelle wahrnimmt. Versuche, von außerhalb eines Stedding mit Hilfe der Einen Macht in deren Innerem einzugreifen, blieben erfolglos. Kein Trolloc wird ohne Not ein Stedding betreten, und selbst ein Myrddraal betritt es nur, wenn er dazu gezwungen ist, und auch dann nur zögernd und mit größter Abscheu. Sogar echte und hingebungsvolle Schattenfreunde fühlen sich in einem Stedding äußerst unwohl.

Stein von Tear: eine große Festung in der Stadt Tear, von der berichtet wird, sie sei bald nach der Zerstörung der Welt mit Hilfe der Einen Macht erbaut worden. Sie wurde unzählige Male angegriffen und belagert, doch nie erobert. Erst unter dem Angriff des Wiedergeborenen Drachen mit wenigen hundert Aielkriegern fiel die Festung innerhalb einer einzigen Nacht. Damit wurden zwei Voraussagen aus den Prophezeiungen des Drachen erfüllt (*siehe auch:* Drache; Prophezeiungen des Drachen).

Talente: Fähigkeit, die Eine Macht auf ganz spezifische Weise zu gebrauchen. Selbst bei gleich gelagerten Talenten ergeben sich von Person zu Person große individuelle Unterschiede, die nur selten mit der Stärke zu tun haben, die diese Person in bezug auf die Anwendung der Einen Macht besitzt. Das naturgemäß populärste und am meisten verbreitete Talent ist das des Heilens.

Weitere Beispiele sind das ›Wolkentanzen‹, womit die Beeinflussung des Wetters gemeint ist, und der ›Erdgesang‹, mit dessen Hilfe Erdbewegungen gesteuert werden können und so beispielsweise Erdbeben und Lawinen verhindert oder ausgelöst werden. Es gibt auch eine Reihe weniger bedeutsamer Talente, wie die Fähigkeit *Ta'veren* wahrzunehmen, oder die Fähigkeit, die das Schicksal verändernde Wirkung *Ta'verens* zu verdoppeln, wenn auch nur auf sehr kleinem und begrenztem Raum, der selten mehr als wenige Quadratfuß abdeckt. Von manchen Talenten kennt man heute nur noch die Bezeichnung und besitzt eventuell noch eine vage Beschreibung, wie z. B. beim Reisen, einer Fähigkeit, sich von einem Ort zu einem anderen zu bewegen, ohne den Zwischenraum durchqueren zu müssen. Andere wie z. B. das Vorhersagen (die Fähigkeit, zukünftige Ereignisse zumindest auf allgemeinere Art und Weise vorhersehen zu können) oder das Schürfen (Aufspüren und manchmal sogar Gewinnen von Erzen) sind mittlerweile selten oder beinahe verschwunden. Ein weiteres Talent, das man seit langem für verloren hielt, ist das Träumen. Unter anderem lassen sich hier die Träume des Träumers so deuten, daß sie eine genauere Vorhersage der Zukunft erlauben. Manche Träumer hatten die Fähigkeit, *Tel'aran'rhiod,* die Welt der Träume, zu erreichen und sogar in die Träume anderer Menschen einzudringen. Die letzte bekannte Träumerin war Corianin Nedeal, die im Jahre 526 NÄ starb, doch nur wenige wissen, daß es jetzt eine neue gibt. Viele solcher Talente werden jetzt erst wiederentdeckt (*siehe auch: Tel'aran'rhiod*).

Tallanvor, Martyn: Leutnant der Königlichen Garde in Andor, der seine Königin mehr liebt als Ehre oder Leben.

Tarabon: Land und Nation am Aryth-Meer. Hauptstadt: Tanchico. Einst eine große Handelsmacht und Ursprungsort von Teppichen, Textilfarben und Feuerwerkskörpern, die von der Gilde der Feuerwerker hergestellt werden. Jetzt von einem Bürgerkrieg und gleichzeitigen kriegerischen Auseinandersetzungen mit Arad Doman und den Anhängern des Wiedergeborenen Drachen zerrissen und deshalb weitgehend vom Ausland abgeschnitten.

Tarmon Gai'don: die Letzte Schlacht (*siehe auch:* Prophezeiungen des Drachen; Horn von Valere).

Ta'veren: eine Person im Zentrum des Gewebes von Lebenssträngen aus ihrer Umgebung, möglicherweise sogar *aller* Lebensstränge, die vom Rad der Zeit zu einem Schicksalsgewebe zusammengefügt wurden (*siehe auch:* Muster eines Zeitalters).

Tear: ein großer Hafen und ein Staat am Meer der Stürme. Das Wappen von Tear zeigt drei weiße Halbmonde auf rot- und goldgemustertem Feld (*siehe auch:* Stein von Tear).

Telamon, Lews Therin: *siehe* Drache.

Tel'aran'rhiod: in der Alten Sprache: ›die unsichtbare Welt‹, oder ›die Welt der Träume‹. Eine Welt, die man in Träumen manchmal sehen kann. Nach den Angaben der Alten durchdringt und umgibt sie alle möglichen Welten. Im Gegensatz zu anderen Träumen ist das in ihr real, was dort mit lebendigen Dingen geschieht. Wenn man also dort eine Wunde empfängt, ist diese beim Erwachen immer noch vorhanden, und einer, der dort stirbt, erwacht nie mehr. Ansonsten hat aber das, was dort geschieht, keinerlei Einfluß auf die wachende Welt. Viele Menschen können *Tel'aran'rhiod* kurze Augenblicke lang in ihren Träumen berühren, aber nur wenige haben je die Fähigkeit besessen, aus freien Stücken dort einzudringen, wenn auch letztlich einige *Ter'Angreal* entdeckt wurden, die eine solche Fähigkeit unterstützen. Mit Hilfe eines solchen *Ter'Angreal* können auch Menschen in die Welt der Träume eintreten, die nicht die Fähigkeit zum Gebrauch der Macht besitzen (*siehe auch: Ter'Angreal).*

Ter'angreal: Gegenstände aus dem Zeitalter der Legenden, die die Eine Macht verwenden oder bei deren Gebrauch helfen. Im Gegensatz zu *Angreal* und *Sa'angreal* wurde jeder *Ter'angreal* zu einem ganz bestimmten Zweck hergestellt, z. B. macht einer jeden Eid, der in ihm geschworen wird, zu etwas endgültig Bindendem. Einige werden von den Aes Sedai benützt, aber über ihre ursprüngliche Anwendung ist kaum etwas bekannt. Für die Verwendung ist bei manchen ein Benützen der Einen Macht notwendig, bei anderen wieder nicht. Einige töten sogar oder zerstören die Fähigkeit einer Frau, die sie benützt, die Eine Macht zu lenken. Wie bei den *Angreal* und *Sa'angreal* ist auch bei ihnen nicht mehr bekannt, wie man sie herstellt. Dieses Geheimnis ging seit der Zerstörung der Welt verloren *(siehe auch: Angreal, Sa'angreal).*

Tochter-Erbin: Titel der Erbin des Löwenthrons von Andor. Ohne eine überlebende Tochter fällt der Thron an die nächste weibliche Verwandte der Königin. Unstimmigkeiten darüber, wer die nächste in der Erbfolge sei, haben mehrmals bereits zu Machtkämpfen geführt. Der letzte davon wird in Andor einfach ›die Thronfolge‹ genannt und außerhalb des Landes ›der Dritte Andoranische Erbfolgekrieg‹. Durch ihn kam Morgase aus dem Hause Trakand auf den Thron.

Träumer: *siehe* Talente.

Traumgänger: Bezeichnung der Aiel für eine Frau, die *Tel'aran'rhiod* aus eigenem Willen erreichen, die Träume anderer auslegen und mit anderen in deren Traum sprechen kann. Auch die Aes Sedai benützen diese Bezeichnung gelegentlich im Zusammenhang mit dem Talent eines ›Träumers‹ *(siehe auch: Talente; Tel'aran'rhiod).*

Trolloc-Kriege: eine Reihe von Kriegen, die etwa gegen 1000 NZ begannen und sich über mehr als 300 Jahre hinzogen. Trolloc-Heere unter der Führung von Myrddraal und Schattenlords verwüsteten die Welt. Schließlich aber wurden die Trollocs entweder getötet oder in die Große Fäule zurückgetrieben. Mehrere Staaten wurden im Rahmen dieser Kriege ausgelöscht oder entvölkert. Alle Aufzeichnungen aus dieser Zeit sind fragmentarisch (*siehe auch:* Schattenlords; Myrddraal; Trollocs).

Trollocs: Kreaturen des Dunklen Königs, die er während des Schattenkriegs erschuf. Sie sind körperlich sehr groß und extrem bösartig. Sie stellen eine hybride Kreuzung zwischen Tier und Mensch dar und töten aus purer Mordlust: Nur diejenigen, die selbst von den Trollocs gefürchtet werden, können diesen trauen. Trollocs sind schlau, hinterhältig und verräterisch. Sie essen alles, auch jede Art von Fleisch, das von Menschen und anderen Trollocs eingeschlossen. Da sie zum Teil von Menschen abstammen, sind sie zum Geschlechtsverkehr mit Menschen imstande, doch die meisten einer solchen Verbindung entspringenden Kinder werden entweder tot geboren oder sind kaum lebensfähig. Die Trollocs leben in stammesähnlichen Horden. Die wichtigsten davon heißen: Ahf'frait, Al'ghol, Bhan'sheen, Dha'vol, Dhai'mon, Dhjin'nen, Ghar'ghael, Ghob'hlin, Gho'hlem, Ghraem'lan, Ko'bal und Kno'mon (*siehe auch:* Trolloc-Kriege).

Trostlosigkeit: Bezeichnung für die Auswirkung der folgenden Erkenntnis auf viele Aiel: Die Aiel waren keineswegs immer furchterregende Krieger. Ihre Vorfahren waren strikte Pazifisten, die sich während und nach der Zerstörung der Welt dazu gezwungen sahen, sich selbst zu verteidigen. Viele glauben, gerade darin habe ihr Versagen den Aiel gegenüber gelegen. Einige werfen daraufhin ihre Speere weg und rennen davon. Andere weigern sich, das Weiße *Gai'schain* abzulegen, obwohl ihre Dienstzeit vorüber ist. Wieder andere weigern sich, dies als Wahrheit anzuerkennen, und folgerichtig erkennen sie auch Rand al'Thor nicht als den wahren *Car'a'carn* an. Diese Aiel kehren entweder in die Wüste zurück oder schließen sich den Shaido an, die gegen Rand al'Thor kämpfen (*siehe auch:* Aiel; Aiel-Wüste; *Car'a'carn; Gai'schain*).

Verknüpfung: die Fähigkeit von Frauen, ihre Stränge der Einen Macht miteinander zu vereinigen. Diese kombinierten Stränge sind insgesamt wohl nicht ganz so stark wie die Summe der einzelnen Stränge, werden aber von der

Person gelenkt, die diese Verknüpfung leitet und können auf diese Weise viel präziser und effektiver eingesetzt werden als einzelne Stränge. Männer können ihre Fähigkeiten nicht miteinander verknüpfen, wenn keine Frauen im Zirkel mitwirken. Dagegen können sich bis zu dreizehn Frauen verknüpfen, ohne die Mitwirkung eines Mannes zu benötigen. Nimmt ein Mann an diesem Zirkel teil, können sich bis zu sechsundzwanzig Frauen verknüpfen. Zwei Männer können den Zirkel auf vierunddreißig Frauen erweitern, und so geht es weiter bis zu einer Obergrenze von sechs Männern und sechsundsechzig Frauen. Es gibt Verknüpfungen, an denen mehr Männer, aber dafür weniger Frauen teilnehmen, aber abgesehen von der Verknüpfung nur einer Frau mit einem Mann muß sich immer mindestens eine Frau mehr im Zirkel befinden als Männer. Bei den meisten Zirkeln kann entweder ein Mann oder eine Frau die Leitung übernehmen, doch bei einem Maximalzirkel von zweiundsiebzig Personen oder bei gemischten Zirkeln unter dreizehn Mitgliedern muß jeweils ein Mann die Führung übernehmen. Obwohl im allgemeinen Männer stärker sind, was den Gebrauch der Macht betrifft, sind die stärksten Zirkel diejenigen mit soweit wie möglich ausgeglichener Anzahl an Männern und Frauen (*siehe auch:* Aes Sedai).

Verlorene: Name für die dreizehn der mächtigsten Aes Sedai aus dem Zeitalter der Legenden und damit auch zu den mächtigsten zählend, die es überhaupt jemals gab. Während des Schattenkriegs liefen sie zum Dunklen König über, weil er ihnen dafür die Unsterblichkeit versprach. Sie bezeichnen sich selbst als die ›Auserwählten‹. Sowohl Legenden wie auch fragmentarische Berichte stimmen darin überein, daß sie zusammen mit dem Dunklen König eingekerkert wurden, als dessen Gefängnis wiederversiegelt wurde. Ihre Namen werden heute noch benützt, um Kinder zu erschrecken. Es waren: Aginor, Asmodean, Balthamel, Be'lal, Demandred, Graendal, Ishamael, Lanfear, Mesaana, Moghedien, Rahvin, Sammael und Semirhage.

Wahre Quelle: die treibende Kraft des Universums, die das Rad der Zeit antreibt. Sie teilt sich in eine männliche *(Saidin)* und eine weibliche Hälfte *(Saidar),* die gleichzeitig miteinander und gegeneinander arbeiten. Nur ein Mann kann von *Saidin* Energie beziehen und nur eine Frau von *Saidar*. Seit dem Beginn der Zeit des Wahns vor mehr als dreitausend Jahren ist *Saidin* von der Hand des Dunklen Königs gezeichnet (*siehe auch:* Eine Macht).

Weise Frau: Unter den Aiel werden Frauen von den Weisen Frauen zu dieser Berufung ausgewählt und angelernt. Sie erlernen die Heilkunst, Kräuterkunde und anderes, ähnlich wie die Seherinnen. Gewöhnlich gibt es in jeder Septimenfestung oder bei jedem Clan eine Weise Frau. Manchen von ihnen sagt man wundersame Heilkräfte nach und sie vollbringen auch andere Dinge, die als Wunder angesehen werden. Sie besitzen große Autorität und Verantwortung, sowie großen Einfluß auf die Septimen und die Clanhäuptlinge, obwohl diese Männer sie oft beschuldigen, daß sie sich ständig einmischten. Die Weisen Frauen stehen über allen Fehden und kriegerischen Auseinandersetzungen, und *Ji'e'toh* entsprechend dürfen sie nicht belästigt oder irgendwie behindert werden. Würde sich eine Weise Frau an einem Kampf beteiligen, stellte das eine schwere Verletzung aller guten Sitten und Traditionen dar. Eine Reihe der Weisen Frauen besitzen in gewissem Maße die Fähigkeit, die Eine Macht benützen zu können, aber der Brauch will es, daß sie nicht darüber sprechen. Es ist ebenfalls bei ihnen üblich, noch strenger als die anderen Aiel jeden Kontakt mit den Aes Sedai zu vermeiden. Sie suchen nach anderen Aielfrauen, die mit dieser Fähigkeit geboren werden oder sie erlernen können. Drei im Moment lebende Weise Frauen sind Traumgängerinnen, können also *Tel'aran'rhiod* betreten und sich im Traum u.a. mit anderen Menschen verständigen *(siehe auch: Traumgänger; Tel'aran'rhiod).*

Weiße Burg: Zentrum und Herz der Macht der Aes Sedai. Sie befindet sich im Herzen der großen Inselstadt Tar Valon.

Weißmäntel: *siehe* Kinder des Lichts.

Wiedergeborener Drache: Nach der Prophezeiung und der Legende der wiedergeborene Lews Therin Telamon. Die meisten, jedoch nicht alle Menschen, erkennen Rand al'Thor als den Wiedergeborenen Drachen an (*siehe auch:* Drache; Drache, falscher; Prophezeiungen des Drachen).

Wilde: eine Frau, die allein gelernt hat, die Eine Macht zu lenken, und die ihre Krise überlebte, was nur etwa einer von vieren gelingt. Solche Frauen wehren sich gewöhnlich gegen die Erkenntnis, daß sie die Macht tatsächlich benützen, doch durchbricht man diese Sperre, gehören die Wilden später oft zu den mächtigsten Aes Sedai. Die Bezeichnung ›Wilde‹ wird häufig abwertend verwendet.

Zeitalter der Legenden: das Zeitalter, welches von dem Krieg des Schattens und der Zerstörung der Welt beendet wurde. Eine Zeit, in der die Aes Sedai Wunder vollbringen konnten, von denen man heute nur träumen kann (*siehe auch:* Zerstörung der Welt; Schattenkrieg).

Zerstörung der Welt: Als Lews Therin Telamon und die Hundert Gefährten das Gefängnis des Dunklen Königs wieder versiegelten, fiel durch den Gegenangriff ein Schatten auf *Saidin*. Schließlich verfiel jeder männliche Aes Sedai auf schreckliche Art dem Wahnsinn. In ihrem Wahn veränderten diese Männer, die die Eine Macht in einem heute unvorstellbaren Maße beherrschten, die Oberfläche der Erde. Sie riefen furchtbare Erdbeben hervor, Gebirgszüge wurden eingeebnet, neue Berge erhoben sich. Wo sich Meere befunden hatten, entstand Festland, und an anderen Stellen drang der Ozean in bewohnte Länder ein. Viele Teile der Welt wurden vollständig entvölkert und die Überlebenden wie Staub vom Wind verstreut. Diese Zerstörung wird in Geschichten, Legenden und Geschichtsbüchern als die Zerstörung der Welt bezeichnet.

Zweifler: ein Orden innerhalb der Gemeinschaft der Kinder des Lichts. Sie sehen ihre Aufgabe darin, die Wahrheit im Wortstreit zu finden und Schattenfreunde zu erkennen. Ihre Suche nach der Wahrheit und dem Licht, so wie sie die Dinge sehen, wird noch eifriger betrieben, als bei den Kindern des Lichts allgemein üblich. Ihre normale Befragungsmethode ist Folter, wobei sie der Auffassung sind, daß sie selbst die Wahrheit bereits kennen und ihre Opfer nur dazu bringen müssen, sie zu gestehen. Die Zweifler bezeichnen sich als die ›Hand des Lichts‹, die Hand, welche die Wahrheit ausgräbt, und sie verhalten sich gelegentlich so, als seien sie völlig unabhängig von den Kindern und dem Rat der Gesalbten, der die Gemeinschaft leitet. Das Oberhaupt der Zweifler ist der Hochinquisitor, der einen Sitz im Rat der Gesalbten hat. Im Wappen führen sie einen blutroten Hirtenstab (*siehe auch:* Kinder des Lichts).

SERIE PIPER

Robert Jordan

Zwielicht

Das Rad der Zeit 10. Aus dem Amerikanischen von Uwe Luserke. 524 Seiten. Serie Piper

Rhand al'Thor, der Wiedergeborene Drache, steht in der Wüstenstadt Rhuidean vor einer schier unlösbaren Aufgabe – er muß die verfeindeten Clans der Aielkrieger vereinen, um einen Widerstand gegen die Häscher des Dunklen Königs zu formieren. Rand ernennt den mächtigsten Schattenzauberer zu seinem Berater. Doch das Spiel ist gefährlich, und das Rad der Zeit dreht sich unentwegt einem finsteren Zeitalter entgegen …

»Robert Jordan ist ein begnadeter Erzähler.«
Anne McCaffrey

05/1734/01/L

Robert Jordan

Die Herrschaft der Seanchaner

Das Rad der Zeit 25. Aus dem Amerikanischen von Andreas Decker. 348 Seiten. Serie Piper

Mat Cauthon, der treue Gefährte des Wiedergeborenen Drachen, gerät in Ebou Dar in größte Gefahr: Die Invasoren aus Seanchan festigen durch fortwährende Kämpfe ihre Herrschaft und bauen ihre Stellungen immer weiter aus. Mat muss fliehen. Doch er ist der Geliebte der Königin, die ihn nicht gehen lassen will. Und die Hochlady Tuon, die Tochter der Neun Monde, steht mit ihren Heeren schon vor den Toren der Stadt …

»Jordans Werk erinnert in seiner Dichte und Wärme an Tolkien.«
Publishers Weekly

05/1735/01/R